杨益言·著

重庆出版社

图书在版编目（CIP）数据

秘密世界 / 杨益言著. -- 重庆：重庆出版社,
2025. 7. -- ISBN 978-7-229-20824-0
Ⅰ. I247.5
中国国家版本馆CIP数据核字第2025RY4810号

秘密世界
MIMI SHIJIE

杨益言 著

策　　划：李　斌　郭　宜
执行策划：高　岭　杨　帆
责任编辑：杨　帆　陈琰枫
美术编辑：陈琰枫　王　娟
责任校对：冉炜赟
装帧设计：火山石

▲ 重庆出版社 出版

重庆市南岸区南滨路162号1幢　邮政编码：400061　http://www.cqph.com
重庆新金雅迪艺术印刷有限公司印制
重庆出版社有限责任公司发行
邮购电话：023-61520656
全国新华书店经销

开本：787mm×1092mm　1/16　印张：30.25　字数：380千
2025年7月第1版　2025年9月第2次印刷
印数：10001—20000
ISBN 978-7-229-20824-0
定价：59.80元

如有印装质量问题，请向重庆出版社有限责任公司调换：023-61520678

版权所有　侵权必究

编者按

  小说《红岩》出版后，引起了国内外读者的广泛注意。许多读者很关心小说中传奇人物华子良的经历，纷纷写信给小说作者，希望能写出小说《红岩》的前续。小说《秘密世界》就是作者应读者要求而写的《红岩》前续。

  如果说《红岩》写的是一个固定的牢笼，《秘密世界》写的则是一个罕为人知的抗战时期的流动牢笼。小说以华子良的曲折经历为主线，颠沛流离的生活为背景，在读者面前展开了1935—1945年十年间中国政治风云变幻错综复杂的一个侧面，从中可以看到中国革命的艰辛，历经炼狱的革命者的坚贞与成长，光照千秋的革命必胜的信念。小说描述的这一领域，在过去的中国新文学作品中还是第一次涉及的。

纪念
杨益言先生

特别感谢
庞茂琨先生为本书人物创作肖像

目录

第一章	第二章	第三章	第四章	第五章
1	18	42	57	72

第六章	第七章	第八章	第九章	第十章
88	104	121	137	151

第十一章	第十二章	第十三章	第十四章	第十五章
165	180	194	208	223

第十六章	第十七章	第十八章	第十九章	第二十章
238	256	269	285	299

第二十一章	第二十二章	第二十三章	第二十四章	第二十五章
317	333	347	361	375

第二十六章	第二十七章	第二十八章	第二十九章	第三十章
391	404	420	433	447

自然界几乎无处没有它的奥秘，即使再过多少年，再过多少世纪，它的那些奥秘也许还有许多，一直深藏在它秘密的宝库里。人类社会是否也存在着和自然界相似的这种现象？人们要发现这种秘密，是否就像人类要揭示大自然的奥秘那样，不仅需要耐心，而且还需要某种机遇和条件？

　　这答案，也许是肯定的。

　　这答案，自然也是可能从人类社会发展的历史中寻到的。

　　本书笔触将要触及的，正是二十世纪三十和四十年代，一个为当代人所绝难了解的秘密。

　　当然，要不是有人——由于特别的历史渊源和机遇——曾经进入了那个特定的历史时代中形成的一个特别小社会，要不是又经过了几十年岁月的流逝，本书是绝难对这个特别世界这样加以描述的……

第一章

夜幕渐渐垂落下来。街边的路灯在凛冽的寒风中闪着昏暗的光。纷纷扬扬的雪花在古城上空飞舞。

尽管是兵荒马乱、国难日蹙的年月，只要还有列车开行，北平火车站附近总是熙熙攘攘，人来人往。街沿两旁，稀稀落落的烟摊、酒店、饼铺，亮着电石灯、煤气灯。行色匆匆的人流，轱辘辘缓慢行进的大车，拥塞在这风雪弥漫的小小世界。

几天前，他和施飘萍刚到北平时，火车站附近就是这幅杂乱景象。此刻，他俩又到这儿来了。施飘萍左手挽着个特制的竹篮，盛满了鸡蛋，篮底藏着份机密文件。她还是刚来北平时那身装束：一色的青布棉袄棉裤，宽大的白绒线织的围巾，像顶风雪帽似的裹住了她的头和颈项，只露出一张带着几分稚气的脸。一绺刘海在她额前迎风飘拂，一对明亮的眼睛洋溢着兴奋的光泽。

他俩好似一对兄妹，肩并肩走着，不时让过拥挤的人群，走得很慢。施飘萍低声地向他倾诉着什么，仿佛分别这两天，她心里就蓄满了吐不尽的话语。他呢，默默地听着，脑子里却在考虑怎样向她讲清，他们的旅程并没有终结，前面还有一段很艰难的路。

是的，一到北平，他在紫禁城附近安顿好施飘萍就同她分手了。

虽然分别不过两天，但在这斗争极其严酷、形势瞬息万变的时刻，这两天简直像经历了一个漫长的世纪。然而此刻，他同她又要分手了，她——一个十四岁的女孩子，能够理解么？

突然，一股旋风带着尖厉的呼啸，迎面扑来。他俩站住了。就在这一瞬间，他仿佛又钻进了那个茫茫的雪原……

那是一个风雪世界。他肩上搭着个布袋，离开北平，几乎已跋涉了一整天。漫天的风雪，使天空越来越昏暗。只能凭着耀眼的雪光才能辨清前面的路。他疲倦极了，但他不能停步，他必须在杳无人迹的雪野上，找到那间土屋。他相信：只要找到它，他就会得到温暖；离开故乡以来的焦灼不安，就会变成一种欢乐，就会在他心里燃起一股熊熊的火。

他顶着风雪，艰难地挪动着脚步。刚绕过一堆土丘，隐隐约约闪现出一座孤独的土屋的影子。屋旁，三棵巨松昂然挺立。他眼前一亮，加快了步伐。

近了。一切都看清楚了，耀眼的冰柱从松枝间垂下来，和屋顶上的积雪几乎连在了一起；一扇门紧闭着，屋基陷在雪地里；门顶上嵌着玻璃窗，窗玻璃上醒目地贴着一对小猫的红色剪纸——安全的标志。

对了，就是这儿！他兴奋地拍响了木板门。

"砰！砰砰！砰！砰砰！"

他仿佛听到自己剧烈的心跳，觉得，一旦门打开，他定会扑上前去：同志！可找到你们了！

然而，没有响动。只听见暴烈的风雪在黄昏的原野上空呼啸。他将肩上的布袋取下来，拂去了雪，又去拍门。

"砰！砰砰！砰！砰砰！"

他拍得更响了。声音的节奏是按规定发出的，这没有错。他静静地等待着。过了好一会儿，仍然没有回应。他蓦地警觉起来，急转身撩起了棉袍的下摆，正要举步，忽然听见"吱吱"一阵响。他回头一看，那门裂开了一条缝，一团浓烈的酒气扑了出来。

门开了。一个身披黑羊皮长袍的壮汉手提把铁锹，堵在门口。那张宽大的脸上布满了深深的皱纹，两颊长着黑森的胡髭，一对机警的眼睛四下一扫，忽然似醉非醉地眯缝起来，乜斜着他。

"见鬼！你我素不相识，你敲我这门干啥？"

"请问，这是沙河村？"他一步上前，急促地问，"沙松林沙大哥的家是在这里？"

大胡子冷冷地打量着他，木然不动。好一会儿，才又吐出了几个字："找他干啥？"

"借支猎枪。"

"你想打猎吗？"

"碰碰运气呗！"对上暗语，他笑了，"妈叫我还他三尺青布，我带来了。"

大胡子眼睛一睁，眼珠子又一转，忽地拉住了他："有话，进屋谈。"

半明半暗的土屋里，生着地炉子，他顿时感到浑身暖融融的。他等大胡子掩上板门，便从布袋里取出一段青布递了过去。大胡子接过青布，抖开来看了又看，终于在布头上发现了一个用香火烧的小洞，满意了，向他伸出一双大手："早听说你要来，正等着你哩——同志！没想到你在这大雪天闯来了。冻坏了吧？哦，你一定饿了。来，宽宽衣，啃个窝窝头，喝点二锅头，暖和暖和！"说着，亲热地拍拍他的肩头。不待他回话，一转身从地炉边取出盘热气腾腾的窝窝头来，又向挂着门帘的里屋喊道："喂，给这位远道来找沙大哥的朋友烫壶热酒。瞧他——快冻成雪人啦！"

他这时才发现,门帘那边还有一间屋,不知道有些什么人住在里面。听大胡子刚才那句话,大胡子显然不是沙大哥。他忍不住问道:"喂,沙大哥不在吗?"

"呵呵,你真急!看来跟我一样,是个烈性子。"大胡子给地炉子添了点煤,倒了碗冷酒递给他,"坐吧。别急,会见到他的。今晚就住在这儿。你得先填饱肚子。来,趁热吃。"

大胡子招呼他在地炉子边坐下来,让他拣了个窝窝头。他也真觉得饿了,也就不客气地吃起来。

"我说,你大概是急着到那边去吧?"大胡子喝了口酒,地炉子的火光把他那对机警的眼睛映得透亮。

"哪边?"他停止了咀嚼。

"关外。"大胡子笑着。

"最近能有机会走么?"他兴奋起来。

"你想明天就走吧?"大胡子似乎看透了他的心思,一眨眼睛,"不过,你这个南方人,真想闯关外,我看,得先学会喝几碗酒。"

他接过酒碗一饮而尽,不无疑惑地问:"你说,明天真能走吗?"

"要想明天走,你也得好好休息。"大胡子站了起来,"哦,你一定不习惯辣椒拌窝窝头喝酒吧?我去找点下酒菜来。"说罢,像一阵风钻进里屋去了。

大胡子丢下一句不很肯定的话,却使他感到异常兴奋。他总算找到他历尽艰辛寻找的联络站了。虽然他还没有见到沙大哥,还不能说正式接上了关系。但是,大胡子的机警、爽朗、热情,特别是在仔细地检查过青布之后,紧握住他双手,称他为"同志",是那样严肃而又亲切,都使他深信,我们党设在这偏僻破烂的土屋里的这个秘密联络站,是掌握在一批有着丰富斗争经验的同志手里的,是完全可以信赖的。

大胡子刚才添进地炉子里的煤块燃旺了，一片红光映满土屋。屋子很简陋，除了几件普通农家的家具，几乎没有什么陈设。四壁糊得严严的，连通向里屋的那张门帘也很厚重。先前还有一丝光亮从那贴着剪纸的玻璃窗透进来，现在却不见亮光了。大概已经天黑了吧？只听得见屋外尖啸的风声，一阵紧似一阵。相形之下，这散发着浓郁酒香的土屋里，更显得格外安详、静谧，如春一般地温暖。

刚才，大胡子说，要想明天走——明天果真能走么？哦，那冰天雪地的战场，多么令人向往！那里，是敌人的后方，又是抗日联军的前线；那里，祖国的土地遭到敌寇铁蹄的蹂躏，而不愿做奴隶的人们点燃了抗战的烽火；那里，冰天雪地，饥寒交迫，日寇、汉奸的铁丝网、封锁线，妄图构筑一个禁锢的世界，却禁锢不住为民族存亡奋斗的勇士们热血沸腾……

他也真的热血沸腾了。自己千里迢迢跑来找党干什么？不正是为了想投入那血火交迸的战斗吗？无数的先驱者，那些为民族解放而舍死忘生奋斗的人们，已经开创了敌后游击战争的伟业，他，一个共产党人，能不投身战场吗？是的，见到沙大哥，一定要坚决请求批准，明天就奔赴关外。他愿让自己的鲜血，洒遍那白雪皑皑的土地，他甚至听到了"突突突"的枪声！

枪声？哪儿来的枪声？他蓦地惊醒过来，才发现自己不知什么时候竟睡过去了。跋涉了一整天，他实在太疲倦。炉火散射出幽幽的光，屋子里静极了。他抬眼四顾，除了自己，空无一人。大胡子说是去拿一点酒菜，怎么还没有回来？他不像是那种拖拖沓沓的人呀，真奇怪。

"突突突……"

原野上又传来一阵尖啸。他猛地跳了起来，扑到门边，屏息聆听。听清了，那是摩托车奔驰的声音。他的眼前倏地闪过插着太阳旗的摩托车队的影子——今天早上，他在北平城里就见到过那群豺狼。

有情况？他一闪念便冲向里屋。厚重的门帘忽然开了。大胡子握着把明晃晃的尖刀，一把抓住了他："走！"

简直来不及作出任何判断，也不容提出任何询问，他立即跟随大胡子穿过里屋，钻出后门，扑进了黑夜。

一阵刺骨的寒风卷起雪尘，他看不清方向，也看不清道路，只模模糊糊地看见前面有两个黑影在急驰。"紧跟上他们！"大胡子在身后催促他。雪积得很深，他跌跌撞撞地摔了一跤。一只有力的手将他提了起来，推着他。很快，他们转进了一道山沟，隐没进了一丛小树林。那可疑的摩托车队狼嚎般的尖啸，终于听不见了。

他们继续赶了一程路，总算来到一幢低矮的主屋前。门已经打开了，大胡子将他一推，他几乎是一个跟跄跌进了门去。立即，一束从号志灯里射出的夺目的光照在他脸上。他顿时眼花了，什么也看不清。只听得"当"的一声，大胡子那把尖刀插在了一张木桌上。

"你——到底是谁派来的？"大胡子喝问。他仿佛听到一声炸雷。

"说！说！"雷声隆隆，在不同的角落震响。

他震惊了：到底是敌人还是同志？是接上了关系还是落入了虎口？该出其不意地打熄那盏号志灯，还是……？他早就听说曾发生过这样的事：狡猾的敌人破坏了我地下联络站，常不动声色地埋伏下来，以便施展他们的阴谋。眼前的情况，难道是敌人早已布好的圈套吗？不，不大可能。他是今天一早就接到上级的通知赶来的，这里如已发生了变故，上级就不可能通知他；何况，他来是异常机密的，路上并没有发生任何可疑的情况。再说，如果是敌人，他们又何必要避开摩托车队，把他带进这荒僻的山沟里来？而且，他深信自己的观察：大胡子是个很机警的人，那气质不大像是敌人的鹰犬……

他镇静下来了，坦然地说："我，是专程来找沙松林沙大哥的。你们让我见见他吧！"

"胡说！谁信你那一套！"

"想得倒好！给他点厉害尝尝！"

"哗啦"一声，燃着微火的地炉边，一块木板被掀开了。他还没有回过神来，被猛地一推，便跌进了一个坑里。号志灯的亮光紧紧照着他。

他抗议了："你们要干什么？"

"你到底是什么人？说！"

"自己人——同志。"

话犹未了，一铲泥土飞落下来。没有人再说话，只有沙沙的铲土声打破了这严酷的沉默。冰块似的泥土，掩住了他的脚，埋住了他的腿，两双铁钳般的手紧紧抓住他的双臂，一点也不能动弹。

完全是对付敌人的手段！他想。斗争太严酷了，一定出现了极其复杂的情况。什么情况呢？他无从知道。他，一个共产党人，难道竟会无辜地牺牲在自己同志的手里么？

有一朵通红的火光一闪，照亮了大胡子冷峻的脸。大胡子在点烟，那双眉紧蹙的眼睛疑惑地盯着他。

火光熄灭了，他心中却蓦地燃起了希望：不，这些同志是不会蛮干到底的，他们大约也碰到了什么一时难以澄清的意外。记得，上级要他来这绝密联络站建立关系之前，曾对他讲过，目前北平虽然还没有沦陷，但敌人和卖国贼早已勾结在一起了，日寇和反动派的特务机关狼狈为奸，十分猖獗。形势错综复杂，要有应付非常事变的思想准备，要相信联络站的同志，必要时可以把自己的一切告诉特别支部的负责人。

但谁是特别支部的负责人呢？是沙大哥么？他又在哪儿？

飞来的泥土越埋越高，他的半个身子几乎都被埋住了。他感到浑身肿胀、麻木，呼吸愈来愈困难，似乎快要晕过去了。

"你们让我见见沙大哥。"他刚吐出这句话，他的眼睛忽然被一块黑布蒙上了。

一阵脚步声踏进小屋，铲土的声浪顿时停下来。屋子里的空气好像突然凝结。

"谁派你来的？"沉默了一会儿，有人问话了。

这不是大胡子的声音。是沙大哥么？他想。迅即答道："唐师傅。"

"什么时候？"

"今天早上。"

"唐师傅叫你来干什么？"

"接关系。请组织安排我去东北抗日联军。"

"你从哪里来？"

"四川。"

"经过什么地方？"

"武汉。"

"为什么去武汉？"

"去年，川陕红军撤离川北，我们同上级突然失去了联系。为了找党，我先去了C县，后又到了重庆。不料那里又出了事。在党组织的掩护下，我不得不撤走，只身搭船到了武汉。"

"你为什么要去抗联？"

"到汉口时，我偶然见到一份巴黎出版的《救国时报》，知道东北已展开了抗击日寇的斗争。武汉海委有位同志的哥哥就在抗联。那位同志给我看了一封信，信上说他的哥哥在一场敌我悬殊的战斗中，身负重伤，牺牲了。信上还谈到抗联战士艰苦斗争的情况，使我十分激愤。我就通过那位同志向海委提出了请求：让我到抗联去……"

"嚯，编得好像！""你老实点！"接连的呵斥打断了他。一阵猛喝之后，又飞来一个问题："你是一个人到北方来的么？"

　　"一个人。"

　　"是一个人吗？"问话的声音突然变得严厉起来。紧钳着他的两双手猛一用力，他立即意识到自己回答得并不确切，连忙纠正自己的差错："不。离开武汉那天，武汉海委临时委托我把一个小同志——一个小姑娘带来了。"

　　"小姑娘？多大岁数？"

　　"十四岁。"

　　"叫什么名字？"

　　"施飘萍。"

　　"她是什么人？"

　　他沉默了。怎么说呢？施飘萍的身世太复杂，讲起来只会把头绪扯得更多更远；即使这里的党组织有丰富的斗争经验，怎能把若干年前发生在千里之外的种种情况弄清楚？

　　"你讲吧，我们是会搞清楚的。"似乎是为打消他的顾虑，提问人缓和了口气。

　　"施飘萍是个烈士的后代。"他缓缓地讲起来，一种沉重的情感从他心底生起。"她是在华蓥山松岭长大的。她父亲是松岭最老的共产党员，大革命失败那年就牺牲了。那时她才五岁。敌人想斩草除根，千方百计要捕杀这孩子。为了保护她，组织上把她交给一位姓松的大娘。松大娘也有个独生女儿，叫松萍，比小施稍大。大家以为一切都安排得很机密，不料大半年后，敌特还是探听到了施飘萍隐蔽在松大娘家，突然包围了松岭，堵死了一切路径。松大娘很机警，把小飘萍藏进了一个隐秘的红苕窖……"

"你那年多大岁数?"突然一句插问。

"十六岁。"

"你继续讲吧。"

"松大娘母女被捕了。敌人要她交出施飘萍,她什么也没有说,只是护住自己的女儿,鼓励孩子:'萍儿,别怕!'敌人以为那孩子就是他们要斩尽杀绝的烈士后代,便把母女俩绑在一棵树上,活活烧死了!"

他讲完了,小屋里一派静默,只听得见沉重的呼吸声。紧钳着他的两双手一下松了。

"后来呢?"这是大胡子的声音。

"敌人一撤走,党组织立即派人来掩埋松大娘母女的尸骨,在坟头重新种下两棵青松,同时找到了施飘萍,就把她带走了。"

"你是什么时候入党的?"问话人又换了话题。

"松大娘母女牺牲后三年。"

"讲具体点。哪年哪月?在什么地方?"

"一九三一年冬月十五。就在松大娘母女被活活烧死的地方。那是个夜晚,风很大,就在松大娘坟头那两棵松树前,松岭地下党支部书记领着我和另外两个同志举行了入党宣誓。"

"后来呢?"

"我们都参加了华蓥山游击队。"

这自然是他一生中最难忘的记忆,但却讲得非常简单。一时没有人再问话。本来,他讲述的这一切,都是经得住严格审查的。他听见一阵低语,一阵脚步声又不知在什么地方消失了。他模模糊糊觉得,讯问大约快要结束了。可是,大胡子又提出了新的问题:

"你讲的那个支部书记还在松岭?"

"我入党以后不久，他就离开了。"

"他现在何处？"

"我后来一直未见到他。"

"那你到紫禁城附近去找谁呀？"

是的，来联络站之前，他曾去紫禁城附近找过施飘萍，告诉她要离开北平两天，让她放心。难道出了什么差错？难道小飘萍出了什么意外？他一下紧张起来，脱口而出："小飘萍她……"

"装什么糊涂！"

"跑得好快！你明明是坐着摩托车来的嘛！"

哦，明白了。原来这一切都跟那可疑的摩托车有关。他反倒坦然了。可是，他该怎么回答呢？要怎样才能使同志们相信这是误会？

"说，你是怎么把日特车队勾引来的？"

"说！特务机关给了你什么秘密使命？"

在愤怒的质询中，门外传来一声猛喝："注意警戒！"号志灯倏然熄灭了。一阵杂沓的脚步夹着铁器的碰响告诉他：发生了非常事件。他浑身的血沸腾了，想挣脱钳住他的手。

"敢动！宰了你！"

"砰"的一声，土屋门打开了，一股冷风刮进来。旋即，门又关上了。一阵急促的脚步声从他面前踏过。显然，外面有人进来了。来了谁？来干什么？他猜不透。

"干掉吗？"

似乎有人问。这无疑是指他。但没有人回答。这黑屋子里的空气是那样凝重，他只听得见自己怦怦的心跳，觉得好像经历了一个漫长的世纪。

又一阵脚步声响过来了。号志灯跟着亮起来，照着他的脸。

"你在武汉见到施飘萍时,她还认识你?"

他很惊奇:问话人竟带着四川口音。他简直不敢相信,在这儿竟会有自己的同乡!他是谁呢?

"认识。"他回答得很简洁。

"你到重庆去,找哪个?"

"省委书记罗世文。"

"你认得他?"

"认得。他曾到川北巡视工作,我在松岭见过他。"

"唔——"

沉默了。对方好似在思索什么。他静静地等待着。

"你跟哪个一路见到罗世文的?"

"领导我宣誓的那个支部书记。"

"他叫啥名字?"

"石大山。"

忽然一声命令:"放开他。"

钳住他臂膀的手松开了。铁锹在铲去埋住他的沙土。又一双有力的手臂伸过来抱住他的上身,猛地往上一提,出了土坑。但他双脚麻木,站立不稳,好几双手扶着他坐在一根板凳上。

这一切,太出乎他的意料了。人们连他的姓名都没有问,怎么就放了他?那个最后提问的四川人,难道认识自己?

蒙着眼睛的黑布解开了。屋子里已点亮一盏马灯,亮堂堂地照着面前的几个人,一色铁路员工装束:黑皮帽,蓝布棉制服。其中一个中等个子的中年人,面带着歉意,正对他微笑。他浑身一颤,猛扑过去。

"是你!石大山同志!我总算找到你了,这几年,你好啊!"

"委屈你啦!"石大山紧紧搂住他的双肩,"我现在叫沙松林,就叫我老沙吧！"

"沙大哥！"他觉得自己的声音有些哽塞了。

石大山扶着他坐了下来，笑着说："瞧你——这副打扮，我差点认不出你来了。你还是老脾气，一点也没变啊！"

在一旁替他拍打身上尘土的大胡子，递过一只碗来，"喝点酒吧，暖暖身子。真对不起你。你刚到这里，日本特务机关的摩托车队就跟来了；你离开紫禁城以后不久，那里又出了事。我们不得不防啊！"

"那——"他惊疑地问，"施飘萍呢？"

"放心，敌人不认识她，已经转移了。"石大山说，"现在已经查明了，日特摩托车队是偶然闯到这一带来的。刚才，我们得到了确切的情报，我东征抗日的红军前锋，可能已秘密到达黄河渡口。日本派驻华北的特务机关制订了一个绝密计划，已调动了全部特务力量，企图破坏我党地方组织同红军、抗联的联系。这些狗杂种，做梦！"

乍听到这些消息，他又愤慨又激动，一把抓住石大山："沙大哥，让我到抗联去吧！"

石大山微微一笑，拍拍他的肩头："组织上已经研究过了，同意你的请求，还要给你一个重要的任务。"

"什么任务？"他兴奋地问。

"急什么！"大胡子插话道，"我已经给你讲过了，你就是想明天就走，也得好好休息，还得学会喝酒。来，喝吧！"

他接过酒碗喝了一口，望着大胡子亲切的脸，笑道："刚才，你真厉害啊！"

"哈哈！"大胡子朗声笑起来，"你没有受过这种'考验'吧？老实说，你要真是叛徒，我们对你可不会客气！"

"就为这个，我敬你一杯酒。"

"好啊！"大胡子接过酒碗，咕嘟喝起来。

在一片笑声中，土屋里的空气变得十分温暖、和谐了。

"喂，同志，"大胡子放下酒碗，"打了这一夜交道，我还没问你，叫啥名字呀？"

他望了石大山一眼，风趣地答道："你猜呢？"

"算了，别猜了。"石大山招呼说，"大胡子，你们按照计划去执行任务吧！我还要跟他谈谈。"

"好！"大胡子爽朗地一扬手，对他眨了眨机警的眼睛，"咱们后会有期。"

推开门，大胡子带领几个人走了。屋外，风雪交加，夜色正浓。

风雪减弱了。四周人声嘈杂。施飘萍挽着他的手，正兴奋地对他低语：

"大哥，你知道我这两天看见了什么？学生游行！队伍好长啊，把东西长安街都塞满了。他们到处喊口号，标语：'枪口对外，一致对敌！''打倒日本帝国主义！'太痛快了！小鬼子的摩托车都躲得远远的。有个女学生还塞了把传单给我呢！"

他不禁皱紧了眉头。施飘萍的兴奋他是能够理解的。长期处在革命低潮中的人们，面对着革命浪潮的兴起，怎能抑制自己的兴奋和激动？可她毕竟太年轻，还不理解斗争的严酷。他忍不住说："飘萍，你忘了，武汉海委的同志怎么给你讲的？"

"我记得，他们要我不参加这里的群众斗争。"

"那你为什么……？"

"大哥，那么多人都在看学生游行，我总不能把自己的眼睛闭起来呀！"飘萍感到委屈。

"但是，你接过了人家给你的传单哩！"

施飘萍低下头，不再争辩了。

"今后你要注意，"走了几步，他缓缓地说，"要懂得什么事该做，什么事不该做。特别是在你一个人的时候……"

"你说什么？"施飘萍吃惊地抬起了头，"我不跟你一起去了么？"

本来，他们在来北平的途中，他曾答应，只要可能，他们就一起到东北抗联去。可是，沙大哥告诉他，组织上考虑到飘萍年纪太小，决定让她留在北平。他们不得不分手了。

"那儿很艰苦，你年纪还太小。"他点点头，解释说。

"我都十四岁了。我不怕吃苦。"

他笑了笑："听党的话。"

施飘萍不作声了，脸上露出一种庄重的神情。他默默地注视着这个烈士的后代，忽然觉得有一股热潮在心里汹涌。

"那——"又走了几步，施飘萍把挎着的竹篮往上提了提，"这篮子，是不是等你上了车以后，我从窗户里递给你？"

他一下站住了。这孩子真聪明！他赞赏地拍拍她的肩："好！"

施飘萍笑起来，低声说："大哥，你不要骂我。我昨晚偷偷看过那文件了，可惜有些字我还认不得。我只懂了一点，我们要进行抗日民族革命战争了。你说对吗？"

"对。"

"我们还会见面吗？"

"会的。"

就要进入火车站了。他机警地扫了周围一眼，低声说："你把篮子交给了我，就赶快到车站门口去，有人来接你。"

"谁？"

"你还记得松岭那个石大山石大哥吗？"

施飘萍差点叫了起来，"他——你看见他了？他在哪里？"

"他现在叫沙松林。你要叫他沙大哥。记住，别忘了，在车站门口等他。"

他们随着人流挤进了火车站。人声喧哗，淹没了一切。站门口，有人在声嘶力竭地叫卖书报："请看！《我的奋斗》！希特勒的成功秘诀，《我的奋斗》！"他一抬眼，竟看见墙上贴着巨幅招贴画，挺举着右臂的希特勒神气活现地盯着流动的人群。一群身穿蓝色制服的蓝衣社分子，戴着白手套站在画像下，挥舞着漆有红白二色的木棒，吆喝着人群："站开点！站开！"

他忍不住啐了一口。

他们来到站台上，就听见火车的嘶鸣声。火车就要进站了。

施飘萍依依不舍地望着他，"大哥，我们真能见面么？"

"为什么不能呢？"

"世界这么大，中国这么大……"

"可是，飘萍，你要相信，我们是走在同一条路上！"

"……在同一条路上……"

机车隆隆的滚动停止了，人群蜂拥上车厢。这时背后传来一阵喧嚷，跟着便见刚才那群蓝衣社分子推开人们，簇拥着几个日本浪人和几个穿着讲究的中国人，朝一节特别的车厢走了过去。有个老大娘被推得跌了个趔趄，施飘萍连忙上前扶住了她。老大娘站稳了，向她道着谢。施飘萍用眼睛示意他：可以上车了。

列车最末一节车厢就在近前。石大山向他交代过：这车厢的列车员是自己人，在车厢内等他；他只需把袖笼里那张青布帕递过去，就会被安全护送到沈阳。

施飘萍扶着老大娘慢慢从他身边走过,像一对母女。他看看四周,没有发现异常的迹象,便大步向洞开着的车厢门走去。

踏上了车厢的阶梯,刚要拐进车厢巷道,突然听见一声低哑的喊声:"不许动!举起手来!"两只黑洞洞的枪口,从巷道口伸了出来。

出事了!他什么也来不及思索,猛然飞起一脚,踢掉了一支枪,一转身,一弯腰,便跳下了车,从正好扶着老大娘走来的施飘萍身边擦过,飞快地从车尾跳下了月台……

"啊哟!"他听见身后传来一声惊叫,转眼瞥见,施飘萍和老大娘都摔倒了,一个从车厢里飞出的黑影也跟着跌了一跤。他飞快地越过了铁轨,穿过了面前的一列货车。

"他妈的!"有人在大声詈骂。警笛尖厉地鸣叫起来。车站上到处响起了惊呼。

"砰!砰砰!"

追击的枪声、杂沓的脚步、雪亮的电筒光柱搅成一片。他飞快地奔跑着,隐没在漆黑的夜幕中……

第二章

钻心的疼痛使他醒过来了。

四周一片黑暗、阴冷，散发出一种令人作呕的气味。

这是什么地方？是监狱么？

他想起来了。机灵的施飘萍一声惊叫，同那个陌生的老大娘一起摔倒，阻止了从车厢里跳下来的特务，使他得以甩脱那帮鹰犬。正当他快要在夜幕中隐没的时候，一个黑影突然从面前的土堆旁蹿了出来，给他狠命一击……

他中了埋伏，落入了陷阱。

尽管从投身革命那天起，他对敌人的残酷从未抱有幻想；他深知道路的艰险，也曾多次面临险境，他曾思考过万一被捕，自己应怎样同敌人进行斗争，但他毕竟又没有一点经验。现在，他清醒地意识到自己被捕了，一系列问题在他脑子里跳动：小飘萍呢，她安全吗？那节车厢里，怎么会突然出现两个特务？是不是被叛徒出卖了，叛徒是谁？这黑暗的牢房是在哪儿，自己将面对什么样的敌人？他们了解自己的一切吗？

他紧张地思索着。一切都没有答案。

突然，他听到一个低沉的声音：

"哦，你醒过来了。朋友，你知道这是什么地方吗？"

黑暗中，他看不清说话人的面容。虽然他从未坐过牢。但他早就听说过：在牢狱里，最危险的是叛徒和伪装革命的红旗特务，要特别提防这两种人。他蓦地警觉起来，轻叹一声。

"要喝水吗？"那人递过一只碗来，扶起他喝了一口。水是冰凉的。"喏，这儿是宪三团的一处秘密监狱，是南京军事委员会戴雨农先生管辖的绝密机关。你可要特别当心！"

这是善意的提醒，还是阴险的威胁？戴雨农——他知道，是国民党特务头子。这个人为什么要把这消息透露给他？

他还没有揣摩透，黑暗中传来的低语，更使他惊异了：

"你来的时候，一直昏迷不醒。听说，你在车站差一点儿跑掉，对吗？我猜得出，你是去找那趟列车最末一节车厢的列车员的，可是你被出卖了！"

他差点儿喊叫起来，震惊得睁大了眼睛，想看清那人的脸，但他什么也看不清。

"我叫朱兵。"那人自我介绍说，"我是抗联特派员，从沈阳来的。抗联地下联络员叫那个列车员安全护送我到北平，那家伙却把我送到了这里，把我的姓名、身份全出卖给了宪三团！我已无须隐秘，我必须揭露那无耻的叛徒！"

声音很激动，听起来好像是真的。但他沉默着，在这个时刻，他不能让对方捕捉到自己的情绪。听不到他的反应，对方似乎有些焦急了："朋友，又昏过去了吗？告诉我，你叫什么名字？"

牢门外响起了脚步声。看守打开了牢门，厉声吆喝："朱兵，出来！"

一阵银铛的铁镣响过，牢门重又锁上了，也在他心里锁上一团疑云：朱兵到底是什么人？所讲的一切可信么？这个朱兵，为什么对一个陌生人那样急于表白自己，打听他的名字？

一团解不开的谜，他还来不及理出个头绪，牢门又被推开了，一束强烈的电筒光直刺他的眼睛。倏忽间，电筒光熄灭了，牢门也随着关上。他觉得两眼昏花，眼前更加黑暗。

"你说！你上那节车厢干什么？找谁？"电筒光又一闪。厉声的问话直截了当。

他完全未曾料到，特务会在这一片黑暗中开始审问。看来，他们试图用突然的袭击，使他猝不及防；用那忽闪忽灭的强光，搅乱他的视线和思绪。他全部的神经都凝聚起来了。

"你说啥？"他反问。口气像个乡巴佬，好像没听清对方的话。

"问你是不是去接头？"另一个声音吼道。他听清楚了，牢房里起码有两个特务。

"接啥子头？我是去赶车的，到关外谋生。"

"那你为什么会到这里？"

"我不晓得。冤枉！我挨了黑打。"

"你为什么跑？"

"我一上车，有人拿枪对着我，我为啥不跑？我身上只有一点盘费，我怕强盗抢人……"

"啪"的一声，他头上挨了沉重的一击，顿时觉得眼前金花四射。

"叫什么名字？说！"

"……""问你，叫什么名字？"

电筒光直射着他。他紧闭着眼睛，歪倒在墙根。

"又昏了？……他妈的，窝囊废！"

"哼，这家伙连姓名也不敢讲！"有人用脚踢了踢他。

"该不是他在车站上的同伙全漏了网，想掐断线吧？"

"想得好！叫他再死去活来几次，我们总会抠出来，让他一辈子也不会忘记！"

电筒光熄灭了，脚步声远去，他睁开了眼睛。特务们的对话他听得很清楚，但他不知道是敌人说漏了嘴，还是故意设下的圈套。如果说施飘萍、沙松林和大胡子，真的"漏了网"，那他就没有什么牵挂了，可是，为什么那个朱兵和这帮特务都很关心自己的名姓？难道他们想对证什么？不，得给他们一个回答，得告诉他们一个根本无法查核的名字，一个即使自己死去活来多次也不会忘记的名字！

他终于被特务押出了牢房。经过一些弯弯曲曲的巷道，最后来到一间灯光明亮的大厅。一跨进大厅，他就感到一种似乎平静，其实很森严的气氛。这告诉他，即将碰见一个伪善而阴险的对手。

首先映入他眼帘的是墙上那张希特勒的肖像。这位法西斯头子睥睨一切的目光，似在注视着大厅中央那张宽大的紫檀办公桌。桌后面，高背雕花椅里，窝着个西服笔挺的人。白硬领，黑领结，黑西装的硬垫肩托出一个油光闪亮的头。那张脸埋在一本精装的书册上，神情专注，好像根本就不曾发现有人走进这豪华的大厅似的。

看守特务押解他到办公桌前，悄悄退出去了。他冷眼注视着面前这个人，心里猜测，这家伙是谁？是个高级特务？

那人微微动了一下身子，捧着书的手稍稍一抬，阖上了书，露出封面上的几个烫金字：我的奋斗。

"坐……这边，请坐。"

那张毫无表情的脸抬起来了，嘴角颤动一下，吐出几个不连贯的字音。一瞬间，嘴角不动了，只默然地注视着他。

他们的目光交错了一下，仿佛迸出了火花。他依旧站着。

那家伙傲然地一笑，把目光移向桌上一大叠厚厚的卷宗，伸出戴有戒指的手挑出两卷来，翻开，轻轻地推到了他的面前。接着，身子一仰，缩进了靠背椅里，点燃一支烟，猛吸两口，喷出一串白色的烟雾。随即又捧起面前的书，好像忘记了他的存在。

摊在他面前的两叠卷宗，有一叠是一份清晰的油印文件，标题很醒目：《中共中央关于目前政治形势与党的任务的决议》；下面还有厚厚一叠，想来也是类似的文件吧。他并不惊异。特务机关通过种种手段，弄到一些党的文件，是完全可能的。他只微微扫了一眼。但是，另一叠卷宗却使他糊涂了。那是几张照片，一张拍摄了一座高山上的塔影；一张拍摄的是骑在马背上的青年红军战士的英姿。

这是什么意思？敌人为什么让他看这些东西？这个家伙玩的什么花招？

他目光一闪，便漠然地移向墙上正嘀嘀嗒嗒走动的挂钟。好像那钟摆的摆动引起了他的兴趣。

"嘀嗒，嘀嗒……"

大厅里的空气仿佛凝固了。

响起一阵椅子移动的声音，特务开口了："喏，你叫什么名字？"

"华子良。"他平静地说。他将用这个任何人都不知道的名字，让敌人永远对他一无所知。

"华——子——良？你在牢房为什么不早说？"

"我现在不是说了吗？"

对方默然了，久久凝视着他，忽然敞声大笑："华子良，看看这些照片，有何感想？这是延水，这是吴堡，你们中央青委就在这里呀！看看这些骑马的人，是不是你们亲密的战友？怎么样？思念吗？"

哦，敌人是在夸耀他们的能耐，还是在试探他的反应？魔鬼发出的笑声，带着威压，更像是虚张声势。华子良心里觉得好笑，沉默着。

"唔——华子良！"那特务睨他一眼，玩弄着一支铅笔，敲敲桌上的照片，"你说，你是不是从那边来的？"

"我是从四川来的。老爷，我是四川人。"

"听你的口音，我知道你是四川人。"特务陡地提高了声音，"我要你讲老实话！"

"老爷，我讲的是老实话。"

"你是装糊涂么？"特务丢掉了铅笔，在桌面上敲了两下，"告诉你，我们这里可不是说闲话的地方！"

"我说的，你不信。你叫我说啥呢？"

"你在牢房里见过那个叫朱兵的人么？"

"牢房里黑咕隆咚的，我没有看清楚那个人。"

特务冷笑一声："你们讲了些什么，我们很清楚。华子良，朱兵把一切都告诉我们了，你不要敬酒不吃吃罚酒！"

奇怪！自己在牢房里根本没有开口，朱兵能告诉他们什么？面前这个特务，为啥露出诡谲的笑？

"华子良，你该清醒了吧？"

"老爷，我不懂你这话是啥意思。"华子良说，忽然明白过来：敌人在讹诈；那个朱兵是条真正的毒蛇！那么，那末节车厢的列车员是什么人，现在又在哪里呢？

"真的不懂？我问你，你上那节车厢干什么？不是去找列车员接头吗？"

听来，敌人的口气并不是肯定的。华子良冷冷地反击："老爷，我人地生疏，认不得哪个列车员。"

对方一下噎住了，但眼睛里却闪着狡黠的光，好像华子良已上了他的圈套。他微微一笑："一个也不认识吗？要不我们找个人来见见你？"

华子良的心怦然一跳。敌人会找谁来？沙大哥？大胡子？施飘萍？即使这些坚贞的同志不幸落入了虎口，他们也绝不会在敌人面前同他相认！那么，是朱兵？这条疯狗在黑牢里什么也没有捞到，让他出场又能帮敌人什么忙？还会有谁呢？没有了。他乜斜着对面那张带着微笑的脸，意识到对方是在进行狡猾的试探。他不禁也报以一丝微笑：

"老爷，我认得的人，就怕你找不到。"

对方那张脸顿时收住了笑，锁紧了眉头，默不作声地又独自点燃了一支烟，缓缓吸了两口。蓦地，他站了起来，离开了办公桌。

华子良想：看你能带什么人来吧！不屑一顾地转过了身，背对着门。

不料，那特务并没有向门口走去，却径直走到他面前，一改先前的态度，温文尔雅地说："华子良，华先生，我想，我们这次谈话也许该结束了。明人不做暗事，先生，我如实相告吧。我叫熊树人，是这里特别法庭的法官。我不是这房间的主人，真正的主人是北平特勤处处长Dr.沈——留学德国的沈博士。他才是特别法庭的主管。我愿奉告：这次谈话是Dr.沈安排的。他头脑清晰，逻辑严密，有铁的手腕。他了解一切，洞察一切。他很重视你。先生，你有什么话要我转告Dr.沈的么？"

华子良漠然地摇了摇头。那特务拍了拍手，一直伫立在厅门外的几个特务一拥而入，转瞬间便又把他押回冰窖似的黑牢房。

华子良这才明白：那个名叫熊树人的特务后面，还隐藏着一个更老练的角色；对他的真正审讯，还没有开始呢。

自然，华子良现在唯一该见到的人就是Dr.沈了。但真要见到像Dr.沈那样忙极一时的人物，也并非易事。

华子良在那暗无天日的牢狱里，就为此不知等了多少时辰。冰窖似的奇寒，使他全身的血都快凝固了；牢狱的黑暗渐渐使他怕见到刺眼的光亮。他只能蜷缩在那么一间窄狭、冰湿的小牢房里，什么也看不见，渐渐地他竟丧失了观察这特别社会及其中特别活跃的神秘人物的兴趣。

然而，恰恰在兴趣索然的时候，华子良突然被押解出了黑牢。

分不清是在早上，还是在夜里。经过弯弯曲曲的巷道时，华子良偶尔瞥见屋檐遮掩不住的天空，天际是黑的，漆黑阴森得吓人。华子良想：这该是夜里了。

也分不清方向，不知去什么地方。敌特没有给他蒙上眼睛，也没有堵住他的双耳。走不多远，华子良便看见了密密的岗哨。再走不多远，就听见电话铃"叮叮叮"的响声。华子良想：押他去的，该是一个不寻常的处所。

看见灯火辉煌的厅门了，押送他的看守特务就在那里停下了脚步。华子良不由告诉自己：该到的地方，看来总算到了。

小心地走进了厅房，华子良才发现：刺眼的吊灯光照亮下的这金碧辉煌的大厅，竟是他曾来过的房舍，就是他第一次听说有个名叫Dr.沈的人物的地方。看守特务这次押他来时，走的是另一条路，所以，他起初几乎认不出它来了。

显然经过重新布置的这间宽敞的大厅，也和华子良上次见到的场景有些不同。特别引人注目的，是当今国际法西斯毒菌蔓延滋生的特征——那挂在墙头上的希特勒肖像，换成了一张新的巨幅油画像，使整座大厅散发着浓烈的颜料味。大厅也明显地显得局促狭窄了。原来它的一壁罩上了一层黑色布幔；四周摆了一圈沙发椅；墙的一角，又堆了几只粗糙的木箱。

华子良正要细心打量这空无一人的大厅，长长的黑色布幔无声地拉开了。两个披着黑色大氅的人，簇拥着一个挥动手杖、被黑色面纱罩住面孔的人，缓缓地从布幔后走了出来。这个似乎不愿被人认出真面目来的特殊人物，自然很难叫人看出他的相貌特征。不过，他那黑色面纱也难掩饰住他的一切。譬如，他那不肥不瘦、不高不矮的身躯，那从面纱孔中露出的夹鼻眼镜，以及闪光的镜片后面那两只令人生畏的黑眼珠，都给人留下一种似乎不可一世的印象。跟随在这特别人物左右那两个披大氅的人，一走进大厅中央便脱去大氅，露出了一色的西式装束：白衬领、黑领带，肩垫耸得高高的。这两个随从特务，华子良还不曾见过。他好生奇怪：那个名叫熊树人的特务，为什么这次竟没有出场呢？

忽然，那戴着黑色面纱的特别人物把手杖在地上一蹾，便从他那被黑色面纱罩住的口里，清晰地吐出了一句外语来：

"Guten Abend！"

听声音，颇像一个身体极健壮的中年男子的语音。这家伙莫非就是熊树人讲的那个Dr.沈？华子良打量着眼前这个洋里洋气、咄咄逼人的神秘人物，不觉暗想：他要耍什么花招呢？

"晚上好！"随侍在侧的特务翻译着，还不无得意地补充道："Dr.沈问候你啦！Dr.沈在德意志考察多年，德语讲得流利极啦！"

Dr.沈取下洁白的手套，向华子良移步过来。他张开三两根白皙的指头，露出尖利细长的指甲，一下钳住了华子良额头结痂的疮疤。他那夹鼻眼镜后面尖利的黑眼珠一闪，不顾一滴殷红的血正从那被挤开的伤口喷涌出来，径直注视着华子良突然痛楚难忍的瞳孔瞬间的变化。他没有获取到预想的反应，终于松开钳住疮疤的手指，缩了回去，仿佛不经意地吐出一句寻常而别有意味的问话来：

"老实讲，你叫什么名字？"

"华子良。"

"也好，华子良，华先生！"Dr.沈摇晃了一下脑袋，挥手示意让大家坐下，一边自己率先坐下了。"随便讲讲吧，你们陕北总部派你到抗日联军的任务。有什么新的行动？有什么新的想法？"

"老爷，我早讲过了。"

"讲过什么？"

"我跑关东，只是为了糊口谋生。"

Dr.沈刚戴上白手套的手抬了抬，似乎要取下手套，但最终没有动。随侍在他左右的两个特务的脸色陡然变成铁青。不祥的氛围顷刻间笼罩着整个大厅。

华子良想：眼前这个秘密特务机关的头子，对他的不妥协态度，大概很快就会使出什么独特手段来了……

然而，事态的发展却出乎华子良的意料。Dr.沈既未剑拔弩张，也未揭开他那神秘的黑色面纱，吐露一言半语，只是点点头，竟默默不语地一折身，钻进大厅一侧的黑色布幔后面去了。

"难道这场审讯竟会如此草草结束？"华子良并不抱有这样的幻想。他瞥一眼那两个跟随Dr.沈出场的特务依然在原地侍立的神态，便相信：Dr.沈很快就会从布幔后面钻出来的。

果然，只不过顷刻工夫，黑色布幔动了动，Dr.沈又重新出场了。脸上依然罩着神秘莫测的黑面纱，不同的是，除了仍戴着白手套之外，还披了一件在灯光下刺眼的白色长罩衫。他挂着手杖，迈着缓慢、有节奏的步伐，再次在华子良面前停了下来。

"华先生，你相信科学吗？"

Dr.沈问，口气十分审慎、从容，酷似一个学者、教授般温文尔雅。Dr.沈仿佛在实验桌前进行科学实验似的打扮，简直使华子良不能相信：

他自己是站在秘密特务机关的审讯室里!

"华先生,科学是一种研究规律性的东西。什么事情都有它的规律,你说对吗?你一定很相信马克思创立的科学共产主义理论吧?那么,你该是不会怀疑科学真理的。在现代世界,科学最昌明的,当然要首推德国,共产主义理论的创始人马克思,不也是在德国诞生的么?当然,科学门类绝不止一门两门。特工科学也是一门科学,一门建筑在最新科学技术成就基础上,很令人感兴趣的科学。德国特工科学有一条定律,你大概没听说过。现在,我可以完全坦率地介绍给你——"

Dr. 沈异常清晰、冷漠而又有条不紊的这一连串话语,使华子良由茫然不解,骤然间变得疑心重重。特别使他惊愕的是,从 Dr. 沈的这些话语里,他竟然挑不出什么毛病来。

像有意抬高某种难以发现的真理的秘密价值似的,Dr. 沈没有急于把他深奥的科学定律讲出来。他把那双戴着雪白手套的手,缩进了白色长罩衣里。沉吟片刻,像变魔术似的从罩衫里取出一根指头粗细的小竹棍来,他用双手捏住竹棍的两端,一边缓缓用力,一边示意华子良留心那竹棍因受力而渐渐弯曲,终至突然断裂的变化。接着,他扔掉那断裂成两截的竹棍,又把桌上的一只玻璃杯拿在手中,让华子良看着他先用一个小榔头轻轻敲打,然后猛地一击,那玻璃杯终于破碎了。最后,Dr. 沈扔了小榔头,得意地笑着,像论证他的科学试验结果似的说道:"华先生,看见了吗?凡事都有个限度,科学上叫作极限。竹棍为什么会断?玻璃杯为什么会碎?都是因为用力过大,超过了它们所能承受的最大限度的力。"

Dr. 沈默默看了看神情凝然的华子良,陡地提高了声音,用一种绝对权威的口气,把他要阐述的定律一字一句地背诵了出来:"人并不例外,也有极限。任何人忍受严刑拷打的克制或忍耐能力,都有一个限度。

超过这个限度，人的肉体就会崩溃，随着肉体的崩溃，人的精神也将随之崩溃。这是经过千百次试验所证实的定律！懂吗？华子良华先生。比如，你现在不想说什么，我们也无法强制你说什么。这是你的意志在支配着你。但是，如果条件变了，你肉体的承受力超过了某种极限，你的意志随着肉体的崩溃而崩溃的时候，你就再也不能自我控制，什么都会和盘托出了。"

华子良曾经看过不少书，听说过古今中外许多关于秘密监狱的故事，但却从不曾听说世界上竟有Dr.沈讲的这种科学和定律。毒刑拷打到了一定程度，人会昏迷过去，会失去知觉，这完全可能，任何人都不例外。但像Dr.沈说的那样，人在忍受毒刑拷打的时候，竟有什么极限，超过了这极限，人的肉体、意志都会崩溃，他却从未想到过。然而，华子良自然知道：自己没有想到过的，未必就不存在，也未必都荒诞。Dr.沈和这整个神秘大厅的一切，此时此刻似乎都在表明：华子良从不曾想过的事情，瞬间即将发生，他就将身不由己地掉进Dr.沈所讲的某种特殊感觉的世界中去了。他现在必须立刻认真来研究Dr.沈讲的这门科学了。

一点经验和把握都没有，但却决心面对一切考验的华子良，瞬间便不再注意Dr.沈随后讲出的许多话了，比如，要他"再考虑三分钟"，要他确信他"有经过特别训练，足以进行这项科学试验的人才"，等等，而只是想凝聚起一切力量来对付Dr.沈的这门科学。

Dr.沈戴着黑色面纱的头摇晃了一下，随侍在他左右的两个特务随即退回到厅房一侧的黑色布幔后面去了。不一会儿布幔后面便冒出了缕缕烟雾，渐渐弥漫开来，给整个大厅罩上了一层迷雾。此刻，Dr.沈已安坐在那巨大的紫檀办公桌后的雕花靠背椅里，似乎无心地在翻弄着那桌上堆积如山的卷宗，再也不看华子良一眼，也不注意大厅里正在发生的一切。仿佛依仗他的德国科学定理，他一定会从华子良身上得到他想要的一切。

大厅一侧的黑色布幔终于完全拉开了。原来，布后面并没有什么惊人的秘密，占据了半间厅房地面的东西，不过是许多大小不一的笨重木箱。几个挽起袖口移动木箱的特务正吸着香烟；弥漫于整座厅房的烟雾，无疑是他们口中喷吐出来的。

看着 Dr. 沈装腔作势的表演煞像一个舞台上的魔术师，华子良不禁想笑。他开始怀疑 Dr. 沈讲的所谓"极限论"真是科学。他想：世界上有许多事物，诚然是有限的，但不也有许多事物是无限的吗？生命、水、宇宙……这许多东西固然都是有限的，但从生生不已的物质不灭定律来观察，不也同时都是无限的么？

华子良曾经听说世界上的刑具有许多种。但是，目睹在随侍 Dr. 沈左右的两个特务指挥下，一群身材特别壮实的行刑特务撬开了那些堆积在大厅里的木箱，将存放在里面的刑具一一陈列在他面前时，他不觉毛骨悚然了。从古老的粗糙的绳索、木杠、铁棍，到现代的电镀制品，奇形怪状杂然并陈，有的不仅他见所未见，也闻所未闻。从这些木箱和刑具上散发出来的浓烈的血腥味，倏然弥漫空间，使整个厅房里的烟雾似乎也带上了血腥味。

……整座厅房里的电灯光，忽地变得更亮，更刺眼了。伴随着刑具移动的声响，总是有那么多奇奇怪怪的东西在华子良眼前晃动，干扰着他凝聚精力。他越是不想看这些奇奇怪怪的东西，它们越是会在他眼帘边浮动，赶也赶不走。

那些奇奇怪怪的东西，究竟是些什么？

是汗珠，是行刑特务头上的汗珠！

不，是从随侍 Dr. 沈左右的那两个特务额头滚落下来的汗珠！这两个家伙，不是还戴着白手套，只伫立在一旁监刑吗？他们的额头上，如果不是汗珠，又是什么？

是自己头昏眼花？不然，此刻闪现在眼帘边的，何以总是那么一处难以忘怀的地方？

那——不正是距华蓥山麓不远，有着无数绝妙美景的温塘峡？在那拔地而起、直指云天的石林之间，不正是他和路云凤相识之处？

不，是自己的头眼真有点昏花了。在自己眼帘边晃动的，也有从自己额头上滚落下来的汗珠！

在刺眼的灯光下，他特别清楚地看见：那些搁置在厅房一侧的木箱，那些堆放在地上的刑具，全脏极了，沾满了污秽的斑痕。那些褐色的、暗黑的斑块，似乎全是斑斑血迹渍成的。

再隔一会儿，一阵阵血腥气直向他迎面扑来！那令人作呕的浓烈的血腥味，不是从那几只粗糙的木箱里，而是从他自己身上，从他的四肢和衣服上散发出来的。

开始加在他身上的刑具的模样，他几乎每一件都记得清清楚楚。但一阵阵刺心的痛楚，一再扰乱着他的视觉，搅乱了他的记忆。刑具的样式太多了，他怀疑记忆它们的意义，也就不再注意它们了。

历代的反动统治者总是采用种种残酷的刑罚来镇压革命，但他们从未将革命消灭掉，到头来，被历史消灭的终究只是他们自己。古往今来的反动统治者，尽管在采用毒刑方面竞相比赛残酷，也从不曾使真正的革命者屈服过。在现代，难道这些毒刑真能突破什么"极限"，迫使真正的革命战士屈服？

不，他再也想不下去了！这原因简单极了：毒刑花样的不断变换，迫使他必须集中全部精力，去对付酷刑给他肉体上造成的种种痛苦。

血，冒着热气，从刑伤的裂口涌流了出来。滴流进口里的血，带着咸甜的味，在刺眼的灯光下映出红红的光泽。

刺心透骨的疼痛，使他觉得心脏几乎要从口腔中跳出来了！

行刑特务喘息着，走了一批，又来一批。只是在新来的行刑特务脱下他们身上的伪装——白罩衣的时候，只是在他失去知觉，完全昏迷过去以后，他才有可能得到一点喘息的机会。再往后，他不是被拖回冰窖似的牢狱，就是被用冷水泼醒，然后就又被投入Dr.沈设计的新的"极限"试验。

随着昏迷和痉挛的频繁出现，Dr.沈的"极限论"更像一团乱麻似的，紧紧缠住了华子良接近麻木的思绪。他不想再去思索Dr.沈的这种理论了。昏迷中，他一再听到仿佛有一个从空际飘来的、虚无缥缈的，就像是自己心底发出的声音在问："要是真有Dr.沈讲的那种极限，你不是只作了他又一次罪恶实验的牺牲品么？"

这在华子良耳畔蓦地出现的声音，说真的，直使他感到慌张，勾起他一个新的、实际上是他曾想过许久的思绪："古往今来的革命者的最大责任是什么？难道不正是为了打倒一切反革命么？我，作为一个决心革命到底的战士，只要一息尚存，只要还有一点力气，难道就只能想到Dr.沈的话是否科学，而忘却自己应当责无旁贷地承担的历史责任？"

这蓦地闪现的思绪，使他似乎透过烟雾弥漫的厅房看清了敌人：那个Dr.沈，那个控制整个华北的法西斯特务机关的头子！他——一个普通的共产党员，对方——一个最危险的法西斯最大坏蛋，拼掉他，难道还不值得？如果再不除掉这个大坏蛋，不知道他还会杀害多少真正的革命者。如果还能再拼掉一两个这样的坏蛋，那岂不是胜利？

这在脑际连续闪现的思绪，直使华子良热血沸腾，终于从昏迷中忽地醒来，异常缓慢，但却坚定地倚靠着狱墙站立起来了！

华子良镇定了一下自己，又动了动套在他手脚上的镣铐。他高兴了：他还有向敌人拼死一击的足够力量！他默想着，仿佛 Dr. 沈仍然坐在那巨大的紫檀办公桌旁。他忽地举起被手铐紧紧锁住的双手，向 Dr. 沈的太阳穴击去；然后迅即转身，以迅雷不及掩耳之势，猛扑向另一个特务，一举扼住了那家伙的喉管……

尽管这突然猛烈的动作，使华子良浑身疼痛，刚刚干结的伤口裂开，流淌出了黏糊糊的血液，但他却分外兴奋。极度疲劳、衰弱，几乎接近所谓"崩溃极限"的身躯，竟还这么灵敏，竟还可以如此迅猛出击！他确信。任何敌人都将经受不住这猛然的一击！

从此，华子良什么事也不去想了。他只期待着，期待可以迅猛出击的时刻尽快到来！他只希望，再次回到 Dr. 沈的那座秘密大厅，而且，希望 Dr. 沈还是像往常那样，一动不动地坐在那张垫着豹皮的雕花椅上。

脚步声，杂乱的脚步声，出现了，近了！该是那期待着的时刻到了？

门开了，又被锁上了。原来，看守特务带来的不是他期待的东西，而是留在牢门里边的两只碗，一只碗里放着两个冰冷的窝窝头，一只碗里盛满了水。

华子良肿大的嘴和喉管，使他本能地对那硬结的窝头产生反感。他把那盛窝窝头的碗推在了一边，端起那只盛水的碗，移近自己的嘴边。尽管水里一股臭气猛然向他扑来，他毕竟太口渴了，终于艰难地张开嘴，喝进了一口水。

糟糕！他怎么也想不到，竟会是这样一种滋味：他的口是麻木的，一点味道也感觉不出来；他要咽下这口水，却似乎比登天还难！他刚要咽下，肿大的喉管竟像被什么东西塞满了一般，几乎使他把水全吐了出来。

哦，还需要这水，这窝窝头么？

33

"不,你不是需要力气,你不是还想向敌人迅猛有力地一击么?"华子良默默地问着自己,心绪显得平静多了。

他喘了口气,庄严地向黑暗中伸出手去。他用有些不大听使唤的手,把盛窝头的碗移近一点,把窝头掰成许多小块。然后,拿一小块塞进了自己的嘴,忍着剧痛咀嚼着,几乎是憋足了气,冒出满头大汗,才吞下去一小块。但这却给了他极大的启示:它毕竟还是吞得下去的。

不知费了多少力气,也不知花费了多少时间,华子良终于高兴地发现:毕竟把那窝头、那碗水,全吞进了肚里。

他太疲倦,也毕竟可以宽心一些了。他知道,自己现在唯一的任务不是别的,只是休息,只是养精蓄锐,等待着和Dr.沈的那场最后拼搏!

夜深了,更深了。那令人神往的一刻,来得竟是如此缓慢。

一天过去了,又一天过去了。

当华子良的体力更明显好转的时候,这天夜里,他期待中的机会终于到了。

华子良拖着铁镣,穿过曲曲折折的巷道,直往前走。这是他熟悉的去那座神秘的刑讯大厅的路。路边密密麻麻的岗哨表明,Dr.沈正在原处等着他。他是那样兴奋,脚下铁镣的锒铛声更响,向前跨步的双腿更有力,跨步也更大了。

华子良一旦察觉到自己异常的兴奋,立刻放慢了脚步,像往日一样蹒跚着,一步挨一步地拖着前进,甚至比以往走得更慢。押解他的特务急了,架上他的双臂,径直拖向大厅。

时近深夜,吊灯光更加明亮刺眼,厅房里的陈设似乎也更加闪亮夺目。被黑色面纱遮住了面部的Dr.沈,依然端坐在那张宽大的办公桌背后。随侍Dr.沈左右的两个特务,一边悠闲地吸着雪茄烟,一边品尝着美味的夜餐。精致的餐具和热气腾腾的食品，几乎把办公桌都摆满了。看来，Dr. 沈不仅正等着他的到来，而且正全神打量着他。从 Dr. 沈从黑色面纱后向他投来的尖利的一瞥，直使华子良觉得，自己内心的秘密像被对方看透了似的，不觉为之一震。

为了掩饰这几乎被对方察觉到的惊诧，华子良赶紧抑制住不平静的思绪，把头低垂了下去。

这之后，无论从什么角度看，他都和惯常一样平静了。Dr. 沈根本没有，也决不可能透视到华子良心中想马上击毙他的秘密。这个目空一切的特务头子几乎是毫无防备地向华子良走来，一步，两步，即将近在咫尺！现在，只需要十分之一秒钟的时间，华子良就可以跨过这段距离，用自己手腕间坚硬的铁铐，一举击中这家伙的头部要害，一下子结束这个血债累累的特务头子的生命。如果不发生意外，他一回身还可能卡住另一个特务的咽喉；趁守候在大厅门外的众多特务没清醒过来的间隙，他还可能举起木椅，打掉大厅里的吊灯，使这里变成一片黑暗……

为了便于迅猛准确地实施这一击，华子良暗自调整了一下自己手脚上铁铐和铁镣的位置。"一，二……"华子良就要出手了，在出手之前，他突然觉得还需要权衡一下得失，最后估量一下有无疏漏之处。

"沉着些！"华子良提醒着自己又不禁自问，"你害怕了吗？你还有什么要考虑的？"

这么想着，华子良尽管没有丝毫胆怯之感，却也没有刚想到这突然行动时的那种冲动。他知道，自己不是为着任何自私的目的，而是为着民族和人民的解放在战斗；对于像 Dr. 沈这样特别阴险狠毒的特务头目，采取断然手段予以处置，即便牺牲了自己，也是值得。

"和 Dr. 沈拼命，果真值得么？"突然，华子良竟被这么一个早就想过，此刻却又涌向心头的思绪，弄得迟疑了。

是的，他早想过这件事：Dr. 沈是法西斯特务在华北秘密机关的总头目，是一个在敌我生死大搏斗中举足轻重的人物，自己只不过是一个普通的共产党员，用一己之躯拼掉这样一个人物，难道还不值得么！可是，当他此刻再次问着自己时，他却又觉得心跳加速了！

如果说有疏忽，华子良此刻才蓦地意识到这才是他最大的疏忽之处！尽管 Dr. 沈是法西斯特务大头子，是一个双手沾满人民鲜血的刽子手，而他——虽然只是一个普通的共产党员，却是一个有着共产主义远大理想的自觉战士！他和他怎能相比？怎么能说拼掉这么一个肮脏透顶的家伙就值得？不，决不值得！

"那么，你为什么竟会产生这样的念头呢？"华子良进一步探寻这极其简单的问题的答案时，他骤然脸红耳热了：啊，这里难道还有别的原因吗？唯一的原因，难道不正是 Dr. 沈的"极限论"在起作用，在牵动着自己的思绪？最后，事实不将证明，你的意志被 Dr. 沈的"理论"进攻威慑住了，在敌特的酷刑面前动摇了吗？

华子良紧握拳头的手松弛了下来。他决心不露声色地放弃和敌人拼死的计划。同时，他暗自下定决心：一定要记住这个教训，永不动摇！在 Dr. 沈眼里，他自己应该永远是个谜，决不让 Dr. 沈从他口里得到任何材料；而在自己这里，最后一定要看到 Dr. 沈宣扬的科学定律是否科学。

一束白炽灯光，伴随着几双野兽般的目光，从华子良的左侧面突然盯住了他。一种奇形怪状的刑具，又和他的身躯连接在一起了。

也许，只是因为华子良更冷静了，他已不太留意这座秘密审讯大厅的细微变化，也不太留心敌特又换了什么新的刑具。使他特别留心的，似乎只有这样一些事：Dr. 沈究竟还想干什么？还要干什么？

也许，正因为这样，他很快就看出：Dr.沈在此之前对他所采取的一切手段，都只不过是试探罢了。一当 Dr.沈终于仍然一无所获的时候，这家伙便无声地退到黑色布幔之后去了。以后的几天，他在这座秘密刑讯厅室里见到的，就只是些刑讯特务，再也不见 Dr.沈的踪影。最后，不仅不见 Dr.沈出场，连刑罚也停下来了……

是 Dr.沈对他感到厌倦了，还是将从此终止对他的这场试验？

不，决不。在这叫人难以捉摸的神秘氛围中，华子良越来越强烈地预感到，也许正酝酿着一场新的恶战！

果然，几天之后的一早，敌特又将他从冰窖似的黑牢里押了出来。在这以前，敌特还从不曾在白昼把他押出过牢房，他们没有拖着他通过那曲曲折折的巷道，也没有押着他急匆匆地去到那座厅房，而是带领华子良蹒跚漫步，摇摇晃晃，走向一处空旷的地方。

啊，天空！华子良看见了多时没见到的华北平原上辽阔的天空！暴风雪停歇了，它高多了，辽阔多了。

啊，树！华子良多时没见到的树。有生长着嫩绿色叶片的树，也还有光秃秃的只有枝干的树。

啊，还有歌声！在晴朗的晨空中飘荡的歌声，特别令人神往。那歌声传扬出来的所在，也隐约可见了。那是一个花园环绕的草坪——确切地说，那花园并没有花，只是有些枯树藤和曲径；那草坪也没有绿茵茵的草，只有被冰雪覆盖过的深褐色的枯草茎。一群年轻人正在那里齐声歌唱。歌声整齐，节奏简单，给人以一种浮躁、阴暗、不快的感觉。华子良不想听，它却更强烈地向他耳畔飘拂了过来：

我们是革命青年，
快准备：智仁勇都健全！

……
我们是领袖的耳目，
我们是革命的灵魂。
救国的责任——
就在我们的双肩！

啊，原来尽是些高唱革命，却专门以镇压革命为职业的法西斯蒂的徒子徒孙们！华子良不屑多看他们一眼，把头转向一边，但他不经意地竟又瞥见了戴着黑色面纱的 Dr. 沈拄着手杖，从那草坪旁的小道上消失的身影。

前面，又见到那座秘密审讯大厅了。华子良猜不透：敌特带着他绕这么大一个圈子的目的究竟何在？是为了耗费他有限的精力，还是让他体味一下自由，或者别的什么特殊氛围？

Dr. 沈又从大厅一侧的黑色布幔后面缓缓地钻了出来，还是罩着那件白色长罩衫。尽管是在白昼，又是在这样一座被阳光照亮的厅房里，因为 Dr. 沈从不摘下他那黑色的面纱，他的真容自然是怎么也叫人看不出来的。华子良终于也看出了一点点变化，Dr. 沈的那件长罩衫仿佛刚洗烫过的，十分洁白。他在雕花椅上坐定之后，照例，随侍左右的特务便点起了香烟。当白色烟雾冉冉上升，在天花板下形成团团雾云般的斑块时，Dr. 沈挥了挥手，才算揭开隐秘了多时的阴谋的序幕。

"轱辘辘……"金属齿轮转动的清脆声，忽地由远而近卷进了大厅。循声望去，只见两个穿白色罩衣、戴白色口罩的人，正推着一部底座有万向轮滚动的机器进来。整座机身几乎全被白色布罩严实罩住，使人很难一下子认出它是派作什么用场的。

机器在华子良面前停住了。罩住它的白色布罩揭开，露出了它的原形：它的上部有一个闪着电镀克罗米光泽的长长的手臂似的杠杆；中部托放着好几个瓷盘，每个瓷盘里各放着几把大大小小的钳子，底部则连接着一张可以坐人的皮椅。这使人觉得，它很像牙科医生施行手术时常用的设备。

Dr. 沈转动着他那夹鼻眼镜后面的黑亮眼珠，向华子良凝望了一下，像在提醒，又像向他解释般地说道："华先生，Das ist ein aus Beliner medizisch-therapeutisch-Apparaf-Firma hergestellebar neues Produkt, mit Prä zision und zierlichkeit."

坐在 Dr. 沈身旁的特务，立刻把他的话翻译出来："Dr. 沈说，这是柏林医疗器械公司的最新科学贡献，精确、灵巧极了。你——华先生，见过这样灵巧的机器？"

华子良被安置在那皮椅上，四肢也立刻被绑在那特制的精巧的设备上，不能动弹了。守护在机器旁那两个穿白罩衣、戴口罩的特务，不声不响地拿起钳子，望了望 Dr. 沈，又望了望华子良，然后，把钳子在瓷盘边沿"铛啷啷"敲了几下。这神情，告诉华子良：他们将要用这宝贵机器，对他施行"拔牙"手术了。

"轱辘辘——"机器被推到了 Dr. 沈的办公桌边。Dr. 沈赞赏地抚摸了一下机器，伸手把那白瓷盘里的钳子拿在手中，像一个科学家拿着科学仪器般地掂了掂。另一个特务立刻从 Dr. 沈手中接过那把钳子，一双阴冷的目光突然对着华子良，缓缓说道："华子良华先生，你想见识一下这机器的精确性能，还是真想向 Dr. 沈的科学理论挑战？"

那傲然的神情，仿佛在警告华子良：Dr. 沈是个不会轻易罢休的人物，他要征服你，叫你在"极限"面前彻底崩溃！

华子良没有理会他。这特务终于愤然把钳子扔回了瓷盘，一挥手，机器和华子良便被推向了大厅此刻光线最明亮的窗前。

华子良一生中，受过枪伤，现在又经受过刑伤的折磨，但却从不曾有过被拔牙的苦痛经验。牙病患者的痛苦呻吟，被拔牙的人口腔浮肿，流血不止的苦涩神情，他见过多次，但这种体验毕竟是太间接了。在记忆里，童年时代还听说过一个和牙有关的英雄故事。传说古代有一位"万夫莫敌"的英雄，在一次苦战中身陷重围，四面受敌。他杀倒了无数敌人但敌人却把他越围越紧。他的牙齿被打掉了。这英勇非凡的英雄，怒喝一声，竟连血和刚被打下的牙齿都一口吞进了肚里；再怒喝一声，竟从重围中杀出一条血路，直闯了出去……此刻，当华子良瞥见敌特把明晃晃的钳子向他口腔伸去时，他不禁想道："古代人能做到的，我——一个决心为民族和人民解放事业奋斗到底的人，难道还做不到么？应该可以，而且应该做到'打落牙齿和血吞'！"

华子良正想着，忽听见"铛"一声响，他刚意识到这是钳子碰撞的声音，牙齿已被打掉了。华子良想立刻闭上嘴，把牙齿和血吞掉。但这哪能来得及！牙掉血涌，猛射而出的鲜血一下子就把牙齿冲了出来，"铛"地掉进白瓷盘里去了。

"是吞慢了一点？也许，就差那么一点点？"华子良思考着这次失败的教训，觉得极可能是自己意志力不集中，反应迟钝了，如果早一点，结局完全可能不是这样。

特务再次把钳子伸向华子良的口腔。他吸取了教训，集中意志作好准备。他刚发觉钳子碰撞到牙齿，就用劲吞，但只听得"铛"一声牙齿又掉进了白瓷盘里。他吞下的只是一口血。再一次失败，才使华子良终于懂得：牙被打掉，和平时掉牙是这样不同；牙一被打掉，涌流不止的血就定会把牙冲走，是一定吞不下去的。那个描写古代英雄吞牙的故事作者，可能也不一定有这样的体验；说英雄可以"打落牙和血吞"，说不定只是为了歌颂作者心目中的英雄而虚构的情节罢了。

一片白色的光忽地在眼帘边一闪，Dr.沈悄然从他身边走过，又钻进厅房一侧的黑布幔后面去了。一阵滚轮启动的音响之后，刚才还极其神秘的机器，连同和它同时出场的两名戴口罩的特等技师，也已滚出了大厅。

"华子良华先生，你觉得怎么样？——"随侍Dr.沈左右的特务还盯着他，故意把语音拖得很长，"你——大概觉得——你已经胜利结束了这场战斗，是吗？"

华子良把满是血污，因为牙齿几乎被全部拔除早已瘪塌下去的脸，转向了一边。这特务却硬把他的脸扭转过来，一字一句地宣布道："这不是结束，你懂不懂？Dr.沈的刑罚，才刚刚开始呢！"

不知道是不是失血太多了，他只觉得头昏沉沉的，连一点思索对方话语的能力也没有了……

第三章

  静极了。像长久地待在一个孤立的宇宙星球上，什么也感觉不到。没有风，没有雷，没有霜露，没有虎豹豺狼，也没有蟋蟀蚂蚁之类的动物……总之，什么也没有；什么也听不见，什么也看不见。

  糟糕，怎么连脑子也没有了？千真万确，仿佛真没有脑子了，这是 Dr. 沈玩的什么花招？

  脑子没有了，怎么还会思索？这不是荒谬绝顶么？

  哦，不对。他终于捕捉到其间的奥秘，尽管似乎经历了若干间断的探索。原来，Dr. 沈并没有使他和他大脑分离的特别技能；他还有脑子，只是它像飞走的气球似的，轻飘飘地，浮向空际去了！

  到底浮向何方去了？

  自然，那决不是虚无缥缈的天堂，或什么特别神秘的去处。确切地说，它还是在这寰宇之中，就在 Dr. 沈的秘密大厅之中。每一次，它从他的躯体分开，升向空际，但总是逃离不开这厅房，每一次，它轻飘飘地浮向空际，仿佛要飞得远远的，但刚浮悬到一定高度，就被什么强有力的东西吸引住了，终于飞翔不远，总是到这个秘密大厅的天花板就停住了，就悬浮在那里，不上也不下。直到许久以后，在他难以察觉的瞬间，它竟又会在不知不觉间，依然回到他的躯体中来。

正因为这样，他有时毕竟还能思索。

正因为这样，他有时似乎还能感觉到一点什么。但无论如何，他的这些感觉都只能是支离破碎的、片断的，决难形成一个概念，更决难有一个系统的认识……

一切似乎又不对了。华子良自忖：自己被囚禁的那座像冰窖似的监狱，不就只是一座孤独的黑牢么？它那厚重的门外，不就只有一条同样黑暗的胡同？它的周围，不是从来就听不见看守特务巡逻的脚步声么？可是，不知从什么时候开始，这一切似乎全变了。一直没有一点光亮的那条黑胡同，不知从哪里竟透射进来了一片微弱的光线。因为牢门和狱墙的阻挡，他自然看不见那里究竟发生了什么变化，但他总感到：胡同口有一道门，似乎还可通向别的牢狱；这道门一直封闭着，想必现在开了，那片微弱的光线才得以透射过来。最能证实他这个判断的是，尽管他一点也看不见，但却总是听得到一种特别的有节奏的音响："踢踢，踏——"，看守特务穿梭巡逻时皮靴触地的声音，总是在那个方向一再反复地响起。

华子良太想听到牢狱之外的声响了。不知是为了证实他还在这世界上，或者是为了进一步探索这黑牢究竟还是不是在这世界上，他总是久久地倚在那牢狱门前，用耳朵和眼睛去捕捉周围可能有的变化。但是没有多少效果。直到他终于失望了，不再去捕捉周围的动静时，一片令人惊讶不已的人声，竟从他感觉中的那道门外传了过来。

听出来了！还是个女声！

会是谁呀？那声音是那么悦耳动听，那么具有使人坐卧不安的力量！

会是施飘萍么？她怎么会，怎么能独自来到这里？

华子良猛然扑向牢门，把头从风门口大胆伸了出去，转动两只眼睛，立时惊诧不已。原来，那里不仅真有一道门，门的另一边还真有牢狱的影子。看守特务正在巷道尽头的暗处巡逻着，搜寻着巷道里外的一切可疑变化，但他们恰恰没有留意到靠近华子良的这条黑胡同的变化：就在那道门边，有个女孩在讲话，接着闪现出身影。那女孩头上戴着一顶白毛线织成的风雪帽，使他一眼便认出她来了！她，不正是施飘萍么？！

是她！她怎么来了？她满脸焦灼的神色，朝他做着仿佛手抚胡须的奇特动作，更使华子良惊诧不已，沙大哥、大胡子他们，怎么会也来到了这里？

施飘萍的注意力不时集中在那正在巷道尽头巡逻的看守特务身上。远处牢房里传出的轻言细语声，显然把看守特务吸引了过去。这时，施飘萍一侧身，竟从容不迫地溜过那道门，径直向华子良的牢门边走了过来。

转眼间，施飘萍便大胆地把双手伸进了牢门。她凝视着他的脸，凝视着他的手，凝视着他的遍体鳞伤。晶莹的泪珠从她黑亮的眼球中忽地夺眶而出，亮晶晶的，像珍珠般地挂在她稚嫩的脸蛋上。

"大哥，他们把你打成这样了！你痛吗？"施飘萍显然想这样对他讲话。但她刚要启口，又似乎觉得，她的脸上太不应该有眼泪了，她太不应该带着眼泪和她敬爱的大哥讲话了。她一回头，用手抹去了脸上的泪珠。然后，把一张充满憧憬的，就像那天在火车站告别前还带着几分稚气的脸，转向了他。她悄声对华子良倾吐的话语，使人觉得，那每个字音都是从她心上流淌出来的："你不是说过，只要我们永远坚定不移地向前，向前！我们就一定还会再见到的。真的，我真高兴！我们不是又在一起了么？"

啊，不好了！施飘萍和自己都只注视着还在远处巡逻的看守特务，完全没有留意到在别的黑暗角落可能设有的埋伏！忽然，不知从什么地方传来一阵窸窸窣窣声，施飘萍警觉起来，顿时缩回了手，机警地看了看远处看守特务一动不动的背影，迅即退到她原先站立的地方，闪出那道门外去了⋯⋯

黑暗角落里那窸窸窣窣的危险声音似乎消失了，无影无踪地永远消失了。但施飘萍刚去到的那地方却出现了危险的声浪。声音尖厉、高亢，喧嚷成一片，怎么也听不清楚。过了好一阵，总算捕捉到了，争吵的核心内容不是别的，是特务追查施飘萍刚才是否走过了那道门，是否和谁说了什么，施飘萍坚决地否认。特务尖厉的指控和叫嚣，使人坐立不安。特别是突然升起的一片呼喊，更使华子良的心狂跳了起来。

"不许打人！不许特务打人！"

这是大胡子特别洪亮有力的呼叫声。大胡子怎么会也来到了这里？

又不对了。这一切，霎时间似乎全消失了。那道门又被关上了。从那道门透射进来的光线没有了，从那道门里传扬过来的一切声音也没有了。现在，唯一留在这个狭窄世界里的东西，似乎就只有这黑暗、奇寒和死寂。但在华子良心里，此时此刻，却怎么也忘不了那道门外曾经闪现过的世界，怎么也忘不了和那道门相反的方向曾经出现过的那阵窸窸窣窣的声响⋯⋯

倚在牢门边，华子良守望了许久。他终于又望见一片亮光了。但他很快就发现，这片亮光不是从那道门的方向透射来的，而是从它相反的方向，即曾出现过一阵窸窸窣窣声响的黑暗角落中透射进来的。显然，这一边也有个门，门外连接着一个望不到尽头的巷道。

华子良正想仔细去观察那只有一片亮光，似乎浮现在太空中的模糊的巷道情景时，一个黑乎乎的人影，不知何时来到他牢狱门前。

"别相信他们那一套！朋友，千万注意！"

这黑乎乎的人影倚在牢门边，随便讲话的神情和语气，使他蓦地记起了一个只闻其声，未看清其面的人——朱兵。华子良不明白：这个朱兵怎么又来到这里？朱兵曾经向华子良自称是抗联特派员，是由于那个列车员叛变才被捕的；而那个名叫熊树人的特务也曾告诉华子良，朱兵把一切都对他们讲了。但华子良都不能核证。朱兵又来干什么？

这黑乎乎的人影把身子一转，使华子良从扑朔迷离的微弱光亮中，终于看见了那个名叫朱兵的人的面影。他，披着长发，黑黑的脸颊，宽广的额头下架着一副黑边眼镜，藏在他那眼镜镜片后面的眼珠，总是闪烁着一种似乎洞察一切，却又忧心忡忡、迟疑不决的光。他那身质地优良的厚呢长大衣，似乎还在显示着他曾有过的某种身份。反背在他身后的两只手，总是不断地在摇晃着，卷弄着一卷不知是何时出版的报纸。

朱兵为什么会来到这里？他为什么会有那么一身装束？他为什么老卷弄那个小纸卷？这都十分令人费解。

朱兵把头神秘地转向施飘萍隐去的方向。他那洞察一切的眼珠一转，仿佛他早已了解一切。他沉默下来，不断地摇动着他身后那个小小的纸卷，仿佛又显示他正在设身处地为华子良的处境设想。

"现在，你总应该相信了。事情坏就坏在那个列车员身上！他不但出卖了你和我，而且还出卖了他们！"

朱兵似乎知道施飘萍、大胡子和沙大哥都已身陷囹圄。

朱兵把背在身后的小纸卷移到了胸前，一边不住地晃动着，一边又非常急切而又坦率地向华子良解释道："特务把我盯得很紧。不过，我还是决心把我想到的一切告诉你。尽管我讲这些话，可能要承担风险，也可能根本得不到你的信任。但我还是决心告诉你。"

朱兵沉吟着，屏息谛听了一下黑暗中似乎隐约浮现的一声呜咽。

他的双眉刹那间皱在了一起。他的双手把小纸卷紧紧捏着，捂在自己的胸前。

"我叫朱兵。可是，我应该坦率地告诉你，我的真实身份不是我曾经告诉过你的那样。我是中央派出的特别联络员。我没有任何生还的可能了。我也不可能企求任何帮助。现在，我唯一想对你倾诉的，第一，还是要特别警惕那个万恶的列车员；第二，是想对你这样缺乏复杂斗争经验的同志提供一点参考性的意见。"

原来，朱兵是来讲什么"参考性"意见的。华子良想，那就听听吧。但他刚这么想，朱兵似乎就觉察到了，立刻收住本要滔滔不绝讲下去的话语，什么也不讲了。

然而，朱兵毕竟按捺不住他急于表白、急于争取对方信任的情绪，稍停了一会儿，终于还是把他在口边刚吞下去的话，全吐了出来："那个该死的列车员牵扯到你的，说到底，也就只是一般的接头问题罢了。和你有关的人，都来了。我看，Dr.沈他们对你不会有更多的企求了。他们要追你的组织关系，你尽可以不认账；他们也不会太为难你。不过，他们一定会这样对你说，你既然不是中国共产党的党员，也没有参加过中共的活动，那么，你今后还准备参加吗？如果你今后也不准备参加，他们就会让你在一份保证书上签上你的姓名！"

朱兵把他手中的那个纸卷在华子良眼前晃了晃，便把他那张带着神秘意味的脸嘴凑近华子良的耳边，小声说道："这，也许是个办法。在不危害组织和同志的前提下，签个名，争取及早恢复自由，去继续你的革命活动，也不是不能考虑的吧？"

"无耻！"华子良几乎喊了起来。他终于弄清朱兵的真正来意和本来面目了。难怪朱兵似乎什么事情都知道。但他极力隐忍着，让几乎颤抖的嘴唇平静下来，最后才说出了一句使对方意想不到的话："先生！你讲些什么呀？我一句也听不懂。"

朱兵耸耸肩，在他背后拖一个像尾巴似的纸卷，悻悻地向巷道深处远去了。

"叭！叭！……"刺耳的枪声，忽地从那黑胡同里响起。使人心惊和捉摸不定的是，不知为什么，这刺耳的枪声是同时从两个不同的方向传来，即是说，既从施飘萍他们那道门的方向，也从朱兵来的那个方向响起的。枪响之后，整个牢狱里又陷入一片死寂，什么声息也没有了。

真奇怪，恰在这时，华子良忽然连感觉也丧失了。

眼睛似乎没有了。耳朵似乎也不曾有了。眼睛到哪里去了？耳朵到哪里去了？为什么一点也看不见听不见？

手也没有了。脚也不知到哪里去了。为什么会突然失去了手，失去了脚？

难道它们全被敌特挖去了么？

施飘萍、沙大哥他们为什么会来到这里？朱兵为什么会那么活灵活现来到这里？这是不是 Dr. 沈在暗中策划操纵的结果？Dr. 沈不是早就讲过：毒刑拷打到了某种限度，人的意志就一定会随着肉体的崩溃而最后崩溃；他不是正在对自己不断施行毒刑么！可是现在，他为什么又会采取这样卑劣的手段，叫朱兵这样的人出场？哈哈，原来他也并不完全相信他的所谓"极限论"，才叫朱兵来玩弄这样卑劣的诱骗伎俩！

"砰，砰砰！"又一阵刺耳的枪声。华子良忽然感觉自己不仅还有耳朵，而且眼睛也没有丧失，他甚至看到牢狱里有一丝亮光。他的手在，脚也在……

异常沉寂的牢狱气氛，使华子良冷静地感觉、回味着他正面临着的一切。他终于渐渐明白过来，刚才呈现在他眼前的，不是梦境，也不是完全昏迷状态中的模糊印象，而是幻觉和现实、昏迷和清醒之间的种种感觉重叠、交织在了一起。

牢狱里环境、音响和气氛，都是真实的。朱兵的突然现形，也是真实无疑的。只有施飘萍、大胡子、沙大哥的出现，才不是事实，只是他由于担心引起的种种幻觉罢了。

自然，贯穿于这些幻觉和现实的，确有一个操纵一切、掌握一切的独一无二的人物，那就是Dr.沈。他一直坐在他那张宽大的办公桌前，不是在翻阅他的特务文书，就是在漫不经心地望着华子良。有时候，他似乎很悠闲地谛听着留声机里播放出来的贝多芬交响乐，品味着咖啡或红茶。华子良之所以能一再见到他，只是因为在每次受刑之后，都要被特务拖着或者抬到那张宽大的办公桌前，去接受他的检验。每一次，Dr.沈总是用一种极严肃、极挑剔的目光审视他，又看看那些行刑专家。他渴望验证他的理论效应，总是仔细注视着刑讯专家们对华子良的检验，也不放过纸页上刷刷地急速记下的每一个数据。

当然，华子良无法确知他们对他作了怎样的检验，又给他记录了些什么。但有一点他很清楚，敌人所能记下的，只有血，没有泪；只有皮开肉绽，没有悲怆哀泣！他们就只能记录下这些，因为他们根本不理解他的心，他对革命和同志的一片忠诚。

每一次，这种例行的检验和记录结束以后，Dr.沈总要把他那戴着白手套的手指露出来，把华子良的眼睑翻开，用他那藏在夹鼻眼镜镜片后面的眼睛向华子良凝视一番。然后，竖起一个手指头在华子良眼前连连晃动几下，仿佛在测试，又仿佛在提醒他道："下一次，你不哭，你不叫，我才不信！"

"哼！下一次，我哭了叫了，才怪！"华子良想着，紧紧闭上了双眼。

这之后，他又去了 Dr. 沈安排去的地方。

华子良记不清这是第几次了，也记不清去了一些什么地方，更弄不清他们早已为他更换了多少奇形怪状的刑具。渐渐地，华子良除了常常感觉到自己没有了四肢和五官，常常留下许多昏迷和清醒、幻觉和现实重叠在一起的印象之外，还留下了许多奇奇怪怪的感觉。

开初，当刑罚弄得他体无完肤的时候，不知为什么，华子良总是觉得，自己的骨骼、关节太大太硬，血肉太少太少了。血肉总是包不住骨头，骨骼、关节总是裸露在外面，仿佛这就是肉体感到千奇百怪痛苦的根源！

后来，随着刑具的不断变换，华子良突又惊恐地发现，竟有一种新的难以想象的力量，正在无情地支配着自己。他清楚地记得：过去，不管敌特使用的是什么刑具，总是刑具和自己肉体连在一起的时候，他才有痛楚的感觉。此后，因为抵抗这种极端痛楚的折磨，他总要习惯地咬紧他那浮肿得极大的牙龈，他总要冒出一身冷汗。可是现在，这一切似乎全变了，只要刑具摆在了他面前，只要他一旦感觉到它的存在，他就有了痛楚的感觉。敌特还没有把刑具强加在他身上，他就可能失去知觉。他不能不惊恐地思索：这和 Dr. 沈讲的"极限"有什么关系？还可能出现一些什么奇怪的感觉？不过，眼前似乎也没有什么了不得，容易失去知觉倒也好，只要失去了知觉，不是什么痛苦的感觉也都不存在了么？

"失去知觉倒也好"，华子良想着自己头脑里闪过的这念头，不觉踌躇了。他强制自己不大听指挥的大脑，固执地想了又想。他终于认定，这哪里是一个真诚的革命者应该有的思绪呀！这只能是企图逃避现实、逃避残酷斗争的可耻念头！他强烈地批判着自己。他决心尽力坚持，决不使自己轻易失去知觉。

然而，事情的发展愈来愈出乎他的意料。渐渐地，华子良总觉得，有一种不可抗拒的力量，正悄悄向他靠近！眼前一发黑，随之而来的便是头脑昏眩，四肢无力；眼皮一闭上，很快就会丧失一切感觉。这时候，华子良才明白：真要头脑保持清醒状态，是多么地不容易，要争取做到不轻易丧失知觉，又有多困难！哪怕是多坚持几分之一秒，也得付出多大努力！但华子良固执地想，必须坚持，一直坚持下去！

渐渐地，华子良又发现：他的努力越来越面临着巨大的考验。过去，肉体要经过一个强烈的痛苦阶段，他才会昏迷过去；他还可能和这种昏迷现象搏斗一阵，才会完全失去知觉。现在，敌特把刑具一摆在他面前，还未触及他的肉体，他就会失去知觉；即使还想再坚持一会儿，也坚持不了。这全新的感觉，使华子良十分震惊，却又分辨不清：这究竟是他快接近死亡的信号，还是接近 Dr. 沈讲的某种"极限"的表现？但有一点变化，是确定无疑的：Dr. 沈从此似乎再也不想把他送回牢房去了，而是把他留在这个有暖气的大厅里。这是因为 Dr. 沈担心像华子良眼前这样衰弱的身体，一旦再回到那冰窖般的牢狱里就会死去，那他还在期待最后看到"极限"试验结果，也就落空了。

尽管华子良一直昏迷不醒，但他毕竟一直躺在这大厅里，因而他总是感觉到 Dr. 沈的存在，感觉到许多特务一直在这里进进出出……

这些特务在干什么？他们为什么一会儿似乎是蹑手蹑脚，生怕惊动了什么；一会儿似乎又毫无顾忌，弄得乒乓翻天地响？

好像有人说话。说谁？对谁说呀？

"这人死了。即使没死，也死了……"

谁在讲话？又在说谁？

"嘀嘀嗒嗒……"，总是这样均匀，准确无误，无休无止。是什么东西在响？华子良想象不出，也看不到。

"叮叮叮，叮叮叮……"这声音也是那么有节奏，连续不断，清脆嘹亮。那又是什么东西在发声？华子良同样想象不出，也猜不出。

他似乎沐浴在灿烂的阳光之下，只觉得全身发热。这可能吗？决无可能！大概是 Dr. 沈大厅里的聚光灯照着了他吧。自然，他永远也不会明白：对他这样一个已经死去的人 Dr. 沈为什么一定还要把他放在聚光灯下观察？

似乎还有无数穿白色罩衣的人团团围住他。他睁不开眼，分辨不出，这些人究竟是最后给他作死亡鉴定的医生，还是检验刑讯效果的特务？他们在议论什么？除了听见一些模糊不清的咿咿喑喑声音之外，他连一个字音也听不清。

不知过了许久，经过了多少次断断续续的思索、回忆、比较，华子良才终于有把握认定：那始终不断"嘀嘀嗒嗒"发声的，是 Dr. 沈大厅墙上的挂钟；那不时有节奏地"叮叮叮"作响的，是 Dr. 沈面前那张宽大的办公桌上的电话铃声；那在他身边不断出现的人影，尽管穿着各式各样的衣服，社会上流行的服装几乎应有尽有，但都是 Dr. 沈手下豢养的特务……

"Guten Morgen！"（早上好！）

听那口气，华子良明白：新的一天又到了。

"Gute Nacht！"（晚安！）

听那口气，华子良知道：这一天又结束了。

"Dr. 沈，他死了？"

"他死了，你请直言吧。"

"Dr. 沈，请注意，他不一定死了？"

"Oh！ Hier ist weder wie wie Tokio， noch NewYork, istves zuein tönig..."（"啊，这儿不像东京，也不像纽约，太单调了……"）

"他不死,也死了。请直言吧。"

"糟糕!这儿的早点……你竟吞得下这么多苦果、烂肉?!"

不知道谁在讲话,也不懂得这些人讲的话。但讲话人的每一个字音,音节中的停顿,仿佛都深深地印刻进了他的大脑。

自然,像这样清晰而深刻地印在华子良还处于昏迷状态的大脑里的事,这决不是唯一的一件。曾经使华子良思索、回忆了许久,他似乎才弄清一点眉目的,还有这样一件事:那也许正是因为有人认为他"不死,也死了",他们才在电话上那么无所顾忌地一再大声讲话——尽管他完全分不清是谁,在哪一次讲了什么——他却从特务无数次来往电话中,听出一点眉目来了!华子良怎么也想不到,他之所以被捕,竟有那么多难以想象的原因:第一,是敌特机关怀疑中共已获得伪满洲国皇帝将赴东京朝觐日本天皇的情报,由此,共产党将组织抗日联军在途中实行狙击,敌特认定,联络、传达中共这一决定的,极可能是他。第二,是怀疑中共已获悉日本关东军司令南次郎大将和关东军特务机关长土肥原,向国民党特务机关提出的在东北华北联合对共、统一情报合作的计划,由此,中共决定将在东北华北发动反日高潮;专程去东北传达这一决定的,自然还是他……正因为这样,华子良不仅成了 Dr. 沈特别注意的人物,也成了日本特务机关和南京军事委员会特别注意的人物。

还有一个人物,尽管华子良对这人的容颜外貌一无所知,但这人却深深地留在他昏迷中的脑海里了。华子良弄不清这人何时开始停留在他身旁,只是觉得,这人曾长时间地在他身旁徘徊、观望。"还担心他会跑么?"似乎有谁在问。这人回答的声音很低,讲得却十分肯定:"要是你们不把他看着,他一定会跑的。""情报可靠?"问话的声音极低。这人答话的声音更显得极其诡秘了:"那节车厢是抗联的地下联络站。列车到达山海关车站时,日本关东军特务机关搜查了这节车厢。抗联的两个联络员，也就是两个列车员持枪反抗，打死一个，跑了一个。""多亏你给了他一棒，不然，他也一定跑了。""他跑得快极了。要不是我预先埋伏在铁路线的另一边……"华子良这才明白：此刻在他身旁长时间逗留的这人，竟是躲在那土堆后面，偷偷给了他一棒的家伙！华子良真想睁开眼，看看这家伙是副什么魑魅模样。忽然间，他被一连串意外的声浪所惊醒，只觉得天旋地转，几乎挣扎着想要翻身坐起，听个明白。

"看，到'极限'了！你看他，他的肉体崩溃了，他的意志也垮了！"

尽管华子良睁不开眼，一动也不动了。但那语音，他听得明白：是在讲他。正在作这种预测的不是别人，正是在这里主宰一切的特务老手 Dr. 沈。

"看，你什么也不用问，他不是把什么都讲出来了吗？……对了，不要忙，慢慢地讲！一样一样地讲！……还有个女的，叫什么名字？"

"真到'极限'了？我真讲了什么吗？"华子良焦急地责问着自己，同时，尽管久久思索，却怎么也想不出 Dr. 沈为什么要这样对自己讲话。这时，华子良空荡荡的大脑里，似乎就只孤悬着一个存在已久、毫无结果的问号：难道这都是人的肉体崩溃以后，人的精神必然一定要随之崩溃的信号？最后，过于紧张和疲惫的大脑里连这点思绪也荡然无存，什么感觉的影子也不存在了。

直到许久以后，华子良才觉得，思绪又开始在脑海里飘荡、盘旋。他记起了 Dr. 沈刚才那一番谈话，同时也记起了他那时的口根本张不开，他什么也没讲。Dr. 沈的这一手，只不过是一次讹诈，只不过是图谋利用他神志不清的状态，又一次进行新的欺骗罢了。

当然，Dr. 沈这时早不在了。特务们失去了详细观察的兴致，一个个也早走了。现在，唯一留在 Dr. 沈宽敞大厅里的，就只有华子良一人。

他似乎没有了一切，没有眼，没有耳，没有手脚。也失去了一切感觉能力。尽管他知道自己全身沾满了血，但他却感受不到那黏糊糊的血的味道，也一点嗅不到那浓烈的恶腥味。他唯一感到自己还生存在这个世界上的，只有一个孤零零的，时而似乎浮悬在空际，在天花板附近，时而又似乎浮悬在自己头颅中的大脑。但不管它浮悬在哪里，它似乎还会思考。何况，此时此刻，任何人都不会来打扰他了，它有的是极充裕的时间去自由地思考一切。

大厅宁静极了，存在于华子良大脑里的思绪也简单极了，Dr.沈曾经对他使用了种种卑劣伎俩这类事，因为它太肮脏龌龊，他不想去想。他唯一感到兴味，使他想通过回忆、对比，思虑清楚的，只是这样一个极其简单的问题：他不是随时处在昏迷不醒、失却知觉的状态么？可是，每一次昏过去的时候，究竟是怎么昏过去的？每一次醒过来的时候，他又是怎样醒过来的呢？

对了。华子良终于弄清楚了，原来，昏过去的时候，最先失去知觉的是肉体，是四肢，最后才是大脑；醒过来的时候，却完全不同，最先恢复知觉的是大脑，是浮悬在空际的大脑，是从空际又回到自己头颅中的大脑，然后，渐渐有了感觉的才是肉体，才是四肢。而且，每一次都是这样。无论是昏过去，还是醒过来，总是人的意志支配着人的行动……

这么想着，想着，华子良忽然感觉到眼前闪现出了一片亮光：啊，Dr.沈口口声声宣称的德国最新特工科学定律"极限"论，根本就是欺人之谈。如果它还有一点科学的话，那只是它的前半句："任何人的肉体忍受毒刑拷打，都会有一个极限"，这是真的；它后半句却是彻头彻尾吓唬人的，一点也不真实。应当说：任何人的肉体忍受毒刑拷打都有一个极限，超过了这个极限，肉体会崩溃；但即使肉体备受摧残，人的意志却不一定会崩溃。对于一个真正革命者忍受毒刑拷打的意志来说，是永远没有什么极限的……

这时，也只是直到这时，华子良才似乎真正认识了Dr.沈和他们那一套特工科学理论！它披上了一层现代科学的画皮，实际上，却只是彻底反科学的、一种吓唬人的新式讹诈术罢了。

这时，也正在这时，华子良只觉得精疲力尽，再也想不下去，完全失去了比较、回忆、综合思考的能力。

模模糊糊地，华子良心底仿佛卷起了一片经过艰苦斗争之后获得胜利的喜悦波涛；但同时，在他那充满喜悦波涛的脑海里，却又浮现出了Dr.沈宣布他的特工科学的理论时，曾经讲过的一句话："每一个人，不仅是忍受毒刑……会有极限；忍受长期与世隔绝的监禁生活……同样也有极限……"他真不知道，这新的答案，究竟又会是什么？

华子良过分疲惫地思索，不可能想得更多了。他似乎只是朦朦胧胧地意识到：Dr.沈口里讲的长期监禁，也许是一段比这更曲折、漫长的路。三年五载、十年八年，世界将会变成什么样子？他将会遇到什么？他对这一切是否还有评判的可能？他一点也不知道。

模模糊糊地，不知从什么遥远的地方飞来了一句话："他死了，还不把他抬到停尸房去！"华子良也真觉得：自己早已远离了一切，死了。这也许是他在这个世界上听到的最后一句话了……

第四章

　　没有灵丹妙药，也没有任何特别的护理。也许，是由于还想对Dr.沈的"科学"作出一番评判；也许，是一个年轻共产主义者渴望继续奋斗的顽强意志，竟使华子良奇迹般死而复生。当华子良被看守特务从停尸房重又抬回牢狱时，他已清醒过来了，同时，千奇百怪的痛楚和种种矛盾立刻纠缠住了他。

　　难以忍受的疼痛啃噬着他躯体的每个部位，使他完全不能动弹，仿佛在向他宣告：你的奋斗生涯已经结束！

　　真的么？真的结束了么？不，只要大脑还能思索，只要还能呼吸，奋斗就不能终止。我要站起来，重新屹立在敌人面前！

　　也许，这只是妄想，是非常渺茫的一线希望，但他也决不放弃！

　　华子良决计凝聚起尚存的那一点微弱的精力，去和横亘在他面前的障碍搏斗。为了生存，他忍受着肿大的牙龈和咽喉的剧烈疼痛，强迫自己吞下了一滴一滴的水；为了让自己终有一天能站起来，他强迫自己运动满身刑伤的躯体，甚至常常昏迷过去……

　　"你真能有一天站起来么？"华子良一再问着自己。他完全不知道，是否真会有这么一天。假若真有那么一天，他将傲视敌人，哪怕会面对着更加严峻的考验。Dr.沈不是威胁过他么，无尽的长期监禁和折磨，是又一个新的"极限"。好吧，那就来较量一下，看谁最终战胜谁！尽管此刻他根本无从知道未来的一切，但他还是渴望站起来的一天早日到来。

一连串的日子过去了，华子良还是站立不起来。每时每刻，他都浸泡在疼痛的海洋里，浑身上下，骨里骨外，痛得钻心透骨，似乎躯体已经没有了皮肉，只剩下一副快要散架的骨骼。他依然不能翻身，也没有讲话的能力，但听觉很清晰，已经很少昏迷。他确信自己真正活过来了！

"华良——"

看守特务每天早晚都要在牢狱门外呼唤他。不知为什么，特务这两天的呼喊总是心不在焉，总要叫错。隔了许久，似乎发现喊错了，才懒声懒气地叫一声："啊，华子良！"

华子良从来不回答。因为他不知道这呼唤的背后隐藏着什么。但他时时留神谛听着牢房外的响动，有好几次从牢外的吵闹声中，他发现，这所秘密监狱，居然连连出现断炊事件。他感到奇怪极了。过了不久，外面的声响愈来愈稀少，似乎有些牢房已经空了。

这异常的变化使他警醒，隐约感到：外部世界正在出现什么大的变动。他还来不及思考清楚，随着黑夜的来临，这个变动便降临在他头上来了！

四个壮实的特务无声地闯进了牢房，在他身旁站定，一弯腰，就抬起他躺卧的那张木板急匆匆向牢狱外走去。

路径曲曲折折。华子良记得，他曾经踉跄着从这里经过，去到Dr.沈那个大厅，承受了用德国最新设备拔牙的"极限"考验。现在，他们是不是又要抬他到那里去？但是没有。特务们只把他抬到那片花园的空地上便放下了。他面对着一片漆黑的夜空，脸上和手上还突然感受到一种异样的冰凉，啊，雪花！啊，风雪严寒的日子还没有过去哩。

华子良不知道特务为什么把他扔在这里。他满腹疑窦。忽然，一阵沉重的镣铐声响了过来，随后便见一簇簇黑影在他眼前闪过。

哦，这么多人！在这严寒的暗夜，敌人为什么要押解他们到这里来，要干什么？

华子良睁大了眼睛。他极想发现，自己在昏迷中恍惚见到过的战友，是不是也在这人群里。

有一个黑影移过来了，似乎在华子良躺着的木板前停了一下，好像被脚镣绊了似的弯了一下腰。华子良猛然瞥见一对黑亮的眼睛，那服饰，特别是那被衬垫托起的双肩，十分眼熟。这人是谁？华子良搜索着自己的记忆，却怎么也想不起来。他只听见站在他身旁的特务一声吆喝，猛地一推，那黑影便踉踉跄跄闪过去了。

华子良躺卧的木板被抬起来，向前面的草坪移去。突然在镣铐的碰撞声中，一阵低沉雄壮的歌声响了起来，似战鼓，似号角，轰击着这黑暗的世界。歌声并不整齐，听得出来，并不是一个人在唱，也不是一种语言在唱，而是许多人，用多种不同的语言，用自己最虔诚真挚的心在唱，有一种震撼大地、冲破一切的力量。华子良突然明白了，站在这雪地里的，全是自己的战友，顿时热血沸腾。肿胀的喉咙阻碍着他发出声音，他只能随着那越来越激昂的节拍，从心底发出无声的呼喊："起来，饥寒交迫的奴隶！起来，全世界受苦的人！满腔的热血已经沸腾，要为真理而斗争……"

华子良被放在了草坪上，抬木板的四个特务悄悄溜走了。激越的歌声响彻夜空。雪花飞舞，严寒凝重。

"砰砰！砰砰……"

突然，刺耳的枪声响起。这密集的罪恶的枪声，一瞬间似乎压倒了一切。华子良的耳膜被这枪声一震，立刻便什么也听不见了。但他脑子里很清楚：屠杀！血腥的屠杀！愤怒和仇恨陡地在他心里燃烧起来，他想呼喊，想撑起身看看这一片被战友鲜血浸透了的雪地，但他不能动弹。枪声一停，那四个特务又来到他近前，一弯腰，便又抬起那木板急匆匆地隐入了无边的黑夜。

又要到何处去？华子良无从知道。很快，他就看到了一线灯光，高墙下停着一辆敞篷汽车。他被抬到了车上，听见一阵油门的轰响，汽车颤抖了几下，便尾随着前面引路的车辆，驶离了那被高墙电网严密禁锢着的花园。

漆黑的夜空显得异常深邃。漫天飞雪随风飘扬。汽车开足马力，急速前行。

终于，昏黄的路灯在华子良眼前闪现了。哦，这不是古都北平空旷的牌楼么？这不是前门高大的城楼么？这不是东西长安街的牌楼么？这暗夜中的古城是那样雄伟，好似刚才屹立在雪地上的战友们的身影！

哦，他们倒下去了。为什么Dr.沈他们要在这个时候进行这场屠杀？这些壮烈牺牲的烈士都是谁？那个在自己身旁弯下腰来的身影，好像在哪里见过？可华子良怎么也想不起他叫什么名字。

汽车突然减速，在火车站门前停了下来。这已是华子良第三次来到这个火车站了，他自然熟悉这里的一切。他立即被抬下了汽车，木板颠簸着，急速地向站内移去。

火车站里，除了密密麻麻布满了特务岗哨，似乎有一种惊惊惶惶、异常紧张的气氛。越往里面走，越寂静，好像一根针掉在地上也会发出巨大声响似的。

这时，华子良只觉得：眼前出现的一切，只能说明发生了非常严重的情况。他刚模模糊糊地意识到了一点什么，他躺卧的那张木板已结束颠簸不定的路程，上了站台那段平坦的路。这时，一阵杂沓的脚步声传来，还掺和着一个人急促的喘息。

华子良侧眼一看，不知为什么，一群特务正在站台上来来去去地奔跑。

站台上的灯光时明时暗，华子良躺卧的那张木板摇摇晃晃，使他很难一下子就看清站台上这奇怪的一幕。但他的眼睛毕竟未被蒙住，当那群奔跑的特务又在他眼前晃过的时候，他终于看清了，原来，他们正挟持着一个人在奔跑。特别令他惊奇的是：人群中，还有一个被挟持在那里观看的"观众"，这人的头痛苦地扭在一边，那双肩垫得高高的服饰，使华子良恍若又见到了曾在草坪上出现过的那个身影。那被挟持跑步的人又跑回来了，哦，竟是一个女人！那长长的头发，披散在肩头，披散在胸前，乱蓬蓬地在飘动。因为急促跑动，不断喘着粗气。她的脸是极美丽匀称的。秀眉、大眼，灯光映照着惨白的肤色，红一块紫一块，十分触目。她不断地喘着粗气，双手总是想去捂住她那已经十分显眼的大肚子……

啊，这不是又正在进行另一种形式的酷刑和屠杀吗？

啊，这女人是谁？那个痛苦地扭过头去的"观众"，和这女人又是什么关系？他又是谁呀？

华子良真想再看他们一眼。可是，一切都来不及了。

他躺卧的那张木板撞到什么极其坚硬的物体上了。"哐当"一声，他只觉得眼前金星四溅，什么也看不见、听不见了。当他苏醒过来的时候，他发现自己孤零零地躺在一节装饰华丽的卧铺车厢里，耳边响起哐啷哐啷的车轮滚动声。

列车在开向何方？他不知道。但他相信，刚从一处刑场上押解出来，敌人不太可能送他去另一处刑场，既然搭乘火车，要去的地方可能比较遥远。他在 Dr. 沈的那个秘密大厅里曾经听到过许多议论，引起他猜测：也许，他是被押往驻扎在沈阳的日本特务机关？自己即将面临的对手，莫非竟是那臭名昭著的日本特务头目土肥原？也许，是要把他押解到更远的什么地方去，那他又将碰到什么样的对手？

列车摇晃着，就像一叶扁舟在夜海中漂流。渐渐地，他觉得自己仿佛冲出了敌特的陷阱，来到了他向往已久的地方。

远远的皑皑雪峰，雄伟壮丽；原始森林覆盖着的大地，庄严静谧。太阳红彤彤的，冰雪亮晶晶的，耀眼极了，冷极了。这难道就是白山黑水间，英雄的抗日联军战士出没之地？

怎么，地平线上刚刚出现了一片白雪覆盖的森林，转眼间便走到了？是因为他心里特别高兴，还是因为他在做梦，才走得这么轻快，一点也不费力？

怎么可能是梦呢？他的一切感觉都是灵敏的，记忆力和大脑的思维能力全是清晰的。比如，他闭上双眼，刚想回忆一下那天和施飘萍初进北平古城的情景，那在风雪中巍然屹立着的高大城楼便立刻浮现在眼前，那既威严又残破的景象历历在目：雕梁画栋在诉说往日峥嵘的历史；瓦脊缝中生长出被积雪压弯了的枯草；断垣残壁尚存着八国联军的斑斑弹痕。还有那古城的破墙上，到处涂满了乱七八糟的字画：什么"瘾者福音——大英烟草公司最新贡献"；什么"大东亚共荣圈——拥护华北自治"；"庆祝南方剿赤大获全胜"；"欢迎日本关东军司令茇平视察"……简直令人窒息！他要不是曾经发现，在这些巨幅的字画间，隐现出无数块被刀刮过尚可辨认的标语："打倒列强！""打倒日本帝国主义！"他真会不顾一切把那些秽物铲个一干二净！

对往事清楚的记忆，使他确信：他决不是在梦中。此时此刻，和他保持着三几公尺距离,穿着整齐军装,体态矫健,正替他引路的年轻抗联战士,忽地向雪野上的一片帐篷一指,他顿时精神抖擞起来!经过千难万险,他不远万里,终于来到抗联营地了!他不禁兴冲冲地大步向营地走去。

帐篷外边,那个戴着皮帽,踏着靰鞡草鞋,坐在一个小凳上,正迎着朝阳奋笔疾书的人是谁?

"喏!他,就是我们东北抗日联军总指挥杨靖宇同志!"引路的年轻同志骄傲地向他介绍着,还带着几分稚气的脸上显出一阵红晕。

"同志,欢迎你来参加我们的艰苦斗争,为中华民族解放战斗到底!"杨靖宇站了起来,兴奋地注视着他说,"你走得真快呀!想不到啊,你这个飞毛腿!……日伪特务越妄图破坏我们和党的联系,我们越深信:党一定会冲破敌人的封锁,和我们取得联系的。同志,你说对吗?路上怎么样?就你一个人来的?好,我们马上就谈一谈!"

那话语,那神情,亲切极了。一股暖流浸透了他全身。他呼吸着自由的空气,大声笑着,无拘无束地把沙松林沙大哥嘱咐的一切,向抗联的领导人全讲了出来。

"你是四川人么?"

"是。"

"我们这里的四川同志不少哇。你们很快就会在生死与共的斗争中互相认识的。"

周围的战友们在鼓掌欢迎他。杨靖宇叫一个青年战士给他安排宿营地。他走进帐篷里,刚坐下,立刻就睡熟了。他太疲倦了,一点知觉也没有了。

朦朦胧胧地,急于和抗联战友们见面倾谈的念头,在呼唤他醒来。可是,真急人!怎么也睁不开眼睛,怎么也醒不过来。"醒醒!快醒醒!"

他大声对自己喊着,耳朵却一点听不到声音,还是醒不过来。他急得用手猛击自己的头:一、二、三……嗬,他终于醒过来了。

一抬头,就看见帐篷外一派生气勃勃的景象。湛蓝的苍松披着晶亮的冰雪,林间飘扬着火似的红旗。红彤彤的太阳射出万道光芒,映照着冰雪大地之上的无数帐篷和红旗。他情不自禁地在心中欢呼起来。

啊,帐篷近旁,那坐在小凳上专心研究地图的人是谁?手上拿着的那支笔,在地图上,画得刷刷直响,多么严肃、专注,把心血都倾注到那地图上了。

啊,还是他——杨靖宇。原来,自己是睡在总指挥的帐篷里的呀!

"嘚嘚"的马蹄声像战鼓一般从远处传来,杨靖宇抬起了头。雪野上闪现出了几个黑点。转瞬间,黑点越变越大,几个抗联战士疾驰而来。杨靖宇迎了上去,战士在马上敬了个军礼,弯腰把一个纸团交给了总指挥,又策马远去了。

蓝天浮动着一片乌云,杨靖宇的目光从刚刚收到的纸团上移开了,正注视着帐篷里的他。迎着这无比亲切的目光,一切疲劳、蒙眬的睡意全消失了,他一跃而起,像请求出征的战士那样,笔直地站在抗联总指挥同志面前。杨靖宇把一支手枪递给了他,信赖的目光仿佛在对他叮咛:"同志,这里是抗日反帝斗争的最前线,战斗总是一个接着一个。我知道你早就有不怕牺牲、不怕疲劳、战斗到底的决心和准备,但你却缺少在冰天雪地里和日伪顽敌周旋的经验。不过,我相信你一定会很快适应这新环境的。"

他紧紧握住了杨靖宇给他的手枪。

"出发!"总指挥同志挥挥手,发出了响亮的口令。

他回头看时,帐篷已收卷起来,驮在了马背上。再向前看,只见抗联战士的队伍,已在白雪覆盖的山间小路上疾进。望不到头的前后队列，使他难以估量这支抗联部队的人数。陌生的地形，连天的冰雪，使他无从判断部队的去向。这长长的列队行军，却听不到一点声响。不仅听不到一点点刀枪碰击声，甚至连脚踏雪野的沙沙声也听不到。那一匹匹健壮的军马，好像全经过特殊训练，也懂得严明的纪律似的。战士们披着白色的军衣，远远望去，和雪野的白色混在一起，连人影也辨不出来。

一口气跑了几十里地。他蓦然瞥见：总指挥正拿着望远镜，对着无边无际的雪野瞭望。不一会儿，杨靖宇收起望远镜，弯下身躯，将背在自己背包里的鞋子取出来，倒套在鞋底下，在地上走了几步。战士们也纷纷仿照总指挥的样子，各在自己鞋下倒套了一双鞋。他立刻醒悟过来：这是迷惑顽敌的战术！也学着在自己鞋下倒套了鞋，又紧跟队伍前进了。

他不知道部队奔向何方。这次行军，是避开敌人，还是准备伏击敌人？战斗会在哪里打响？他早就渴望一场战斗了。他不断加快自己的脚步，好像转过前面那片丛林，就能扑向敌人。

天黑了下来。部队停止行军，就地打柴、架锅。

黑夜里，篝火噼噼啪啪烧了起来。一堆又一堆火，把漆黑的天空照得透亮。火光也照亮着一张张坚强刚毅的战士们的脸。只有经历过真正艰险和激战考验的战士才会有这种表情！他久久地凝视着那一张张既陌生又似乎熟悉的脸，感到无比激动。

隔了一会儿，他觉得热，同时也觉得背心发冷。篝火堆旁，真是火烤胸前暖，风吹背后寒。这时，一阵低沉的歌声和着欢乐的噼啪燃烧的篝火声，在林海中回荡起来——

我们是东北抗日联军，

我们是中华民族救亡的先锋！
冲呀，冲！赶走日本强盗，推翻伪满帝国，
燃起民族革命战争的烈火，
去彻底实现民族解放的神圣运动！
……

雪野上，清脆的马蹄声由远而近，又由近去远，不知了去向。篝火堆旁，无数人头聚在一起似乎预示着将有新的风暴出现；但火愈烧愈旺，异常安详、温暖的篝火却又使人相信，什么样的变故也不会发生。战士们把被冰雪浸湿的衣服脱了下来，用树枝顶着去火边烘烤。强劲的夜风把衣服刮得哗哗作响。篝火噼噼啪啪烧得更欢乐了，抗联战士的战斗歌声更雄壮激昂了——

我们是东北抗日联军，
我们是不愿意做亡国奴的工农！
冲呀，冲！
我们是中国共产党领导的人民军队，
无边的冰雪，
敌人的枪林弹雨，
挡不住我们前进的脚步！

雄壮激昂的歌声渐渐变得低沉微弱了下来。战士们似乎进入了梦乡。四周一片寂静。他根据自己的经验知道，战士们并不是在睡觉，而是在养精蓄锐，准备迎接一场激烈的战斗！

蓦地，不知是谁最先站了起来，接着，战士们都站起来了。不知是谁在传达命令，战士们立即分成多路纵队，无声无息地撤出了篝火照亮的山沟，埋伏进了漆黑的茫茫夜色之中。

"嘚嘚嘚嘚……"偷偷向着篝火映红的山沟疾进的日寇骑兵队的马蹄声，越来越近了。日本鬼子兵在中国横行霸道那副穷凶极恶的狰狞面目，在篝火照亮的雪野上，也全暴露无遗了。他紧紧盯着敌人，心里不断地喊着："打，打！"却一直听不见"开枪"的口令。直到他几乎要叫起来的时候，总指挥的枪声响了，他的枪也响了。战士们向鬼子兵冲去，他也冲了上去。

"冲呀，冲！"

"打倒日本帝国主义！"

清脆嘹亮的军号声，响彻夜空，卷起了怒潮。

"抗日联军胜利万岁！"

"中国共产党万岁！"

鬼子兵被压在篝火堆边去了，抗联战士们冲回到他们早就为敌寇设置的埋伏中心来了！手榴弹开花，军刀嗖嗖生风，军号嘟嘟欢叫，日寇尸横遍野，侵略军的军旗被军刀斩成几截，胡乱地横在雪地上。他几步就从它上面踩了过去……

是的，人们正在为中华民族的解放而战！这是多么神圣多么伟大而崇高的事业啊！

他似乎受伤了，淌着血，但他却一点也不觉得痛，只觉得无比兴奋痛快！

刚全歼了这支日寇骑兵，部队立刻又开始了新的行军。

前面，横着一条河。冰雪飞舞，奔流湍急。不知是谁脱下鞋，带头蹚过河去，站在对岸陡峭的河边，笑着向战士们招手。他正要脱鞋，忽然冰河封冻了，顿时引起一片欢声，只见一群精力充沛、生龙活虎般的女战士欢笑着,从冰河上飞奔了过去……在她们中间,仿佛闪动着一个手持双枪、非常熟悉的身影。

"这是抗联国际支队,朝鲜支队的同志们!"是一个女声在向他介绍。好熟悉的声音,可怎么也想不出她是谁。

他跟着那群女战士飞过了冰河。脚一踏上岸,他就再也动不了了。只觉得冷和痛,钻心似的冷和痛!是冰雪冻的,是被冰河坚硬锋利的冰块割伤了,还是自己身上的什么部位被日寇的子弹洞穿了?

眼边,老是闪动着点点火星。那不是篝火。是萤火虫——儿时常常捉弄过的小虫,游击队常用来在密林里引路的光亮。

糟糕!这是雪地呀,哪来萤火虫的光亮?不对呀,不对!这也不像冰河,冰河怎么能从它上空飞过去?那山,那雪野也不像白山黑水间的山和雪,更像川北华蓥山难见的雪景!

啊,那枪也不见了!那既陌生又似曾相识的抗联战士面孔,多像华蓥山游击队失散了的弟兄们!那熟悉的手持双枪、飞越冰河上空的女同志的背影,那向他介绍国际支队的女同志不正是她么?对,是她——路云凤——他最亲密的同志和战友!她手持双枪,飞入敌阵的猛勇神态,曾经使华蓥山游击队英名远扬!

那冰河两岸的情景,特别是岸边那棵巨大的、枝叶茂密、树根沿石岩蔓延达数里的大黄桷树,不正是盘踞于松岭之上的那棵大黄桷树吗?

那么,她现在究竟在哪里?在哪里?

……

火车在轰隆隆地向前运行,华子良像躺在一只摇摇晃晃的小舟里。对抗联长久的向往,对华蓥山战斗生活的深切思念,在他的脑子里搅成了一片,使他处在一种既真实又虚幻的迷蒙中。

是的,他是乘坐在火车上的,但那火车并未向北开,而是在向南开。那是因为,按照南京最高当局和日本的秘密协议,国民党势力正在从华北向南方撤离。整个华北就要沦入日本人之手了,Dr.沈的特务势力正在分批南下。

是的,他听到的隆隆巨响声也是真实的。但那并非抗联战士的马蹄声、向日本侵略军的冲杀声,而是专运"中央军"以及大炮、辎重向南撤走的专列,和无数无车可乘、向南逃难的难民发生激烈争吵的声音。

他曾经一再听到的歌声、掌声和欢笑也是真实的,只是都带着他个人的幻觉。那歌声,并非抗联的军歌,而是正在从北方向南方飘扬的《流亡三部曲》。那掌声和欢笑,是一群秘密人物在一个小站上,悄悄欢迎日本秘密特使;只是由于押运他的绝密专列门窗紧闭,警卫特别森严,被那群欢迎者误认为是日本特使的专车,才情不自禁鼓起掌来……

无边的夜间风雨,刮得列车摇晃不定。一阵沉雷般的轰响震天动地般扑进了车厢,使华子良清醒过来。他听出来了,这像巨兽嘶鸣、雄狮咆哮的轰响,是我国北方特有的声波,是严冬已过,春天到临的信息:黄河的冰开始解冻了!巨大的冰块互相冲击着,发出了令人心悸的呼啸。当他清醒地意识到这一点,他终于明白了列车不是在北上,而是在南下。他的心不觉痛得颤缩了!

车厢里是昏暗的。华子良总觉得有人在看不见的地方,暗暗窥视着自己。那是一对黑眼珠,是那对在秘密刑场上见到的似曾相识的眼珠。还有那服饰……蓦地,华子良脑子里一闪,哦,想起来了,是他!是那个人,是那个在Dr.沈的秘密大厅里第一次审讯自己的人!叫什么名字?对了,叫熊树人!虽然仅仅在那大厅里见过一面,华子良是不会忘记那垫肩高耸的服饰、那黑色的眼珠的。这个特务还自称是代表Dr.沈和自己谈话哩！可是，不对了，明明是Dr.沈的代表，怎么竟又成了Dr.沈刑场上的囚徒？

列车摇晃了一下，黑眼珠模糊了，霎时间，又幻化成一个披散着长发的女人的身影，在站台上，被特务挟持着奔跑。在那里还有一个"观众"，不也很像那个熊树人吗？

这个熊树人到底是什么人？是死了，还是活着？一切难以猜透。

夜更黑了。华子良直盯盯地望着这黑夜，望着风雪在玻璃窗上画出奇奇怪怪的图案，心里塞着一团迷雾。

列车减速了。车窗玻璃外露出一片阴暗的天空，传来声声轮船汽笛的尖鸣。在华北危在旦夕的紧急时刻，他——一个决心为抗击日寇侵略、为民族解放倾洒一腔热血的青年革命战士，竟被押解到了国民党政权的首都南京！

华子良躺卧的木板被特务抬出车厢，放在停靠在浦口码头的轮渡甲板上。滔滔的长江拍打着船舷，发出愤怒的咆哮。华子良不知道这列囚车究竟押送了多少人，还有谁被押来。他只看见有几个全副武装的特务正目不转睛地监视着自己，同时，还监视着侧旁另一张木板上躺卧着的人。

华子良辨认不出那木板上躺卧的是谁。但长长地拖散在甲板上的头发，是以说明那是一个女人。她的头偏向着另一边，华子良看不见她的脸。

轮渡颤抖着，颠簸着，驶离了江岸。那披散着长发的头转过来了。秀眉，大眼，尽管脸色惨白得可怕，脸型却极好看。她似乎也看见了他，脸上露出了一丝淡淡的笑意。华子良猛然认出来了：她不正是那个在北平车站站台上，被特务挟持着奔跑的大肚子女人么？她怎么也躺在一张木板上了？

血！她躺卧的那张木板上，凝结着厚厚一层血；她的衣服上也有血；盖着她腹部的那张床单上，到处都浸着斑斑血迹。她的大肚子已经消失了。华子良眼里不禁盈满了泪水。

船泊岸了。她和华子良又被特务分别抬了起来，向岸上走去。他们未来的命运可能是相似的。也许，彼此就只能看这么最后一眼了。华子良把头侧倾了一下，想用目光向她告别。

哦，她躺卧的那张木板还在滴着殷红的血！正一滴滴地溅落在江岸上。

她也在侧目看他。她似乎完全忘却了自己的一切，再次向华子良露出了一丝淡淡的笑，便又把脸侧了过去。她的整个身影，连同她躺卧的那张木板在华子良眼前闪过去了……

啊，她是谁？她被抬到何处去了？

华子良凝视着云暗天低的苍穹，脑子里刻满了一连串问号。

第五章

　　华子良不敢相信：这就是他的目的地。但他却又不能不相信：他终于被留在这似乎将永远与世隔绝的小天地了。

　　这是什么地方？他一点也无从判断。他只模模糊糊记得：他被特务们抬着离开警卫森严的码头之后，时而被放在什么车上，飞驰过闹嚷的市街；时而被搁置在什么船上，在风浪中颠簸；时而又像穿过了一座风萧萧的森林，仿佛还过了一座吊桥，最后来到一处被高墙、电网和岗楼包围的所在地，就像一尾鱼被投进了空间狭小的石缸里，从此被禁锢住，再也不能遨游了。

　　他无法确切地知道更多的东西。但呈现在他眼前的世界却是完全可以真切感触到的。它是这样的小，这样单调，而又令人窒息！仅仅只有几尺见方这么大一个空间，和只有这么大一个空间所能容纳的空气。它的四周永远只有一种单一的色调，就是那用水泥灌注成的、很厚、很牢实的灰色墙壁。四壁唯一能启动的地方，是一扇铁板门。门上，高出人头的地方露出一个风洞，透过风洞隐约可见一堵白色的墙壁。电门的右下角，有个小洞，是专门递送牢饭的。墙角里还有个小坑，是大小便用的。每天，不知由谁和从哪里放一次水来把大小便冲走。靠里墙的铁窗下砌了个略高于地面的台阶，华子良和他从北平躺卧来的那张木板就搁在这上面。

华子良想象得出来,像他这样从北平特别押来的囚犯,一定是被囚在南京某处特别秘密的监狱里,肯定不同于普通的监狱。现在,特别令他关注的是:在这里,他即将面临的真正敌手是谁,这敌手又将在何时出现?

"这敌手究竟是谁?"华子良一无所知,但似乎又模模糊糊地猜测到可能是谁。不是么,他刚在北平狱中醒过来时,就听那个叫朱兵的人讲过,直接指挥Dr.沈的是南京军事委员会里一个名叫戴雨农的人;后来,在Dr.沈的那个秘密大厅里,他在昏迷中仿佛还听见有特务在电话里呼叫过戴雨农的名字。尽管这个名字也许只是一个特务机关的化名,并不一定真有其人,但他总觉得确有其人,而自己很可能是被这位谜一样的戴雨农下令Dr.沈押解来南京的。毫无疑问,即将在他面前出现的敌手,只能是他——一个在反革命营垒中不可一世,正主宰着这特务机关一切罪恶行动的铁腕人物。

尽管华子良此刻对这秘密监狱的一切,还十分陌生,也无从探悉有谁——比如,有没有和他同车从北平押来的那个坚强女人——被囚禁在这里。但在他朦朦胧胧的记忆中,却似乎又早听说过这座监狱。确切地说,那还是在北平Dr.沈那个秘密大厅里,他昏迷中仿佛曾听见两个特务在悄声议论着什么。一个说:"……Dr.沈应该成为我们团体的领袖。戴雨农已向蒋先生恳切荐举过了。"一个说:"当今之世,唯有把妇女统统赶回厨房去,才是复兴民族之道。墨索里尼早就说过:妇女只能回家去带孩子;她们根本不能在社会上办成一件事,任何一个简单的建筑构思都不是妇女所能提得出来的。"一个说:"对了。南京那所现代化的模范监狱,就是在德国顾问冯·赛克特将军和柏林警察总监白朗堡的启迪和指导之下,蒋先生下令建造的。我亲自去参观过，设计很科学。是一个标准的放射形的建筑群。上千的牢房分散布置、严格隔离在它四周弧形的放射线上。监狱看守长只要在那放射线的中心岗亭一站，上千牢房里每个囚犯的一举一动，都尽收眼底！"那特务赞不绝口的低沉语调，从他进入这竟日只能看到坚固的牢墙，根本听不见任何声响的特别牢房起，便又常常在他耳畔回荡，使他总是觉得，他现在被囚禁的地方，极可能正是特务谈论的那所监狱。

华子良在木板上躺得太久了，浑身痛。他想起来，挪动一下身子，无意间，他触到木板下有一块什么碎片。拾起来一看，原来是一块不知是谁失落的不规则的玻璃。它很光滑，没有一点灰尘，一面涂抹着厚厚一层墨色，不规则的四边锋刃犀利。他顿时发现这是一个很有用的物件，可以用它来割去他太长的指甲，也可以用它来割短他太长的胡须和头发。看得出来，它原来的主人是很珍视它，并且是有意留下来的，大约因为它一面涂得太黑，才未被特务发现。他不禁从心里感激起那位不知去向的难友来，轻轻地把那玻璃塞进木板底下。

可以说，自从进入这特别的牢狱开始，华子良就暗暗积蓄全副精力，准备去对付那个下令押他到南京来的特务头子了。每天天亮，当一线微光透过墙上的铁窗照射进来，他就开始注意牢门有无开启的迹象；当铁窗孔细长铁条的影子从狱墙缓缓移到地上，最后渐渐地淡了，风门外一丝昏黄的狱灯光替代了苍茫的暮色，他又特别留心牢门附近有无开启的动静。但每一天，留给他的都只是宁静，令人窒息的静。

无数个白天和夜晚，就是这么无声无息地悄悄逝去，今天只不过是昨天枯燥的翻版。这种死寂一般的生活，折磨着华子良。难道，是敌特已经发觉了更新的线索，以致完全不需要从他身上开刀了；难道，是敌特正在采取非常特别的手段对党进行破坏，他既无力觉察，也无力回击；难道，是敌特日益困于人民抗日的革命怒潮，已无招架之功，因而不可能再对他大动干戈？

不对！华子良很快就否定了这些猜测。既然 Dr. 沈会从国际法西斯特务鼻祖那里学来"极限论"之类的凶残伎俩，难道戴雨农就只会接受赛克特、白朗堡之流的指导，修建什么放射形监狱，而竟然没有学会一点别的什么花招吗？

从表面上看，对像他这样专程从北平押解到南京来的特别囚犯，三个月，五个月，不予理睬，无人讯问，这似乎极难令人理解。其实，正是他新的敌手精心设计的一种手段，是对他意志和耐力的严峻考验。

太明显了，假若就这么继续下去，不是三个月五个月，而是三年五年，那会是什么情形呢？也许，只要他能吞食牢饭，只要他还活着，作为动物的人的一般生理功能，他肯定还是有的。但是，假如他在三年五载之内，从不与人接触，从不与人谈话，那么，他还能像正常人一样谈话和思维么？人的任何生理功能绝不是永恒不变的。从不与人谈话，人的谈话功能一定会减退，最后他也许根本就不会讲话；什么也不想，人的思维功能也会减退，会使人变得迟钝，甚至痴呆起来……到那时，他还能经得起最狡猾的敌手致命一击么？

越这么想，华子良便不觉越来越明白：此刻他正在承受 Dr. 沈"极限论"的持续试验，或者还包含着戴雨农别的什么手段的试探。

华子良警醒了。尽管他口腔里的浮肿还未完全消失，他还时时感到骨子里有着穿心刺骨般的疼痛，还不能站立起来，但随着岁月的消逝，他毕竟可以吞食牢饭了。那因为刑伤而失去了的嗅觉、听觉，以及有点模糊的视觉，也随之渐渐复苏，使他得以用心地观察他身边正在发生的一切微小变化。他需要细致观察一切，为的是了解他的处境，为的是不陷入敌特为他新设的陷阱之中。

狱墙上，密密地焊满铁条的小牢窗，成了他锻炼思维的极佳窗口。因为，从这巴掌大的洞孔看出去，他可以窥见一个无限广阔的世界。风云雷电、日月星辰的变幻，都可以从这洞孔里看到。月明星稀的夜晚，可以看到浩瀚银河的一角风云突变的时刻，可以看到涌动着的互相碰撞的巨大云块，把天空撕裂成无数变化莫测的碎片。雷鸣电闪的瞬间，从铁窗口投在狱墙上的亮光里，不时闪现出铁窗外的许多真情实景：远处，竖立着带电网的高墙；墙侧，是阴森的岗楼，黑亮亮的枪口仿佛密密麻麻地正对着牢房……

燕子，总是春来夏去。有两只小燕子穿云破雾，飞进这特别的禁区来了。它们在铁窗口停了下来，大胆地探头向里张望。它们的头刚向里一钻，就像突然感到了什么危险似的，跌跌撞撞，差一点碰到铁条上，惊恐万状地飞走了，从此没有再来。

毕竟是夏天来了。小燕子不敢闯进来的地方，蚊虫成群结队地扑向这阴暗潮湿的角落，仿佛它们就是这世界的主宰……

在这里，华子良又意外地发现：在这个特别的世界里，人的听觉比视觉更有用。即使是从很远的地方传来的声音，都不难捕捉到。静夜里，常常比白天听得更远，更清晰。每到夜间，他总是听到有一种极其隐秘的淙淙流水声，和松涛起落不定似的呼啸。地点就在不远处，很像环绕在这巨大的秘密监狱四周。在华蓥山松岭那些异常艰辛但却令人难忘的年月，他太熟悉山间的流水和松涛的呼啸声了，这几乎使他仿佛看见，在那高墙电网之外，就有山有水，还有一片迷人的松林。

隔了些日子，华子良竟又从这流水声中发现了另一种特别的音调。它时高时低，时隐时现。华子良记得，他曾经多次听到过无数只大小轮船一齐"呜呜"鸣笛。现在，他屏息谛听，竟发觉真又听到记忆中的这种音调了。再仔细谛听，更发觉在轮船洪亮的汽笛声浪中，还夹杂着火车在地面上隆隆滚过的声浪。这进一步丰富了他早先的判断：

这秘密监狱就在长江边上，就在南京附近。

这立刻使华子良记起早些日子听到过的一些小动物的叫声。青蛙洪亮的欢鸣，蟋蟀细声的短促尖叫，仿佛全在他耳边出现了。他仔细再听听，便发现它们总是在很远的地方叫着，跳着，就是不到牢狱这边来。它们是不怕铁窗和牢门的，可是，它们却总是不愿意靠近牢狱一步。他反复思索，终于弄明白了。原来，环绕着这特别监狱的四周，有一片使它们感到不舒服的东西，比如，水泥浇灌的地面，高墙电网，使它们望而却步。

渐渐地，华子良的手和脚也能够活动了。他又可以用手指、脚趾去触摸东西了。他曾不经意地用那块玻璃去刻画、敲击狱墙，从静夜中反应过来的回声，使他判断出，这特别监狱之外，极可能环绕着一个预防万一发生越狱事件的无人地带；那么，就可以肯定还关着许多人，尽管他无从看见他们……

问题是他们在哪里呢？华子良越来越关注牢房外的任何响动了。

也许，正由于长久地使用听觉去捕捉一切，听觉竟分外灵敏起来。他不仅可以听到很远很远的声音，随着时日的增长，还能越来越精细地分辨出多种不同的声音来。

天冷了。一个凄风苦雨的寒夜，他蓦然从淅淅沥沥的一片雨声中，捕捉到一阵极其轻微的铁镣铿锵声。再细听，不只是铁镣声，好像还有着另一种极其轻微的声响。尽管这声响极其短促，极其谨慎，稍纵即逝。他屏息静听，那声音很有规律，很有节奏，隐秘而又使人难以觉察，仿佛在悄悄传递什么信息。他曾听说过，在监狱里，难友们常常通过敲墙壁来进行秘密联络，显然，他听到的正是这样的信号！

这声音使华子良极其兴奋，吸引住了他的全副注意力。但当他凝神去辨别那敲击声响的方位和远近距离时，那声响竟悄然隐去，好像被静夜吞没了。

一阵急风,带来一阵哗哗的急雨。雨水顺着屋宇、顺着墙壁往下滴淌,水沟、水槽里的流水声像决堤似的,把他思念中的一切声音全冲走了。一阵疲惫袭来,他渐渐进入梦境之中。不知过了多久,在这好像被遗忘、被隔绝了的角落,响起了有人漫步、有人吟诵之声,声音低沉而清晰,仿佛是从很远很远的地方传来了这样的诗句:

莽莽神州叹浮沉,
救时无计愧偷生!

华子良刚听出这诵吟者的确切位置,就在他躺卧的牢房的左前方,忽然,另一个声音又接着朗声吟诵:

朝辞白帝彩云间,
千里江陵一日还,
两岸猿声啼不住,
轻舟已过万重山。

这语音轻快的琅琅吟诵声未尽,左边更远一点的牢狱里,又传来一个浑厚的声音,带着一种极深沉的力量穿透了牢壁:

血沃中原肥劲草,
寒凝大地发春华。

不知是因为出现了什么意外,还是出于某种默契,这一声低吟之后,整座秘密监狱里的一切镣铐声、敲击声、吟诵声，便倏然消散了。整个世界唯有稀稀落落的风雨声在呻吟。

华子良不知道那最初的吟诵者是真的感到"救时无计愧偷生"，还是因为在这特别秘密的监狱里实在难以作为而灰心丧气，他同样也把握不定后两位吟诵者是在借诗抒怀，还是在传递着什么公开的信念或者秘密的信息。不过，听到这些吟诵，使他振奋，感到一种无穷无尽的力量，确是明白无误的。应该说，也是从这时起，他才真正地感受到，在这秘密监狱里，尽管他被完全隔离了起来，但他决不是一个人在孤军奋战，而是有着不少人，其中极可能还有自己真正的朋友和同志，正和自己一道在同敌人进行着一场殊死的决斗！这使华子良由衷地感到温暖和鼓舞！这时，风雨停了，万籁俱寂。带着激奋，也带着无限希望，他一眨眼便昏沉沉地坠入了梦乡。不知睡了多久，牢狱里还是黑沉沉的，华子良只觉得他的头忽地被什么东西"哐当"一声击中了。他一张口，竟大声呼喊起来，又一伸拳，向危险袭来的方向回击过去。华子良怎么也不能相信：他的呼喊声是那样雄壮洪亮，几乎使他自己的耳膜也震颤了起来。也不知道呼喊了多久，他才从昏沉、迷糊中渐渐醒悟了过来。

"是谁，从什么地方，用什么物件来袭击自己头部的呢？"华子良清醒之后才发现：根本就不曾有这么回事！但那"当"一声，却也绝非他的脑子里的幻觉，而是确有其声。它不是由于被什么东西所击中才发出的声响，而是监牢四周突然爆发出猛烈的狂呼乱嚎，因为这爆炸似的呼号声来得十分突然，极其猛烈，才使他在睡梦中产生了像被什么击中了的感觉，甚至使他也情不自禁地跟着呼喊了起来。

不是么？你听，无数被隔离在牢房里从睡梦中惊醒了的囚徒正在怒吼，有如巨大的旋风卷过，震撼着整座监狱！

炸监了！Dr. 沈之流称赞的所谓用现代科学技术装备起来的秘密监狱，根本制止不了众多惨遭迫害的囚徒突然爆发出来的愤怒。整座牢狱都不觉在黑暗中颤缩了！

直到许久以后，这震撼屋宇般的呼喊声才减弱，渐渐停歇下来。整座监狱复又回到往常那样黑沉沉、阴森、恐怖的氛围之中。

华子良完全理解无数囚徒在静夜里一个跟着一个疯狂呼啸的原因，但却怎么也猜不透，最先发出这种狂烈呼喊的人为什么要在这深夜唤醒难友，掀起如此强烈的怒潮？

为了寻求这个答案，华子良忘记了刑伤留给他的种种疼痛感觉，久久地谛听着、剖析着牢狱里可能出现的一切音响，但他久久地找不到答案。

一连串的日子过去了，他那千疮百孔似的身躯似乎又有了活力，他竟然可以半坐起来了。也就在这个时候，他突然又听到酷似炸监的猛烈声浪了！

当时，他正在玩弄那块碎玻璃片，欣赏它折射出的一缕耀眼的阳光。声浪猛一传来，华子良甚至十分惊异：大白天，怎么也会出现炸监这样特别的音响？

他静听片刻，怒吼声是从牢房外面传来的。跟那天晚上不同，带着一种罕见的热烈和喧哗的氛围，像暴风雨，像狂涛巨浪，正由远而近，一浪接一浪似的直向他躺卧的那间牢房附近扑来。

一定出了非常事件！华子良自然决不满足于只听到它，一定还要看到它才好！可是，许多日子以来，他还从不曾离开过他躺卧的那张木板，怎么也看不到他牢房之外的景象。

"必须站立起来！"华子良命令着自己！他丢掉那块玻璃片，伸手攀住狱墙，刚一用力，身子却像被粘在了木板上似的，怎么也立不起来。

"必须立即站起来！"牢房之外更加强烈的声浪，使他全身热血沸腾，他一再挣扎着，一种强烈的渴望推动他使出浑身的气力。这时，狱外越来越动人的欢声、喧哗声，像具有无尽的吸引力似的，渐渐把他的躯体吸引了起来，使他终于倚着狱墙笔直地站立起来了。

哦，狱门上的风口太高了！华子良踮起脚尖，也没那么高，他怎能从风口看到狱门之外的动静。他伸手去试了试，他的手刚刚可以伸到风口那么高。华子良不禁想：如果手上长出一只眼睛来的话，便肯定可以看到狱门之外的一切了。这显然是不可能的，但这个近乎异想天开的念头一经出现，便像生了根似的，总是可笑地死死地缠住他的思绪。

几乎已经绝望，他只能用自己的听觉去捕捉狱门外热烈欢腾的景象了。可是，突然间，一丝耀眼的光攫住了他。

啊，这一丝耀眼的光，不正是他刚才丢掉的那块碎玻璃折射过来的么？这块背面涂着墨汁，可以照见人影的碎玻璃，不是还可以当作一只眼睛来用么？

啊，太妙了！华子良拾起那块碎玻璃高高地举过头顶，一手攀住风门，一手把那碎玻璃探向狱门外。顿时，透过碎玻璃的反光，狱门外的情景隐隐约约呈现在他眼前了。他兴奋异常，终于看见了狱门外有一条很长很深的巷道，巷道的两边是一排牢门。这条很深的巷道尽头，耸立着一座狰狞的圆形岗亭。以它为中心，似乎还向不同的方向延伸出去几条很深很长的巷道。圆形岗亭里人影憧憧，显得有些惊惶。

毫无疑问：这正是 Dr. 沈之流称赞的那种德国式的现代化监狱。这座监狱里的任何一间牢房只要有一点异常动静，那个中心岗亭就一定会立即发现，并且迅速作出有效的反应。

然而，此刻，华子良不能不对岗亭的所谓效能产生怀疑。刚才他听到的喧哗声，正愈来愈近。他终于从玻璃片的反光中隐约看见：圆形岗亭侧面，敞开了一道铁门，门口，正立着一群人！伴随着一阵铿锵响亮的铁镣声，这群人正向巷道里大步走来。走在最前面的，竟是三个红军战士模样的人！他们全身穿着军装，帽檐上的红星早被摘掉了，但那五角红星的迹印，却还显眼地留在他们的帽檐上。他们一个个毫无惧色，神采奕奕，昂首阔步，根本没有把拥簇在他们身边的众多特务看在眼里。那位长着长胡子走在前面一点的红军同志忽然高高举起了双手，另两位红军同志也跟着高举起手来。他们显然已辨识出走到什么地方来了，显然已看出巷道两旁的牢房里都囚禁着自己的同志和难友。他们眼里闪着激动的泪光，摇晃着举过头的双手，在沉重的铁镣声中高声自我介绍道：

"我们是中国工农红军，方志敏同志所在部队的战士！"

巷道两边，立刻卷起了更热烈的欢呼声浪，那洪亮的欢呼声响彻了整座黑牢。

跟在红军同志身边的众多特务极力想制止他们讲话，但一点没有效果。三个红军战士根本没有把敌特的野蛮干涉放在眼里，继续高声喊道："我们北上抗日，被国民党反动派堵截！我们的军长方志敏同志牺牲了！是的，我们北上抗日的行动失败了。但是，我们工农红军在毛主席、党中央的坚强领导下，经过伟大的长征，一、二、四方面军的红军弟兄在陕北胜利会师了！现在，毛主席、党中央提出在全中国建立抗日民族统一战线的伟大号召，得到了全民族的拥戴。中国革命一定胜利，中国共产党一定胜利！"

圆形岗亭里的特务见状，慌慌张张地跑了出来。但那三个无所畏惧的红军战士这时却敞开喉咙，唱起了雄壮的歌：

工农兵,
联合起来,
向前进,万众一心!
打倒日帝,
打倒卖国贼,
消灭法西斯蒂,
复兴革命救中国!

这满怀悲愤和革命激情的歌声,像战鼓,像雷霆,震撼着这魔鬼似的秘密牢监,使华子良不禁热泪盈眶。

突然,碎玻璃片上出现了杂乱的黑影,接着华子良便听见一阵扭打的声音。在铁镣铐的当啷声中,有人在声嘶力竭地叫喊:"堵住他的嘴!把他们捆起来,拖走!"所有的牢房里立即响起了愤怒的抗议声。

"任何力量都阻挡不了中国人民抗日的怒潮!"随着强烈的抗议,又传来那洪亮的声音,"人民已经起来了!上海的商界救国会成立了!南京的学生起来了!大西北——西安的抗日热潮正在高涨!"

华子良多想看清外面的一切,但一簇黑影挡住了光线。他只听见那洪亮的声音越去越远,"同志们、朋友们,毛泽东、周恩来他们,一定会带领百万红军,来迎接你们奔赴抗日前线的,坚持到底,就是胜利!"

"当啷"一声,华子良手上的碎玻璃片落到地上。他攀着风口的手无力地滑脱,整个身躯也跟着跌倒了。耳鼓一阵轰鸣,他昏厥过去了。

他毕竟太虚弱,站立得太久了!

不知过了多少时辰,华子良才逐渐苏醒过来。牢房外面已是一片死寂。铁窗口的阳光也消失了,只留下一孔暮色苍茫的天空。

华子良不免有些失望。当他刚想撑身起来的时候，触到了那块玻璃片。今天，他才发现它还有那么珍贵的用途！他连忙拾起一看，玻璃片竟还是原来那样子。他高兴地撩起衣襟擦拭掉灰尘，那三个坚强的红军战士的身影，仿佛又在眼前浮现了。

"坚持到底，就是胜利！"华子良重新躺到木板上，久久回味着这句话！哦，多么有力，多么中肯！他不是第一次听到这句话；在他刚懂得革命，斗争十分艰苦的时候，石大山石大哥就曾用这句话鼓舞过他。特别是红军战士带给他的革命高潮正在兴起的消息，更使他激动不已！他多么热烈地期待着那一天早日到来，毛泽东、周恩来带着百万红军，把这阴森的世界彻底砸开！

越这么想，华子良就越清醒地看到：眼前还有多少艰苦的路要他走啊！单是为克服腿胫骨疼痛无力的状态，重新学会走路，就不知还要付出多少努力；为了使自己不至于因为长久不说话而变得不会说话，为了不至于因为长期隔绝而变得迟钝、呆痴，使自己能随机应变，应付新的敌手对自己的突然袭击，他更得竭尽全力去努力。

出路只有一条，就是：从现在起，坚持，再坚持地奋斗！

一定要站立起来！

一定要学会用自己的腿，自己走路！

一定要重新学会用自己的口讲话！

……

当他经过千辛万苦，刚开始学会走路的时候，心中早就隐隐感觉到的，那一定会出现的事情，终于在他眼前出现了：那从不曾开启的牢门，突然开了！他曾从玻璃碎片的反光中模糊见过的那放射形的巷道和牢房，都一一展现在他面前，落在他身后去了。

他已经走出了那被高墙电网严密封锁的特别监狱，正被引向另一个神秘世界。

押解的特务已经更换了几次。几乎每走过一处新的岗哨线，就更换一次。这告诉他：一场新的风暴正在向他逼近。

然而，出乎意料，在拐过一段阴森曲折的巷道之后，华子良眼前竟突然出现一派十分秀丽雅致、令人心旷神怡的风光。到处是奇花异草，楼台亭榭。铺着柏油路面的大路两侧，有碎石、鹅卵石嵌成的通幽曲径，高大茂密的松林伴着小桥流水，拔地而起的假山、石林遮掩着古色古香的墙垣，俨然是一座典型的苏州庭园。抬眼四顾，根本见不到一丝高墙、电网之类阴森恐怖的痕迹。置身在这幽静的山光水色之中，华子良简直不敢相信，他此刻是否还处在秘密监狱里。

更加意想不到的是，在进入这神秘庭园之后，华子良还发现：紧跟在前后的几个特务似乎也不那么严密监视他了，让他任意浏览，不予阻拦。

华子良在庭园里站了片刻，极力想发现这些异常现象背后的秘密。他终于看到，庭园一侧，一条林荫中的柏油路尽头，耸立着一栋灰色的露出尖尖屋顶的德国式楼房。密密的天线网架，诡秘地笼罩在那尖尖的屋顶之上。楼房的门窗都涂抹着深蓝色。所有的百叶窗都紧紧地关闭着，使人很难从外面看出这栋楼房是作什么用途的。唯有路旁林荫深处，那个身着笔挺的黄军装、手指紧扣着手枪扳机的岗哨，分明在暗示人们：这是一栋不可接近的神秘建筑。

这时，恰在这时，从楼房里钻出一个头戴黑色礼帽、面目毫无表情的人来。他站在台阶上朝华子良扫了一眼。一种意念顿时在华子良脑子里一闪：我在南京即将遭遇的敌手，极可能正藏匿在这座神秘的建筑物中！

华子良正要细细打量那面目毫无表情的人，只见那人把手向前一挥，眨眼间竟不知从何处消失了。华子良正觉得蹊跷，几个押解他的特务早已团团围拢上来，把他引入另一条清幽的小径。才走不过百十步，他的视线便立即被小径尽头的一处假山吸引了过去。

这座拔地而起的假山，看得出来，是经过精心设计，耗费过惊人的资财建造起来的。因为，它既不同于一般的像模型似的假山，而足有两层楼高，似乎是一座真正的山；又不如一般假山那样单调，四周还配置了许多景物。山前，有培育、欣赏花鸟鱼的场地，有小桥流水，有形如伞盖、青翠的雪松。山顶之上，还建筑有一列窗明几净、雕梁画栋式的长亭。

沿着宽阔的绿荫笼罩之下的石级，缓步而上，来到假山顶上，华子良在长亭下站定。初冬时节那种浸骨的寒风使他不觉打了一个冷战。举目四顾，更使他不觉暗暗感到诧异不解了。

华子良怎么也不明白：押送他的那几个特务，为什么会任他独自自由地登上假山，而他们却守候在假山之下？假山之上的长亭里，除了一派肃杀的清风之外，何以竟空不见人？

绿荫笼罩之下这神秘的花园里，仿佛到处都可能有着通向这假山的秘密通道。华子良刚才走过的路径，自然回头可见。假山侧面，拱立着一道圆形的小门，附近也空无一人。看样子，那是通向假山背面一个神秘处所的路，是从这里唯一可见的另一条路径。华子良猜不透：他在南京将遇到的最大敌手，是将在这里和他见面，还是想将他永远禁锢在这荒寂的假山之上？

眺望着这神秘的花园中的种种景物，尽管晴日当空，华子良却像被浓雾裹住一般，眼前只感到一片朦胧。

眺望着绿荫丛中那扑朔迷离、时隐时现的曲径小道，此时此刻，他自己究竟置身何处，这个世界上究竟是否真有在 Dr. 沈那个秘密大厅里听说过的人和事，是否真有那么一个名叫戴雨农的特务头子——这些他早就认定确有的人和事，这时全都像一阵云烟在他眼前飘浮起来，变成了他难以看透的秘密。

第六章

这真是无法窥测的秘密么？

如果可以揭开历史帷幕的一角来看，那就可以毫无疑问地回答：华子良在那神秘花园里思索的一切，并非是虚幻的。在这里，他确有那么一个极阴险的敌手。这人的姓名，Dr.沈的爪牙早就在无意间向他透露过，此人名叫戴笠，号雨农。决定将华子良从北平押解到南京来的是他，今天决定将华子良押解到长亭来的也是他。从华子良到达南京，进入放射形监牢之日起，他就一直在注视着他。今天，戴笠早就躲在一处特别隐蔽的角落——就是华子良刚才见到过的那幢德国式尖顶灰色房舍里，透过百叶窗上的一个特别观察孔，用望远镜观察他了。

只有一点，华子良怎么也不会想到。那就是，戴笠不仅笃信特工"极限"论，还信奉着多种"理论"，他还真有几下子……

在戴笠今天的日程表上，早已安排要见两个人：第一个就是华子良，Dr.沈和日本特务机关都曾经向他推荐过，要他亲自讯问一下这个人；第二个则是他派到美国去考察归来的心腹密友肖公素。肖在美考察期间，曾有密信给他，提出了两个极有意思的设想：其一，和美国的特工部门挂钩，实行特工合作；其二，设法打入美国政界，以便对美国对华政策的决策进程施加某种影响。

戴笠对今天要见的两个人都颇有兴趣。按照他的命令，华子良已被他手下人押解到了长亭，他早已从望远镜中看见了他。他同肖公素也已在电话上约定，三四小时后就在此间详谈。

戴笠早想过：和华子良谈话，最好的地点应该是对方完全不可能想象的一个特别地点。最好的谈话时机，应该是对方毫无思想准备的时刻。因此，他确定在长亭，等对方一到，就开始谈话。

然而，当他从望远镜里凝视着华子良沿石级登上长亭以后，他扔下望远镜，一扭头，径自走到了一边。沉吟片刻，他又走向架设有内外电话机的地方，把所有电话机的话筒全摘下来撂在桌上。这时，他不想马上去见华子良了。尽管他早看过 Dr. 沈送给他的关于华子良的刑讯记录，但刚才从望远镜里匆匆一瞥，仍不免使他吃惊：一个受过那么多刑罚，只能躺卧在木板上押送到南京的人，竟会独自从容地登上长亭，这个华子良也许并不简单哩！上策暂以不谈为宜。他很快就把这件事忘记了。他想宁静一会儿，便去摘掉所有的电话筒，不想被那些早就弄得他心绪不安的事所困扰。已闹得不可收拾的全国各地的抗日风潮，再加上日本人越来越强烈的不满，各地军政局势动荡不定的种种传闻，把他的头脑都快胀破了，他实在需要静一静。

那么，此时此刻，他究竟想做什么呢？

在中国近代特务政治的历史上，戴笠是一个正在风起云涌般崭露头角的人物。他常常躲在不引人注目的角落里，搜集和研究形形色色的情报，策划和指挥种种罪恶的阴谋活动；他也曾亲自去干过盯梢、暗杀之类的事，可以说近代特务的种种手段，他都体验过。但确切地说，他的主要心思并不常常花费在这许多人所周知的特务算计上。他有着许多不同于中外类似人物的奇特想法，也就构成了他自己的独特性格和独特行径。

他面带马相，外貌平庸委琐。他相信迷信的传说，认为这马相乃主富贵的福相，因而酷爱养马。除此之外，从他在特务生涯中崭露头角开始，还酷爱三样东西：汽车、手枪、学生。他的特务同行都称这是他心中的三件宝物，一刻也离不开的。

　　汽车，比骑马快速、多用，所以他特别喜爱，尤其是小汽车。手枪，自然是特务活动必不可少的宝贝。至于他之所以把学生也视为宝贝，则是从他崇拜的蒋先生那里学来的。当然，他那狡黠多变的脑子也曾多次谋虑过：古往今来，凡终成霸业者，无一不依靠他有一帮子人，依赖一帮有福同享、有祸同当的门生。他之所以击败与他同时卷进特务政治中的许多同僚，甚至他的老前辈，重要原因之一就是他在南京鸡鹅巷办了那么几期特务训练班，有了那么一帮子死心塌地为他效命的学生。正因为这样，凡是他掌管的一切公开或秘密的特务机关所举办的所有学校或训练班，他总是要无一例外地兼任校长或训练班主任。

　　作为一个专门进行特务活动的大头目，他当然知道外间和他的同行对他的种种传闻，说他一生最喜爱的就是这三宝。对这种传闻，他不但不想制止，反而或则装作不知，或则利用他所控制的小报加以渲染，广为传播。因为，这种传闻太适合他的特殊身份和需要了，不仅不会引起他侍奉的领袖蒋先生的疑虑，便于博得蒋先生的好感，更可掩护他对古今中外真正成就一番事业者的多方研究，不引人注目地去扩充他的势力。

　　正因为这样，他对他拥戴的唯一领袖蒋先生采取了绝对服从、绝对忠诚的态度。即使他机灵地摸到了蒋先生的心思，按其心意做了什么，他也总是装聋作傻，故作愚钝，以致常常遭到蒋先生的斥责。他的善于"唯领袖之命是从"，使他博得了对方越来越大、有增无已的好感和信任。他也才得以把自己的精力，暗中全集聚在无限扩充自己的羽翼势力上。

蒋先生攀上中国政治舞台、希特勒登上世界政治舞台的经历，使他深感在当代政治角逐中最有号召力、最能培植自己党羽势力的口号，莫过于"革命"这两个字。所以，从他在黄埔军校侍奉蒋先生开始，到他在蒋先生倡建的复兴社中任职，逐步把所谓"十三太保"一一排斥、冷落在一边，最后实际上掌握了当代中国这个最庞大的特务组织，关键就在于他巧妙地运用了"革命"这个口号。他把他自己和他直接控制、掌管的特务势力，处处扮作是最忠诚于蒋先生的最革命、最守革命纪律的。他还仿照真正革命党人的称呼，让部属彼此称为同志；特别可靠的人，另称基本同志；又规定了极其严格的纪律，如严禁贪污，非经批准不得结婚，等等；仅因为贪污、未经批准结婚这类事，他就曾关过许多人，也杀过不少人。

他对虚虚实实、神鬼莫测般的神秘力量，尤其有特别的兴趣。在他看来，蒋先生、希特勒在多变的世事中之所以一朝得势，都得益于这种神秘力量。在中国历代的变迁中，几乎没有一次不得力于这种力量。中国社会中长期暗传下来的许多秘密会社，便是这种神秘力量的代表。如果把这些力量恰当地运用起来，那将是一种极大的势力。因此，他不仅仿效蒋先生一头拜倒在上海青帮、洪帮头子杜月笙、黄金荣的门下，而且，极力拉拢、笼络潜藏在社会上的一切秘密会社派别。此时此刻，当他不想和华子良贸然晤面，想排开那些令他烦恼不快的电话干扰，想宁静地思索一会儿的时候，他便想起了他档案卷中储存着的一件宝贝来了。

关着百叶窗，又罩着厚厚的金丝绒窗帘的房间里，光线显得昏黑、暗淡。他不愿打开天花板上悬垂着的那盏金灿灿的吊灯，以免强烈的灯光刺射自己的眼睛，一伸手，便拉开了金丝绒窗帘的一角，任室外冬日的阳光从百叶窗的罅隙中折射进来。阳光透过飞扬的尘埃，形成一条光带，映照在铺设着蓝绒地毯的楼板上，映照在他面前的两方墙壁之上：一方悬挂着一幅巨大的世界地图，一方悬挂着几乎占据了整块墙头的中国地图。

他转动转椅，起身绕过搁放着华子良全部材料的那张蓝色办公桌，来到那幅世界地图面前。略为沉吟了片刻，他按了按那墙头上的秘密开关，巨幅地图裂开了，露出了存放他那件宝贝物件的秘密抽屉。他打开抽屉，从中取出了一个卷宗，又按了按秘密开关，抽屉立即自动闭合，地图又恢复了原状。

他默然地回到了他刚才静静坐着的地方，把卷宗放在膝头上，任那从百叶窗折射进来的灰蒙蒙的光带照着那卷宗。

严格地讲，这决非什么特别秘密的材料，只不过是一批他最近才搜集到的历代江湖上秘密结社的内幕秘闻而已。当然，他能搜集到如此之多、如此翔实的秘闻也颇不易。特别是其中有一套材料，一个名叫江相派的秘密组织的内幕情况，简直使他视若珍宝。

此时此刻，他想悉心细读的，正是这套材料。卷首详细记载着这套材料的来源。原来，这个江湖秘密集团组织十分严密，派中人不管是谁，一旦违反其规章，定遭处决，所以，它得以存在数百年之久，在社会上形成一股不可轻视的黑势力。此派选人尤为慎重，不传子女，不传婿，唯有绝对忠于本派祖师爷，声音洪亮，词锋锐利之士，始允加入本派。

揭开这页说明，下面夹着一本题为《英跃篇》的小册子。这是他手下一名得力的行动人员，打入这个神秘组织，经过长时间的考验，获得了信任，好不容易才拿到手的祖传"秘本"。

这个好像是谈论相术的秘本，实际上包含着许多人情世态的精辟剖析。为了领悟其深刻含义，他特地闭目静坐了片刻。当他睁开双眼细看时，呈现在他眼帘边的是一张张抄写得十分工整的文字——

一入门先观来意,既开言切莫踌躇。天(父)问追(子)欲追贵,追问天为天忧。八(妻)问七(夫),喜者欲凭子贵,怨者实为七怨。七问八,非八有事,定然子息艰难,士子问前程,生孙(商人)为近古(近况不佳)。叠叠问此件,定然此件缺;频频问原因,其中定有因……

"秘本"中有许多隐语,但因抄录者附了注释,所以看来一点也不费解。

此刻全神贯注阅览"秘本"的戴笠,早已全然不像一个操纵当代空前庞大特务机关的头子,倒像一个虔诚领悟天书的神相士。他一边诵读,一边揣摩,竟不由得拍案叫绝起来。他觉得,"秘本"把父、子、夫、妻,读书人、商家的一般心理状态,几个字便描绘得入情入理,活灵活现;"秘本"把看相人的策略、谈话,又总结得何等精辟简练。相家一见人入门,便必须察明来意,如摸不透,就不宜开口,既开言,就必须运用一套"军马"——有计划有层次的发言和发问去控制对方,切勿迟疑不决,否则就会失去信任和威望了。想到这里,他不觉拿起笔来,在"秘本"上批了两个字:"妙,妙。"然后,又翻开"秘本",有选择地浏览了下去——

僧道纵清高,不忘利欲。庙廊达士,志在山林。初贵者志极高超,久困者志无远大。聪明之子,家业常寒。……破落户穷极不离鞋袜,新发家初起好炫金饰。神暗额光,不是孤孀亦弃妇。妖姿媚笑,倘非花底(妓女)定宠姬……

批阅到这里,戴笠不觉长吁了口气。一方面,他暗暗叫绝。"秘本"真把社会上形形色色的人物外貌和心态,处处一语点破,讲神了。另一方面,他又只觉得十分怅然:这里评述的大多是封建帝王时代的人们,太少涉及现代人物的分析了,比如说,无产者、红军、共产党人,以及现代社会的各类人物,博士、医生、议员、新闻记者……几乎一个也未涉及。他几乎不想再批阅下去了,但"秘本"里的最后一段文字,却又牵动着他的思绪。尽管这段文字的隐语特多,却分外强烈地吸引着他的视线,使他不觉一字一句地细细玩味起来——

急打慢千,轻敲而响卖。隆卖齐施,敲打审千并用。十千九响,十隆十成。敲其天(父)而推其比(兄弟),审其一而知其三。一敲即应,不妨打蛇随棍上,再敲不吐,何妨拨草以寻蛇……

戴笠记得,奉他派遣打入江相派的行动人员一再向他讲过:这是"秘本"的精华所在,需要特别注意领会之处。敲、打、审、千、隆、卖这六个字,乃是神相师在套取对方家底、身世,并使之心悦诚服的"六字真经"。"敲"——旁敲侧击;"打"——突然起问,使对方措手不及,仓促间吐露真情;"审"——察言观色,分辨真伪,从已知推断未知;"千"——刺激、恐吓,向要害打击;"隆"——赞美、恭维和安慰、鼓励,使对方飘飘然间吐露实情;"卖"——在掌握对方部分情况之后,从容不迫地用肯定的语气一一抛出,迫使对方折服、赞美,从而推心置腹地交底。只要灵活交替使用这不同的手法,任何对手都难免不被套上圈套!

戴笠领会到这里,又不禁喜形于色,提笔在这六个字旁画了六个圆圈。他不禁想到:在对付共产党和一切敌手时,不是同样可以运用这六字真经,向对方套取所需要的东西吗?

戴笠的目光一闪，猛又回到"秘本"的前一段文字，落在了"僧道纵清高，不忘利欲"那几个字上。略一吟味，他不觉如获至宝般地兴奋起来。原来，这"秘本"尽管可能是几百年前所作，但又何尝没有分析到现代人物的心理状态呢？欧美的议员、博士、名流，中国的党阀、政客，有谁又曾忘怀过利欲！

一大堆古今中外的警句："人为财死，鸟为食亡"，"人不为己，天诛地灭"……在他脑海里翻腾起来，使他像发现了什么真理一样兴奋。他一直在追求创建一个空前规模的军事特务组织，他一直梦寐以求的是一定要翻腾到众人之上的权谋之术，此刻好似又有了新的领悟，已经确有把握地掌握到这个人海浮沉力学的真正奥秘了。左右人海浮沉的力量，不是抽象的，而是具体的，可以捉摸、运用的，这就是：金钱的力量，秘密行动的力量，谣言的力量，突然袭击的力量。谁能够自觉创造、自觉运用这些力量，谁就一定会在浩瀚的人海中自由自在地把一切人都踩在脚下，让自己浮上浩瀚无边的人海之巅！

戴笠暗暗扪心自问：他之所以能把复兴社中有名的祖师爷——"十三太保"——踩在脚下，难道不正是依靠了这些神鬼莫测的力量？几个月前，蒋先生之所以转瞬间就能击败两广军阀的军事反叛，靠的不也是他戴某暗中布置的这些神秘力量？

戴笠奸狡的脑子一转，他不由得又想起蒋先生在广州、在上海，利用青帮、洪帮势力，一举将中共势力沉入血海的往事。上海的那一幕太使他难以忘怀了：那时候，共产党只知道反帝反封建，却一点不知道封建帮会秘密势力的力量，一点也不懂得他们和帝国主义怎样串通一气。蒋先生却完全懂得这一切。这原因太简单了：蒋先生本来就是上海青帮头目杜月笙的弟子，他本来同时又曾是上海洪帮领袖、上海法租界侦探长黄金荣家的座上客；一旦统兵兵临上海，他自然很快就和这些秘密帮社的人马勾搭上了。当中共的年轻领袖周恩来、赵世炎在上海发动工人武装起义时，那骤起的革命风暴确也曾令人胆战心惊，就是那掌握上海黑势力的杜月笙、黄金荣，当时也几乎自觉从此也许极难有立足藏身之地。但中共的一些年轻领袖哪里想象得到：当他们发动上海工人实行总罢工，进行武装起义，似乎已将上海牢牢控制在手里，准备迎接高呼革命口号的北伐军进入上海之时，北伐军统帅蒋先生早已和上海黑势力秘密勾搭上了，而且，就在起义工人的队伍里，在他们那些秘密指挥所里，早就潜伏了杜月笙、黄金荣的人马！蒋先生一旦露出真面目，谁能抵挡得住他的突然袭击，不一败涂地呢？

戴笠越想越兴奋。一时兴起，他不由得又信手翻开了另外两本"秘本"。这是他早圈阅过的。上面画着一连串圆圈旁边的字迹，再次跃进了他的眼帘：

鬼神无凭，唯人是依。一犬吠形，百犬吠声……故善为相者，莫不善用媒。故曰：无媒不响，无媒不成。

……未算其利，先防其弊；未置"梗媒"，先放"生媒"。

灵敏的脑子一转，戴笠越发飘飘然起来：原来，当今德、意法西斯鼓吹的"心理战"理论，早在若干年前就已为江相派术士所深知，所惯用了。"一犬吠形，百犬吠声"，"鬼神无凭，唯人是依"，难道不正是心理战的根据之所在？原来，派遣内线，打入敌方从内部攻破堡垒的战术，也早为江湖术士所熟知了。在派遣直接发生作用的"梗媒"之前，必须预先潜伏"生媒"，当今德国希特勒向各国秘密派遣第五纵队的策略，岂不同样是和江相派人物如出一辙么？

戴笠不觉会心一笑，兴致勃勃地把附在卷宗里的江相派术士闯荡江湖的传说故事，也一口气读了下去。

这故事有头有尾，可谓运用"秘本"所传授的策略的注释。

这故事说：某城，有一巨绅，广交游，独不信鬼神相卜。一日，其妹其母患奇症，一人生股疮，一人痢疾不止。突闻来一相爷，租用城中最大旅馆挂牌看相，宣称能知过去未来，贫者不取分文，贵相非千金不看。巨绅与其心腹密商，化装成贫民模样，前往试访。相师一见他们来访，即拂袖出室。问其故，相师答称：公乃大贵之相，又乃大凶之相，非双千金不看，非双千金难以避凶趋吉。再问其故，相师即略论其父母兄弟吉凶，并点出其脐下有红痣三颗等情。巨绅自知，脐下生红痣一事，家人亦少知晓者，因而甚以为奇，即愿以千金求予评相。相师随即进一步纵横评说，指出其妹其母所患奇症，病情即将加剧。正言谈间，家人来报，其妹其母病情果然加重。巨绅惊服，即送上双千金求相师指点趋吉避凶之法，相师慨然允诺。巨绅求得秘方返家时，其妹其母已毒入骨髓，一一死去。巨绅再返回旅舍追问相师时，早已不知去向。欲告官捉拿，其心腹劝阻之，曰：此无头案也，官府亦无能为力，何况官府中亦难免有诈财之人，且仇可解不可结，不如暂隐为宜。巨绅由是自认晦气了事。

故事的结尾，一语道破了这相师的奥秘所在。原来，与巨绅计议之心腹，即相师同伙，预伏巨绅家的"生媒"，其妹其母之奇症及中毒身亡，实均为其预谋……

通过百叶窗罅隙射进屋里的阳光，完全隐退了，戴笠的整个身子又笼罩在昏暗中。他那如沸水般热烈高涨的兴致，顷刻冰灭，似乎又恢复到了惯常状态。他伸手去拿电话才发现刚才摘掉的电话筒，还没有放回电话机上呢。他伸手去拿望远镜，又不觉从观察孔里看见了浓荫覆盖的长亭，还清楚地看见了此刻仍在长亭里等待他讯问的华子良一动不动的身躯。

华子良毫无表情、巍然屹立的神态，使戴笠感到渺茫、难以捉摸。刚才，江相派那"六字真经"还点燃了他极度兴奋的情绪，这时他又觉得索然无味，一个字也用不上了。

华子良卷宗里的许多记载和评语，再次在他脑海里浮现出来。既然日本特务机关和 Dr. 沈都认为此人特别可疑，他们为什么不在北平交给日方，或者就地杀掉了事，为什么偏要一再提议将此人移送南京侦讯查办？尽管从各方面看 Dr. 沈对他似乎也不错，但，是不是可能还有其他背景？Dr. 沈会不会早与日本人暗有勾结，有意给他出难题，让这个华子良把他缠住，利用这个难以降伏的人嘲笑他无能，进而不动声色地把他推倒在地？

戴笠狡黠多变的脑子一转，仿佛便从他曾经获得的无数情报中果真找到了充满危险的凭据。他侍奉的蒋先生在日本留过学，Dr. 沈也在国外留过学，德语和英语都讲得十分流畅，蒋先生也颇为欣赏，此人又极其精明，已在华北拉起了一大批特工队伍，声势不小，要不是日本人逼迫国民党势力撤出华北，Dr. 沈的势力进一步发展，早就对他构成潜在的巨大威胁了！

想到这里，他不觉把望远镜搁在一边，打开了桌上的台灯。迎着台灯射出的刺眼的光，他眨了眨眼，提起笔来，竟觉眼前一片朦胧。像走马灯似在他眼前闪现的，已不只是 Dr. 沈，还有更多使他深深感到隐忧的人物。

有两件往事，突然闯进了他的思绪。一件，是几个月前，为了协助蒋先生平定两广叛变，他曾经极度紧张过。那时候，他的部下经过联络，已谈妥收买两广空军的条件。只是对方要价太高，他手边一时还拿不出那么多钱。此外，还有一个十分棘手的问题，付了款，万一对方不守信用呢？……真费踌躇！幸亏他孤注一掷，迅即调集上海资金，硬把那巨款付了，两广空军如约倒戈，他才松了一口气。另一件，是几年前，刚和 Dr. 沈相识之后发生的。Dr. 沈同他晤面后，赠送给了他一套衣物。他试穿了一下，立刻对 Dr. 沈的精明有了极好的印象。原来，Dr. 沈送给他的这套衣物，包括一双皮鞋在内，全都不大不小，十分合身。那时，他只觉得，这是对方对自己极其友好和恭顺的表现。此刻，一当想到对方有可能构成潜在威胁时，他对 Dr. 沈的这种精明——竟然对自己衣服、鞋袜的尺寸了如指掌，便觉惶惶不安了。

然而，戴笠的不安并不止于此，眼前他还面对着一场危险的、严重的挑战：他的唯一领袖蒋先生本人，为了扑灭真正的革命力量，同时借以监视和钳制他戴笠，专门部署康泽及二陈的特务系统大肆扩展。这两股势力加上 Dr. 沈，如果再有一点异动，他岂不腹背受敌？

这样一想，戴笠自然不愿再在华子良身上耗费时间和精力，以至落下任人嗤笑的话柄。他终于把笔尖落到案卷上，轻轻地签署了两个极其简单而又审慎的字："Y.W."。

戴笠写下这样两个明白无误的记号，紧锁在一起的双眉刚刚展开，一抬眼便看见他最贴身的一个侍卫人员正踟蹰不前地站在厅房门口。

"有事——为什么不打电话？"

话刚脱口，戴笠便立刻从对方畏怯的神情中发现，是自己把电话话筒摘掉了，便随口改问道：

"讲——什么事？"

"Dr. 沈求见。"

"他——怎么找到这里来了？"

侍卫显然答复不了这个问题，只是木然地立在那里。

Dr. 沈会寻到他这样机密的地方来，这对戴笠来讲，自然不是什么不可解的谜。两个月前，Dr.沈奉派去德国考察归来，他便约请对方到这里来密谈过的。问题是，偏偏在这时候，在他不准备同华子良交锋，并已约定和肖公素密谈的时候，Dr.沈居然闯来了。而且，近日来一直没有听到他确切抵宁的日期，怎么今天突然在这里冒了出来？

"是不是还有别的特别原因？"戴笠不能不想，也许是甫自国外归来的D.沈，凭着他特别精明的特工触角，一回国就发现了什么特别情报？或者是，此人掌握了他最机密的要害情报？他正在出高价收买东北军张学良将军的部下，而这步瓦解东北军的重要的棋，偏偏又是通过Dr.沈手下的人牵的线。难道Dr.沈一回国就获悉了这一切秘密？难道那个牵线人对他作的保证，"绝不泄露给第三者，否则，甘受最高纪律的制裁"，竟敢置之脑后？

"报告！"

一声低沉、慌乱的报告声，打断了戴笠的思路。另一名刚刚进来的最贴身的侍卫正站在厅门边。那张皇失措的神态，使戴笠不觉大惊失色。

戴笠板着一张马脸，脸色忽地变得惨白。不待对方开口，他似乎已经完全清楚对方何以张皇失措的全部原因了。

毫无疑问，只有出了特别异常重大的变故，才会使他最贴身的侍卫人员如此张皇失措。这事情不可能出在别的什么地方，极可能就出在西北！前不久，蒋先生决定亲自去西北视察，督导张学良、杨虎城率领东北军、西北军进行"剿"共，他曾请求蒋先生允许他先去西安预作布置，不幸未为蒋先生采纳。继后，蒋先生临行之际，他又向蒋先生面陈：张、杨极可能与中共早有勾结，不然的话，张学良决不敢公然派兵在西安抄了国民党的陕西省党部，公然把他手下抓获到的中共地下工作人员抢去放了……前两天，他又曾将西北抗日风潮日益不可收拾，东北军大多数军官、士兵因家乡沦亡而越来越公开露骨地同情红军、支持群众抗日运动的情报，连续急报蒋先生。无奈，蒋先生对这些忠告全然充耳不闻，最后，竟至率领卫队、少数武装人员进驻临潼……对此，他戴笠早已坐卧不安了。

倘若西安骤变，蒋先生必身陷囹圄！这等震惊中外的消息，任何人都难以封锁。西安当局必将向全国发出通电，收到这个通电的时间，全国各地迟早不过几个小时罢了。

而这惊人巨变的讯息一旦传出，不仅将使早已不可收拾的全国抗日风潮更加不堪设想，南京国民政府内部各派、各省地方军阀之间，必将爆发难以预测、难以收拾的相互倾轧和残杀局面！而他戴某，仅仅仗恃蒋先生的特别提携才崭露头角，仅仅依靠蒋先生的信任宠爱，才在众多投靠蒋先生从事情报活动的"十三太保"中独树一帜，丰满了自己的羽翼。如果蒋先生有个三长两短，他必将受到来自各方的宰割，他辛辛苦苦建立起来的那个空前庞大的特务组织也必将一朝瓦解！

想到这里，戴笠真是不寒而栗。但戴笠毕竟是戴笠，他的狡黠确有过人之处。他很快就从纷乱中理出了头绪，捕捉到了足以使他免于灭顶之灾，依然可以确有把握地踩在万人之上的东西。他根本不相信CC系特务系统早些日子散布过的传闻，说什么"红军已经秘密占领西安"。尽管东北军内部的反日情绪日趋激烈，但在他看来拥有东北军最高指挥权的张学良，又身为军事委员会副委员长，刚在西北安身不久，实在不大可能投入中共和红军残部的怀抱。至于西北军的首领杨虎城则另当别论。第一，他是西北地方实力派中最有实力的人物，与西北地方势力有着长久的渊源，不可小视。第二，他原来那位秘书长，是个中共的秘密党员，曾被蒋先生下令通缉，他把他放走了，现传闻他又将此人延聘回西北军，心怀叵测。第三，杨虎城在西安举办了一个军士训练班，专门训练、组建新的西北军基层骨干。他戴笠手下的人员，CC系特工组织的人员，费尽了九牛二虎之力，怎么也打不进去，防范极严。第四，特别引人注目的，是杨虎城目前那位年轻貌美的夫人谢葆真，据他戴某手下人查明，此人在中学时代就是个激进分子，极可能早就是个危险人物。此人作用如何，极为可疑。不过，在今日之西北，真正最有力量的，幸而不是西北军。张学良掌握军队的人数、装备，都远远超过了杨虎城。既然西安尚控制在张、杨手中，蒋先生必然仍在他们之间周旋。现在的关键是蒋先生是死还是活？只要蒋先生还活着，他戴某就有可能不被他人一下子便踩在地下了。

"说！"戴笠终于吐出了一句他急切想从对方口里探询到的话："蒋先生现在哪里？"

"报、报告！说，说蒋……先生，在，在西安华清池被张、杨的人抓了！"

"还有什么？"戴笠扫视了一下那个哆嗦不已的侍卫，脑子里立刻有了明确的判断：既然蒋先生只是被抓了，那就极有可能还活着。当务之急，他必须不顾一切到蒋先生身边去！让南京这些政客去倾轧、纷争吧，只要他去了，蒋先生就会更加赏识他的胆略、忠心，永远对他特别器重。他决定尽快离开南京了。

自然戴笠心里异常明白：这是拿自己的生命去作赌注，很可能一去不复返。但他认定，只要蒋先生活着，他就会活着……

决心立刻设法奔赴西安的戴笠，早已无心再向那侍卫询问什么了。他心里沉甸甸的，环视了一下遮掩得严严实实的暗黑的厅房。那放在一边的几只电话话筒，还搁在桌上。最先进来的那个侍卫还伫立在厅门口，等待他的答复。他刚批阅过的关于华子良的那个绝密案卷还搁在桌上。这一切，他都不再放在心上了。只要他一按电铃，招来机要秘书，他便什么都不必管了。机要秘书完全懂得他在华子良案卷上签署的"Y.W."的意思，会像机械传动般地迅速执行……

戴笠把他的一只手按放在唤人铃上，另一只手夹起了那个藏有防身手枪的公文皮包，即将尽快奔赴前途难卜的西安去。

第七章

"华先生,你……"

这低沉、嘶哑的声音,华子良记得,已是第二次在他耳边出现了。语音一次比一次阴森、严厉,都是从押解他的特务口中吐出来的。每一次,都使他强烈地意识到:仿佛谁拂逆了这话的意志,谁就将承担难以想象的严重后果。

华子良知道,这是一句故意没有讲完的话:"如果你还不和他们合作……",那后面的意思是非常清楚的:那他们就将采取新的非常行动了。特务第一次对他讲这话是华子良在假山长亭上站得精疲力竭的时候。他没有理睬,于是便被押下假山,向侧面那笼罩着绿荫花丛的曲折小路走去。特务第二次讲这话时,他已被押着穿过了假山侧面那座小圆门,又绕过一座颇为别致的枯藤盘绕而成的屏风,再往前,是一堵墙,这墙和假山背后的石壁之间有一条狭长巷道,他被特务驱进巷道便无路可走了。一切都使人感到窒息,天空似乎也变了形,变了颜色。假山石壁间挂着的常春藤,本应是绿色的,却奇怪地全变成了暗墨色。石壁上还可见一些洞眼,稀稀落落的,又似有规则,像几何图案般藏在常春藤叶中,色调就更显深黑了。特务第二次吐出的那几个严厉的字音,仿佛来自那藤叶、洞眼中间,在狭长的巷道里卷起了幽幽的回声。

华子良知道，押解特务的话，不会是他随口讲出的，极可能代表着南京未出场的最大敌手的意思，这是敌特机关惯常使用的心理战法。但他却不知道，押解特务正在执行特务头子戴笠的旨意，更不知道他此刻究竟站立在什么地方……

这没有出路的狭长巷道，是不是就是他最后葬身之地？那像几何图形般零落散布在石壁上，黑乎乎地不见一丝积水痕迹的洞眼，究竟是干什么的呢？他完全不知道。

凉飕飕的、仿佛从石壁罅隙中钻出来的风，真使人毛发直立。

华子良仍然没有理睬特务的话。忽然，"哧哧"一阵响，身旁陡立的石壁竟霍地裂开了，现出一扇拱门。门里，露出一条黑黢黢直向地下延伸的石级路。华子良被猛地推进了这座石拱门。向下走，不过十几步石级，就是两个笔直的弯。四面漆黑。正不知向何方迈步，似觉面前的石壁又"哧哧"地裂开。他向前两步站住，便发现到处都是极坚硬的石壁，再也走动不了。自己仿佛是站立在一个洞穴之中。这一瞬间，忽然随着一阵凉风和啸声，他立即意识到，身后的石壁，似乎又重新闭合起来了。

黑，黑得什么也看不见，直使人感到窒息，却叫人怎么也想象不出它的形状来。

非常狭窄，好似罅隙般细小的空间，空气太有限了。他只觉得，前后左右都是坚硬、厚实的墙体，头顶上、两耳侧，稍微一动就会碰着钢铁似的东西。他就只能笔直地在这仅容一人的空间站立着，简直没有任何可以活动的余地。

地下洞穴特有的霉味、潮湿，叫人背心发凉；一股浓烈的血腥味，更让华子良感到恶心。

这直使华子良纳闷。他不敢相信，这血腥味就是从他此刻站立的地方——埋葬着无数白骨的巨大假山底下——散发出来的。

他不敢贸然伸开手脚去探试。过了好一会儿,他才张开手指,慢慢地移动手掌向黑暗的四周摸索,指尖一下便触到了极坚硬的似乎是用钢筋水泥浇灌的壁头。

——即是说,这是一个特殊的监牢,好似一具直立地深埋地下、用钢筋水泥浇注的棺材!

还是不对。它还有刀,是那种锋利的三角刀,牢牢地嵌在壁上,直对着站立在监牢中的他。

就只有他垂在腰间的双手触摸到的部位才有刀么?完全不是。在他的头部、臂部,以至头顶上,两耳侧,都竖立着同样锋利的三角刀。它们的锋尖紧裹着他整个躯体,只容许他一动不动地笔直站立,哪怕稍微挪动一下,那锋利的刀尖会毫不容情地立刻刺进他的肌肤!

"请你到思考室去思考一下吧。"

华子良的脑子里,突然记起了特务在猛推他进地牢时厉声呵斥的这句话。这时,也只是在这时,他才懂得了特务说的"思考室",原来竟是这么一个充满血腥味的特别空间。

自从南下以来,华子良早就准备迎接新的更大的考验了,但他却根本不知道,这正是戴笠在他的案卷里批下的两个字——"Y.W."给予他的考验;才一开头,就让他尝到这么一种滋味。

华子良笔直地挺立在那不见天日、令人窒息的思考室里。他确实也在思考:敌人试图借这恐怖的环境磨灭革命者的意志;让他在窒息中昏迷,而不自觉地倒向刀丛。不!不能屈服,一定要更沉着、冷静,一定要挺住,保持平衡,决不能倒下去!他紧闭着双眼,凝聚着精力,准备着去同那终将露面的南京当局最大的特务头子进行面对面的斗争。

这时,他感到有一股微弱的气流,不知从什么地方飘了进来。他终于醒悟到假山壁上那许多洞眼的用途了。也许，正是那些像几何图案般的洞眼，正是那些呈 W 状深埋在地下的管道，把阳光留在了地上，而送进来一点稀薄的空气，才使得囚禁在这棺材里的受难者不至于活活闷死。

这个恐怖的环境给予华子良的感受，是他从来未曾体验过的。死亡似乎近在咫尺，却在他心里燃烧起一种要打碎旧世界的渴望。这个地下世界是人为的，既然有稀薄的空气流进来，就可以捕捉到地上那个大千世界的种种迹象。他终于捕捉到了一种轻微的音响，好像是滴水声，又好像是别的什么声音。

华子良无法判断：这时隐时显的音响，是从地上什么地方传到地下来的，还是来自地下的什么地方，也许，就来自这思考室附近？

自然，要弄清楚这一点，不仅需要时间，还需要反复比较，才有可能。

但他毕竟很难就这么一直笔立在刀丛之中！长久地站立和窒息使他很难控制自己的躯体，正像他终于不能叫自己不颤抖、不痉挛一样，整个身躯禁不住要向那锋利的刀尖靠去！

渐渐地，他似乎又丧失了疼痛的感觉。他清楚地听见自己的衣服撕裂的声响，模模糊糊地感到刀尖像是刺在了自己身上，又似乎不像。

血，顺着刀尖，像滴水般一滴滴往下溅落，他几乎怀疑先前听到的滴水声是不是自己的血滴声。但是不像。那声音大得多，响亮得多，瞬间变得就像一股流水在哗哗作响了！

随着这哗哗的流水声出现之后，又传来什么开裂之声，接着，就是拖着铁镣的人移动脚步的锒铛声，就在他耳边，就在地下，撼动大地般震响着。

哗哗的流水直往下泻落。这一切，使他确信：就在他这狭小的"思考室"附近，也就是他远没走到尽头的弯弯曲曲向下延伸的石级路两侧，还有好些同样狭小的牢狱；它的最底层，则是一处水牢。那些戴着铁镣的人极可能是刚从别的"思考室"里被押解出来，正向那深深埋在假山之下的最底层——水牢走去。

那时断时续的流水声，更使他确信：假山里埋有一根大的水管，它可以把假山下所有牢狱全灌满水，也可以把下面的水全部抽出去。

华子良几乎再怎么也站立不稳了。他不知道此时此刻已有多少刀尖刺穿了他的肌肤，感到阵阵昏眩。正要失去知觉的瞬间，他被来自地底层的一阵激越的、像战鼓、像号角般清新有力的歌声所惊醒。他不觉全身热血沸腾，忘却了一切，暗暗跟着这歌声在心里唱了起来：

起来，饥寒交迫的奴隶！
起来，全世界受苦的人！
满腔的热血已经沸腾，
要为真理而斗争……

华子良仿佛又记起了离开北平之前，在 Dr. 沈那个秘密刑场上听到过的群情激奋的歌声。他仿佛又感受到了和无数战友一同斗争的欢欣。

水流声更大了，似乎吞没了一切。华子良听不见铿锵的当啷声，再也听不见那使人热血澎湃的歌声了。他心中似乎还在唱，更高声地唱着那支歌。

……
从来就没有什么救世主，
也不靠神仙和皇帝。
……

英特纳雄耐尔就一定要实现!

他忽然发觉:那歌声像冲破了坚硬的岩壁,向天际飘扬开去,传得很远很远;那雄壮的"英特纳雄耐尔一定要实现",突然像撼天震地的巨雷般响彻天空,直冲云霄!

眼前突又闪着五彩缤纷的光泽,他只觉得站立不稳了!世界仿佛在沉沦,只是向下,向地心陷落!

再往后,他便什么都不知道了……

再次恢复知觉以后,华子良才发现,他已置身在另一处监牢;那个四壁都是刀尖名叫"思考室"的牢狱,他早已离开了。在这里,他现在正躺卧的地方,和那极其狭小的地下"思考室"同样黑暗,使他根本看不清它的模样。模模糊糊,甚至有点昏花的视觉使他发现,这牢房比那座地下"思考室"要大许多倍,他的手脚即使伸向四方,哪一方也挨不到边。还有,矗立在他面前的,可以说简直像一座巍峨、陡峭的山峰;在这山峰之后,层峦叠嶂,又连绵着无数直指云霄的山峰。他的整个身躯仿佛一直浸泡在水里。在他模糊的记忆里,仿佛还曾见过它闪动的涟漪,一片水波折射出来的微光。

唯一猜不透的谜是:既然有这么大一片广阔的天地,为什么空间的空气却这么浑浊?不,简直可以说,恶浊已极,臭气逼人!

华子良相信:这个感觉是极其真实的,绝不是由于新的创伤,由于极其疲惫才产生的特殊感觉。事实上,随着时间一分一秒地流逝,他的这个感觉也在变,不断地在变。

华子良当然无从知道这是在多少时间以后的事。不知从哪里透射进来的一丝丝微光,使他清楚地看见:远处那片连绵不断、直指云霄的山峰变了。完全不是他记忆中的山，而是一个巨人的身影，是他记忆中极其鲜明、仰慕已久的伟大人物的身影！那不正是国际无产阶级革命导师卡尔·马克思庄严的身影么？你看，他那洞察一切无比坚定的眼神，他那充满智慧飘在胸前的浓密胡须，何等活生生地镌刻在对面那座巨岩之上！

不知从几时起，一束束更亮的光线透射进来，他才发现他现在躺卧的这个世界并不比"思考室"大多少倍，顶多只不过像一般的牢狱那么大小罢了。根本就没有他记忆中那片远山，也根本没有镌刻在巨岩之上的马克思雕像。只有一堵墙挡住了他自由眺望的视线。那是一面被污水明显浸渍过的墙，因为常年被水浸渍，早已斑驳得不成样子，露出了许多凹凸不平、五颜六色的深深沟纹。他记忆中的那些峰峦、雕像，原来都是由此引出的幻象。

还有那座矗立的山峰，在那束更亮的微光照射之下，也使华子良终于看清了，也根本就不是什么陡峭的山峰，而是一个人，一个活生生的、直愣愣地枯坐在那里发呆的人！这人的形象，恰似那堵被污水浸泡得不成样子的墙，黑咕隆咚，五颜六色，全身上下除了那双闪闪发亮、不断射出歇斯底里凶光的眼睛之外，几乎很难一眼看出那是一个人。他的胸部、四肢全裸露着，似乎对寒冷、污浊这一类东西，完全丧失了人类共通的本能感觉。

这个呆呆地坐在华子良面前的人，似乎也被那束微弱的光亮照亮，被华子良暗中观察的目光所惊醒，他忽地伸开他巨人般的大手在空中一晃，又张开他污秽不堪的大口，"哇"地叫了一声。他的手忽又落在他自己的肩头上，使华子良蓦地瞥见：不知他从那肩头上抹掉了一层什么东西（是隐匿在这阴暗角落里的蚊虫，还是别的吸食人血的小动物），他手上、肩头上立刻闪露出一片殷红的血痕来。

这时，也只是在这时，华子良才看清了自己躺卧着的地方不是在水里，而是在挨近那臭气熏人的污水塘边上。确切地说，那也不是什么污水塘，而是一片地势略低、积满了污水的地方。更确切地说，那也许不全是什么污水，只是眼前这个人胡乱撒下的屎尿。难怪牢房里的空气那么恶臭！

这闪露着歇斯底里凶光的人又突然哇哇叫了两声，扭转身躯，伸出像利爪似的两只手，在空中晃动了几下，蓦地向华子良躺卧的地方扑了来。

啊，这疯子！他要干什么？他想卡死自己么？

决不能这么不明不白地被疯子卡死！必须反抗，必须竭尽一切力量反抗！

出乎意料的有力反抗，终于使疯子发出一阵歇斯底里的狂笑之后，退缩了回去。

尽管疯子似乎不敢再扑上前来了，华子良却长久地只觉得全身哆嗦不已，而且还真感到幸运和有点后怕了！幸好，疯子没有在他昏迷时向他扑来，不然的话，他早在不知不觉间便被疯子卡死了。

从此，华子良又平添一桩新的心事，警惕疯子蓦地向他扑来！无论什么时候，就是在蒙眬的睡梦中，他也时时提防着……

又过了不知多少时候，华子良发现：有一团耀眼的亮光从房门方向照射进了这黑暗的世界。注视了好久才看清，那是狱卒的电筒光。毫无表情的狱卒正黑着一张脸，把两碗牢饭和两碗盐水从铁签子牢门的罅隙中塞了进来。

疯子把一碗饭拿了过去，伸开他那污秽不堪的五指，只抓了几把，便把那碗饭吞进了肚里。

又是一阵歇斯底里狂笑之后，疯子竟把本应留给华子良的那碗牢

111

饭也抢了过去，正当他要伸手抓饭的时候，看见华子良有力地坐立了起来，他似乎迟疑了片刻，才把饭倒去了一半，留下一半给了华子良。

那团耀眼的电筒亮光渐渐远去了，不见了。黑暗又完全笼罩住这牢房的一切。疯子又在华子良身边坐下来了，好像一座阴森的大山。

这疯子究竟是什么人？南京特务机关怎么会把这样的疯子也关到这么秘密的监牢里来？华子良注视着疯子，怎么也猜不透。

华子良竟日警惕地谛听着疯子可能发出的声响，观察他可能在思索什么，要做什么。但这一切用心细致的观察，几乎全白费了。疯子竟日就只是那么呆坐在那里。每天早晚，狱卒送牢饭来的时候，他总是那么歇斯底里地狂笑，狼吞虎咽地抢吃牢饭。他不但对寒冷、对污浊丧失了感觉，有时叫几声，好像还是一个哑巴，大概连话也不会讲。

华子良的耐心观察，终于使他渐渐看出了一点：这疯子似乎随时在留意谛听着什么，不时叽叽咕咕地发出一阵歇斯底里的叫唤。

"疯子在谛听什么呢？"

从这污秽不堪的牢狱里，经常可以听见两组音响。一组是极其微弱的咳嗽声，夹杂着金属撞碰的铿锵声。这组音响一旦出现，便会持续好一阵才会停歇。尽管声音微弱，似乎隔得很远，但听得出来，它不是来自一个方向，仿佛有不少人就囚禁在这牢房顶上的什么地方，有的还拖着镣铐。另一组音响，也是来自牢房顶上，像一阵"轰轰"的雷鸣，震耳欲聋。它总是有规律地出现，由近到远，又由远到近地往返多次，然后停下来，便无声无息了。这音响每次出现的间隔时间也是有规律的，总是每隔几小时便重现一遍。华子良揣度了很久，终于认定这是穿着钉有铁钉的大皮靴的特务在换班、巡逻，似乎正极其严密地日夜监视着什么动静。在他和疯子被囚禁的这个完全不见阳光的地下牢房里，唯一可以用来估计时间的，就只有这特务换班巡逻的脚步声了。

"朋友,你不觉得冷么?"

"朋友,太脏了,你自己会生病的!"

华子良试着和自己同牢的唯一的难友交谈,对方总是呆呆地没有任何反应。

望着疯子和身边那堆小丘似的粪便,随着时日的推移华子良不仅越来越感到难以忍受,简直越来越感到忧虑不安了。敌特首脑机关对他决不会就这么善罢甘休的。——华子良想,假若真要决心斗争到底的话,就必须积蓄力量。而现在,在这个地下牢狱里,他不仅需要和一个难以猜透的疯子日夜周旋,同时还面临着一个更可怕的潜在的危险。随着体力的恢复,疯子要卡死他,已并不那么容易;但那令人恶心作呕的粪便和污水,那些寄生其中的病菌、微生物,以及窜来窜去的小动物,却极可能无声无息地就夺去他的一切!假如真要决心坚持斗争到底,在这里,就必须立即同这潜在的危险作一番斗争。

当然,要在这么一个狭窄、暗无天日的地牢里进行这场斗争,也绝非易事。不说别的,单要清除这些肮脏的东西就困难重重。这里不仅看不见,没有清除的工具,而且,这么多粪便和尿水,又能清除到哪里去呢?

躺卧在黑暗角落的华子良四处打量着,恍然又从牢墙上看到了马克思的塑像。正要细细探视,不经意间竟发现墙上刻着四个大字:改造世界。这四个笔锋刚健、气势遒劲的大字,一下子就吸引了华子良的视线,使他不禁热血沸腾,心怀激荡,久久地问着自己:你不是早就在马克思像前宣过誓,决心为改造中国、改造世界的伟大事业奋斗终生吗?你,难道竟被眼前这点点困难吓住了?你就不能从你的脚下开始这场改造中国的伟大进军?

对于此刻还被囚在地下牢房里,遍体鳞伤,连呼吸也感到局促的华子良来说，这未免想得太遥远了。然而，这似乎带有理想色彩的思绪一旦在脑海里出现，是那样地使他难以抑制激动，不知不觉间翻身坐了起来。地牢里再黑，他毕竟还看得见那像小丘似的粪堆和污水塘般的尿坑，他毕竟还摸得着牢门上稀疏的铁签子。没有工具，他手边不是还有一只盛过牢饭的空碗么？

华子良不再思索，不再犹豫了。他把那空碗拿在手中，立即开始了清除粪便的战斗，他朝粪堆一碗又一碗地挖去，挖一碗就将秽物往铁签子门外倾倒出去。他决心把这些堆积多日令人恶心的小丘削平，全部倾倒出去，否则，决不停止战斗。

华子良只顾奋力去挖，去倾倒粪便。直到他发现面前的粪堆已经所余无几时，他才意外地注意到，那疯子也早已参加这场清除污浊的战斗！疯子不是用碗，而是用他那双大手，把粪堆连同尿水捧起，像瓢泼似的向铁签子门外泼出去。也许是疯子也注意到华子良发现了他，便发出一阵阵歇斯底里的狂笑，又顾自埋头去清除那地上积存的尿水去了。

直到地牢里的粪堆、尿水全清除干净之后，华子良把自己积存下来的另一只盛满水的碗拿到铁签子门边，疯子这时似乎懂得了他的意思，嘿嘿，嘿嘿地笑着，伸出了污秽的双手，让华子良慢慢倒水给他洗掉了手上的尿粪。

在这一刹那间，华子良从疯子脸上看见了一丝友善而又暧昧不明的表情。但随后，疯子又回到他往常坐的地方，呆呆地岿然不动了。

"他，是真疯子，还是假疯子？是朋友，是同志，还是敌人？"这思绪不禁久久地在华子良心头盘旋。他时而觉得对方不像疯子，不然的话，为什么不在他昏迷时来卡他的喉管，而要在他醒过来时才对他下手？他时而又觉得，对方毕竟像疯子，他一旦歇斯底里大发作，就会疯狂地向自己扑来……在这只有他们两人的地牢里，华子良自然不能不首先把对方当成真疯子；而且，还得保持警惕，说不定对方还是一个特种人物——那种极其巧妙、极其阴险，伪装成疯子在狱中刺探情报的敌人。

在这种情况下，华子良不得不更加细致入微地观察这地下牢房里外的变化。

终于，有一天，从头顶上看守特务换班巡逻的沉重脚步声中，华子良感受到了一种特殊的气氛。那大皮靴一步一步踏在地面的咚咚声中，又夹杂着一种极不规则的急促、混乱的脚步声。这不同寻常的脚步声，从定时向地下牢房送牢饭来的那个方向愈传愈近，最后来到了地牢的铁签子门前。顿时，一束刺眼的电筒亮光照亮了铁签子门，照亮了疯子肮脏的花脸，也照亮了铁签子门边几个特务狰狞的眼神。

铁签子门打开了。疯子歇斯底里地反抗着，狂笑着，还是被几个特务挟持着拖了出去。

铁签子门被重新锁上。刺眼的电筒光，疯子歇斯底里的反抗声，特务杂乱、急促的脚步声，一齐远去了，消失在他们来的那个方向。

牢房安静下来。华子良还在留神谛听。过了很久，他又听到了巡逻特务沉沉的步履声，接着又是一阵急促、杂沓的脚步声，沿着先前传来的方向，越来越近。华子良紧紧盯着牢门，刺眼的电筒光又亮了。

华子良一眼就看见疯子的身影，不禁吃了一惊。疯子仍旧穿着那一身衣服，还是那高大的身躯。奇怪的是，刚才那张肮脏的花脸变成干干净净的一张白脸，往常神经质般的脸上，竟露出了一种平静、友善的神情。

疯子不是真疯子，这对华子良来说，绝非意外。但这变化来得如此突然，却又不能不使他感到惊异。

电筒光熄灭了。铁签子门锁上了。押送疯子的特务们的脚步声远去了，消失在他们刚才来的那个方向。疯子依旧默默地坐在他往常坐的那个地方，没有马上开口，华子良沉着地等待着。现在，该是疯子来揭穿这像迷雾般的奥秘的时候了。

"啰啰，啰啰……"也许是由于长时间不说话，疯子刚张口发出的语音，显得十分含混而低沉；但不一会儿就变得异常清晰了。他说道，"朋友！确切地说，我应该这样称呼你：同志！我已经没有更多的时间和机会了，我应该，也只能把我最后想向党讲的话留给你！"

听得出来，疯子的话是在心里酝酿过许久，现在才倾吐出来的。但处在极复杂境遇中的华子良，此时此刻只能露出一种冷淡的态度，好像漠不关心地听取对方的讲述。

疯子面对黑暗，一边说着，一边似乎在警戒着什么。好像早就洞察了一切，完全理解华子良的处境，根本不需要华子良问什么，就会把华子良心中存在的疑团，一一解开。他讲得极其诚恳，每句话都饱含着积蓄已久的真挚感情，犹如奔流而下的江河，波浪汹涌，一泻千里。

疯子没有按照通常的自我介绍的顺序，从名姓说起。华子良听了他情真意挚的自述，完全确信他是一个真正的革命者。他的经历可以说充满着传奇色彩，但和"疯子"这样的概念丝毫无关。

他参加过长征，是个老红军战士，曾经勇敢地东渡黄河准备投入直接抵抗日本侵略军的战斗。后来，为了争取杨虎城将军统率的西北军参加到抗日的行列中来，他曾经离开了部队，历经艰险护送中共秘密代表从天津去西安，帮助杨虎城将军训练西北军的连排级军官。为了争取东北军也参加到抗日行列中来，组织上又特地派他秘密去上海，以便联络和东北军有密切关系的朋友，劝说正在上海治病的张学良将军真正以国事为重，联合一致抗日。工作正顺利进展的时候，他却被敌特盯梢，不幸在上海被捕了……

尽管华子良并不相信像张学良、杨虎城这样统率重兵的军阀真会参加到抗日阵营方面来，但他认定：不惜牺牲，甘冒危险，派出干部去进行这样的工作，只有我们党才有这样伟大的气魄。他不禁对疯子油然产生一种崇敬之情。

"那么，你一定会想：我为什么会装疯？而现在，我又为什么不再装疯了？"疯子像在总结，回味一段往事般说道，"在我被捕以前，坦白地说，我从来没有想到过会采取这样的斗争手段。当我进到暗无天日的监狱以后，因为毒刑的残酷折磨，疯狂的血腥屠杀，我不止一次地看见有人在酷刑的惨叫声中疯了。歇斯底里的狂笑，凄惨的悲号，每一次，都使我直感到愤慨，同时，也使我受到一种启发：既然在严酷的斗争中敌人把人逼得神经错乱，连特务们都感到恐惧，革命者不是也可以利用它，作为掩护自己的一种手段么？恰在这时，我对敌特的酷刑发出过一声冷笑，狠狠地盯着向我扑上来的敌人，谁知那家伙竟被我这意外的反应吓得狂呼倒退，被凳子绊倒在地，狂叫一声：'疯了，疯了！'便慌慌张张爬起来就冲出了屋去。这家伙惊惶失措的神态使我增添了信心，即刻，我就决定采取这样的斗争形式来掩护自己和党的机密。敌特再次蜂拥进屋时，我便'疯'了！"

"那你为什么又不再继续装疯了呢？"华子良不禁脱口问道。

"这原因，你可能也看出来了。"疯子还是面对着黑暗。他低沉的语音里，明显地带着深思、惋惜的意味。"装得太厉害了点！也许，就只过了那么一点！疯得仿佛什么疼痛的感觉也不会有，这可就出事了！"

"为什么？"

"我原来也不知道，严重的真疯和假疯是可能检验出来的。我装得太厉害了些，自然容易被发现。敌特把我捆了起来，用一把尖刀刺进了我的皮肤，审视着我的瞳孔。尽管我装得很麻木，一个特务却得意地对我说：'你的瞳孔突然放大了，你是装疯！'"

这番异常平静的话，使华子良深受震动。这位难友无疑知道自己留下的时间肯定不多了，便把如此宝贵的经验告诉了他。但他仍然感到有一层神秘的帷幕没有揭开，便忍不住探问："朋友，你为什么敢把你的这一切秘密告诉我？"

"我听人说起过你。"

"我？"

"你不是叫华子良么？"

"你怎么知道？"

"我听我的上级负责人华斯讲过。"

"华斯？我不认识这人。"

"他可知道你。"

"他怎么会知道我？"

"还记得你从北平被敌特押解南下，不是见到过一位惨遭迫害的孕妇么？是她告诉华斯的。"

"我们什么话也没有讲过，她怎么可能知道我的名姓？"

"她看见你躺卧的那张木板上系着一块竹牌，上面写有号码：109号，就知道了你叫华子良。"

"她怎么会知道呢？"

"熊树人告诉她的。"

"熊树人？——你讲的熊树人是谁？"

"你该记得，你关押在北平秘密监狱的时候，第一个审问你的，不是叫熊树人吗？"

"你是说那个特务法官吗？他怎么认得她？"

"他们是同志，是夫妻。"

铁签子门外突然传来皮靴踩着地面的急促声浪，打断了他们的谈话。许多需要问的问题华子良都来不及问了。转瞬间，铁签子门哐啷一声打开，扑进来一群特务，狰狞地扫视着牢房的每个角落，刺眼的电筒光划破黑暗，凝聚在疯子平静而略带激动的脸上。他嘴唇微微动了动，沉着地站直了身子，抬头打量一下这个不大的黑牢，似乎不经意地扫了华子良一眼，便昂首迈开脚步，头也不回地穿过那群持枪的特务，走向铁签子门外，向着那看不见尽头的黑巷道去了，远去了。

牢门又锁上了。铁签子门外一闪一闪的电筒光消失在黑巷的尽头时，华子良忽然听见"砰砰！"两声清脆刺耳的枪声。

蓦地，高亢激越的口号，从那最黑暗的角落传了过来：

"中华民族解放万岁！"

"共产主义万岁！"

"砰砰……"又是一阵密集的枪声。华子良只觉得，整座地下牢狱都在颤抖，都在向下，向下沉沦。

牢狱黑极了。沉静，令人窒息的沉静，仿佛整个世界都不复存在了。

"永别了，朋友！"华子良闭上双眼，疯子的身影却分外鲜明地呈现在了他眼前。这不是那个他刚入这地狱时见到的疯疯癫癫的身影，而是有如雄峰耸峙般的巍巍身影。特别是在离开这地狱时那张年轻英俊的脸形，那双黑亮的眼睛，以及深情告别的一瞥！这，应该说，只有他华子良才能理解的有期待、有委托，包含极复杂极丰富感情的一瞥，使他相信：疯子向他讲的一切，都是真实可信的。尽管在他看来，一个革命者无论在任何情况下，似乎都不应采取这种办法去进行斗争，隐隐有些遗憾，但那种顽强奋斗、坚韧不拔的毅力，又使他由衷地敬佩！

疯子何许人？姓甚名谁？疯子没讲，他自然无从知道。疯子说他装疯失败的原因，是"装得太厉害了点"——这实在是一句值得咀嚼的话。是不是说，要是装得不那么厉害，就像Dr.沈宣称的那样，由于长期监禁，到了某种"极限"就疯了，疯到敌特无法检验的程度，就不会失败了呢？

华子良没有来得及同疯子研究这个问题，他还有许多没有问清楚的东西。比如，疯子的上级华斯是谁？那个特务法官熊树人和那个惨遭迫害、无比坚强的孕妇，怎么会是同志和夫妻？他们现在在哪里？他们怎么知道自己同疯子住在一间牢房？他们又是怎样把消息告诉疯子的？在这被禁锢的秘密世界里，他们怎么可能联系上？这一切，仍然像一团迷雾。疯子最后离开地牢时，疯子动了动嘴唇，似乎还想讲什么，他还有什么话要讲呢？

疯子给华子良留下的，除了一片真挚的情谊，无限的愤激和惆怅之外，就是一片需要他久久思索的空白。

第八章

"咔咔咔咔…"

"砰！砰！"

被囚在地下牢房里的华子良，一直觉得有一种异常的音响，正在不断冲击着他的耳膜。已经在地下习惯用耳朵谛听一切的他，早已听出这像枪击，像闪电雷鸣，像刀斧砍削刺劈的异常音响，不是来自地下的什么方位，而是来自地上，就在他这地下牢房的头顶上！还夹杂着像飓风卷过的啸声！

这，会是什么声音？地面上，正在发生什么变故？他正想再仔细谛听一下，却不料突然爆发出一声巨响，使他的头脑、耳膜顿时"轰隆隆……嗡嗡……"地响个不停，仿佛都不管用了。

是地震么？是来自空际的什么袭击么？……他来不及分辨，一种难以抗拒的强力突然把他抛向了空中，随即又坠到地上。灰石夹着泥沙，像暴雨似的直向他倾泻而来……

沙雨使人睁不开眼。他只感到浑身疼痛，呼吸困难。"哐当"两声，地下牢房的门像被什么重物砸开了。他的双臂突然被几只强有力的手擒住，身不由己地被挟持着拖向一段坎坷不平的路。

他隐约觉出，拖着铁镣的脚和膝头不时碰着地面，穿过那条似乎没有尽头的黑巷道。再往前，到处都是凸凹不平的坑洼。昏昏沉沉中，他感到一片亮光，空气似乎也变得清新了，再也没有那么多尘土和潮湿味。

睁开双眼，华子良终于看清，他已经来到了地面上。他又看见了天空，带着忧郁色调的昏暗天空！这里，不正是特务们日夜巡逻的地上牢房么？令他惊奇的是，现在这里已变成了废墟，到处是一片瓦砾和断墙残壁⋯⋯

这是怎么回事？

"嗡嗡嗡⋯⋯"耳畔仿佛还有一种异常的声波在震荡。

循声望去，华子良看见了几架从空中掠过的飞机，机翼上涂着红膏药似的标记。他一下明白了过来：那一切异常的音响，全是这些从天际闯来的强盗干的！炸毁眼前这一片监房的飞机，早已飞走了。这几架卸完了炸弹的飞机，正在升空远去⋯⋯

这时，他才注意到，就在这片开阔的瓦砾堆不远处，还站立着无数被阴沉沉的特务们紧紧擒住双臂的囚徒。他们手腕上都铐着亮铮铮的手铐，一个接一个正被拖向一辆辆卡车。

"快！快！⋯⋯日本对中国开战了！⋯⋯日本飞机马上还要来轰炸，日本的精锐师团很快就要对南京发起总攻了！还不快上车？快！"

看守特务们脸色铁青，上气不接下气地喊话，使华子良简直难以置信：日本会对南京政府开战？他又不能不信，这是事实，这是战争！他几乎从心底里欢呼出来，抗击日本侵略者的时刻终于到了！但眼前的一切又使他怀疑，这难道是真正的抗战么？如果是真正的抗战，为什么他——一个决心抗击日本帝国主义侵略，不惜牺牲一切渴望奔赴前线的人，此时此刻还会被南京秘密特务机关当作囚犯，押离南京！

囚车开动了。尽管车速极快，长久生活在地下牢房里的华子良，这时站在敞篷卡车上,毕竟看到了一个宽广的世界。乌黑的巨大云块低垂着,紧压在这古金陵城的上空。街道两旁房舍的墙壁门窗,因为防空需要抹成的一片灰黑,仿佛给这即将陷入空前浩劫的古城,披上了一袭黑纱。断壁残垣上,隐约可见一些标语,什么"誓死保卫南京",什么"人无分男女老幼,人人皆有守土抗战之责"。然而,路断人稀,南京似乎已成了一座死城。

前面,那和低垂的云层连接在一起的山势,那咆哮不已如泣如诉的江流声,告诉华子良,他又来到江边的码头了。

然而,卡车没开向那码头,突然在路边停下了。远远地和着江流的呜咽,传来一阵嘈杂的声浪,江岸边似乎发生了什么激烈的争执。

卡车上的囚徒们一齐把脸转向了江边,押车的特务吆喝着,不准他们张望。但华子良还是看见了江边拥挤着一群黑压压的人,发出一阵阵激越的呼号。突然,一个尖厉的女声传了过来:"为了抗击日本侵略,我们愿将一腔热血洒在大江南北!为什么不准我们抗战?为什么?⋯⋯"华子良心里一震:这声音好熟悉!难道会是她——会是施飘萍么?施飘萍怎么可能会来到南京?

华子良忍不住转过脸朝江边张望,但他什么也看不清。

"不准看!"猛地一枪托击在他背上,他向前一趔趄,差点儿跌倒了。

尖厉的口哨声,铿锵的金属碰撞声,在江岸方向突然升到了顶点。接着,便又渐渐平息下来。江流声增大了,囚车终于向着码头驶去。

听见汽笛声,看见江上的船只了。那狭窄拥挤的码头上,警戒森严,刚才那场激动人心的抗日怒潮,显然已被镇压下去,只有一些破碎的纸片、被撕裂的旗帜,在寒风中飘飞。

江边仍然是嘈杂的,拥塞着扶老携幼、仓皇逃亡的人群。停靠在江边的大小船只上,早已挤满了人;船都快要踩沉了,还有提着大包小包的难民不断向船上拥去。在几只小火轮上，一大群武装宪兵正在殴打、驱赶上了船的难民，到处是呼天抢地的哀号。

只有一段江岸布满了荷枪实弹的宪兵，比较安静。囚车开到那里刚刚停下来，人们便听到几声"砰！砰！"的枪响，只见几个难民连连落入江中，浮在江面上的箱笼包袱，连同落水者的尸体，很快就被急湍的江流卷走了。

人群惊呼着四处逃散，不顾死活地沿江奔跑，凄厉的号叫震耳欲聋。

"快下车！快上船！"特务们声嘶力竭地吆喝着车上的囚徒。

"不！朋友们，同志们！不要下车，不要上船，我们应当留在这里，留在这个马上就要变成抗日前线的地方！"

一个高亢的、使人热血沸腾的呼喊，突然在江岸上空炸裂开来。华子良抬眼就看见了那个正在大声疾呼的人。他，就在华子良前面不远的另一辆敞篷汽车上。他显然是站在行李或者别的什么物件上，整个身躯才有可能比同车的人高出许多。蓬松散乱的头发遮住了他的额头，鼻梁上架着一副深咖啡色边的眼镜，左手微曲着，仿佛腋下习惯似的挟着许多书，右手随着他的呼喊声不断在空中挥动，发出"铛铛"的声音。那是镣铐的响声。那镣铐同时还铐着另一个人。两只戴着镣铐紧握拳头的手臂，顿时使宪兵、特务们惊惶失措了，他们吹响了口哨，慌慌张张向那辆囚车扑去。

"同胞们！乡亲们！我们不是囚犯，我们是中国共产党党员，我们是敢于牺牲一切抗击帝国主义侵略的无畏战士！"大声疾呼的人似乎代表着全体难友，向江岸上所有的人呼吁："替我们去掉镣铐！南京就要沦入日本帝国主义之手了。替我们去掉镣铐，让我们用自己的鲜血去保卫南京！保卫全中国！"

慷慨悲壮的呼号声，响彻江岸上空。但很快就被许多刺耳的口哨声淹没。那个无所畏惧的勇士被拉倒了，口被钳住了，殷红的血顺着他的脸颊流淌了出来。如临大敌的宪兵特务，用枪口对准了一个个愤怒的囚徒，硬把他们拖下车来，推进了刚才还挤满了难民的那几艘小火轮的船舱里。

特务停止了吼叫，小火轮开始起锚，就要启航。岸上的难民像蓦地从噩梦中醒来似的，又不顾一切地向小火轮拥去。

"砰！砰！"再次响起的尖厉枪声，把众多难民阻止在江边。踩着齐腰深的江水，就要攀住船舷的一些难民的手，全被穿着大皮靴的特务的脚踢开了……

"呜——呜——"小火轮呜咽着，喘着气，离开江岸，向上游驶去。

望着滚滚不尽的浑浊的江流，华子良脑子里充满了刚才岸边令人恶心的一幕。他的耳畔久久地回荡着沿江难民们惊天动地的哀号……

古金陵城的影子，在隆隆的轮机声中从他的视野里消失了，不见了。只给他留下了一个永生难忘的印象：沙滩上被撕裂的旗帜，带着血污的浑浊的江水，被咆哮的江流卷走的尸体，紧压在江岸上的巨大的云块，两只戴着镣铐的高举的拳头……

蓦然，他想起了那个大声疾呼的勇士。抬眼四顾，只看见身边挤满了被手铐束住、蓬首垢面的陌生的难友，怎么也找不见那勇士的身影。

天黑了，又天亮了。由几艘小火轮组成的这特别船队，总是不停地喘着粗气，一艘尾随着一艘，和江流搏斗着，挣扎着，迎着夕阳照射的方向，一直向西驶去……

乌云总有散的时候。云霭散开，太阳光斜照着的江面上，不断有张着帆、划着桨的大小木船来来去去。那单调的划桨声和低沉的船工的号子声，仿佛永远都是那同一的节奏，同一样的旋律。

除了小火轮挣扎着发出的颤抖声，船工单调的划桨声和号子声之外，江流上似乎静极了。

"嗡，嗡——"有一种类似蚊蚋的音响。它一经出现，就仿佛再也不会消失，一直在耳畔盘旋。

万里无云，没有蚊虫的江心，哪来成群蚊蚋发出似雷鸣般的巨响？是闷热？是耳鸣？

都不是。在小火轮甲板上来回巡逻的看守特务惊惶不安的神色，特务们鬼鬼祟祟交头接耳的神态，使人感到一种紧张气氛，仿佛有什么躲避不了的瘟疫正降临在他们头上。这，不是别的什么东西，就是日本侵略者的飞机。敌人在京沪轻易得手之后，正沿着长江，向中国内地入侵！

江面上，终于清晰地听见日本侵略军轰炸机群的隆隆声了。

桨声、小火轮机器的隆隆声，瞬间便全被轰炸机群的巨大吼声所压倒。

两岸没有任何可资庇护的安全藏身之地，小火轮只是在江心里挣扎着，无可奈何地缓缓溯江而上。

轰炸机群的黑点在天际出现了！一架，两架，三架轰炸机吼叫着，也在溯江而上，紧紧追来。机翼下的太阳标记已清晰可见。

"立刻就地卧倒！隐蔽！"

"不许开枪！"

"谁开枪，谁暴露了目标，格杀勿论！"

看守特务低声传达着命令，一个个惊慌失措地钻进了船舱。

日本侵略者的轰炸机群显然已发现了船队，它们嚎叫着，围着这船队在天空盘旋了一圈，第一架飞机便向下冲，长长的带着尾巴的炸弹脱离机翼坠落下来。伴随着一阵机枪的扫射声，江面上一艘小火轮倾斜了，一只木帆船沉没了。重磅炸弹掀起的水柱忽地冲天而起，像暴雨般倾泻在小火轮船舱上。

这时候，小火轮上所有特务全都躲进了船舱，匍伏在舱里。留在甲板上，暴露在船舱外面的，就只有戴着镣铐的囚徒，只有船头上专为防止囚徒暴动而架设的机枪。

日本侵略者的轰炸机狂啸着，又向着小火轮俯冲来了。他们是那样地洋洋自得，不可一世！就在这时，华子良身旁两个戴着镣铐的人，"铛啷啷"几声响，几步就扑到了船头，一下子就把弃置在那里的机枪举了起来，直对着正向小火轮俯冲下来的日本飞机！

突然出现在甲板上的这两名勇士，都各自拖着一副沉重的脚镣，各有一只手同铐着一副锃亮的手铐。可是，他们俩的动作却是那么迅速、协调，就像一个人一样，转瞬间就选定了最好的战斗岗位！两只没有被铐住的手把机枪架在了一人的肩头上，两只被铐住的手紧扶住机枪枪身，另一人已全神贯注地瞄准了敌机！

这两名勇士就这样一动不动，像钢铸般地立在船头上！他们的全部注意力都集中在他们选定的目标上。

尽管由于常年不见阳光的囚禁生活使他们面色苍白、瘦骨嶙峋，但他们那特有的庄严和镇定神情，他们那熟稔的握枪动作，特别是他们那身补着补丁的、褪了色的灰布军装使华子良在一闪念间终于认出来了，他们就是在南京那个放射形的秘密监狱里，他曾经远远地模模糊糊地看见过的那三个红军战士中的两个！

啊，他们也在这艘小火轮上。他怎么竟一直没有发现他们？

"嘎嘎嘎！"在这一瞬间，两个红军战士射出去的一连串子弹，飞向空际。那架俯冲过来的日本侵略者的飞机冒出滚滚浓烟，翻滚着，向江心栽了下去。

跟在后面的敌机立刻停止了俯冲，狡猾地在空中转了个大弯，又迅猛地从小火轮上空掠过。

两个红军战士再次扳动了机枪，敌机在空中仓皇卸下炸弹，随即贴着江面飞去。炸弹在江心掀起的冲天水柱，几乎把几艘小火轮罩住了。满船的人欢呼起来。忽然，两声枪响，两个红军战士的后背顿时浸透了鲜血，一个踉跄，同时倒在了船舷边。华子良猛掉过头，看见一个不知何时从船舱里钻出来的特务，握着手枪躲在船舷边。他还没有来得及看清这刽子手的嘴脸，忽见两只戴着手铐的手飞起一把铁锹，一举就把那家伙击倒在甲板上，随即踢入了江心。他们的行动是那样利索，转瞬间，好像什么事情也不曾发生过似的，他们又漠然地倚在船舷的甲板上了。

这两个人是谁？华子良都好像似曾相识。

那身材魁梧、头上戴着灰布军帽长着胡子的人，华子良首先认出来。他曾同那两个刚刚牺牲的红军战士一起被押进放射形监狱，还大声对难友们讲过话。不错，正是他。

可是，那另一个是谁？这人那一身虽已破旧，但仍看得出质地优良、做工精致的西装，特别是那一动不动凝视天空、深沉思索的神情，不觉使华子良一惊！他，莫不就是在北平秘密监狱代表 Dr. 沈最先向他问话，后来又在秘密刑场见过一面的那个特务法官熊树人？他为什么竟也来到了这里？

炸弹坠入江心激起的冲天水柱，已经消散。被炸毁的木船的残骸，已漂流很远。刚才还在空际肆虐的敌机，已不见了踪影。特务们又开始吆喝起来，命令几个囚徒把那两个牺牲了的战士抬到船舷边，抛进了浩浩的大江，全船的战友都不约而同地站了起来，默默地低垂着头。

船长拉响了汽笛，似乎也在表示一种哀悼。这满载着囚徒的特别船队，又继续向西航去。

小火轮"突突突"地挣扎着从夕阳西下,进到薄暮,进到黑夜,又迎来天明。它那单调的、似乎随时都可能停歇的机器声,终于停止了喘息。

"触礁……搁浅了。"

"糟糕,煤没有了。轮机也坏了。"

轮机长和领航员失望地大声叫喊,使一直躲在船舱里的几个特务头目慌忙从舱房里钻了出来,厉声呵斥着。

"马上就要进水了……大家还是准备下河洗澡吧。"轮机工人冷冷地应道。

特务头目垂头丧气地作出决定,立刻让所有的船只停下来,转移全部囚徒上岸。

没有任何标记,没有人来人往,冷寂、陌生,只有几丛芦苇、一滩鹅卵石的长江岸边,谁也不知道这是什么地方。

"前面,只走五华里,就到清平镇了。"

寻路的特务气喘吁吁的报告,似乎解开了这个谜。但几千公里长的长江沿岸,清平镇这样的地名很可能不止一个,而且,谁都不知道,这个特务讲的前面,是指顺着江流的地方,还是指离开江岸的五里之外。

穿过长长的鹅卵石河滩,爬上坡,进入了一片茂密的竹林。往前,是一条曲曲折折的石板路。再往前,又是一条崎岖不平、深陷脚板、望不见头尾的泥路。

前面,根本就看不见什么村镇的影子,这也绝非通向什么清平镇的路。

不知走了多少个五华里,更不知离开了江岸有多少里程。特务似乎专门挑选着一条避开村镇,避开老百姓的僻静小路在走。他们也许并不想离开江岸太远,只是沿着江岸,向长江上游在走。谁也不知道,他们的终点站究竟在何方。

长年被禁锢在黑暗、不见阳光的秘密牢房里，体力消耗殆尽的人们，如今，不是拖着镣铐，就是被绳索反剪着双手，就这样漫无目标地跋涉。这真是一种令人难以想象的折磨。没有人敢说自己能走多远，更不知道究竟会有多少人能被押到他们的目的地。

雨，连绵不断的雨，只是无尽地哗哗下个不停。

山，连绵不绝的山峦和山间泥泞小路，总是无尽地在眼前延伸。

低沉、昏暗的天空，越来越低沉、昏暗。天也真快黑了。这拖着铁镣的队伍，被敌特严密监视着，吆喝着缓缓行进在泥泞中，终于越拉越长，变得首尾难见了。那"铛铛"作响的铁镣声，渐渐地，也变得越来越沉缓，越来越有气无力。尽管人们极力坚持着，但谁都感到精疲力竭，再也走不动了。

"给你！"

随着这意外的低语，华子良眼前突然浮现出一个黑乎乎的人影。一根青油油的，带着新竹气味的竹棍塞在了他手里。一双拖着铁镣的脚，深陷在他面前的泥泞里。那副铁镣的中间系着一根粗大的草绳，这人的手向上提着草绳的另一端。那紧箍在两只踝骨上的铁环，缠绕着一些根本辨不出颜色的污秽的碎布，一滴，两滴殷红的鲜血，正顺着脚胫滴落在黑乎乎的泥地上。

"留着你自己用吧。"华子良把竹棍向那人递了回去。

"你看，我这里不是还有么？"

华子良抬眼看去，果然那人另一只手还拿着一根竹棍。扫视了一下四周，华子良才注意到：在弯弯曲曲的泥泞路上囚徒们正蹒跚行进，前后山头都密布着看守特务黑洞洞的枪口和狼犬般监视的眼睛，但在他们停足谈话这地方，却看不到特务的踪影。再抬眼向那里黑乎乎的人影的头部望去，那深咖啡色边的眼镜后面，闪亮着一双有神的眼睛，特别是他那不动声色的一句问话，不觉使华子良一惊：

"挣得断么？"

华子良当然懂得对方的意思：挣断铁镣，伺机逃走。华子良看了一下自己脚上那副特别沉重的铁镣，没有答话。但那人似乎早懂得了这一切，把他拄着的那根竹棍从稀泥地里拔了起来，向前一指，然后就用完全理解和充满信任的口气说了句："好，坚持到底！"就铿铿地迈步向前走了。

薄暮中，他一只手拄着棍子，提着草绳的另一只手习惯地微曲着，好像腋下夹着一摞书，那满头蓬松的发丝迎风飘动。他戴着那么一副沉重的铁镣，仍然步履坚定，充满着一种不畏强暴的气概。这身影，使华子良立即想起了那个在南京江岸大声疾呼的勇士。这个华子良在小火轮上极想寻找的人，意想不到，此刻竟出现在眼前了！也许，正因为他呼号抗日，敌人才去掉了那副同时铐住他和另一个难友的手铐，给他单独戴上了沉重的铁镣。华子良不觉眼眶一热，跟了上去。

天色黑了下来。持枪的特务们吹响了急促的口哨，紧缩了他们的监视圈，点起火把，把疲惫不堪的囚徒们聚集拢来，驱赶进一处黑黝黝的大院。饥渴了一整天，总算可以喝到一点稀粥了。这百十号囚徒是不准随意交谈的，看守特务严密地监视着他们躺在稻草堆上歇息，准备明天继续起解，走向更艰难的征程。

然而，不待天明，特务们就吹着口哨，开始吆喝了。如临大敌似的，黑洞洞的枪口排列在大院门前。明亮的火把照亮了每一张囚徒的脸。囚徒们有的被绳索反剪着双臂，有的拖着沉重的铁镣，蹒跚地走出大院来。门外，岗哨密布，山峦上稀稀疏疏的火把像一点一点鬼火，伸延得很远，铁镣声打破了黎明前的沉寂。

山路在突兀的奇峰间盘旋，显得异常险峻。悬崖深不可测，树林密不透风。举着火把、背着电筒的特务，时前时后不断吆喝，十分凶狠而又异常紧张。然而，囚徒们并不理睬他们，依旧拖着疲惫的步履，缓缓地向前移动，队伍越拉越长，首尾不能相顾。华子良甚至发现，不少难友面带欣喜的神色，不时停下来张望。这些异常的情况，渐渐使华子良感受到了某种神秘的气氛。

"这究竟是因为什么呢？"华子良一边走，一边细细地思量了起来。

哦，华子良终于明白那使人高兴得怦怦心跳的原因了。这原因不在天上，也不在地下什么看不见的地方，就在路边残留着柴灰——也许是和他们命运相似的先行者留下唯一痕迹的地方，便可以找到。也许，特务们只顾严密监视着这缓缓行进的特别队伍，生怕哪个囚徒会在一眨眼之间就突然消失，他们竟没有留意到火把照亮的岩石和粗大的树干上刻着的字迹，还有好似新近才贴上的标语。正是这些字迹和标语，使难友们那样兴奋，给予人们以慰藉和希望。

"中国工农红军是穷人的队伍！""中国工农红军是帝国主义的死对头！"——这许多深刻在岩石和树干上的标语，是那样振奋人心！署名"中国工农红军宣传队"，更使人相信：这崎岖的山路，不是红军北上抗日先遣队曾经走过的地方，就是其他红军曾经战斗过的地方。还有那些新贴上的标语——"新四军是人民的子弟兵！""新四军是抗日最坚决的先锋！"尽管也使人感到兴奋，但那署名"新四军宣传队"，华子良却不知道是支什么队伍，不免感到有一种神秘的意味。

哦，华子良终于悟出特务们为什么要急忙离开这地方了。看来，这山区或许是新四军——一个可能和红军相似的部队驻扎过的地方。难怪特务们那么戒备森严，异样紧张，大约是害怕会有人冒死拦截救人脱险。

这步履蹒跚的队伍,越走进深山险谷之间,越加分散,首尾难见。在破晓时分,当火把的光亮渐渐减弱,山间笼罩着薄雾的时候,尽管特务众多,也难以严密监视了。

狂烈呼啸的山风,似海啸,似千军万马在厮杀怒号。在这狂烈呼啸的山风中,华子良耳膜里,总隐约听见一种特别的金属撞击、锉磨之声。

越往前,这特别的声音愈益清晰,仿佛就在前面那一个山湾里。华子良迎着那声音走去,走进一座被茂密的松林遮没的山湾时,却再也听不见那奇特的金属撞击、锉磨声了。

仔细搜寻,他才发现,这山湾里根本就不见人影。直到穿过茂密的松林,才看见路旁边蹲着三两个囚徒。

"也许,那特别的声响是从这里传出来的吧?"

华子良正想着,便听见站在高处的特务在远远呼喊:

"快走,还不给我快走!"

"就来了——"蹲在路旁的囚徒,不慌不忙地齐声回答,"屙完了屎,就来!"

华子良拄着竹棍,刚走过那段山路,他怦怦跳动的心不觉又被那山湾吸引了回去,停下了脚步。这不仅因为,他认定那特殊的金属锉磨声,只能是从那里传出的,还因为他从那蹲在路旁的三两个囚徒中,看见一个身材似乎特别魁梧的身影,总觉得似曾在何处见过。

就在这时候,华子良忽地瞥见:那曾经送给他一根竹棍的勇士,将脚边一块山石蹬下了路侧的深谷,山石滚动着发出隆隆的声响,吸引住了路旁的几个看守特务。随着一阵急促的口哨声从山那边传来,只见一个挣断了绳索的女人,披散着头发,在华子良面前一闪,就从那勇士巍然屹立的路旁——通向深山的另一条险峻小道跑了;接着,两个挣断了绳索的男人,也像一阵风似的从华子良面前闪过,向那同一条险峻山路跑了去。

"砰！砰！"枪声山鸣谷应似的响了起来。

就在这枪声鸣响的一瞬间，最后跑过的那个男人回头看了华子良一眼，便在密林中消失了。那人满脸胡须，高大、魁梧的身躯，迅猛的动作，使华子良猛然想起了曾在北平地下联络站见过一面的大胡子！

"他怎么会也到这里来了？那么，施飘萍、沙大哥他们呢？……"

华子良来不及想得更多，两个提着枪的特务早已疾步赶到了近前。特务东张西望，把枪口突然指向路旁的两名囚徒，厉声逼问道，"往哪里跑的？——不说实话，马上毙了你们！"那两个人，一个是刚才蹬石头下深谷的勇士，另一个则是自从离开小火轮上岸以来华子良一直未见到的熊树人。

"你们看，他们刚才不是从这条路跑过去的嘛！"

答话的是熊树人，这使华子良大吃一惊。在小火轮上——他不是勇敢地把那个万恶的特务击毙，又踢进长江里去么？现在怎么又把难友的逃向出卖给了特务？甚至那个勇士也在一旁点头附和，就更使华子良惊异了。

"砰！砰！"两个特务向着那条险峻的山路放了两枪，骂了声："不把你们抓回来剥皮才怪！走！"

此刻，熊树人和那个勇士，正站在狭窄的路口边上，好像生怕会把特务挤下悬崖似的，把身子靠山边移了移，让出了崖边的路来。

那两个特务向雾茫茫的山路望了望，正要从那勇士和熊树人身边擦过时，他们忽然闪电般地往前一挤，冷不防将两个特务推向深谷，激起一阵摔破什物似的回声，转瞬间又归于沉寂了。

熊树人和那勇士朝那被薄雾笼罩的深谷探望了一下，便拖着铁镣，离开那狭窄的路口，向目睹这一幕的华子良走来。他们什么话也没有说，默默地跟在华子良身后，拄着竹棍缓缓向队伍行进的方向走了去。三个人的三副铁镣从岩石上拖过那铛铛的声响震撼了整座山谷。

早已离开那狭窄的山湾道了。路宽了些，华子良和他们两人几乎并肩走在了一起。华子良打量着那个勇士，只见他那深陷在近视眼镜片后面的眼睛似乎失去了光泽，连他的整个神情也变得没精打采、疲惫不堪了。

"他叫什么名字？"

华子良在心里猜测。熊树人却把嘴靠近他耳朵，告诉了他："他姓华，叫华斯。"

华斯对华子良笑了笑，靠近他低声说："你刚才看见了大胡子吧？他是偶然被特务盯上的。小姑娘和别的同志早已安全撤走了……"

华子良望望华斯，一下明白过来：华斯讲的小姑娘，无疑是指施飘萍，"别的同志"，该是指沙松林他们了；说"早已安全撤走了"，这显然是说他们在北平就已脱离了危险。至于大胡子，刚才已亲眼看见他逃跑了！

这自然使华子良由衷地高兴！熊树人、华斯坦荡的神情，使华子良感到异常温暖。如果说早先听疯子讲起他们之间的关系，华子良还觉得捉摸不透的话，现在，他只觉得，听华斯谈起同大胡子、沙松林的关系，他已不存疑窦了。

看守特务从后面追了上来，把他们三人岔开，催着他们快走。他们被挟持着，失去了再多讲一句话的机会。他们走完了那雾茫茫的山间崎岖小路，又来到了浩浩荡荡的大江渡口时，早已抬不起脚再向前走一步了。

他们精疲力竭，昏昏沉沉，瘫倒在沙滩上。呜咽咆哮不已的大江，不停地在他们耳畔哗哗流逝。枪炮射击声、炸弹爆裂声，仿佛只是在他们脑子里嗡嗡乱响。他们一点也不知道：在这战争年月，他们在这荒寂的沙滩上将躺卧到何时？前面，还有什么险阻在等待着他们？

第九章

"嘎嘎嘎，嘎嘎嘎！"

华子良醒过来时，他耳畔响着的总是这单调、沉闷的声响。这不是卡车，也不是小火轮发出的声响，而是鸭鹅的叫声。他和难友们经过千里跋涉，终于在一处不知名的水乡住了下来，似乎再也不会被押走了。

不过，那长久萦绕在他耳畔的水声、卡车声、小火轮声，却总是在他脑海里震响。他仿佛一直还在江边，还在卡车、小火轮上摇晃。

那天把瘫倒在沙滩上的他们押走的，是特务机关派去的卡车。崎岖不平的路，使所有被塞在车上的囚徒摇晃得几乎昏了过去。卡车行驶似乎平稳了些，华子良才从车外无法遮掩的市街发现，卡车终于驶进了汉口，在德租界一所神秘大楼前停了下来。在那笼罩着不祥气氛的黑色大楼里，他们迷迷糊糊地躺了几天，只是因为传闻有个什么《新华日报》的记者发现了他们，要来登门访问，特务便惊惊惶惶在一个风雨之夜，蒙上他们的眼睛，重又押解上了路。

等到蒙住他们眼睛的黑布被揭开，华子良举目四顾时，他们已被塞在了一只只摇晃不定的小火轮上。小火轮单调得像蝉鸣似的叫声，不停地在耳边嘶鸣，眼前不断闪过茫茫的水光水影。在充满汗臭和各种污浊气味的小火轮上,随着时日的逝去,过于疲惫的、近乎解体的肌体功能,终于渐渐恢复过来了,他又可以对周围世界,进行观察和思考了。

原来,载着他们的小火轮,在溯长江而上,向西行驶。江面不似南京附近那样宽阔。华子良曾经过这段水路,他知道,往西该是沙市、宜昌;再往西,就该过三峡了。但他无法确知小火轮现在何处,只是从宽阔的江面判断出还没有过三峡。船行非常缓慢,而且总是在深夜开航,天不亮就停航。他猜想,这或许是因为想躲避日本飞机的袭击,或许是由于已远离开了日本侵略军迫近的地带;也可能因为它载着这么多囚徒,害怕被人发现。后来,他便很难看清它的航位,只是模糊地感觉小火轮终于离开了宽阔的长江,转入一片湖汊地区,总是在一些弯弯曲曲、隐隐可见河岸和远山的水域中停泊、行驶。

一连几天过去了,谁也不知道小火轮还将在这片水域中徘徊多久,最后停泊在何方。

起风了。船舷外飘来的水珠,带着冰凉浸骨的寒意,仿佛下雪了。渐渐,黑沉沉的水面上,远远地映出点点星火,跳跃着,亮了些,更亮了些,好像靠近了一个市镇。

特务们忙碌起来,吼叫着将囚徒们锁在一根根长长的铁链上。小火轮刚在灯火闪烁的岸边停稳,特务们就驱赶着一队队囚徒下船。早被冻得麻木了的脚,踩在冰凉的乱石路上,大家一步一跌撞;加上一根铁链同时锁着十个人,互相拉扯,黑暗中又看不清路,步履更加艰难。就这么跌跌撞撞,走了许久。华子良喘着粗气,抬头眺望,前后仍是一片水光,他们离船才不过百十步呢!

又走了许久,忽然远处响起一片爆竹声。大家不知道发生了什么事,都不约而同站下了。特务们又开始吆喝起来。华子良听到一个特务在叫骂:

"他妈的!这叫什么江呀?"

"资江呗!"

"嗨,这鬼地方!这是什么鬼日子?"

"哟,你糊涂啦?"

"怎么!"

"你听,这不是在送灶王爷上天么?"

终于,他们来到一处灯火通明、警卫森严的大院。一锁十人的长铁链被解掉了,囚徒们被分别锁进许多黑黢黢的牢房。

太疲倦了。一进入牢房,华子良昏昏沉沉倒地便睡。不知过了多久,他才醒过来。

"咕,咕咕!"鸟叫着,从天上飞过,听得清楚极了。这决不是梦,那鸟儿甚至跳到牢门边来了,一点也不怕人,还扑打着翅膀呢。

"嘎——,嘎嘎嘎!"这是鸭在叫。成群的鸭子在戏水,在欢叫!只是那声音很远很远,仿佛在四面八方回荡。资江不是在洞庭湖畔么,也许,只有在洞庭湖畔的水乡才会听到这奇妙的鸭群大合唱吧。

华子良从睡梦中醒过来后,开始打量四周。从牢门口望出去,大致可以看出,这座监牢原来是座祠堂似的四合院,正厅前有一个宽敞的石板镶嵌的石坝,厢房两边的后侧还有配房和天井。门窗都是用原木新做的,还散发着浓郁的木料味。院落连接天井和走廊之间的转角处,都用篾席遮掩起来,挡住了视野。院落以外的景象,自然一点也看不见,只是可以听见潺潺水声;看样子,这院落是在一湾溪流或水塘边。

和北平、南京那些秘密监牢相比,华子良觉得,这设在洞庭湖滨的秘密监牢宁静得多,空气也清新得多。不仅能听到风声、水声,能见到天空,透过那用原木匆匆做成的牢门和篾席的空隙,还隐约可见一些同狱人在那里来来去去,也就多少可以感受到一点人间气息。

"糟糕！"一阵掀动稻草似的声响，蓦然从他身后那黑黢黢的角落传了过来。

华子良不觉一惊，牢房里难道还有人？是谁，竟藏在那稻草堆里？

"当啷！"从黑乎乎的暗角那稻草丛中钻出来的人，缓缓立起身子，拖着铁镣踱到亮处，立在他面前。华子良差点儿叫了出来：熊树人！

"他怎么会被囚在这里？他似乎想讲什么，难道他竟不怕特务偷听？"这念头在华子良脑子里一闪。但迎着熊树人坦率的目光，又使他恍然大悟了：熊树人既戴着铁镣，自然会被囚在这牢房里。熊树人警惕地向四周扫视了一遍，又朝他微微一笑，似乎在告诉他，外面暂时还没有特务偷听。

熊树人在深山狭路上和华斯掩护大胡子逃走的情景，熊树人和那长着胡子的红军战士在小火轮上不动声色地击毙特务的情景，立刻又在华子良眼前浮现了出来。但此时此刻，毕竟不是在那深山狭路上，也不是在那摇晃不定的小火轮上；现在，他们站得这样近，四周就只他们两个人。华子良最先认识熊树人并不是在这样的环境，而是在北平 Dr. 沈的秘密审讯厅里，当时熊树人作为 Dr. 沈的代表的模样，华子良自然是不会忘记的。前后判若两人的这个熊树人，到底是怎么一回事……华子良想起已在南京牺牲了的疯子跟他谈起过华斯，又是这个熊树人对他介绍了华斯，便倚在牢门口，缓缓地把自己心头的疑问吐露了出来。

"你早就认识华斯？"

"在我被捕以前就认识他了。"熊树人似乎早就料到华子良会提出这个问题，几乎不假思索地答道，"他领导过我。"

"你原来不是 Dr. 沈的代表吗？"

"一点不错。"

"那，你怎么会被关在这里？"

"有远因，也有近因。"

"远因是什么？"

"Dr. 沈是个极奸诈神秘的人物。你见过他多次。你见着他的时候，他的脸总是用黑面纱罩着，只留下一个露出两只眼睛的方孔。"熊树人缓了口气，带着深沉的回忆说，"你大概很难想象，我作为他的代表和你谈话的时候，我和你见到的 Dr. 沈的模样并无两样。我从不曾见过他神秘的真容，但我分辨得出他的声音。我听说过，他曾多次扮作穷途潦倒的失业青年，求助于他在两广军阀、西北军、东北军中供职的同学、同乡，因而打入这些部队的内部，获取了不少最机密的重要情报。正因为这一点，他才获得了最高当局的特别信任和支持。经常随侍 Dr. 沈左右的两个特务侦察到我曾听说过这些机密，Dr. 沈立即命令对我进行特别监视。Dr. 沈没有抓到我的任何把柄。问题出在你被捕前不久，Dr. 沈曾接连获得对我们党可能构成极大威胁的情报。我当然要设法把危险信号传送出去，就这么三两次——后来我才知道，Dr. 沈终于发现：每一次，只要我在场，知道了他们的秘密，他们就一定会扑空。"

"那近因又是什么？"

"那是在你被捕以后。不知 Dr. 沈通过什么渠道，发现了沙松林、大胡子在郊外的秘密联络站。时间紧迫，我知道可能有危险，但我不能不把这信息传送出去。沙松林他们安全转移了，Dr. 沈就立刻把我和我的妻子逮捕了起来。我的妻子你在南京见过，她叫尤玉生。"

"你早认识大胡子他们？"

"沙松林也领导过我的工作。"

显然是出于对华子良的了解和信任，熊树人讲得很真诚。华子良根据自己最近耳闻目睹的一切来判断，并不怀疑熊树人讲述这一切的真实性，确信身边站着的是完全可以信赖的同志。毫无疑问，对方讲的这一番话，都是极其机密，不能为外人道的；但他却推心置腹地把一切真情都告诉了自己，这使华子良深受感动，觉得同对方已经靠得很近了，已经了解了。然而，望着近在咫尺的熊树人，他又感到似乎还有什么不甚了解——也许，有些党的机密，对方还不便透露吧？

"华子良，问吧！"熊树人似乎猜到了华子良的心思，微笑着说，"趁这会儿还有自由谈话的机会，把你想问的，全问个明白不好吗？"

"那——"华子良思索了一下，终于说道："你能不能说说，你是怎么成为 Dr. 沈的代表的？"

这自然是一个极其复杂的问题，不是三言两语就能说清楚的。

牢房外面响起了碗筷碰撞声，该是送牢饭的时候了。

熊树人望着那被篾席隔离开的大院四周，望着篾席缝间晃来晃去的人影，开始讲起了他这段极不寻常而神秘的经历。

"也许，应该从我们刚上大学的时候说起吧。"熊树人说，"我们那所大学不在北平，而在长江边上一座偏僻县城里。那时候，震动全国青年的抗日反帝怒潮早已吸引了我们的全部注意力。我和尤玉生认识到只有社会主义才能救中国的道理，刚加入了共产党。当时，不仅是尤玉生和我，就连我们那个秘密支部所有满怀革命热情的同志，都不懂得怎样革命。我们发现县城里新来了个日本商家。为了弄清这商家的真正来历，尤玉生和我便以要求学习日语的名义，去恳请那日本商家教日语。这样，我们就在那日本商家进进出出……"

"你们在那里发现了什么秘密没有？"

"有一次，我们去日本商家住处。老板不在。我们无意间在桌上看见了一张印有某县城公安局便笺的信纸，只写了一行字，说某月某日，某先生搭轮过此，'刘留'。谁知，我们刚从那住处出来，迎面就碰见了两个穿着学生装的青年。他们邀请我们去公园谈话。他们说，他们是一个什么秘密革命团体的成员，急切想了解日本侵略者深入内地的阴谋活动；他们知道我们在向日本商家学日语，就要求我们合作，将日本人的活动情况告诉他们。"

"你们当时了解他们究竟是一个什么性质的革命团体吗？"

"当然不了解。谁知，有一天，我路过那公园时，那天找我们谈话的一个青年非常热情地对我说，'祝贺你！你为革命立了一大功！'我问他：'这是什么意思？'他说：'你不知道，我们却弄清楚了，县公安局那个姓刘的是日本暗探，某月某日将要搭轮来此的是个日本特务。因此，我们的上级很想见你一面。他就在公园里等你。'他们领着我在公园里绕了几圈，最后进入公园图书馆里的一间偏房。果然那屋里坐着一个人。他转过身来，只见头上罩着黑面纱，留有一个方孔，两只黑溜溜的眼睛一动不动地盯着我。"

"这人就是 Dr. 沈？"

"不错。当然，我们当时对他一点也不了解。他说，他们的团体是最坚决反帝爱国的革命团体，他们之所以采取秘密的组织形式，是迫于形势。还说，经过这次合作，他们认为我和尤玉生具有坚强反帝革命意识，非常欢迎我们参加他们的团体。我没有立即答复他。他允许我考虑三天；要我三天以后再在那里见面。"

"你在三天以后去了？"

"我向组织上详细报告了这件事的来龙去脉，组织上决定，让我一人参加进去，以便了解这个团体的真实情况。因此，三天以后，我便如约去了。还是那两个青年接待了我，他们就是后来一直随侍在 Dr. 沈身边的两个特务，一个叫王逵，一个叫张瑞。那个戴黑色面纱的，当时自称李先生,带我宣誓之后,就算正式参加了他们的团体。""那,他不是 Dr. 沈了?"

"那是后来,他的特务势力大肆扩展,又去德国留学镀金以后才改名 Dr. 沈。"

完全无须更多说明,既然有这样的历史渊源,他会成为 Dr. 沈的代表,就不难理解了。对于熊树人只身进入 Dr. 沈那样的秘密特务机关,长期背着反革命特务的罪恶名声,从事异常危险的保卫革命的艰苦斗争,忍辱负重,历尽艰险,华子良不觉肃然起敬。

这时,走廊篾席边突然露出一个纤瘦的妇女身影。熊树人忙告诉他:"你看,尤玉生也在这里。"可惜华子良刚一抬眼,那身影又隐没了。

"Dr. 沈抓到了你们什么凭证没有?"

"没有。"

"那他只是凭怀疑逮捕你们了?"华子良推断道,"现在 Dr. 沈早不在这秘密监狱,你们不是有可能……"

"不,"熊树人说,"Dr. 沈并没有离开!"

"你有根据?"

"你该记得,我们这批从南京押解出来的囚徒,在汉口过夜时,不是被囚禁在德租界的一幢大楼里?我们将要从那里被押走时,尤玉生和我都曾隐约听见 Dr. 沈在用德语同谁讲话。"

熊树人一边说,一边留意观察牢房外边的一切细微变化。华子良这时才注意到,熊树人那炯炯有神的目光,并不只是注视着篾席遮住的地方,他早就在捕捉着秘密监牢里可能发生的新变化了。

还散发着浓郁的木料味的牢房门窗,日夜紧锁的牢门,所有迹象都说明:在经历几千里的迁徙之后,这秘密监狱已在这与世隔绝的水乡驻扎下来了!它之所以从南京仓皇撤走,是因为日本人打来了,它现在居然留在这里，不再走了，是不是日本人在进占京沪之后，已停止再向中国内地深入？它留在这里，又将要干什么？

华子良不时在思考这些问题。然而，尽管他日夜悉心观察，结果除了听到水乡的鸭叫、鸟叫，看到在这特别世界惯常来去的人物之外，任何新鲜的东西他都没有捕捉到。

直到几个月以后，冬去春又去，蛙声开始在那神秘的祠堂大院四周欢叫了，由于熊树人的示意，华子良才看见了一点新的苗头。

那是一个阴雨连绵的昏暗日子。密密麻麻的特务岗哨突然塞满大院里的走廊、甬道，一阵阵清脆的皮靴声，由远而近传了过来，接着，一群高视阔步的人走进院里来了。由于篾席、岗哨的阻挡，华子良只能看见那群人的侧影，几乎都是戎装佩剑，挂着手杖，穿着一色的黄细呢军装，戴着白手套。这群人匆匆巡视一番便离开了。熊树人告诉他：经常随侍 Dr. 沈左右的两个特别人物——王逵和张瑞，也混杂在这群人中间！

这无疑是这狭窄世界即将发生大变动的先兆。果然，平时密布在走廊上的特务不久便开始了行动：先是拆除了遮掩走廊和天井四周的无数层篾席，接着，打开牢门，卸掉了所有囚徒的铁镣，同时还宣布，自即日起，不锁牢门，允许自由放风……

再隔两天，那群戎装佩剑、挂着手杖的神秘人物，又出现在大院正中的石坝上。尽管一顶顶耀眼的圆盘军官帽罩住了这些人的前额，华子良还是认出了他曾在 Dr. 沈那间大厅里多次见过的王逵和张瑞。那两个家伙正高高举起双手，向大院四周的牢房挥动呼喊。"请注意！注意！"

特务递给王逵一个话筒，王逵立刻扬着话筒，大声宣布道："请大家注意！兄弟经过特许，现在向大家报告一个好消息：我们决定不再走了。感谢德国驻华大使陶德曼先生奔走斡旋，中日两国又将携手并进。兄弟经过特许，还要向大家报告一个好消息，请大家注意，从今天起，我们这里再也不是监狱，也根本没有囚犯，我们这里是堂皇的最高学府——民族复兴学院，只有教学相长的师生！"

张瑞带头拍了几巴掌之后，王逵挥了挥手，就和那群穿黄呢军装、戴着白手套的特别人物拿起了扫把，装模作样地清扫了起来。四周穿黄卡其军装的特务跟着散开，有的也手持扫把，就地扫了起来；有的则开始在墙壁上刷糨糊，贴标语……

那些红红绿绿的标语，立即映入人们的眼帘：什么"以三民主义统一我们的思想，以三民主义规范我们的行动"呀，什么"一个主义，一个领袖，一个党"呀……华子良感到太刺眼，移开了眼睛。无意间，院坝边几个特务的悄声细语却钻进了他的耳朵：

"听说了么，中共中央主席都投到蒋先生这边来了。"

"真的？"

"那还有假！开学典礼上，那边还有人来讲话呢！"

华子良简直不敢相信自己的耳朵。看看熊树人，他显然也听见了这番话，在默默沉思。

这是怎么回事呢？德国大使秘密调停，果真又"中日携手"了么？王逵、张瑞都出场了，为什么 Dr. 沈却不见踪影？王逵讲的"经过特许"，是经过谁的"特许"？特务讲的什么"中共中央主席"会是谁？有什么"要人"要来讲话？这是特务故意散播谣言么？

直到王逵、张瑞这些大大小小的特务离开了院坝，华子良还猜不透特务演出这一幕活剧的目的究竟何在。

然而，华子良逐渐看到：特务机关策划的这一幕活剧，远没有结束，好像刚拉开了序幕。

从当天午饭开始，牢饭也变了，不但有上好的白米饭，还有荤菜和素菜佐餐。牢房门上的锁真去掉了，牢门也敞开，允许自由进出了……

华子良试探着走出了牢门，并没有谁干涉他。他独自走到了在牢房里只能远远看见的小天井附近，又转到原先被篾席遮拦断了的几处走廊。在那里，他不仅看到了华斯，看到了曾经在小火轮上和熊树人将那个万恶的特务踢进长江去的长胡子的红军战士彭松山，还在小天井旁边的女牢房，看见了在浦口码头躺在木板上的那个女人——熊树人的妻子尤玉生。在院坝转角的左厢房侧，他又看见了十来个不同肤色的外国人被囚在那里……

再隔两天，特务们就向各个牢房大声传话："奉军委会命令：今天举行开学典礼！请大家立刻到院坝集合。中共方面的要人张国焘先生马上就要莅校讲话，大家出来准备欢迎！"

紧接着，牢房里的人们全被赶出来了。华子良随着人流，穿过岗哨林立的走廊，来到用石板嵌镶成的大院坝。这时，他才看清这院落的规模，前后左右的正厅、厢房，足有几十间之多。正厅房的屋檐口凌空悬挂的横幅上，写着"民族复兴学院开学典礼"十个大字。横幅之下，正厅宽阔的阶沿之上，摆设着一排铺有白布的条桌，桌后安放着一排崭新的藤椅。前面，隔七八步远的院坝里，则安放着若干排条凳。院坝四周排列着约有百十人的特别队伍。

和他一起从南京押来的难友，几乎都被押来了；两天前在那边厢房见到的十几个外国人，一个也没有来；此外，还有些陌生的面孔，不知是从何处押来的，其中包括十来个女难友，早已在院坝中的条凳上坐定了。

华子良刚在靠院坝边的一根条凳上坐了下来。大院外突然迸发出一片震耳欲聋的鞭炮、马蹄和锣鼓声。这骤起的喧哗声还未平息，便又听见一阵阵掌声、皮靴触地的声浪，由远而近，直向这祠堂大院里涌来。

伴随着这阵喧嚷声浪出现在院坝里的，是那一群穿着黄细呢军装的神秘人物。他们穿过院坝，在正厅前那排铺着白布的条桌边一字排开。这时候无论是伫立在院坝四周严密监视着院坝的特务，还是坐在条凳上的囚徒，都注视着那群正在藤椅上落座的人。

那个头发梳得溜光最先坐下的人，从一开始，就引起了华子良的特别注意。这不仅因为此人最先落座，还因为他有着许多不同寻常之处。第一，是服饰异常、神态特别。在众多穿军装的人丛中，唯有他着一身笔挺的西服。雪白的衬领，黑色的领带，鼻梁上架一副银边眼镜，鼻孔下一绺髭胡，以及罩住整个头顶的大披头发式，使这人俨然具有大学教授似的庄重、博学风度。第二，那两个随侍 Dr. 沈左右的特务王逵和张瑞，对他特别敬重，似乎处处都要看他的脸色行事。第三，那些坐在台上的所有人物，都显出一副毕恭毕敬的样子，更烘托出此人有一种特殊身份。

Dr. 沈没有出场，此刻俨然在这里坐镇指挥的这家伙是谁呢？华子良无从知道。刚才特务宣布张国焘要来讲话，那么，此人是张国焘么？华子良在华蓥山斗争的年月，就知道张国焘是川陕苏区的实际负责人，虽然未曾见过面，但他根本不相信张国焘会坐在那么一个特别席位上。还有，紧挨那家伙左右的两个人物，神情也很特别，他们又是谁？

不待华子良猜测，那个穿西服的特别人物，已开始用低得难叫人听清的话语，极恭敬地把这两个人物介绍给大家了。原来，坐在左边藤椅上，穿一身藏青色中山装、神情有点腼腆的人，曾经是留苏学生，在苏联保卫部和第三国际工作过，现在则在军事委员会担任要职，专管特种训练。此人姓徐，据说是张国焘的挚友。坐在左边那位，穿黄军装，戴金色细框眼镜，据介绍也不是张国焘，而是张国焘的代表。台阶上响起了一阵稀稀落落的掌声。华子良满腹疑团：这是耍的什么把戏？

那位张国焘的代表被邀请讲话了。从他站起来的身材看，似颇魁梧，但不知为什么，那双藏在眼镜后面的眼睛，总是盯着手里捏着的几张纸片，仿佛离开了那几张发黄的纸片，他的嘴巴就无法张开。更令人奇怪的是，他的声音细得出奇，宛如蚊蚋般嗡嗡了许久，华子良才隐约听出：因为"张国焘主席……在武汉……晋见蒋委员长"，他才"诚惶诚恐……权且代张主席讲几句话"。

尽管华子良十分注意，仍然未听清他随后讲了些什么。只是王逵、张瑞不断在一旁重复、提示，华子良才捕捉到些内容，越来越感到忐忑不安了。怎么可能呢？为了争取国民党抗日，中国共产党中央竟会向国民党中央保证，"在全国范围内停止推翻国民政府之武装暴动方针"，还要将"红军改名为国民革命军"，改为由蒋介石军事委员会统率的军队……这难道可能吗？多少革命战士遭到蒋介石的血腥镇压屠杀，血海深仇呀！不！这是造谣！

然而，那个张国焘的代表忽然拿起几张报纸晃了晃。王逵连忙大声解释："这是中国共产党办的《新华日报》，特地送来请大家看一看的。"

华子良感到惊异极了。《新华日报》？对了，在汉口听说过。不是因为传闻有这家报馆的记者来访，就用黑布把大家的头蒙了起来，连夜从武汉悄悄弄走的么？而现在，特务机关怎么会允许共产党办的这张报纸在这秘密监狱流传？

华子良充满疑惑的目光扫过院坝，不经意地和高昂着头的华斯的目光碰在一起了。华子良立刻注意到，华斯，还有彭松山、尤玉生，都在仔细倾听台上的讲话，脸上又都露出一种鄙夷的神情，仿佛在说：这一切都是弥天大谎！

台上，王逵宣布请军委会全权代表讲话，那个穿西服的学者似的人物，便缓缓地站了起来，扬了扬手。他的声音仍然很低，但讲得很慢，可以让人听清楚是一种南北混杂的官腔，又怎么也揣摩不透他真实的口音。一开始，他昂着头，两眼直盯着天空，叫人莫测高深地一连讲了几个"这个，这个"，然后才缓缓地讲起来，"人云，'识时务者为俊杰'。我不怀疑：信奉历史唯物主义的共产党人是最相信事实的。中国现在最大的事实是什么？是中日战争？不，经过德国大使的调停，战争可能很快就会成为历史了。是国共两党的纷争？似乎是这样，不过，我可以奉告诸位：现在，蒋先生正在武汉同中共的领袖们商谈成立国共两党委员会。换句明白点的话说，共产党已经服从国民党了，不存在了。中共领袖张国焘先生和在座的两位先生，都是识时务者，早已弃暗投明，和我们在一起奋斗。中共领袖毛泽东、周恩来诸人，也已公开声明要回到国民党来了！"

说到这里，他拿起一大卷纸张，展开来举过头顶，让人们一眼就可以看见那醒目的标题：《中国共产党中央致国民党三中全会电》，他还展开一张《新华日报》，竟赫然印着"竭诚拥护……蒋委员长"之类的大字……

院坝里突然爆发出一阵顿脚声。这是囚徒们在表示义愤和抗议。华子良也跟着猛烈地顿起脚来。四周的特务惊慌了，有人冲进了院坝。王逵在台上厉声呼喊。一片混乱……

华子良躺在牢房的稻草堆上，深深地感到痛苦和窒息。他不敢相信，也不敢想象，他舍弃一切为之流血奋斗的事业，舍身保卫的党，难道真会如那位全权代表所说，"服从国民党"了么？难道我们的党真的"不存在了"？

阳光似乎已从大地隐退，眼前只是一片昏暗。天黑下来了。

第十章

　　头昏脑涨。被张国焘的代表，特别是军委会那个全权代表的讲话，搅得头昏脑涨、心神不安的华子良，终于决定：决不再独自去冥思苦想，也决不再以同牢难友熊树人的判断，作为自己判断这样严重问题的依据了。

　　牢门依然是开着的，所有人尽可以自由出入。他决计走出牢门，到处走走，听听别人的意见，特别是听听那些他还不曾相识、新进监牢不久的人的看法。

　　他记得，小天井附近那几间牢房里被囚的多半是新进来不久的人。通往小天井的路上，空荡荡的，也没有特务监视，他便径直向那几间牢房走去。

　　到了小天井，抬眼一看，第一间牢房没有人，第二间牢房同样没有人。华子良感到有些蹊跷。他急匆匆的步履终于在小天井旁停了下来。

　　小天井附近杳无人声，静极了。由于这里靠近祠堂大院的外墙，又加上特别静，院外的水声、鸭叫声，似乎要清脆、洪亮得多。

　　华子良站了一下，忽然捕捉到另外一种声响。这声响不大，似乎很急促，很有节制，就在近处。

　　啊，这是什么声响？究竟来自何方呢？

华子良机警地巡视四周,终于发现,天井转角处,贴墙站着一个人。这人警惕的目光显然早就看见华子良了,但没有任何表示。这说明,华子良不属于需要他注意的人物,所以才有可能自由来到这里而没引起任何反响。

这人究竟在保卫着什么呢?这念头刚在华子良脑子里一闪,他又听到一阵急促而粗犷得多的声音。是有人在附近谈话。他循声走去,那人竟对他笑了笑。待他转过墙角,便看见了左侧边那间牢房里蹲着十来个人。也许是因为骤然出现了脚步声,谈话中断了,大家不约而同地转过脸来。所有的脸上都带着一种神秘的色彩。

华子良认出来,倚在门边的几个人,是从南京押解来的。头发蓬松、戴着宽边近视眼镜的华斯,就靠墙站着,还向他点了点头。还有些人或蹲或坐在屋子里,多半是新近押来的。有一个人与众不同。他被人们围在牢房正中,目光炯炯,盘膝而坐。魁梧匀称的身材,穿着一套整齐的军装。军装的质地很好,看起来像是一个有着将军头衔的人物。他眉宇间有一股英气,神态却又是文雅的,有一种儒将的风度。华子良是第一次见到这个人,猜想他被囚禁的时间大约不长。

大家望着站在门口的华子良,并没有表现出任何惊愕或不安。有人又转过脸去,对那军人说:"黄以声将军,你对这玩意儿怎么看?"同时递过去一张纸。

"依我看,"那被称作黄以声将军的人,接过那张纸,摊开来庄重地看了看,又还给了靠近他身边的那个人,然后说,"一点不假,这是真的。"

"你说什么?"一片质询的声音,明显地带着激怒和不满。

"我说,中国共产党中央致中国国民党三中全会的电文,有这回事。是真的。"

"黄以声将军，"靠近黄以声那人，不顾人们的激愤，再次谨慎地细声问道，"你在被捕以前，看过这电文没有？"

"看过。"

"在什么地方？"

"西安。"

"中共对国民党三中全会真有那么四项保证？"

"真有那么四项保证。"

说不清是愤怒、痛苦，还是震惊，许多人显然再也听不下去了。两个几乎头发披肩、枯瘦如柴的人忽地立起身子，冲上前去，伸手指着黄以声的鼻尖，用低哑的嘶声喝道：

"黄以声，你不是说，你是在武汉被捕的么，你现在却怎么又说——你是在西安看见的？"

"黄以声，我警告你：假若你还要同戴雨农的全权代表一鼻孔出气，那就只能证明你已经堕落成了戴雨农的奸细！"

这两个枯瘦如柴的难友，因为过分激怒，四只眼睛都红了。他们再也没有心思去听对方的任何答辩，一折身，乒乒乓乓冲出了这令人窒息的房间。

面对着被愤怒和痛楚折磨的人们，黄以声倒似乎特别冷静，仍然一动不动地坐在那里。又一个瘦高个子，忽地一闪身，伸出只像利爪似的手，一下揪住了黄以声的军装领口，突然呼喊道："你、你、你，你为什么不说话呀！"

"放开！叫你放开！"另一只有力的手伸过来，扳开了瘦高个子的手，喝道，"听我说！"

华子良一抬眼，立刻认出来了，这个自告奋勇要替黄以声讲话的人，也是前不久才从汉口被秘密囚禁到这里来的。

"听我说！"这人义愤填膺地大声辩道，"黄以声将军决不是他们的人，决不会替戴雨农的人讲话！我敢担保！"

"你凭什么担保？"

"我的良心，我的一切！"

"能说得更明白一点么？"

"坦白地说，还是我们在汉口被秘密囚禁的时候，我就听黄以声先生讲到过这件事。"

"他当时怎么给你讲的？"

"那天晚上，黄以声被特务秘密转监，最后被囚禁在我那间牢房，已经是下半夜了。太疲倦了，黄将军倒在地板上就呼呼入睡。我看他穿一身细料军装，不知道他是谁。他入睡不久，就开始讲梦话。断断续续讲了许久，讲了许多事情，我才大体知道他是谁，为什么会被囚到这里来。"

"到底怎么讲的？"

"黄将军的梦话，多半像是在回答审问他的人。他说，他从不曾改名换姓，他叫黄以声，东北军的中将副军长。他赞成'枪口对外，一致抗日'的主张。所以，他极力赞成中国共产党和平解决西安事变，争取早日实现全面抗战的主张。他说，全国抗战既已发生，中共代表周恩来先生邀请我去延安抗日军政大学任教，正是我多年来为之奋斗的希望之所在，我当然慨然允诺。说这也是什么阴谋，是被谁操纵，岂非咄咄怪事！"

"当时应该没讲到电文的事吧？"

"那天夜里，黄将军一再重复讲了一句话。"

"什么话？"

"中国就只有中国共产党才有这么宽广的胸怀，处处以民族大义为重，以人民的根本利益为重！"

"这是什么意思？"

"后来，黄将军醒来以后，我问过他。当时，黄将军就对我讲了中共中央给国民党三中全会的那份电报。还说，只有中国共产党才有那么博大的胸怀，才能在中华民族处在存亡绝续的生死关头，作出那样伟大的决定！"

"瞎说！"倚立在牢门边的华斯，一顿脚，悻悻地走了。

华斯一走，被痛苦和仇恨深深激怒的人们也纷纷站了起来，谁也不愿冷静谛听和思索这带着深情、带着血泪的叙说，一个个气冲冲地离开了。

华子良依然满腹疑团，又回到了囚禁他和熊树人的那间牢房。他没有心思向熊树人讲点什么，也没有心思去看看熊树人是否又钻进牢房最黑暗的角落。他独自倚立在牢门前，似乎什么也不想看，什么也想不下去了。他那既迷糊又清醒的头脑里，似乎就只孤悬着一个问题：军委会的全权代表和黄以声讲的，为什么那么相似？他们讲的那些极严重的事态，难道竟是真的？

"哐！哐哐！"牢门一开一关的声音，不断在耳畔出现。是牢门重又锁上吗？不是。牢门依然是全开着的。心绪不宁的难友们在频繁进出，像是有意发泄不满和失望，才把门弄得哐哐作响。

也许，正由于这种种不满和失望，犹疑和愤懑的情绪在滋长蔓延，这大院里悄悄串门、秘密走动的人，似乎愈渐多了。

长着胡子的彭松山大摇大摆地从间间牢房门前走过。每走过一间牢房门口，他都要放慢脚步，向牢里的人说点什么。他见华子良倚在牢门口，走过来小声留下了一句话："……请注意！不要上当！想想吧，把红军改编为国军，摘掉军帽上的红五星，谁受得了！"

眼看着彭松山远去了。华子良蓦地发现：是谁，竟从他没留神的方向，悄悄溜进牢房里来了？

哦，原来是熊树人！他没留在稻草堆里，到什么地方去了呢？

熊树人深沉的眼神，使华子良意识到，对方似乎有极重要的话要对他讲。

"……你要是晚走一步就好了。"

华子良这才知道，熊树人要讲的，还是刚才在小天井那边发生的那场争论。他不禁脱口问道，"我怎么没看见你？"

"我和尤玉生都躲在隔壁那间房里。你们走了，我们才进去的。"

"你们又听说了些什么？"

"我们认为，黄以声讲的是可信的。"

"有根据吗？"

"黄以声说，他在武汉被捕以前，曾经直接听中共的几位领导人讲过。"

"他听谁讲过？"

"周恩来、董必武，都讲过。"

"为什么给他讲这些事？"

"他们早就认识。还因为，周恩来邀请黄以声去抗大任教……"

"他在外面还听说了什么？"

"黄以声说，他在外面早听说过，就是共产党里的许多老同志，对党现在采取的争取全民族抗战的政策也还有不理解的，更不要说长期与世隔绝的革命同志了。他还说，他如果没有与党长期合作的历史，也不会不顾毁誉，甘冒风险，向大家如此直言相告的！"

熊树人讲完，就回到稻草堆中去了。华子良这时只觉得，脑子像要炸裂开了似的！

哦，耳边惯常有的潺潺的水声，远处的鸭群叫声，到哪里去了？

哦，又起风了。霍霍的风声，几乎吞噬了一切惯常听到的声音。天井里的芭蕉叶被卷进了走廊，遮住了走廊上的阳光。难怪，牢房里外更黑了。

啊，那才不对呢！华子良定睛细看，才注意到，不是风，也不是芭蕉叶被卷进了走廊，遮没了本来就昏暗的光线，而是一个悄悄从牢门口走过的特务，塞进一卷纸头之后，又无声地远去了。

啊，那纸头不正是军委会全权代表让大家见识的那卷纸头么？而今又被硬塞到牢房里来了。华子良盘膝坐在牢门边本不想看这真伪难辨的东西，但此刻，"中国共产党中央致中国国民党三中全会电"几个字，一下吸引住了他，一下产生一个念头：看看吧，看究竟说了些什么。他展开那卷纸，清晰的铅印字体立即映入了他的眼帘：

中国国民党三中全会诸先生鉴：

西安问题和平解决，举国庆幸，从此和平统一团结御侮之方针得以实现，实为国家民族之福。当此日寇猖狂，中华民族存亡千钧一发之际，本党深望贵党三中全会，本次方针，将下列各项定为国策：（一）停止一切内战，集中国力，一致对外；（二）保障言论、集会、结社之自由，释放一切政治犯；（三）召集各党各派各界各军的代表会议，集中全国人才，共同救国；（四）迅速完成对日抗战之一切准备工作；（五）改善人民生活。如贵党三中全会果能毅然决然确定此国策，则本党为着表示团结御侮之诚意，愿给贵党三中全会以如下之保证。（一）在全国范围内停止推翻国民政府之武装暴动方针；（二）工农民主政府改名为中华民国特区政府，红军改名为国民革命军，直接受南京中央政府与军事委员会之指导；（三）在特区政府区域内，实行普选的彻底民主制度；

（四）停止没收地主土地之政策，坚决执行抗日民族统一战线之共同纲领。

越看下去，华子良越觉得眼前一片迷惘。"西安问题和平解决"，他只是刚才听黄以声讲起此事。他不明白，更一点不懂；为什么竟会"举国庆幸"？要国民党一朝接受那样坚决彻底的反帝国策，怎么可能？别的不说，单是"释放一切政治犯"这一条，就绝难办到！在这种情势之下，共产党取消了推翻现政权的武装暴动总方针，把自己经过千辛万苦才建立起来的红军改编为国民革命军……这岂不正像敌特机关一再宣称的那样，共产党自己把自己瓦解了么？

华子良定定神，再从头细看一遍。合上眼，他似乎又觉得：如果国民党真能把中共中央提出的那五条定为国策，共产党由此相应地作些让步，也未始不可。问题是国民党根本不可能接受那五条作为国策！这个秘密监狱的实际存在，就是蒋介石政府本意的直接见证！

华子良感到一阵心如刀绞般的痛苦。根本不应当相信蒋介石，我们党在犯大错误！他觉得，自己曾经忍受一切，为之坚持，保卫党在思想上组织上的纯洁所作的一切努力，似已付诸东流！

那卷纸从他手上滑落在地，被风卷到了一边。他不想拾它起来，也不想再看它一眼。就连那个悄悄在走廊外徘徊，正暗中监视着狱中动静的特务突然来到牢门前，也未引起他的注意。直到那特务去远了，无影无踪了，他才发现压在腿下的报纸还没有看过呢。

那三张报纸，可能已经过了许多人的手，显得陈旧破损：有的只剩原报纸的一半大小，有的则到处都露出一个洞来。但报头却都是完好无损的，所以，华子良一翻开便看见了有两张是武汉出版的《新华日报》，另一张是重庆出版的《国民公报》。

特务机关为什么把这三张报纸塞到这里来？它们真是在武汉、重庆出版的么？如果真是如此，它们又能带给他一点什么值得深思的东西？

当然，最先吸引华子良的，还是那两张都只剩下一、二版的《新华日报》，一张的出版日期是五月十六日，另一张则是在五月二十三日。

尽管这两张显然是经过严格挑选的报纸，有着许多可以怀疑之点，华子良还是耐心地看下去。当他仔细审视了报纸的印刷式样、纸质，读完它刊载的新闻、广告、评论文章以后，他终于不能不相信：这是在武汉公开出版的报纸，而不是特务机关伪造出来的赝品；同时，透过它，华子良像看到了一个陌生的、风云突变的世界。外面——这个秘密牢监之外的整个中国，似乎真正难以想象地大变了！

最令人振奋的大变化，莫过于反抗日本军国主义侵略的战争，确实已在全中国展开！在民国二十七年[1]五月十六日出版的那张《新华日报》上，几乎到处都可发现这令人惊心动魄的讯息。在它第一版的广告位，刊出了著名爱国人士邹韬奋编辑的《抗战三日刊》近期目录；紧挨着这幅广告，又刊出了中华全国抗敌文艺协会主办的《抗战文艺三日刊》的近期目录。连推销云南白药的广告栏，竟也标明了"优待抗战部队大批购用……"。还有一则占了极大篇幅的"第八路军武汉办事处鸣谢启事"的广告，更以其极大的魅力，吸引着华子良。那用特号字刊出的广告题目下面，醒目地刊了两个字：续前。紧接着，便是正文——

自本军朱彭总副司令于三月二十九日通电，宣布日寇将实施野蛮残暴行为后，引起各界同胞之愤慨，热烈捐款，送由新华日报转交本办事处，以为购买防毒药品之用。祗领之余，至为感奋。特将惠赐者

---

[1] 即一九三八年。

之姓名及钱数物数，公诸报端，以伸谢悃！计开四月二十九日收到响应朱彭捐款……

这后面是一大篇捐赠人的姓名。这长长的注明了何省何县何乡的捐赠人名单，使华子良确信：这决不是任何人可以随意虚构的。那么多人捐款捐物，不仅说明这场伟大的抗战已经得到全中国人民的赞助，而且可以看出，刊登这则广告的部队有着和人民血肉相连的关系，否则，它决不会把人民捐赠的一角一分钱都交代得这样清楚。

尽管华子良猜想这个"八路军"和《新华日报》有着某种相似的立场和密切的关系，但这则广告中也有一些他看不懂的东西。比如，这个八路军究竟是谁的部队？它的"朱彭总副司令"又是什么人？他就不明白。这广告末尾还注明了两个字："待续"，华子良更无从知道，响应这朱彭捐赠的，全国究竟还有多少人？

翻开这张《新华日报》的第二版，报上刊载的中央社的电稿，华子良本没有多少兴趣，只匆匆浏览了一遍，不觉心情沉重起来：华北、东南沿海，都已被日本侵略军所占领，真不知这战争是怎么打的！他本不想再看下去，忽然被一个标题吸引住了：《粉碎日寇九路大举围攻的经过》。这是一篇山西通讯，内容很引人入胜。它写道："在××集团军××将军的领导下，山西×军和一部分×军，不但没有向南退，反而深深地前进到敌人的后方，在××××的天然屏障之下，建立了巩固的抗战新支点。……"华子良一口气读完，见末尾注明"未完待续"，又觉得十分怅然。尽管他对文中的那许多"×"感到很奇怪，但分明觉得：这个××集团军的作战方法极像中国红军游击战的打法，如果中国军队都用这种战法，哪里会丢失那么多领土，一定会把骄横的日本侵略者埋葬在人民战争的汪洋大海之中！

接着,他又读到一篇题为《三百团体七万民众送殡,王师长灵榇运川》的"本报特写"。虽然读完全文也没有看出因抗战而阵亡的王师长究竟是谁,但他却被七万民众送殡和在汉口江边举行祭礼的动人情景深深感动了。单是"送殡的军乐队就有十几个之多","因为是星期日,学生参加特多,男的一律穿着黄色制服,女的白衣黑裙,象征着他们都将是王故师长那样的民族英雄的继承者……中外记者都咔嚓咔嚓地把这值得纪念的一幕录上了胶片"。唯一使他感到迷惑和惊诧的是,特写在叙述"共产党中央委员会代表吴玉章和八路军代表罗炳辉也参加了祭礼"之前,居然以赞美的语气,说"蒋委员长"也送了一幅题为"民族英雄"的白缎祭幛。

"这是什么意思?如果《新华日报》真是代表共产党立场的话,那么,这是不是真意味着,共产党和国民党已经联合抗日?今天的八路军是不是过去的红军?"华子良越想越觉得事情太复杂,很难理解,心里像坠着一块沉甸甸的铅。

华子良不知不觉早把那叠纸头扔到地上去了,木然倚坐在牢门边,呆呆地望着牢门出神。要不是暗中监视的特务再次从走廊外神秘地走过,要不是毕竟记起刚才看到的报纸全是敌特送来的,很可能是一个险恶的阴谋,他真不知道自己还会呆坐多久。

这时,华子良蓦然想起 Dr. 沈的"极限论"。那个特务头子不是说,长久同外界隔绝也会使人意志崩溃吗?不,不能上这个当!情况既然这么复杂,怎么能够期望立刻就看清楚?又为什么不能更冷静一些,从更广阔的领域去观察、剖析眼前发生的这些矛盾?

随着这念头的出现,华子良才又渐渐从迷惘中醒了过来,目光重又触到散落在地上的那些纸头上。他眨了一下眼睛,一张发黄的纸又把他吸引住了。

华子良记得，到古都北平之前，在西南重镇重庆漂泊的那些日子里，他曾不止一次见过用这种发黄的纸印的报纸。重庆出版的这种报纸，不太清晰的印刷，一版、四版全刊登商业广告的模式，他太熟悉了。他不觉伸手去把那发黄的纸页抽了出来。

哦，果然是六月四日在重庆出版的《国民公报》。他不想浏览广告，随手翻开了专刊重要新闻的第二版。还没想到细看有关抗战的新闻，一下就看到了两行非常醒目的标题——

陈独秀周恩来毛泽东等二十六人恢复党籍
——中央监委会昨常会决议

华子良奇怪极了：周恩来、毛泽东这许多人何时加入过国民党，怎么会"恢复党籍"？他立刻细看全文——

（中央社）中央监察委员会于昨（三）日上午八时，在中央党部会议室召开第十四次常会。到会委员林森、吴敬恒、张继、王子壮……由林委员森主席，讨论要案十余件，并通过恢复陈其瑗、陈独秀、张国焘、彭述之、史鹏展、郭寿华、周恩来、刘清扬、于国桢、查人伟、包惠僧、罗贲华、林祖涵、吴玉章、毛泽东、董用威、邓颖超、高语罕、彭泽民、叶剑英、郭沫若、陈友仁、陈耀焜、林植夫、黄琬等二十六人党籍……

造谣！华子良立即作出这个判断。在非常关头，个别人物会妥协叛变，这有可能；但要迫使许多有影响的久经考验的领导人物妥协叛变，这决不可能！他再不想看这张报纸了，一扬手便把它向远处扔了去。

喏，从那张报纸里面似乎飞出了一张什么纸页，就飘落在牢门前。哦，是张四开小报——重庆出版的一份《新民晚报》。他不想看它，只对一块框着花边的新闻瞟了一眼，又是陈独秀、毛泽东等恢复国民党党籍。

还是那讨厌的造谣新闻！一眨眼，在那篇新闻的末尾，一条只有十几个字的"本报消息"又跃入了他的眼里：

（汉口三日电）吴玉章，定四日晨由汉口乘中航机飞渝。

华子良闭上双眼，什么也不想看了。他不相信这一切，不相信像吴玉章这样早就被打入地下的老共产党人，会在汉口和重庆之间飞来飞去。但他又无法推翻，刚翻阅过的这些报纸，决不是敌特机关伪造出来的！

一定是谁遮没了牢门口微弱的光线，才使他只觉得眼前是这样地黑！

会是谁呀？

不是那总在悄悄窥伺他的特务的身影，而是熊树人。原来，熊树人溜出去打听消息去了，刚从外边悄悄回来。像遭受到什么重大打击似的，他神情疲惫，仿佛连走路也不会了，他靠在牢门边，仿佛定在了那里……

"完了！中国共产党……完了！完了！"

"中国革命……完了！完了！"

院坝里，突然传出痛苦的呼喊，两个披头散发的人在那里捶胸顿脚，呼天抢地……

天旋地转，华子良顿时觉得眼前金花四溅。熊树人忽地钻进牢房里的稻草堆中去了。

"完了！完了！"像最具有传染力的病毒似的，这呼喊在院子里扩散开来。到处响起一阵急促的脚步声。

仿佛有一股无比强大的力量在推动着华子良，他像一发出膛的炮弹，猛地冲出了牢房，向着院坝，向着这座神秘祠堂大院门口，向着那架设着电网和机枪的大门口冲了去！

第十一章

　　华子良自然冲不出那座神秘的祠堂大院。所有在狂怒中冲向祠堂大门的人，都无例外地被捉回去，关进了他们原先被囚禁的牢房。敌特机关也不把他们这种由于长期的特别监禁，而酿成的像炸监那样的冲动行为当作一回事，这倒使华子良分外地冷静了。

　　这时，天黑定了。黑沉沉的天空，和黑乎乎的大地似乎完全黏合在一起了。四周除了像潮水般向牢房里扑来的蚊虫的雷鸣，几乎听不到别的音响，连熊树人往日惯常在稻草里翻滚的声音也不再有了。熊树人已关到别的牢房，华子良被隔离起来了。

　　现在，他已不再思索共产党是否还存在这样的问题。但他毕竟不能不久久地思考：党犯了大错误，完了，可革命能完得了么？

　　在华子良的记忆里，他曾经困难地思考过这个问题。也是在一个浓墨似的漆黑夜晚，耳朵里胀满了震耳的蚊虫的雷鸣。那时，松大娘母女刚在松岭牺牲，他入党不久，松岭游击武装刚拉了起来，便遭到严酷镇压。他只身藏在华蓥山老山的一个阴冷、潮湿的山洞里，精疲力竭，又冻又饿。那时候，应该说，松岭的党犯了大错误，游击队垮了。他当时就曾想过：党完了，游击队完了，未必革命也完了么？他想了很久。想不到，事隔多年，他又遇到了这相似的问题。

即使中国共产党不存在了,中国的苛捐杂税,人剥削人,帝国主义列强瓜分中国的现实,难道也不存在,能改变得了一丝一毫么?不能,决不可能。那么,中国就还需要革命!当今中国的唯一出路只有革命,那革命就一定完不了!要革命,就需要真正的革命党,真正的革命党就会再重新组织起来。一个真正的革命者,绝不会没有施展身手、贡献力量的地方!华子良认为,最简单不过的真理就是这么明摆着的。当年,正是认识了这个简单的真理,他钻出山洞,去寻找重新点燃松岭斗争烈火的力量。

后来不久,华子良便打听到,尽管松岭的斗争失败了,但距离松岭百里之外的东山,还有一支由党领导的游击队,领导者是一个会打双枪、行走如飞、有胆有识的年轻女同志。他只身奔去东山,找到了这位名叫路云凤的女同志。

不待华子良讲完,路云凤就笑道:"我早听石大山石大哥讲起过你。胜败乃兵家常事。松岭斗争失败了,你现在准备怎么办?"

"就在东山留下来,继续斗争。"

路云凤摆一摆头上黑油油的短发,沉吟片刻,若有所思地小声问他:"你打算在东山留下来?"

"是的,就留在东山,坚持斗争到底。"

"不,你不应当留在东山,你应当回到松岭去,就在你们曾经失败过的地方,重新站起来!现在,松岭的党和游击队都完了。可是,假若你相信松岭和整个华銮山的革命决没有完的话,你就应该决心回到松岭去……"

华子良永远记得,正是在路云凤的帮助下,他才把松岭的党和游击武装又重新建立了起来。后来,东山、松岭等几处的游击武装串联一起,组成了华銮山游击队。正是在那日日夜夜同生共死的激烈搏斗中,他和路云凤心心相印，成了最亲密的同志、战友和终身伴侣……

而今，当他再次思考这个严重问题的时刻，他又想到了她，想到他们曾经有过的共同认识：只要中国仍处在水深火热之中，就需要革命；真正的革命党人，即使就只剩下一个人，这个人也要战斗下去……

遥遥地，仿佛有一个声音在呼唤他。那声音是那样洪亮、清晰，使他昂首挺立，热血沸腾。

"中国共产党完了么？决不，决不！"

"即使全完了，还有我，还有我呀！"

"……"

漆黑、快要塌陷的天空，最后终于变成了乳白色，变成了一片蓝天白云……

牢房外，特务们在忙忙碌碌。他们要干什么？

院坝四周已粉刷一新，墙壁上涂满了一幅又一幅蓝色标语：

——只有绝对听从领袖的意旨，个人才有发展前途，民族才有复兴希望！

——领袖的意志，就是我们的意志，就是我们的生命，就是我们的一切！

……

一些破旧的军衣分发进牢房里来了，看守特务似乎奉命取消了惯常的巡逻和监视。令人迷惘的诡秘氛围，更使人牵肠挂肚：难道蒋介石在德国大使调停之下，真有了什么新的妥协？这座秘密监狱就不再搬迁，将在这水乡长久住下去？

望着那些标语，华子良感到敌人似乎在一步一步地妄图迫使大家就范。他多么需要突破自己孤独生活的局限，和狱中众多难友接触，一道去击破眼前这令人窒息的乌云。他不是看不见其他难友，可是，每当见到他们的时候，一个个总是静悄悄的，一转眼就不见了。

从华子良那间牢房出去，穿过小天井，再拐个弯，有一座黑咕隆咚、臭气逼人的厕所。除了被狱墙隔断的外籍囚犯之外，难友们几乎每天都要去那里走走。每当钻进那座臭气熏天的厕所，从那最黑暗的角落观察这座特别牢狱时，他都自然产生一种奇妙的想法：那些躲在暗地里监视他们的特务，无论怎样，大概也很难看清这黑咕隆咚的地方；也许，这该是最便于秘密谈话的场所了。

这思绪在华子良脑海里闪现过多次，但他却不曾在那里碰见过他想象中的情况。

现在，他还是一个人待在自己的牢房里，这思绪又在脑海里翻腾起来。细细回顾，他才隐隐感到，这些天院子里似乎有了某些变化。特别是，不知为什么，被关在小天井旁那间牢里的华斯，很难见到他的面孔；明明看见他在和别人悄声讲话，但出现在眼前的，总是一个瘦削不堪的背影。黄以声、熊树人，甚至总是黑着张脸的彭松山，那神情都变得明朗起来了。这使华子良不能不想：难道他们都有了新的想法？难道他们此刻已看清了一切？

他又有许久不曾出去了。一旦清理出个头绪，是这样地使他感到新奇。牢门没有上锁，他便迈开脚步，悄悄怀着希望，向小天井后面走去。

好了。现在，他终于穿过小天井，又钻进黑咕隆咚的厕所里来了。

和往常一样，刚从外面亮处走进这暗处，他眼前只是一团漆黑，什么也看不见。在适应了那阴暗的光线之后，向用半人高的木板遮隔成的五六个蹲位匆匆一瞥，他便失望了：没有人，也听不到任何谈话的声音。

不料,他刚选定一个蹲位蹲下来,一个模糊的头影,忽地从隔着木板的邻近蹲位抬了起来。

华子良一眼就看明白了,原来是华斯。华斯来过厕所好几次,理应早回牢房去了,不知为什么,他还蹲在这里。也许,只是因为华斯想给谁讲点什么,才趁看守特务不留神的时候,悄悄地在那里留了下来。华斯投过来的那种好似"我已在此等候多时"的一瞥,使华子良又惊又喜。

这时,华子良一下想起来,在转过小天井的时候,头发蓬松的彭松山正好悠闲地靠在那牢门口张望。那身影,透过厕所边的一堵破墙即可看到。他显然是在监视外面的动静。如果有可疑的第三者走来,彭松山无疑会发出警报,在厕所里谈话的人可以从容地从两道方向不同的门走出去……

华子良毫不怀疑,这一定是华斯周密的布置,不禁朝华斯会心地一笑。望着华斯那早已摔断、用麻绳拴着的眼镜,苍白的脸,他觉得华斯似乎有许多话要说,却又有点踌躇,一时不知从何说起。华斯宽厚的嘴唇嚅动了好一会儿,终于低沉地吐出一句话来:

"你相信那些家伙讲的话?"

"我,我怎么会那么容易轻信他们!"

"他们送进来的那些报纸呢?"

华斯怎么这样提出问题!这简直使华子良感到恼怒了,但他强忍着,只是淡淡地答道:

"还不是一路货!"

"能说得明白点么?"华斯把寻根究底的目光直盯向他。

"不可信。"

"有何根据?"

"不可能。"

"你有什么确切的根据？"

"敌特机关说过的谎话，难道还不够多么？"

华斯的神情是那样地认真严肃，一下又把华子良深埋心底的问题勾引了起来。华斯宽厚的嘴唇张开又闭上，尽管什么声音也没有吐出来，却使华子良强烈地感到，华斯对他的回答似乎并不以为然。但看华斯的神情，他好像并没有注意华子良的回答，而是被这黑暗角落之外的什么东西牵引了去，正凝神谛听着什么。

"出了什么事？"华子良立即屏息静听，便隐约听见一阵骤起的喧哗声，仿佛就发生在距这黑暗角落处不远，透过厕所侧面那片破墙壁的罅隙就可以望得见的女牢房里。但这声音不知为什么很快就消失了，又恢复了一片静谧。华子良再回头看华斯时，又触到了对方那寻根究底的目光。

"我知道，你现在能够说出来的根据，就只会是这些。"

"那么，华斯，你认为他们讲的一切，竟然会是真的？"

"当然是真的。"

"你也认为，中国共产党真可能犯大错误了？甚至不存在了？"

"正是这样。"

华子良简直难以相信，这竟会是华斯这样无所畏惧的坚强的革命者的回答！这样面对面明白无误的回答，使华子良直感到痛心，感到愤慨。要不是华子良同时觉察到对方讲这番话时，并非由于胆怯害怕，也不是由于缺少头脑，而是出自敢于面对现实、面对一切困难的勇气，他不仅不会再听对方讲半个字，一定还会给对方以最猛烈的打击！但华子良毕竟还是抑制不住自己强烈的愤恨之情，质问道："华斯——你怎能这么看？我决不相信特务对我们党的污蔑。难道你不记得了，你对黄以声是怎么说的？"

"我们只是信奉真理。"华斯进一步反问道，"你怎么那么简单？我们当然不能轻信黄以声。你知道他是什么人吗？"

"那么和黄以声同牢房的难友呢……"

"还不是一丘之貉。"

华子良还想讲什么，却被华斯一扬手截断了，"不过，华子良——"华斯用更加明确的语言宣布道，"现在，对这个问题，不只是我，我们都这么看。"

从华子良在押解途中认识华斯开始，他就看出，华斯并不是像他自己那样，老是单枪匹马在孤军奋斗。华斯是个极坚强的革命者，在这里，他的共产党员身份是公开的，他极易团结群众；同时，他一直和许多难友囚禁在一起，旗帜鲜明，极可能和许多坚强的革命者早就紧紧地团结在一起了。因此，当华子良听见华斯讲出"我们"两个字时，不禁感到无限的振奋，不觉进一步追问道："你们——有真凭实据？"

"当然有。"

华斯如此直率肯定的回答，和异常坚定的神情，终于使华子良冷静下来。他感受到华斯对自己的信任，不再用疑虑的眼神扫射对方，只留神谛听对方想要告诉给他——一个长期被单独囚禁的囚徒无从知道的狱内外正在发生的事情。

华斯告诉华子良，有好几位难友在不同的时间，听到看守特务几次相互间的秘密谈话，都不约而同地证实：中国工农红军确已改编为国民革命军，就是由朱德、彭德怀担任总、副司令的那个第八路军；特务送进牢狱中来的几张报纸，确系外间出版的报纸，关于那二十几个人恢复国民党籍的消息，可以相信；川陕苏区主席张国焘确已叛离革命队伍，投入了蒋介石豢养的国民党特务的怀抱……尽管这些材料并不系统，有些虽属道听途说，但联系起来比较研究，可以判断，共产党已和国民党同流合污了。因此，不宜轻信黄以声带来的消息，要分析。正是因为形势严峻，为了坚持斗争，他——华斯、彭松山和狱中许多坚决革命到底的同志，已经秘密串联起来，组织起来了，建立了狱中特支……

听到这番说明，华子良只觉得心潮澎湃。尽管他觉得还有许多情况并不清楚，但有一点他同华斯他们是完全相通的：中国革命事业，即使只剩下了一个人，也要坚持下去！这种心灵的相通，使他对华斯产生了深深的敬意，觉得自己再也不孤单了。

"党是我们的母亲。我们实在不愿意看到她犯这样大的错误。"华斯沉痛地说。华子良也跟着沉浸在一种难言的悲痛中，不觉自己的眼眶竟湿润了。

"历史的道路总是很曲折的。外面的情况可能已无法挽回。可是，"华斯的声音变得凝重了，"同志！我们这个秘密监狱里党的地下组织还在！我们也可能会犯错误，但决不会屈服，决不会同流合污！我们一定要坚持斗争，任何惊涛骇浪都休想把我们吞没！你相信吗？"

华子良只觉得有团火在心里熊熊燃烧："相信！"

心灵沟通了，这黑咕隆咚的角落里显得异常静谧，甚至可以听到不知从哪里传来的单调的蛙鸣和蟋蟀的"嚯嚯"声。华子良终于理解了，这些日子来，难友们何以总是静悄悄的。显然，这安静的背后，正酝酿着风暴，凝聚着雷霆。他蓦地想起刚才隐隐听到的骤然而起，又很快消失了的喧嚷声，想起院墙上那些新刷上的标语，想起特务们好像取消了巡逻的异常情景，这一切，到底意味着什么？

"Dr. 沈早不露面了，"华子良忍不住问，"这家伙是不是有意躲在幕后，正在布置什么新的阴谋？"

华斯点点头，又道："Dr.沈目前是躲在幕后，可是有人在代表他出面活动。你应该认识这个人。"

"谁呀？"华子良感到很惊异。

"熊树人讲，你在北平同这个人打过交道。他就是叛徒朱兵，现在叫朱复兴，就是在开学典礼上作司仪的那个特务。"

华子良想了想说："难怪那家伙总是用那么一种奇怪的眼光打量我……"

华斯突然一抬手，打断了他的话。华子良立刻警觉地扫视四周，并未发现异常动静。再抬眼看看破墙外面，彭松山依旧悠闲地靠在牢房门边，并没有向他们发出任何暗示。他正感到奇怪，天井的另一方，突然像卷起一阵狂风似的喧腾起来。显然，女牢房那边正在爆发一场激烈的冲突。

"你们到底讲不讲理！"一个尖厉的女声在质问，接着是一阵听不清楚的争吵。不一会儿，忽然又平静下去了。

华子良看看华斯，见他一动也不动，非常沉着地在听。

"你们要找负责人，我就是。"女牢房那边，传来极轻的答话。

"雅静！大家注意聆听朱专员训话！"一个嘎哑的声音在吆喝。

"我叫朱复兴。"听到这番自我介绍，华子良和华斯不禁对视了一眼。接着，朱复兴的嗓门提高了，"你们要讲理，我们就来讲理。中央军事委员会和我们民族复兴学院，完全是出于爱惜人才的一片至诚，才吸收你们入学。你们说，这有哪一点不好？你们既然是政府当局批准入学的堂堂正正的复兴学院的学员，首先就要参加纪念周。下周就要正式开始总理纪念周了，你们总得学点规矩嘛！你们不是要讲理么？好，我问你们，你们为什么不向党国旗致敬？为什么不唱国歌？为什么不静默三分钟……"

朱复兴话音刚落,众特务便七嘴八舌嚷了起来:"对,有理,讲呀!""不说,就还得照纪念周的规矩办!"

女牢里似乎根本无人应声。朱复兴口齿伶俐的语音又升起来:"尤玉生!你说,你现在懂得了,你愿意静默三分钟么?"

"不愿意。"一个女声答道。

"为什么?"

"静默是信奉外国耶稣基督教的人才做的事,"那个女声理直气壮应道,"我不信耶稣,我不静默!"

朱复兴紧紧追问:"尤玉生!我问你,你为什么不唱国歌?你为什么不朗诵总理遗嘱?"

"我不会。"

"别人教你,你为什么不开口?"

"你们不是叫念什么'革命尚未成功,同志仍须努力'么?"还是那个不快不慢的女声,口气带着些揶揄,"哎哟哟,小民百姓哪里敢乱说啰!我现在说不是革命党人,还坐不完的牢;要是真那么念了、唱了,真成了什么'革命同志',怕我二辈子也坐不完这牢了!"

"住口!"朱复兴一声咆哮,"顽固不化,自取灭亡!我再次郑重声明:希望大家切记不要再顽固不化,否则,咎由自取!"

接着,是一片静寂,长久的静寂。华子良想得出,那里出现了尖锐对立的僵持局面,众多特务尽管有一切权势,但他们对女牢房的难友一点办法也没有。

"他们一直想对狱中难友采取各个击破的手段。"华斯告诉华子良,"他们以为女牢房容易突破。现在,他们可能明白过来了,还是不行。他们对所有难友的一次新的全面进攻,看来已经迫在眉睫了!"

这自然是华子良此刻也想得到的。但看华斯沉静的神情,华子良明白,华斯向他讲的,决不止是他个人的判断,也不只是许多难友的共同判断和决策,而是代表党——正在这个秘密监狱里坚持战斗的伟大的中国共产党的一个支部——在向他讲话。尽管华斯的语音极其轻微,但那每一个庄严的字音,甚至华斯那颗火热的心的跳动,都带着一种强大的力量激励着他:"中共狱中秘密特支决定:你和彭松山、尤玉生、熊树人组成一个二线支部。这个支部由你任书记。任务是长期埋伏,积聚力量,坚持斗争。"

重又回到党的怀抱,重又回到斗争旋涡中心的喜悦,使华子良顿时热血沸腾,热泪盈眶。但在此时此刻,华子良却丝毫没有放纵或者显露自己喜悦和激动心情的可能;狱中正面临急剧变幻的斗争形势,他必须立刻弄清自己面前许多迫切需要弄清的问题。他问道:"我今后怎么和特支联系?"

"你见过那位左额有个黑肉痣的送牢饭的伙夫吗?"华斯沉吟了一下,说:"我们平时要避免接触,有事,我会叫他通知你。当然,我们也可能长久失去联系,我们每一个人都要有长期独立作战的准备。"

华斯伸过手来,紧紧地握住了华子良的手。这时,天井外突然传来彭松山一个响亮的喷嚏声。这立刻引起了他们的警觉,只是互相会意地一笑,便一声不响地由不同的方向,从那个黑咕隆咚的厕所里走了出去。

华子良回到他那孤独的小牢房以后很久,他的思绪仿佛还沉浸在那黑咕隆咚的地方,沉浸在由于和华斯的秘密谈话带给他的欢乐里。彭松山、熊树人、尤玉生这几个人的面影,直到天黑了很久以后,总是在他眼帘边一再浮动着。

无边的夜幕,再次严密地笼罩着水乡大地。黑极了。那成群结队、密密麻麻的蚊虫嗡嗡呐喊着,又潮水似的向牢房里涌来。

"他们还将怎样对狱中难友展开全面进攻？"想着华斯对狱中敌情的判断和分析，华子良沉思着，估量起敌特机关可能采取的行动，以及狱中可能发生的变化来。

黑夜终有尽头。第二天一早，正当平常开门放风的时候，走廊、院坝里突然增多了看守特务，华子良立刻感觉到一种紧张的、难以捉摸的神秘气氛。

但是，完全出乎华子良意料，特务头目朱复兴只是站在院坝里，向大家宣布了监狱的几条新措施：一，为了便于集中学习，将立即调整监舍；二，在发放蚊帐之前，要大家趁调整监舍的机会作一次大清扫，而且，还将派人给每个人理发……

调整监舍的结果，华子良结束了单独囚禁的生活，和原来只能遥遥相望的彭松山、熊树人同囚在一间牢房里。这突如其来的变化，不仅使华子良感到意外，几乎所有的难友都感到困惑。

监舍调整完毕，已是半下午时分。狱中难友全进到新编定的牢房里去了。这时，看守从外边搬了几把藤椅进来，安放在院坝边上。接着，又抬来了面盆、木凳之类的什物。最后，三个系着白布围腰，手里拿着剃刀、毛巾的陌生人，走进这神秘的院坝里来了。

太阳光照射在那雪亮的剃刀上，闪耀着熠熠的光。那三个手持剃刀的陌生人神情惶恐，不时左顾右盼着。看样子，像是特务从外面抓来的走乡串巷的剃头师傅。

"喏，现在开始理发了！"看守特务叫嚷着，打开靠近院坝边的一间牢门，从里面引出三个难友来，让他们坐在了藤椅上。

理发开始了。剃刀发出"吱吱"声，一绺绺头发落在了地上。三个难友大约因为即将解除蓬首垢面之苦，脸上露出了难得的笑容来。剃头师傅的动作，开始是很利索的，很快就剃光了大部分头发。看着这场景的华子良只是有点纳闷：怎么光剃四周呢？四周剃光了，剃头师傅的手似乎也笨拙起来，迟迟疑疑，好像怕伤着什么似的。他们不时用一种畏惧的目光偷觑着站在身边监视的几个特务。当三个难友的头顶上仅留着酒杯大小一圈长发时，只见有个大块头特务一挥手，剃头师傅就怯生生地站开了。

"剃完了！走，回牢房去！再来三个！"特务吆喝着，要三个囚徒站起来。

还坐在藤椅上的三个难友互相看了看，伸手摸摸自己的头顶，不禁问道："完了？这不是还有这么多头发没剃吗？"

三个剃头师傅望望身边那个大块头特务，嗫嚅着不敢回答。大块头特务忽然哈哈大笑起来，双手在腰间一叉，大声嚷道："你们怎么这点规矩都不懂？这叫太阳头。不听招呼，就只配剃这种头！你想不老实，就是放你出去，老百姓看你这头式，也会把你抓回来！"

"谁要你剃这种头？给我马上剃了！"三个难友感到受了侮辱，同时叫了起来。天井四周的牢房里，也不约而同地发出了愤怒的声援："对，给他们全剃了！"

那大块头特务怔了一下，回头大声吼叫道。"闹啥？哪个敢违抗命令！我奉劝诸位：如果大家不剃这种头，恐怕当局就不准备开伙了！"他一招手，周围一群特务一拥而上，七手八脚抓住三个难友，推回牢房去了。

尽管那三个被剃了太阳头的难友在牢房里一再高呼："给我剃光，我们不剃你们的太阳头！"尽管院坝四周牢房里发出了强烈的抗议："坚决反对人身侮辱！"看守特务却根本不予理睬。那个大块头又吹响口哨，大声宣布道："不准闹！再闹，一定严惩不贷！"

狱中表面和缓的宁静气氛，瞬间烟消云散了。"咔嚓咔嚓"，牢门又全上了铁锁。那三个大声抗议被剃了太阳头的难友，全被银铛上了镣铐。早已锈蚀斑驳的铁镣，又成捆地被抬进了院坝，堆放在走廊上。天井另一边，囚禁外籍难友的几间牢房里传出了阵阵呻吟和呼救的声音，传说国际友人尤金斯夫妇的那个卷发小孩正发着高烧，因为当局不给医药治疗，那卷发小孩正生命垂危……

送饭来了。华子良一眼便看见了左额上长着一颗黑肉痣的伙夫，即华斯交代将同他联系的那个人，挑着一挑菜桶，刚跌跌撞撞走进院坝，便被大块头特务赶了出去，只准抬着饭甑的两个伙夫进入院坝……

华子良不知道，大块头为什么偏偏把那个伙夫赶走。在这敌特开始全面进攻的严重时刻，难道他和狱中特支的联系就此中断了？

浓墨的夜色，又浸入了这水乡之中的整个牢狱。特务巡逻的脚步声。沉沉地敲打着华子良焦灼的心……

该怎样回答敌特的全面挑衅呢？怎样才能同狱中特支联系上呢？

茫茫夜色中，心跳得似乎特别厉害的彭松山在一旁坐立不安。他那双在夜色中闪亮的眼睛，急得快冒出火来了。

就在这时，华子良突然感到一只手在悄悄地拉他。他转身一看，见熊树人正靠着墙壁谛听着什么。他连忙移身过去，发现墙上有一条裂缝，侧耳一听，就听到华斯的声音传了过来："老华吗？没想到吧，我们正是邻居。"

华子良正想讲什么，又听见华斯说："你听得清楚吗？我们研究过了，目前已经没有丝毫选择的余地，只能被迫用我们唯一尚存的武器——鲜血和生命去抗争！抓住反对人身侮辱，将狱中所有难友都团结在我们周围。懂吗，一定要团结全体难友，争取胜利！特支决定：从明天开始，立即绝食抗议，直到敌特停止这一切迫害为止！"

暗夜中，熊树人又无声地拉了拉他。华子良立刻听到一阵杂沓的脚步声在牢门外响起。彭松山在牢门边猛烈地咳嗽起来。这时，牢外突然升起一派光亮，正如他们第一次进入这神秘院落的那天夜晚一样，院内灯火通明，走廊上布满了机枪和岗哨……

　　成群的乌鸦，被这骤起的火光惊起，在深邃的夜空中惊惶地乱飞乱叫……

第十二章

"报、报告朱专员,犯、犯人不吃饭,怕、怕……"伙夫战战兢兢地述说着,站到了一边去。

朱复兴用手理了一下军装领口上露出的白衬领,几步就站到院坝中心。探询的目光向四边的牢房一扫,清了清喉咙,便大声说道:"诸位,有什么为难事?讲吧。世界上没有不能商量之事。言者无罪,你们——谁讲呀!"

"我讲!"

"请讲!"朱复兴鹰鸷般的目光,立即转向天井边一间牢房里应话的人:"你们——就不能考虑考虑?"

"要我们停止绝食,当局必须立即同意三个条件。"

"还有三个条件?"

"第一,尊重我们的人格,把三个难友的太阳头立即剃去。第二,立即给外籍政治犯尤金斯夫妇患病的小孩延医治病。第三,改善监狱生活待遇,改善伙食,按时放风。"

"要是不同意呢?"

"绝食到你们同意为止!"

"你们这不是哀的美敦书么[1]？哼！"朱复兴大声嚷道，"听着，这可是你们自己不吃饭，自作自受！"

特务七嘴八舌地跟着吆喝："不吃，把饭菜抬走！""看他饿得了几天？"朱复兴连同一大群伙夫、特务，迅即退出院坝去了。

就这样，一场空前艰苦的绝食斗争，在这神秘的祠堂大院揭开了序幕。

不需要任何慷慨的言词，不需要任何壮烈的行动，斗争双方都把自己的注意力集中在一个焦点上——绝食！特务机关认定，久经折磨、身体虚弱的囚徒，再也难以长久经受饥饿的摧残，他们正想通过政治犯骤然发起的绝食斗争，迫使政治犯就范；而不愿继续遭受残酷摧残和侮辱的囚徒们，则力图用自己唯一尚存的武器——生命，争取最起码的生存权利，突破敌特的法西斯控制……

一天，两天，三天过去了。不仅院坝四周，而是整个大院，越来越被一种好似地火运行的神秘气氛所笼罩。院坝里从早到晚，再也不见抬送饭菜的人，甚至连惯常在那里巡逻的特务也不见了踪影。然而，在绝食五天以后，那些巡逻望风的特务又越来越多地走进院坝，悄悄潜行到杳无动静的牢门边，偷偷进行观测来了……

决心绝食抗争到底的狱中难友的心境，和敌特比起来，似乎要简单得多，安详得多。为了不无谓消耗精力，人们都在稻草上静静地躺卧着，不东张西望，不相互交谈。当然也时时想到，绝食斗争中可能碰到的困难，和难以预测的结局。

生活的节奏像停滞了，一些平时在狱中不太引人注意的东西，这时却分外引人注目。

哦，这靠近八百里洞庭湖畔的火一般的阳光，有多厉害！号称长

---

[1] 拉丁文 ultimatum 的音译，意为：最后的通牒。

江上的三座火炉城市重庆、武汉和南京，华子良都待过，也从未感到过阳光如此炽热。也许，因为牢房特别狭窄，又当着西晒，这秘密监狱里的气温可能大大超过那三座著名的火炉，热得人上气不接下气地气喘、冒汗。直到下半夜，稍微感到一点凉意，天很快就亮了，蝉声一出现，又叫人喘不过气来。

还有，这水乡的蚊虫，简直多得出奇。太阳还没落山，牢房里刚显出暗色，它们便成群结队，嗡嗡着钻进牢房里来。夜幕一旦降临，更像日本侵略者的轰炸机群般地发出轰隆隆的巨响，汹涌而至，人们不得不挥手去驱赶它们。但只要你一挥手，在空中的任何地方都会碰撞着它们，使你感到毛骨悚然。这些家伙无情地吸吮着难友们的血，似乎想耗尽大家的精力……

在绝食五天之后，华子良感受到要取得斗争的胜利，决不是想象那么容易。摆在他面前义不容辞的任务，是如何团结身边的难友，把斗争坚持到底。

他一点不担心躺在身旁的两个久经考验的同志和战友彭松山和熊树人。他时时想到的是另外的一些人。一个是尤玉生。华斯明确交代要由他联系，但根本就无法同她联系上。女牢房的困难一定很多，这使华子良深感不安。另外，还有两个人，他也不能不关注，就是和他们因在同一间牢房里的张天顺和张小顺父子。

张家父子从刚转到这间牢房开始，就倚在华子良身边，把他们非常简朴的身世和不幸的遭遇，以及他们的心，全赤裸裸地呈献在了他面前。他们之所以对他如此信任，是因为从南京辗转而来的过程中，经过长久的观察，使他们认定：像华子良这样长期被敌人单独囚禁，而没有显露丝毫奴颜婢骨，算得上是个真正铁打钢铸的硬汉子；何况连彭松山那样英勇无畏的老红军战士都很敬重华子良，自然更值得他们信赖、敬佩。所以，他们一进入这间牢房，便把自己的一切全告诉了他。

张家父子都不是共产党员。张天顺本是一个胆小怕事，安分守己，听天由命的农家汉子。方志敏同志领导的中国工农红军先遣队，要途经安徽、北上抗日的消息传到他家乡的时候，他还曾经阻止他的大儿子去为红军带路。后来，红军先遣队被国民党反动派在中途以几倍的优势兵力打散了。他只是不忍心见到红军伤残人员惨死在反动派手里，才吩咐他的大儿子、二儿子引着他们，寻小路，逃出了反动派的包围圈。就仅仅因为这一点，国民党特务便把他们全家八口逮捕了起来，杀害了他的大儿子、二儿子，烧死了他的父母、妻子和女儿，而他和小儿子则成为"要犯"，被关押进了南京秘密监狱！特别令张天顺痛心的是，他们全家用生命护卫的那支红军队伍中的彭松山等三个战士，后来又落入了敌手！

张天顺一家这痛苦的遭遇，使他们认识到一个再简单不过的真理：再听天由命，就只有死路一条；穷苦人的活路，只有从反抗国民党压迫最坚决的红军和共产党那里，才能找到！正是因为张家父子相信这个真理，所以，当华子良向他们讲要用绝食作武器向敌人开展斗争时，见到彭松山、熊树人都赞成，他们也就立刻赞同了。

张家父子饿过饭，自然懂得绝食的滋味。两父子一向动惯了，越是饿得心慌，越想用铺在地上的稻草打草鞋。张天顺手里不断地搓着草绳，还催着儿子也搓草绳；父亲抓束草在草绳间绕两圈，儿子也照样绕两圈。他俩倚在墙边，不声不响地做着这一件事，翻来覆去重复这么一个简单的动作……

到了下半夜，像蒸笼似的牢房里渐渐有了点凉意。张家父子已熟睡了。墙壁上轻轻的敲击声把华子良吸引过去，耳朵刚贴近墙上那罅隙，便听见华斯代表狱中特支发出的紧急通知：敌特还在加强迫害，丝毫没有接受狱中难友任何正当要求的可能,从明天起,决定进一步开展绝水斗争……

绝食之外,再加绝水,这可是狱中最严重的斗争步骤了。

绝水,无论是华子良、彭松山、熊树人,还是张家父子,都从不曾有过这经历。谁知道在这大热天,在这像蒸笼似的牢房里,绝食之外再绝水,会是什么滋味?然而,从第二天黎明开始,当火辣辣的阳光射进这水乡中的大院时,狱中难友一致实行绝水了!

这自然立刻引起了敌特的严重注意。几天不曾露面的特务专员朱复兴突然气急败坏地闯进院坝,命令看守特务把水放在牢门口,冷笑着宣布:任何人需要取用水,任何时候都可以打开牢门,给以方便……

然而没有人理睬他。

太阳光越来越强烈、刺眼。手摸着木板、墙壁、稻草,都是热乎乎、火辣辣的。人可以较长时间不进食,但不能不喝水,因为人无法阻止自身的消耗和水分的挥发!特别是在火辣辣的炎热日子里!

钢打铁铸般的红军坚强战士彭松山,在绝食这几天一直静静地躺在华子良身旁,一动也不动。可是在今天,绝水才大半天,他竟怎么也难以忍受了!他总是不断地喘气,间或,口里还不屑地低声吐出几个不连贯的字:"……这……窝囊仗……"

绝水才大半天,总是动手动脚的张家父子也不能动弹了。那不停地搓草绳和打草鞋的声音,也听不见了。他们仿佛变成了另一个人,只是不声不响静静地卧在牢门边喘息。

唯一较少变化的,似乎只有熊树人。他仍然一声不响地倚在稻草堆上,一动也不动。但细细辨认一下他的脸、眼、耳,看看他裸露的手脚,他其实也变了!随着时间一分一秒地逝去,随着人体水分的大量挥发,他眼睑明显地下陷了;那宽厚的嘴唇干裂了,变成了一张依附在鼻下的白色的皮；他的耳朵和手脚的皮肤上明显地显出了皱纹，露出了干瘪、萎缩的迹象！

华子良再回头细看彭松山、张家父子，和熊树人几乎毫无两样，由于严重失水皮肤都皱缩了……

……

监狱这急遽的变化，自然不可能逃过严密监视着狱中动向的特务头子的眼睛。一直躲在外面，决心对囚徒们采取高压政策的 Dr. 沈，在这天夜里，凭借夜幕和黑色面纱的掩护，也不得不心事重重地踱进这大院里来了。他无疑握有巨大的权力，在他所掌握的这个特别世界里，他可以主宰一切。他严密控制、封锁了一切消息，使人无法知道外部世界的重大变故，特别是有关日本侵略军正分几路向国民党政权的中心武汉包抄的险恶局势。对于这种险恶的局势，他的心情是极为复杂的。由于抗日战争的发生，他的唯一领袖蒋介石由亲德日转而更亲英美，这不能不使他在特务世界中的地位受到威胁；由于日本人处处得手，蒋介石控制的地盘越来越小，他当年秘密掌握平津局势，控制华北局面那种格局，无论如何也不可能再有了；战局的发展，逼使蒋介石唯有再向西南溃逃，尽管审时度势，他亦只能随蒋而去，但他还想借这个秘密监狱捞一点资本。偏偏在这时候，他连这里的局面竟也控制不住了！狱中囚犯兴起绝食的那天，他叫朱复兴出面去"妥善处置"时，曾在墙外亲耳听见过囚犯提出的种种条件。当时，他还认定，经过长期关押的囚徒，哪还禁得起长久绝食？绝食，也许正是迫使所有政治犯最后接受他的控制和训练的唯一途径。如果成功，那他必将在特务世界中获得极高的声誉和极大的权势。然而，绝食以来，囚徒中间不仅看不出一点裂痕，而且，居然又进一步发起了绝水斗争……

这，自然使 Dr. 沈怎么也不能再坐在大院之外，遥控指挥了。他想亲自查看一下牢狱，却又不想让任何人发现。几经踌躇，才决定趁着夜幕严密笼罩水乡之时，戴上他惯常佩戴的黑面纱，在王逵、张瑞的护卫下，像幽灵一般溜进这静寂无声，有如古墓的祠堂大院里来。院坝和天井四周，所有牢门前空无一人的肃杀情景，使他不禁一惊。漫步走向一间牢房门前，他那狡黠、犀利的目光刚向牢房纵深一扫，他更胆战心惊了！

哎呀呀！这么多政治犯，要真是全死了，消息传出去，哪怕只在特务世界传开，那还了得！

Dr.沈差点叫出声来。但他终于控制住自己，一声不响带着王逵、张瑞，匆匆走了。谁都不曾注意到这位神秘人物曾亲自来过。

……

第二天，又是惯常该送牢饭的时候了。

"诸位难友，请注意——"王逵又来到院坝里，带着一种似乎很惊异的神情，和善地笑着说，"原谅兄弟照顾不周。为这点小事，大家何苦嘛！人哪能不吃饭不喝水呢？病了，不管谁病了，当然应该延医诊治。这大热天，不放风还行？当然应该放风！至于那个太阳头，叫剃头匠给剃了就是，我们都不必计较了吧。现在，大家该进食进水了，还是要保重自己的身体！"

张瑞连忙向院坝四周的看守特务命令道："大家还死站着做啥？还不快去帮着抬水抬饭，把水，把稀饭送到每间牢房里去！大热天，喝点凉稀饭，可真解渴呀！快，把牢门统统打开！把剃头匠喊进来！谁想先剃头，谁想先吃碗凉稀饭，悉听尊便。这全是大家的自由。对了，你们把这些事办完了，统统给我退出大院去！等大家歇一会儿，商量好了，谁想干啥就干啥……"

看着特务们行动起来，乒乒乓乓打开了牢门，王逵又急忙说道：

"朱专员处置失当，已经撤职查办。这个，都怪这两天……我们不在家，大家受委屈了。明后天，军委会全权代表要来学院视察，请大家还是给我们留点面子吧。"说罢，王逵和张瑞抱拳摇摇，像演完了戏，便退场了。

"哐当哐当"，盛满稀饭、饮水的木桶碰撞着，从院墙之外响进了院内，放在了每间牢房的门口。紧锁着的一间间牢房门敞开后，再也没有关上。院坝和天井里的看守特务，一个个奉命退了出去。整个大院顿时呈现一片死寂和荒漠的景象。

这异常的变化，应当说，来得并不突然，但毕竟又太急迅，使人一时难以理解和接受。华斯迟迟没有根据变化了的形势，迅速作出新的决定，这就是当下的情绪反应。牢房里被囚禁的人们，除了因为经历了几天的绝食和绝水斗争，体力消耗太大，几至无法动弹，反应特别迟钝和缓慢之外，也明显地包含着这种思绪。

然而，院坝和天井四周这种死寂和荒漠气氛，持续了一阵之后，终于被一些难友移动、起立、叫嚷的声音冲破了！这些来自四面八方，仿佛从古墓中渐渐复苏发出的声音，也从华子良所在牢房里传了出来。首先是张天顺、张小顺父子从稻草堆中艰难地站了起来，抖了抖还黏附在他们身上的稻草，便径直向敞开着的牢门趔趔趄趄走了去。一当见到了陈放在牢门口的水桶、饭桶，他们那早已干瘪、塌陷下去的眼睑、脸膛，仿佛因为充满希望的光焰一下子显得饱满起来。他们的手脚，顷刻间仿佛也变得灵活了，一弯腰，就把水桶里饭桶里的水和饭盛进了碗里……

正在等候华斯决定，把耳朵贴近墙壁罅隙谛听消息的华子良，还没有来得及作出任何表示，张家父子已给他、给彭松山和熊树人各端来一碗水、一碗饭，放在了他们面前。张家父子一转身，又把他们早已干得像竹片似的洗脸毛巾拿去，在牢门外浸湿了水，一一塞在了他们手上。

"敌人还是投降了！"张天顺怀着胜利的喜悦，小声对他们说，"哎，好多天没洗手洗脸了。来，大家还是先洗个脸再说。"

华子良高兴地从张家父子手上接过那张湿漉漉的毛巾。那毛巾附在手臂、手肘上，好像毛巾上的水会通过皮肤上的毛孔，自动流入他干渴、皱缩的躯体似的，直使人感到清凉、沁人心肺。目光接触到张家父子放在他们面前的那一碗水一碗稀饭，他那干枯的喉头不知为什么竟然有了潮润、愉快的感觉。

不过，华子良立刻便意识到：不行，这不是个人的行动，而是全监狱一场集体的殊死斗争；没有得到华斯的通知以前，他们在牢房不能提前行动，自行复食。华子良想再次去敲击那墙壁上的罅隙时，却听见牢门外出现了极其轻微的步履声。一转眼，他就意外地看见了戴着深度近视眼镜的华斯身影。华斯步履艰难，摇摇晃晃，但仍然显得很倔强。他是那样瘦弱，整个人像变了形，要不是他那副眼镜，要不是他腋下惯常似乎挟着书的姿势，华子良差点认不出他来了。华斯默默地看了华子良一眼，那神情明显地是在招呼他、彭松山和熊树人。通知他们出去。

张家父子看见彭松山、华子良和熊树人都没有把身边的碗端起来，顿时不觉也把端在自己手上的碗放下了。

背向着牢门的张天顺，没有看见华斯的身影，但看见面前这几个人似乎没有丝毫要复食的表示，不禁叫了声："老彭！"父子俩竟扑通一声，双双跪倒在彭松山面前。张天顺一手端着一碗饭，一手端着一碗水，战战兢兢地向彭松山递去。

"老彭！你，你……不是说，我们斗争的目的是活着……只要敌人……，我们就……复食吗？"

"张大爷，你说得对，我们都这么讲过。"

张天顺似乎根本不相信彭松山这简单的答话，他直视着彭松山。彭松山嘴唇哆嗦着，却并不伸手去接他的碗。张天顺忽然老泪纵横，带着令人心碎的喑哑声，哭诉起来："老彭！你，你，不是早说过，共产党、红军……奋斗的目的，还不是为了大家要活下去，更好地活下去？……我们全家……不顾一切，掩护红军同志，还不是为了这个？……可现在，明明该吃东西的时候，你，你……偏偏不吃，……你，你，这哪里是在求生，是在寻死呀！"

张天顺哭诉着，拉了拉张小顺，边叩头，边向彭松山说："你就为了那些……为掩护你……早死去的人，我们父子求你：喝点水吧！"

"张大爷，您请起来！"两眼含泪的彭松山接过张家父子递给他的两只碗，父子俩才从地上站起来。他们又立即转过身，硬把盛满水和饭的碗递给了华子良和熊树人，然后才蹒跚地回到稻草堆边去。

张天顺父子的质朴感情和举动，使华子良不禁觉得：这也许是他们对这场斗争最恰当的评判了罢。斗争取得一定胜利，该到了歇息一下的时候了！要是再这么坚持下去，有多少人能支持得住呢？岂不是在削弱自己么？

带着一颗热乎乎的心，华子良跨出牢门，迎面便见一个服装整洁、挺胸直腰的人，正摇摇晃晃向他走来，似乎像一片落叶在随风飘荡。

这会是谁呢？

华子良定定神，看见一身质地优良的宽大军装，仿佛挂在干枯的树干上，显然是因为经过绝食绝水斗争，那一度魁伟的身材已十分消瘦了。从这套军装，从对方体态轮廓和脸上庄重的神情，华子良认出来了，站在面前的，是曾经见过多次的黄以声将军。

黄以声对华子良端详了好一会儿，突然问："你能替我捎带一句话么？"

"什么话？"

"适可而止。你不觉得，狱中这场斗争到了该适时收场的时候了吗？"黄以声说完，又摇摇晃晃往前走了。

黄以声将军居然也参加了绝食绝水斗争，这是华子良没有想到的。黄以声如此关心狱中这场斗争的发展，他更没有想到。黄以声的话在他耳畔久久萦绕。待他吃力地穿过小天井，看到天井旁那个敞厅里，东倒西歪地聚集着几十位眼睑深陷、嘴唇苍白、神情疲惫而不失刚强的男女，便知道这都是华斯通知来讨论狱中斗争决策的同志。

再向前走几步，华子良立刻又发现，他和彭松山、熊树人迟到了，华斯在那里召集的紧急会议似已结束。

华斯面带怒色地迎了过来，让彭松山、熊树人向敞厅走去，单把华子良拦在过道口。华斯捌了捌眼镜，用一种十分严厉的口气说："我该向你说什么呢，书记同志？你们来得这么晚，特支召集的紧急会议已经结束。会议认为，特支发动的绝食绝水斗争，取得了极大的成功！敌人已经根本动摇！因此，必须抓住这个极有利的时机，乘胜前进，坚持斗争，给敌人以更大的打击，迫使敌人接受允许自由阅读书报、自由通信，争取斗争的更大胜利！"

这番话，使华子良异常震惊。怎么这样快就作出了决定呢？经过充分的酝酿讨论吗？听取过群众的意见吗？考虑过实际存在的困难吗？

"华斯，"等对方讲完，华子良委婉地问道，"你不是说过我们要尽可能团结全体难友，才能取得斗争的胜利么？"

"你这是什么意思？"

"我是说,华斯——我们作出这个决定,认真考虑过群众现在的困难和情绪吗?"

"什么?群众的情绪?你说说,什么样的群众?"

"比如,黄以声、张天顺父子……"

"危险的右倾!"华斯一抬手打断了他,"同志,不要以为黄以声也参加了绝食绝水斗争,就放松警惕!你知道他是什么人吗?"

"什么人?"

"披上革命外衣的军阀,是最危险的敌人!"

"华斯,你总不能说张天顺父子……"

"难道你要我们当落后群众的尾巴,跟着他们的屁股转?你为什么不想想我们共产党人是干什么的?"华斯疑惑地盯着华子良,宣布道,"好了,现在不是辩论的时候,特支已经决定了。少数服从多数,个人服从组织。这起码的组织原则,你该懂得。你现在的任务,是无条件地执行!"

"问题是……"

华子良还想申诉自己的意见,却被华斯的愤慨压住了:"问题是,我竟没有看出你会这样右倾动摇,这样害怕敌人的高压政策,这样不相信斗志昂扬的群众会更紧密地和我们团结在一起!"

"华斯,你听我把话讲完!"

"你还有什么话讲?"华斯刚转身,听到华子良这话,又回过身来,显然很激动而又愤怒了,"在这个严重时刻,我们党决不允许有动摇分子!"他一挥手就宣布道:"华子良,你听着,特支决定。立刻,永远开除你的党籍!你走!"

华子良惊愕得一愣:"华斯,你——这怎么就能算是党的决定?"

可是,华斯根本不听华子良的抗辩,连声说:"你走!你走!不过,

191

我要警告你，如果你胆敢泄露党的秘密，我们就将严厉地处置你！"

"华斯！"

华子良还想申辩，但华斯已经摇摇晃晃地走了，那背影仿佛还在因愤怒而颤抖。

一种异样的痛苦陡地袭上心来，华子良只觉得眼花缭乱天旋地转。他连忙扶住墙，不使自己倒下去。过了许久，他才稳住了神，拖着沉重的双脚，偏偏倒倒地往回走。

见到华子良一回来就要倒下去，张家父子慌忙起来扶住了他。张天顺端起了一碗水递到了他的唇边。

模模糊糊地，华子良感到一阵透心的凉爽，像有一股清泉在滋润着他干枯的躯体。他睁开眼，看清了是张天顺端着一碗水在喂自己，不觉发出一声深沉的叹息。

过了好一会儿，熊树人跌跌撞撞地回来了。他一回来就扑倒在稻草堆上，这使华子良相信：他大约也碰到了同自己相似的厄运，被抛弃在斗争旋涡的中心之外了……

这公平么？——华子良痛苦地闭上了眼睛。

当华子良重新在迷糊中睁开眼睛的时候，浓重的夜色已浸进了牢狱。彭松山不知在什么时候，也回到牢房里来了。但他怎么也看不清彭松山的脸，无从揣度这个铁汉子的遭遇。

牢房里的空气是凝重的，只听得见一片嗡嗡的蚊虫声。仿佛在这个世界上，只有它们才能够自鸣得意。

有一缕月光射进了牢房来，蚊群、蛙群不再大喊大叫了。大约是午夜已过了吧？在这水乡酷暑季节最凉爽的时光，整个大地仿佛也安睡了。

就在这时候，有一股声浪在空中震荡。华子良仔细听，这声音其实很微弱，藕断丝连般时断时续，但在华子良听来，却像雷鸣般，像怒涛般的呐喊——

"敌人不接受全部条件，我们决不后退一步！"

"党犯错误了……党会完吗？不，党不会完，革命不会完！"

"也许，我们什么都看不见了。但我们坚信：革命一定会成功！"

"革命万岁！共产主义胜利万岁！"

华子良最后终于听出来了：这是华斯的声音。他好像是在向谁嘱咐，在向这个黑暗的世界告别。华子良感到一阵心痛，要是华斯还喊得出，唱得出的话，他一定会大声叫喊，高声唱出来的。但是在现在，他，可能还有和他在一起的同志们全动不得，喊不出来了。而且，华斯最后发出的声音也小得根本听不见了……

淡淡的月光更淡了。一切又归于寂静，寂静得令人窒息。

华子良不觉顿时热泪盈眶。他在南京码头、在沿着长江江岸戴镣翻山越岭时见到的华斯刚强形象，蓦地在他眼帘鲜明地浮现出来。伴随着这形象的出现，一种崇高的怀念之情，在他心中油然而生。他完全忘记了下午同华斯的争论，只觉得华斯仍无愧是一个勇敢、坚强的革命者，是值得永远记在自己心上的。

"勇敢的华斯和他坚强的战友们，已经走完了他们的路。可是，在这里，未来的路该怎样走？该怎样走才好呢？"倚在牢门口的华子良，凝望着黑夜，问着自己。

第十三章

一辆雪佛兰小轿车颠簸着,盘旋着,顺着蜿蜒狭窄的山间公路。下山,又上山,然后,又摇晃着,缓缓向山下驶去。

这辆车的主人斜靠在车的后窗边。他似乎对这车窗外老是崎岖曲折、起伏不定的山路早看够了,即使再颠簸摇晃,也引不起他的注意。他好像还是个闲不住的人,对手上拿着的那张薄薄的纸片,很有兴趣不时默默地念出声来。

"I am a boy."(我是一个男孩。)

"This is a book."(这是一本书。)

……

他每念一句,几乎都要停顿一下,去重复体会、纠正那过重的尾音。

这人戴一副深黑色宽边墨镜,几乎遮住了半张脸,额鼻倒显得红润饱满。笔挺的西装,认真学习的神态,使他俨然一个治学严谨的学者。短平头的发式,刮得精光的两颊,又活像一个精明的实业家。

其实,他既非学者,也非什么实业界人士,而是在本书早就出现过的神秘人物。他就是 Dr. 沈。他为什么要摘下惯常佩戴的黑面纱,而换上那副宽边墨镜?他为什么突然变成这么一副模样?这一切,自然只有他自己才知道。他本来就是唯有自己才知道自己的那种人。

其实，就在他专心朗读英语入门的这些简单语句时，他的脑海深处何尝不一再泛起那许多使他不得不如此变幻的波涛？

一切似乎都是从他在水乡创办那所"民族复兴学院"开始的。特务世界中人士，听了 Dr. 沈开办那所学院的详细构想，几乎没有一个人不对他深表赞许。不料，他只举行了一次开学典礼，连最起码的总理纪念周也没搞起来，很快就垮台了！对那些桀骜不驯的政治犯，他曾采取软硬皆施的策略，结果引发了一场绝食绝水斗争……迫使他作出了让步。然而，为时已晚，还是有那么几十个政治犯见他们的马克思去了……

Dr. 沈并不怜惜这些生命，但这件事却像幽灵似的总是缠住他，使他心神不定。这是他的失败、耻辱，极易引起特务世界中人士的议论，他不能只下令埋掉那几十具干枯的尸体便了事。这么多重要人犯死去，他不能不向上作出报告。为了掩盖自己的败绩，只好扯谎说：要不是抢救及时，可能全都会死于霍乱、疟疾……但他还是放心不下，又专程去武汉打探反应。幸而聚集在武汉的他的同行们，都因时局的激荡而各有所思，对水乡的这场风波根本就没有注意，这才似乎使他宽心了些。但在武汉，他听到的一些传闻，特别是他原在华北带领过的那批忠诚部下向他提出的种种忠告，却使他深为震惊了。

令他震惊的，不是武汉即将失守，日本人就要长驱直入这长江中游的重镇了。这早在他的预料之中，而且他也准备随蒋先生去西南开拓自己的疆土。真正令他惊恐的，是有人告以这样一个消息：蒋先生通过德国驻华大使陶德曼向日本人商讨和平事宜，是有意避开他的；就是蒋先生在香港和日本人秘密接触，也没通过他，而是借重外交部的高某……然而蒋先生恰又深知他——Dr. 沈明明和日本人有着许多关系……

对此，他只能作一个解释：不仅一贯蔑视他的戴某人，在暗中排斥他，连他侍奉为至高无上的领袖蒋先生似乎真有意要让他坐冷板凳了！

日军攻占武汉，蒋先生偏安西南之后，势必更亲英美。这格局对他——长期和德日特务势力合作的人物，极为不利；即使他原有的忠诚部属如何精诚团结，都不是戴某人的对手了。为今后计，最好的出路只有一条，老关系不宜断绝，但不妨投在戴某名下，也走走英美路线——这，也就是 Dr. 沈和他的忠诚部属几经商讨，才最后得出的结论。

尽管这也许只是权宜之计，但对他来说，自有其苦处。为了改弦更张，他开始学英语，但讲惯了德语尾音浊重的毛病，一时很难改正。也为了改弦更张，避免别人认出他来，他剪掉长发，推成现在这种小平头，还故意用一种南腔北调的声音讲话。他还作过一次试验，摘掉戴惯的黑面纱，经过一番化装，以军委会特别代表身份，亲自主持了"民族复兴学院"的开学典礼，居然没人认出他来，真使他欢喜若狂。从那时起，他就以现在这副模样出现在大庭广众之中了。

可惜，他太自信，差点儿在那水乡摔了一筋斗。所幸还活下一些人，但华子良、熊树人、尤玉生等辈，怎么没有像华斯那样同他硬斗？他又有些摸不着头脑。不过，他已意识到，不可急切从事了，也许还得花费更长的时间，采取更迂回曲折的策略，才能征服这些角色……

这时，出乎 Dr. 沈的意料，他刚对戴笠表示亲近，蒋先生就叫戴笠把一件极机密的重要任务交给了他：要他去贵州崇山峻岭选个地方，建立秘密基地；不仅水乡那座秘密监狱，还有那些囚禁重要人犯的绝密监狱也将同时迁去。戴笠甚至把绝密监狱囚禁者的姓名，以及种种特别警卫要求全部告诉了他。

Dr. 沈对于蒋先生和戴笠的信任，自然感恩不尽，立即遵命照办了。他乐于奔命，也有自己的打算。在他看来，依靠这个秘密基地，完全可以重新聚集、发展自己的实力，待机而起。

　　Dr. 沈在贵州群山峻岭间，悉心布置好了秘密基地的每一个部门，视察了每一所绝密牢监，又回来筹划了水乡监狱向贵州迁徙的措施，一切都安排停当了，他突然又惴惴不安起来。

　　这原因，还是在戴笠身上。

　　是的，戴笠已把筹建、管理秘密基地的权力，全让给了他，但从此以后，他岂不也会被禁锢在贵州的崇山峻岭之中么？那样，戴笠就会完全独揽对英美、对德意日，以及对别的势力的联络和运用大权，把他踩死在脚下！何况，即使让他管理基地，又焉知戴笠不会给他安上一两个钉子，或者制造一点不大不小的麻烦？

　　Dr. 沈觉得自己似乎上当了，但他却无力反抗。这不仅因为他明白，自己的力量同戴笠相比，实在太小太小，还因为他深知，在特务世界中，戴笠有一个任何人都无法与之抗衡的资本：东北军、西北军联合发动西安事变，将蒋先生扣留之后，唯有戴笠敢于只身前往西安求见领袖。戴笠在西安被张学良、杨虎城扣留，随着蒋先生的脱险，他简直成了一个英雄，更博得了蒋先生的特别信任。他 Dr. 沈能同戴笠抗衡么？

　　这次，动身之前，戴笠告诉他：蒋先生已决定把西安事变的罪魁张学良、杨虎城，也囚禁到贵州的秘密基地去，还警告：不许让任何人知道！当时，Dr. 沈只能对领袖的信任，表示万分感激。现在，坐在摇摇晃晃的小车上，他才感到仿佛落入了陷阱！

　　"呜——呜——"什么破卡车挡住了路，雪佛兰小轿车连连按响了刺耳的喇叭。坐在司机旁边的贴身警卫，探身出去大声喊叫让那破卡车让路，甚至掏出了手枪来威胁。这一切，似乎都没有引起坐在后座的 Dr. 沈的注意。他依旧一动不动地拿着那张纸片，一遍又一遍地读出声来，机械地纠正自己浊重的尾音——

"I am a boy."

"This is a book."

……

Dr. 沈一边读，内心深处又在发出一个轻微的声音：即使逆来也要顺受，只要把崇山峻岭中那片秘密基地经营出来了，难道还愁没有东山再起的机会么？得赶快掌握英语，要说得像德语那样流利，将来就好同戴某角逐了！

于是，他读得更慢，琢磨语音更认真了……

囚禁在水乡的囚徒们，对于 Dr. 沈之流的秘密策划，日本侵略军即将侵入水乡……全无知晓。他们还没从绝食绝水斗争的严重损伤中恢复过来，又突然被眼前出现的种种变化，弄得很迷惘了。

"民族复兴学院"举行开学典礼后才涂上的那些还没褪色的标语，一一被刮去了，这似乎还好理解；但天还不亮，人们就全被钉上沉重的铁镣，又被锁上十人一队的长铁链，押出了水乡那座祠堂大院，大家却不能不惊异了。

究竟发生了什么事？在他们经过的田间小道两旁，布满了荷枪实弹、杀气腾腾的岗哨。密密的林间空地上，那一个又一个挖得深深的大坑，难道会是为他们准备的么？

自从华斯他们牺牲以后，敌人一时没有什么动静，狱中的难友们一个也没有屈服。难道敌人要对他们进行最后报复了吗？

密密的林间静极了。华子良深深吸了一口多日不曾呼吸到的清新空气，心里生出一种庄严的感情，沉着地向大坑走去。

来到大坑边，华子良和同锁在一根长铁链上的难友们站定了。华子良把目光迎向黎明，忽然发现附近一条公路上停着许多卡车。脑子还没转过来，大群身材魁梧的特务一拥而上，将人们挟持着，迅速拖向卡车，塞进了车里。

一切仿佛全有极精密的计划。一辆卡车上，只要塞满了两条长铁链锁着的二十名囚犯，车篷就立刻被严严实实地蒙盖了起来。然后，这辆车就沙沙地开走了。

被塞进了卡车的华子良，和同车的人们一样，只感到卡车颠簸着，时而急驰，时而像喘息般在爬坡，但谁也猜不透卡车究竟开向何方。

直到几天以后，华子良都还处在朦胧迷糊状态之中，就像置身在茫茫雾海中航行的船上一样。然而，随着时间的推移，华子良毕竟发现了这特别车队的行动规律，每当要经过场镇的时候，特务必然要检查盖严一次车篷，并且对那个场镇实行特别戒严，每当经过大集镇或县城前，就提前宿营，让车上所有的人下车就地睡觉，直等到天黑，才在更深夜静时分驱赶人们上车，悄悄通过那些城镇。

尽管已经走了许多天，车队仍在向前赶路。不过，车队前进的方向终于被华子良判断出来了：是在向西行进。因为不管车篷盖得有多严实，卡车总是爬坡的多，这说明车队是在向高原方向走；而那遮不尽的夕阳，总是迎着车头照射而来，这就判断出是一直在向西爬行。

再过两天，车队越行越慢了，不是被别的车辆堵塞，就是被人群堵塞。公路上到处都可以听到各种语音的吵嚷声、哭叫声、咒骂声，好像有成群结队的人在向西流徙。每当车队被堵塞，武装特务就会高声叫喊："再靠近一步，就要开枪了！"常常又有不怕死的人回答："开枪吧！武汉都丢了，你们为啥不去打日本人？打我们这些难民，你打得完吗？"这时，华子良和难友们才知道了局势的严峻。

正因为这样，特务不得不把他们严密监视囚车的注意力转移去监视、防范那些扶老携幼的难民。而对囚车上的囚徒只有采取不断调整监视人员，和不断变换那一列十人的编队，来加以控制。

天色昏暗，车又停下来。因为竟日总是被封闭在那像蒸笼似的车上，又长久行车，一当停下车来，被赶到路旁，尽管脚上仍戴着沉重的脚镣，但一躺在几束稻草铺的宿营地上，闻到土地的芬芳气味，华子良还是感到一阵轻松。

夜色中，特务又变换了一次那一链十人的成员。

秋凉了。随着夜色越来越浓地笼罩着这似乎无比静谧的大地，一阵透骨的寒意使华子良不觉蜷缩了一下身子，碰到了躺在最边上的难友，感到一点难得的温暖。在这一瞬间，他觉得好像有人轻轻地在他背上拍了拍，转过头去，蓦然发现了竟是多时不曾见到的熊树人。

监视他们的特务，正在吆喝不知何时拥挤在宿营地旁的一群难民。这是极难得的交谈机会。华子良低声问：

"尤玉生也来了？"

熊树人没有回答。

星星，从漆黑深邃的夜空中悄悄地钻出来，照亮了熊树人沉思的脸庞。脸颊上明显地带着疲惫、饥饿和衰竭的痕迹，但他那双黑亮闪光的眼睛却似乎透过茫茫夜色，正向着很远的地方凝视。那神情使华子良意识到，熊树人此刻沉思的，不是押解途中种种折磨带来的痛苦，也不是对再也见不到在绝食绝水斗争中壮烈牺牲了的同志的深深怀念，一定还是那曾使他们长久烦恼过的问题在缠绕着他。

不错，一点不错，熊树人深思的正是那些问题。微微的夜风送进华子良耳膜里的那些断断续续的低语，就说明熊树人对那些问题已不知思索过多少遍了。

"中国共产党在将来的历史上，是会自行消亡的，但那是在它的历史使命结束以后。现在，它还远没有结束自己的历史使命。即使现在它真犯大错误，不存在了，为消灭民族压迫、阶级压迫，为结束人剥削人的社会制度的共产主义政党，一定还会在中国重建的……不是还有我们吗？我们！"

这答案，和华子良想的完全相同！顿时在他心中引起了强烈的共鸣，他感到难以描述的欢畅。

熊树人不再出声了。星光、黑夜，不知从何时起，似乎隐去了许多。淡淡的月光朦朦胧胧地映照着这不知名的、起起伏伏的山丘和路影。这冷清清的月光洒在他们身上，笼罩着熊树人严肃思索的面影。华子良忍不住悄声问：

"你还在想什么呀？"

"华斯。"

"他怎么啦？"

"我想了许久了，勇敢坚定的华斯，为什么会犯那么一种错误？"

"你是讲他在绝食绝水斗争中的独断专行，使那么多人不幸牺牲？"

"不，我想的不只是这一次，也不只是他一个人。"

"还有谁？"

"华斯早领导过我。直到现在，我对他还是钦佩的。决不因为他这一次宣布要永远开除我的党籍，我才想入非非。但这一次所付出的代价，却使我发现了，我所爱戴、我所尊敬的华斯，以及其他几位领导同志身上，仿佛全部沾染了一种名叫斗争狂的可怕病毒。"

"只图一时斗争的痛快，完全不顾成败。"

"他们平时很警惕，很讲究秘密斗争策略，可是，每逢到了革命纪念日，明明知道敌人早已在街头布下了陷阱，他们却总要不顾一切，命令同志们上街示威，举行纪念活动……结果，必然只会使许多同志遭到危险。我在敌人内部只要得知敌人的阴谋，总是向党报告的。可是结果，我又不得不一再冒着极大危险，去营救那些落入敌人陷阱的同志，但还是有不少好同志遭到摧残，甚至牺牲。当时，我就想过，这岂不是我们自己在削弱自己么？这一次，我又想，老是像华斯那样，不管客观形势和条件，总是头脑膨胀发热，好像斗争就是一切，总是为着斗争而斗争下去，革命会有胜利的希望么？"

哦，熊树人想得这么多，这么深刻。他严肃地思索这一切，正是为了今后在这里更好地进行战斗啊！

问题是该怎样在这样的条件下更好地进行战斗，而又不重犯过去的错误？华子良觉得，这也正是摆在自己面前的课题。

月光又隐进云层中去了，这被特务严密监视着的极其狭窄而又潮湿的地角，又显得昏暗起来。华子良正要同身边的战友，深入讨论他们共同思考的迫切问题时，就被一阵窸窸窣窣的声响打断了。

提着钥匙的特务押着几个人走了过来，又开始重新调整一列十人的囚徒队伍。熊树人又被带走了。华子良抬眼去寻熊树人的身影时，响起了急促的哨音，押解囚徒们登车的大批武装特务早已拥上前来，遮没了一切。

人们刚被押上车，还带着露气的篷布又严严实实地罩上了。车灯的白色光柱射向黑沉沉的山野，马达突突突地开始启动，车队又向前驶去。

这特别的车队按照它惯常的行动规律，时走时停，总是上坡多于下坡，总是迎着夕阳的方向在喘息……

尽管华子良还牵挂着许多再也见不到的人，尽管他仿佛觉得和熊树人还在那公路旁冰凉的土地上久久地沉思……但卡车一次又一次意外地停车，使他透过车篷的缝隙越来越多地看到了一些难以思议的事。

这些事总使他感到蹊跷，觉得似乎和他们车队的命运有关，因而越来越引起了他的注意。

好多次临时停车的原因，华子良一听那车外的动静，一见那公路上难民拥挤不堪的情景，他便完全理解了。面对前面一大段公路上拥塞着黑压压一片的难民群，无头无尾的马车、板车队伍，车队如果继续开行，必将陷进难民群的汪洋之中，谁也不敢说会出现什么局面。所以，可以理解，车队只得停在公路边，待机前行。

然而，至少有三次临时停车的原因，在华子良的记忆里，却完全不是这样。这三次临时停车，几乎每一次都使华子良感到蹊跷。

第一次，是卡车在一段盘山公路上爬行的时候，忽然在公路旁停了下来。卡车上的囚徒全被赶下车，被命令背向公路，依山而立。

尽管背向公路，华子良还是清楚看见了公路沿山蜿蜒盘旋而上的情景。盘山公路前方，没有市镇，没有塌方，没有任何堵塞的现象，连一个人影也没有。这超出常规的举动，自然引人注目。直到华子良在那里站得双腿酸麻时，才见一辆黑色轿车从山下驶来。那神秘的黑色轿车的窗口，还伸出一面深蓝色的小旗，在空中挥舞了两下，就又缩回了车窗。然后"嘀嘀"两声长鸣，便风驰电掣般地急驰而过。

这辆黑色轿车刚不见了踪影，山间又扬起一阵山鸣谷应似的车轮滚动的声浪。不一会儿，又有三辆黑色轿车、三辆卡车，沙沙地开了过来。

这又会是一个什么样的特别车队？轿车的车窗紧闭，黑色的窗帘遮掩住了车内的秘密。三辆敞篷大卡车，一辆堆满了皮箱书箱和种种行李什物，另二辆载满了全副武装的宪兵。可以猜想那些行李什物，可能属于坐在轿车上的人所有；两车武装宪兵显然是警卫小轿车上的人。问题是坐在那辆轿车上的人是谁？为什么有两卡车宪兵警卫？华子良就完全猜不透了。

第二次临时停车,是华子良他们乘坐的卡车正翻越上一处山垭口。他们又被驱下车,赶进公路旁一片干田里。刚刚站定,忽然"砰砰"两声枪响,华子良只觉眼前一亮,便看见阴暗的天空里闪现出了两道红色信号弹的闪光。接着,一辆棕色小轿车旋风般地从山下向垭口驶来。转眼就不见了,随着又是"砰砰"两声枪响,在空际闪现出两道绿色信号弹的闪光。华子良难以理解:这信号弹是为什么而发?它又和这辆棕色轿车的来去有什么关系?

那辆棕色轿车沿山而下,消失在雾沉沉的远方之后,又有一列特别的车队缓缓地从山下向垭口驶来。车队在公路上滚动的声浪,比前一个车队明显地粗野、响亮。一听就知道这车队比前一个车队的车辆更多。

近了。先是一辆满载武装宪兵的卡车在前面开路,接着是一辆灰色的小轿车驶过。后面又跟着两辆卡车,前一辆堆着箱笼杂物,后一辆又全是全副武装的宪兵。这列车队也叫华子良猜不透。

更令人奇怪的是,这列车队刚刚下山,特务们正吆喝囚徒登车的时候,忽然隐隐传来一阵飞机的轰鸣声。这轰鸣声一出现,很快就变成撼天震地般的隆隆巨响,向着这山垭口,向着人们头顶上猛压了下来。

"卧倒!立刻就地卧倒!"特务们嘶哑地呼叫着,一个个全匍匐在地上,还紧紧盯着被长铁链锁着的囚徒们,仿佛他们随时会连同锁链飞走似的。

胡乱卧倒在田里的人们,几乎都看清了从云层中俯冲出来的日本侵略军的三架轰炸机。正当大家都认为敌机会向如此高度密集在山垭口的人群和车辆扫射投弹的时候,它们却嚎叫着,越过山垭口,沿着公路前去的方向,猛扑而去!更使大家料不到的是,雾沉沉的公路远处上空,此刻忽然升起一颗绿色信号弹,敌机立即俯冲下去,一阵猛烈的爆炸跟着就在那雾沉沉的山弯里响了起来。由爆炸而起的闪光，使人一眼就看清了有辆卡车已被炸翻在山下的公路旁……

当然，这也只是转瞬即逝的事。爆炸掀起的尘土冲天而起，再加上笼罩着山峦的雾障，很快就遮住了山下的一切，什么也看不清了。不一会儿，那日本轰炸机群的轰隆声，也升入云层，渐渐远去，消失了。

华子良直感到纳闷：日本轰炸机群，为什么对那个特别车队那么感兴趣？那辆灰色小轿车上乘坐的是谁？

直到华子良他们再次被押上卡车，沿着那西去的公路缓缓向前驶去时，华子良从车篷罅隙中看见了那曾被日机轰炸过的山湾。除了那辆被炸翻的卡车残骸倒在路旁的旱田里，别的车辆都不见了。难道它们被炸成了齑粉？这似乎不可能！那么，它们竟安然无恙，早已向前驶去了？

第三次临时停车，则是在傍晚时分，在一处狭窄的岩边。照例，华子良他们全被赶下了车，排成了单行，面对陡峭的山岩站立着，视线只能碰着暗黑色的岩石。虽然可以听见车轮滚滚的声浪，可无法看见是些什么样的车辆。

"来了，又是他们。"

倒是看守特务的窃窃私语引起了正好站在拐弯处的华子良的注意，他偷偷侧目扫视，终于看见了三辆黑色轿车、三辆卡车在身后鱼贯而过。他觉得，这很像第一次临时停车见到的那列车队，但马上又怀疑起来：那车队不是早就走在前头去了，怎么会从后面赶上来呢？

这次临时停车还有一点跟前两次不同。前两次只要让过那车队，他们即上车继续西行。这一次车队过了很久，还是叫他们站在岩边，不许他们移动。直到天色暗淡下来，夜色已笼罩山岩之后，忽然看见许多车灯的白色光柱照亮了山岩，车轮在公路上滚动的声浪响彻夜空，华子良才明白，他们是在等待一列似乎很庞大的车队过去。

由于夜色笼罩，也许还因为看守特务也有些好奇，他们竟忘了监视囚徒，以致大家都回过头来望着那些车辆在眼前隆隆而过。每一辆车行到拐弯处速度都减缓了。这就使华子良看得清清楚楚：走在最前面的，原来是第二次临时停车时曾见过的那辆开路的棕色轿车，接着，是那辆显然逃脱了敌机轰炸的灰色轿车。因为路窄，灰色轿车行驶得特别慢，后面车灯强烈的光柱正好照射着它，使华子良居然还看见了车后坐着的三个人：一个是身穿长袍、神态坦然自若的长者，一个是披着长发、面目清秀的女人，还有一个不过十岁光景的孩子。那女人刚给长者披好衣服，又忙去抚摸孩子的手腕。令人惊奇的是，孩子手上竟铐着一副手铐！

华子良立刻认定：他们是一家人，全是囚徒！可是，他们是谁？为什么会遭到特务机关如此特别严密地看管？

这辆灰色轿车驶过去了。后面几辆卡车闪着灯，发出震耳欲聋的声浪，也从华子良身后驶过去了。

车队轰隆隆的声音远去了，完全不见了踪影。一直停立在黑夜中的华子良隐隐觉得，他们和那神秘的车队，可能都在奔赴一个地方，但无法知道，是谁在策划这意外的长途迁徙。他们将会被送到一个什么样的地方去。

夜深了。呼啸的山风，渐渐带上了更深的寒意。

夜鸦的叫声，使黑暗更显浓重。

所有被长铁链锁住的人们，终于又被赶上了车。从此之后，这特别的车队就不再停歇了，只是不分昼夜地一直向西开行。直到车篷被砭骨的山风吹开，华子良抬眼便见他们已来到一片云遮雾障的群山之中。车辆开动的喧嚣声刚刚减弱，一阵急促扳动枪栓的声音，伴着尖厉的

喊叫,震耳欲聋地在华子良的耳畔炸裂开来:

"口令!"

"什么口令?这里是……"

"行辕!"

"什么行辕?"

"行辕就是行辕嘛!——军事委员会蒋委员长行辕,你不知道?"

"对了。这就到了。"最后这一句呼喊,使一切喧嚣声全停歇下来了。

第十四章

　　十人一锁的长铁链被解除了，箍在脚胫上的铁镣也打开了，华子良不由认定：这云雾缭绕的群山之中，无疑是长期囚禁他们的秘密地方。

　　从此，华子良整天见到的，便是那满山满谷朦朦胧胧的雨和雾，是那制作得特别粗糙、斧痕斑斑的牢门。透过牢门、雨雾，可以隐约望见一个又一个尖尖的山头，以及更远一些黑黢黢的尖尖山影。想要看到云层中射出几缕阳光或月光，在这里，就只能被认为是幸运和奢望。也许，正因为这缘故，连日本飞机也忌讳这多山多雾的地域，害怕那像刀尖似的山峰，也不敢闯到这山间来。不是一天两天，华子良他们像被敌特机关遗忘了似的，被密封在这万山丛中了。

　　生活极其单调，可以说，每天都是昨天原封不动的翻版。照例，每人每天都只有两碗霉米饭，两碗盐水。每当浓雾迷漫的早上，或乌云低垂的黑夜，人们在这里总会听见鬼哭神嚎般扳动枪栓的音响，以及令人心悸的呼叫阿拉伯数字的声浪：

　　"225号，238号，256号……"

　　这里的人都懂得这些枯燥无味的数字的含义。它的每一个编号，实际上代表着一个活生生的人。只有管理囚犯名册的特务才知道，那个被叫作多少号的人的模样和真实姓名；这人死了，那编号就会传给另一个新来的人。

　　传说意大利法西斯头子墨索里尼的集中营设置在海里,华子良此刻亲眼看见:中国法西斯头目蒋介石的集中营,则深深地隐藏在山里和雾里。

　　从大雾弥漫、伸手不见五指的山里,华子良曾经无数次听见过杀气腾腾的喝叫声,"什么——瞎了眼睛,你胆敢闯到行辕里来!"也曾经无数次听见过苦苦的哀求声:"老爷,饶了我这一命吧……我家还有妻室老小呀!"……华子良怎么也打探不出来,这类事情的结局怎么样?这里,究竟是个什么地方?

　　许多日子过去了。华子良才从那些竟日板着一张凶横面孔的看守特务口里,从他们偶尔吐露出的只言片语中,以及从众多囚徒的传闻中,得知了一点消息,他们现在被囚禁的牢狱,原来是一座天主堂。牢狱墙壁上和屋檐口上褪了色的彩画,似乎可资证明。这天主堂的所在地,很难从一般的中国地图上找到。据说,它位于中国西南部万山丛中的一个名叫永靖镇的小镇上;说得更具体些,是在一个名叫白骨洞的山洞旁边。从那些尖尖的、到处都是溶洞的黑色山峰——这在广西、贵州山区特有的地貌来看,大约也是可信的。究竟在广西还是在贵州,又无从知道了。至于特务们口中每天叫喊的什么"行辕"这名称,则很可疑,看来很可能是掩护这一片秘密地方的代号。

　　开始,华子良就只了解这么一些简单的情况。年复一年过去以后,他对身边发生的事,似乎弄清了一些,但似乎又没有完全弄清,好似这山间的迷雾似的,总是朦朦胧胧,迷迷糊糊。

　　在这里,和华子良囚禁在一间牢房里的,只有一个名叫二二三号的人。这人眉毛特浓特黑,竟日就只盘膝而坐,不言不语,暗暗发笑。即使是在放风时,或者是在吞食牢饭的时候,也丝毫不改变他那暗暗发笑的独特神情。只有从牢房里偶尔见到几缕稀有的阳光或月光的时候，他才会站起来，缓缓地走到牢门口，一边久久地向外张望，一边叽叽咕咕，像在向谁诉说什么。直到许久以后，华子良才听清楚了他叽叽咕咕，只是在重复这么一句话："来，来，来！……老娘再陪你走一遭！"

然而，华子良整整听了两三个秋冬，也没弄清这话的意义，也不知道这疯疯癫癫的老头的来历和名姓。

如果同那囚禁过华子良的南京秘密监狱相比，这里倒并不算特别严密；它之所以极其秘密，也许全靠那无尽的山和雾的遮掩和阻隔。在它岗哨密布的围墙里面，华子良目光所及，几乎可以看到一切可见到的地方。牢门的木签子不但制作得很粗糙，而且钉得很稀，使人很容易向牢外远远近近的地方眺望。天主堂正殿前面的大坝，大坝两侧楼上和楼下的三十间牢房，以及大坝里直插云天的几棵柏树，他在白天全都看得清清楚楚。牢房与牢房之间的板壁，大部分是天主堂年久失修的旧板壁，到处都是罅隙，从这里也可以看到别的牢房。

按照常情，这可说是华子良他们越狱脱险的极好时机。然而在此时此地，无论是谁，都不曾想到这个最富有吸引力的行动。尽管这里那些稀疏的牢门和薄薄的板壁，似乎不用多大力气就可以砸开，但他们经过长久的迫害和折磨，连走路也感到艰难吃力，谁又有这等力气？

虽然，华子良能看清周围的环境，但是，除了张天顺父子之外，那些同他一道从南京解押来的难友，他却一个也没有看见。年复一年，他几乎每天都在想：他们在哪里呢？

这种思虑深深地折磨着他，使他一再痛苦地感到孤独。在押解途中，在公路旁那处冰凉的地角，他和熊树人严肃思索过的那许多设想，尽管十分令人神往，但孤零零一个人能有什么作为？不仅孤独，饥饿、严寒、风湿也在毁损他满是刑伤的躯体，严重的风湿侵蚀着他的手、脚，四肢几乎已不听使唤，渐渐地动不得了……

"也许，我已经走到生命的尽头了吧？"华子良有时觉得自己好像快要倒下去了。

然而，他怎么能倒下去呢？在他周围毕竟还有一个待他去认识的世界，还有着许多不知名姓，更不知来历的新难友。

他留心观察他们。有一个奇特的人引起了他的注意。这人的相貌活像一个戏曲中的黑头，不仅长着满脸浓密的胡须，而且，在他那宽阔的额头上和眉眼间还有着几块对称的黑色斑记。他穿一身黄色的破旧军服，总是背靠着墙壁，张开两手，两只脚掌在地上缓缓地移动。他显然是怕摔倒，才张开两手来保持身体的平衡。他移动的动作是那样缓慢、艰难，那僵直的左脚颤巍巍地先向左移动一点，顶多只有一寸半寸，待脚掌在地面踏稳了，才又挪动那僵直的颤巍巍的右脚，向左慢慢靠去。他每挪动一点距离，都得不断喘气，好像已耗尽了浑身的气力。

这个人的行动太奇特了。华子良几乎每天都要见到他这样靠着墙壁，一点一点地移动。

华子良很快就看出来了，他是由于残酷的刑罚，由于牢狱的特别潮湿，腰和腿早已出了毛病：腰直不起来，腿也不听使唤。但他似乎不甘心就这么不死不活地瘫倒在牢狱里；他想要站立起来，重新学会走路！

这是一个极坚强的人，一个用特殊材料铸成的人！为了重新站起来，他准备忍受一切痛苦，付出任何昂贵的代价！

华子良深深震动了，只觉得眼前闪出了一片夺目的亮光。

是的，人，不能让自己的生命无声无息地悄悄逝去；活着，就得战斗！

每天早上，当特务呼叫囚徒编号的声浪刚刚过去，牢门一落下了锁，这位想战胜瘫痪的陌生难友，就以非凡的努力，扶着墙站立起来，开始他顽强的战斗了！

每天早上，这个奇特的人刚刚倚墙立定，似乎总要向远处眺望许久，默默地沉思许久。

他在眺望什么？思索什么？华子良注意到那人的神情，很想揭开那秘密。

华子良同那人不在一间牢房，但感到有种力量在推动自己。每当见到那人开始锻炼时，华子良也开始仿照他的动作进行锻炼。每当那人向远处眺望时，华子良也不觉顺着相同的方向凝神望去。许多天过去了，华子良发觉，自己几乎不听使唤的手脚，仿佛灵活了些；但他向远处眺望的结果，却没有任何特别的发现。视力所及，除了遥远的黑黑的尖尖山之外，就只有雨和雾，一片被乌黑的云天遮没了的世界。

有一天，华子良忽然听见牢狱里传来了一声轻轻的欢呼："花脸张，看，太阳石那边……"这瞬间即逝的音波，立刻引起了华子良的注意。

哦，那个坚持锻炼的人早把头从风门口伸了出来，凝视着遥远的什么地方。

"那人莫非就叫花脸张么？"华子良想，"太阳石又是指什么？在这样一个只有雨雾和乌云，昏暗笼罩一切的世界里，怎么可能还会有那么一个令人神往的名字？"他带着一种疑信参半的情绪，不觉也把头从风门口伸了出去。

哦，阳光！真正的，一缕缕金色的阳光穿云破雾，照射进这昏暗世界来了！这一缕缕金色的阳光穿过浓云密雾时，还折射出一层又一层斑斓的光圈！远处，在明亮的阳光下，那黑黑的山尖忽然现出一块水淋淋、光滑似玉的巨石，折射着令人目眩的光泽！

哦，那也许就是人们为之欢呼的太阳石？华子良不敢就这么肯定。

但他终于明白了，那个竟日倚在墙壁上刻苦锻炼的难友——花脸张，每天凝神眺望的，正是那块太阳石。

天长日久，华子良便观察到，那太阳石还有着许多神奇之处。应该说，它真是名不虚传。尽管这里竟日云遮雾罩，即使在白昼，也极难叫人分清早晚，但只要你仔细看那太阳石，也就大致可以估计到现在该是什么时分了。这也许是因为那里地势特高，哪怕没有阳光，每到中午，太阳石总是明显地比任何地方都亮……

日久天长，华子良还发现，那经常云遮雾绕的太阳石，那光滑似玉的表面，似乎并非自然天成的，而是人工磨出来的。那么，是谁琢磨出来的呢？他更加留意观察。无论是日出的时候，还是雷鸣电闪的时候，也不是经过一次两次，而是经过许多次，他终于隐隐约约看见了，在那黑黑的尖尖山，有一处更狭窄更秘密的牢狱，还囚禁着一个人！这人也许就住在那太阳石旁的什么山洞里，但他却可以自由地在太阳石上爬来爬去。有一次，电闪的光亮勾出了这人的轮廓，他似乎戴着铁镣在太阳石上爬动。大概，就是那铁镣磨光了巨石，还带出一条条深深的槽口吧？

显然，这不管刮风下雨，不论春夏秋冬，总在那太阳石上顽强爬行的人，是一个意志力极坚强，敢于在绝境中搏斗的勇士！这样的人，会成为那位和瘫痪作斗争的难友学习和崇敬的榜样，华子良是完全能够理解的。同时，也引起了华子良的反省和沉思。

"喏，你不是决心坚持到底么？哪怕就只是你一个人，也坚决干下去么？怎么，你竟在黑暗世界面前冒出那样一种灰暗的情绪？你同那无畏的勇士差得太远了！"

那在太阳石上爬行的勇士，究竟是谁？他顽强不懈地奋斗，又是为了什么？这一切，尽管华子良也知道，一时不会有答案，但他期待着。

这种期待给他以生命的活力，使他时刻留意捕捉这个秘密世界的任何微妙变化。

在这终日被迷雾笼罩的狭窄天地里，似乎就只有张天顺父子才享有某种特别的自由。送水送牢饭之类的琐事，看守特务懒得动，就叫张天顺父子代劳。日子久了，两父子仿佛竟成了这里专门送水送牢饭的苦力，居然有了在这秘密世界里自由来去的某种权利。只要他们提着水，提着牢饭，无论走到哪里，看守特务也都不予干涉。

于是，华子良的目光总是追寻着张天顺父子的踪影，希望从他们那里获取新的讯息，以增添自己对这难以捉摸的世界的了解。

张氏父子经常在天主堂正殿前停留，那动作和神情好像在暗示华子良：正殿后面有牢房。华子良早就听到，每当更深夜静，那里常常传出一个咿咿呀呀的童音在哼唱："正月里来是新春，家家户户点红灯……"他便猜到那里囚着特别令人同情的什么囚犯，很想亲自去观察一番。

这一天，正轮到华子良放风，恰巧张氏父子又在正殿前歇息。华子良漫步过去，不用任何语言，张氏父子似乎就懂得了他的心意。张天顺朝他使个眼色，便让华子良穿进正殿，两父子若无其事地坐在门口替他望风。

绕过正殿的神案，华子良便发现了一道圆门。一堵高墙紧紧围着后院四五间牢房，隐约可见一些妇女的身影。华子良在弄清这后院是女牢房之后，不便细看，便想悄悄折身退出去。

"是你？"一个谨慎的女声从圆门侧边传了出来。

谁？华子良一愣，转过头去竟看见了许久不曾见面的尤玉生！她伫立在圆门内侧，脸色苍白，一对又大又黑的眼睛也闪着惊喜的光。她大约正想去窥探正殿外的景象吧，却意想不到碰见了华子良。她一闪身出了圆门。

圆门后面有一扇木屏风，恰好遮住了后院，使后院的人看不见他们站立的地点。木屏风侧面的石阶上，还坐着一个梳一对辫子约莫十二三岁的小姑娘。小姑娘一见尤玉生似乎想同华子良谈什么，机灵的大眼睛眨了几下，便掉头张望后院去了，而且还轻声哼起什么歌来。

这小难友机灵的神态，蓦地勾起了华子良几年前在武汉和施飘萍相逢的记忆。这小姑娘的神情就有点同施飘萍相似，只是她比施飘萍小多了，而她那枯黄的毛发，仿佛又在诉说她经历过多少苦难！

"看见熊树人没有？"华子良沉默了一会儿，才问。

尤玉生神色黯然地摇摇头。华子良只得告诉她："来这里途中，我们有一次还被锁在一条长铁链上。他现在哪里知道么？"

"不知道。我们一直被隔离关押，几乎完全隔绝，什么事情都不知道。"尤玉生说，又转眼去望那个坐在木屏风旁边替他们望风的小姑娘。"她叫小华，你注意看看她！打听一下，在你们男牢房里，有没有那样一位相貌和她相似，成天叨念着他女儿的人？"

华子良再看看那小难友，怎么也想不出有谁和这姑娘的面貌相似。他忍不住问尤玉生："她向你讲过什么？她知道她父亲确实关在男牢房吗？"

"她不知道她父亲关在哪里，她只相信她父亲还活着。"尤玉生说，"别看她现在这副机灵透了的模样。她说，刚跟着她父母被捕的时候，她可害怕极了！她看见了一切，吓得就只会哭，只会流眼泪，什么话也讲不出来。我问过多次她才断断续续讲出那可怕的情景：敌特把她父亲倒吊在屋梁上，又在屋里点燃了七只火炉，每只火炉上放置了一口平锅。平锅烧红了，那帮法西斯匪徒突然抓住她和她妈妈，道：'现在，你该讲了罢？不讲，也行，不是你，就是让你女儿，给我在这七口平锅上走一遭！'走一遭？——好，老娘就陪你走一遭！小华的妈妈推开敌特抓住小华的手，挺身站了起来，赤着一双小脚，径自走上踏板，踏上了红得发亮的平锅，每走一步便发出一阵'嗞嗞嗞'的响声。小华吓得不敢再看，只听见特务像发疯一般嚎叫：'你、你、你，敢给我再走一遭！'炉火被扇得更旺了。小华妈妈忽地大声喝道：'来来，来！……老娘就再陪你走一遭！'后来，小华看见她妈妈栽倒在那七口平锅上，被活活烧死了！"

"这么说，"华子良不觉脱口而出，"小华该是他的女儿了。"

"谁？"

"现在和我同囚在一间牢房里的难友。他成天就只叨念着一句话：'来，来，来……老娘再陪你走一遭！'"

直到这时，华子良注意到那老头和小华的相貌确有相似之处。只是由于长时间的折磨，那疯疯癫癫的老头的面目明显地变形了。要不是尤玉生讲出这许多细节，他怎么也难以想象那老头一家会有这样悲惨的遭遇！

起风了。山间的风发出阴森恐怖的啸声，使人毛骨悚然。

傍晚时分，风停了。华子良从牢门口望出去，只见这被无数黑色的尖尖山包围的天主堂上空，凝聚起巨大的黑色云块，天地一片昏暗。空气闷极了。一派山雨欲来的气势。但是，一直不见下雨。人们在这狭窄世界所能见到的，只是那天空浓厚乌黑的云层还在凝聚，还在加厚，压着整个大地！

到了半夜，终至酿成了空前的大暴雨！那撼天震地的暴雨挟着雷鸣，呼啸着，发出"铛铛"的击打声，击毁了山林击毁了屋瓦，使这狭窄世界的一切，都无法逃脱它强有力的打击！天主堂所有的房舍，全都"嘀嘀嗒嗒"漏雨了。狂风，雷霆，暴雨，仿佛立刻就要摧毁这个黑暗的世界！

蓦地，一道雪亮的闪电，使华子良又看到了太阳石，看到了那个戴着重镣在太阳石上爬行的人！

这样大的暴风雨，他在哪里做什么？

接连不断的闪电，展现了一幅动人心魄的图景。

哦，那个被隔绝在悬崖上的难友，并不只是在太阳石上终年刻苦锻炼自己，他还在顽强地磨损脚上的铁镣！他要挣脱所有的锁链！

"轰隆！"——一声巨响，雷鸣像在为他欢呼，在闪电中他忽然站起来了，高举起双手像在庆祝自己的胜利！他蓦地一折身，向悬崖下纵身跃去！

太阳石依然在暴风雨中屹立，却再也见不着那个铮铮铁汉了！华子良衷心地为他庆幸，祝愿他真能冲出重围，远走高飞！

雷鸣电闪停了，暴雨终于也停歇了。

不知过了多久，也不知从什么地方，隐隐传来一阵惊慌的人声、犬吠声，打破了暴风雨后的宁静。

没有云，也没有雨，哪还会有电闪？不，不是电闪，是一群摇晃着火把的特务拥进天主堂来了！

"225号，238号，256号……"特务呼唤人们代号的声音明显带着惊惶不定，而且，每有人应声，掌管名册的特务总要移过火把，凑近审视一番。

华子良立即意识到，这里出了惊天动地的大变故；最大的可能就是，敌特已经发现他们囚在太阳石上的人逃跑了！

天亮了。天主堂里异常沉静，使人感到一种捉摸不定的气氛。

惯常的抬送牢饭的时候早到了，尽管张天顺父子也早出牢房去了，天主堂里却一点也没有要送牢饭的样子。张天顺父子被叫到哪里去了？这是不是和昨晚发生的事情有关？

直等到半下午，人们才看见张天顺父子疲惫不堪，神情恍惚地来给各个牢房送水送饭。

轮到把牢饭最后送到华子良的牢房门前时，张氏父子似乎再也走不动，一点力气也没有了。他们把扁担横放在华子良牢门前的地上，倚着墙壁就在扁担上坐了下来。

华子良注意到值班看守特务正在远处吆喝，便悄声探问："出了什么事？"

张天顺看了华子良一眼，把嘴闭得更紧了。隔了好一会儿，才嘟哝道："还会有什么好事？还不是太阳石上那人……"

"那人怎么样？"

"没有跑脱。"

"真的？"华子良感到有些意外了。

"他挣断了铁镣，跳下崖，跑了很远。他本来该跑得脱的……"

"为什么又没有跑脱？"

"他只是一个人。又不熟悉路径。他不知道这里面有多宽，还有多少警戒、暗哨。"

"他跑了多远？"

"听说，他顺着一条小路一口气跑了十几里。他绕过了许多暗哨。最后，他被一层电网拦住了！"

"他该不会是……"

"敌人喂的狼狗追上来了，他不愿被敌人抓回来，纵身一跳，扑上了电网……"

"张天顺，"华子良的手抓紧了牢门，颤声问，"你怎么知道得这么详细？"

"我父子刚才出去，就是为这事。"

"你看见了他?"

"敌人把他的尸体拖回来了,放在隔壁做纸烟那个牢房示众!"

"隔壁院是做纸烟的牢房?"

"特务现在抽的那些纸烟,就是那里做的。听说,还销到大后方的许多城市去赚钱咧。"

"敌人为什么让你们去?"

"叫我们去替他们挖坑,掩埋尸体呀。"

张天顺父子垂着头,摇摇晃晃拖着扁担,走远了。华子良还站立在牢门前,望着隐没在云雾中的太阳石,陷入了沉思。

"一个人也要干,坚决地干到底!"华子良深深悼念着那不知名的难友,只觉得久久地难以平静。那难友奋斗不息的精神,像在他心里播下了种子,一定要让它开出花结出果来!

……

又一个难得见到阳光的早上,华子良忽然惊喜地发现:那个竟日背靠着墙壁,张开双手,一点点移步的人,居然收拢了双手,离开墙壁,向前迈开了脚步!他的整个面部表情是那样庄重,他的目光久久地凝视着远方,又落在了刚从云雾中闪现的太阳石上!

循着这人庄重的目光望去,太阳石下,在左侧一丛浓密的树林中,似乎隐藏着一条崎岖的小路。他记起来了,张天顺告诉过他,那个不知名的难友就是顺着那条小路跑的。张天顺还曾谈起,小路那边就是有名的白骨洞,传说洞很深,特务曾在那里残杀过许多人;顺着那条崎岖小路往下走,就可以走到做纸烟的牢房了。

罕见的阳光,使那条小路仿佛在闪闪发光。

是谁——背负着像小山似的庞然大物,正沿着那崎岖小路往下走?

那庞然大物,是做纸烟牢房里需要的烟叶?不对呀,谁背得了那么多烟叶？

哦，不是一个人，而是许多人，一个接一个，都背负着同样的庞然大物，黑压压地在那同一条小路，向同一方向，缓缓前行。

阳光下，那些东西在闪闪发亮，像是稻草，蓬松的稻草把背负它的人的全身都遮没了……

哦，怎么还布满了岗哨？是监视那些背负稻草的人？还是有什么重要人物出巡？或者，难道这特别世界又将出现什么重大变故？

小路上的人影渐渐近了，可以听到无所顾忌的欢笑声，和叽里呱啦的谈话声。蓦地，有几句华子良听不懂的话随风飘了过来，"OK！"（"对！"）"Very good！"（"很好！"）华子良感到非常惊异：难道有外国人到这里来了？他们来干什么？

果然，那若隐若现的崎岖小路上，有人从树影中走了出来。不是一个人，而是许多人，其中有着三五个中等身材穿着外国军装、神情非常随便的外国人！这些人沿着崎岖山路，一会儿走，一会儿停下来指东指西地同身边的中国军人交谈。走走停停，转瞬间又消失在树林深处去了，再也没有露出来。

罕见的阳光消失了，雾气又开始弥散。那些在崎岖小路上不停地搬运稻草的人，也渐渐消失了，看不见了。

华子良心里，也像在扩散着一团雾。

不几天以后，天主堂正殿里，四边的阶沿上，都堆满了从那小路上运进来的不知作何用途的稻草。

哦，远处那隐匿在云雾中的尖尖山影，一夜之间竟变成了白色。也许，只是因为到处都堆满了稻草，遮挡住了寒风的侵袭，人们才没有像往常下雪天那样感到瑟缩。

堆积的稻草太多，这自然不能不使人担心由此可能引起的灾害。

特务机关似乎也注意到了这一点，一夜之间，"千万谨防火灾！"的标语，就贴满了整个天主堂。

严冬的深夜，被稻草堆重重包围的牢房，黑极了，冷极了。尽管堆积有那么多稻草，但毕竟和人的距离太远，一点也给不了人以任何温暖。

当风雪在中国西南这个神秘的山区肆虐的时候，全世界的战火却正在四处蔓延。日本侵略军在突然偷袭珍珠港得手之后，他们的铁蹄眼看就要踏遍整个东南亚了！

这一切，是禁锢在这秘密世界里的人们根本不知道的。他们也不可能知道外间的风云突变，会给他们带来些什么……

"噼噼啪啪……"远方，传来了稀疏的鞭炮声。依偎在火炉旁边，醉意朦胧的看守特务惊慌地扳动着枪栓。风声鹤唳。一会儿，他们又不禁自我嘲笑起来："哦，他妈的，又过年了，这鬼地方！"

"噼噼啪啪……"这声音在继续炸响。华子良惊觉起来。他刚听见一声惊呼："不好了，失火了！"便见一片火光忽地冲天而起，把黑夜照得如同白昼一般。

"不好了，失火了！"到处是一片惊呼声。火光中，一大群武装特务正跑步向牢房拥来。华子良刚看清火势最猛的地方，就是张天顺讲的那处做纸烟的牢房，他们已经被特务们分割包围了。牢门一打开，特务们就冲进来，抓住每一个囚徒，拖了出去。

"快！快！前面垭口集合！"看守特务在嘶哑地呼喊。

华子良被两个特务紧紧挟持着，高一脚低一脚地向外奔跑。不一会儿，他和所有的囚徒都被拖到了半山腰的一处空地上。回头向天主堂望去，只见熊熊大火正扑向那座古老的建筑，到处可以听到人嘶马叫。华子良和难友们还来不及看到水靖镇这场突然的大火是否可能被扑灭，他们又被特务们挟持着，拖向远离火场的去处了。

穿过一片浓密的松林，覆盖大地的白雪呈现出一片广阔的浅丘地貌。在起伏不平的地貌上，耸立着黑黝黝的几座瓦房大院。疏疏落落的点点灯火，像鬼眼般地眨动，使人感到一种莫名的神秘。

"快走，快点走呀！阳朗坝那边，不是什么都给大家准备好了吗？"

从不透露所在地名的特务，一再催促叫喊。华子良更感蹊跷：这帮家伙真是惊慌失措了吗？

第十五章

　　第二天。当朦胧的夜色完全逝去,华子良又习惯地伫立在牢门口向外探视,眼前出现了一个完全陌生的世界。

　　几座像是山间大户人家瓦房大院改建的牢房,看来不是一天两天仓促建成的,应该早在天主堂那场奇怪的火灾之前许久就建成了。它不像天主堂那样阴森、冷寂,有点像隐匿在水乡那座秘密监狱的氛围。它的墙壁上也涂写着什么"礼义廉耻""忠孝仁爱信义和平"之类的标语,但毕竟又和水乡那环境大不相同。

　　这个也许就叫阳朗坝的地方,尽管和华子良几乎被囚三年多的永靖镇天主堂相距不过数里之遥,也同样处在万山丛中,但因为四周没有那么近那么多逼人的山岩,阳光自然比永靖镇明朗得多,飘浮到这一带来的雾,也似乎比永靖镇淡薄。自然,就大环境而论,其实和永靖镇也没有太大的差别,几里之外,到处是绵延不断的尖尖的黑色山影,但这里的视野毕竟比永靖镇宽广多了。

　　晃眼看去,这几座瓦房大院改建成的牢狱是紧紧连在一起的。注目细看,除了屋瓦相连,实际上又各自分开,可以自成体系。这几座瓦房大院之间都筑有围墙,围墙外则是一片连绵不断的深水田,田坎上耸立着一座座四面都露出黑洞洞枪口的碉堡;再往前,那一片开阔的梯田之外，便是和那云雾相连的山影了，再也看不清那里隐藏着什么秘密。

在这样的环境下，即使有人侥幸越过了围墙，要想进一步越过那一片毫无隐蔽的水田地带，那是很难的。

日复一日，华子良反复观察，越觉得自己仿佛像来自另一个星球上的人一样，对这里的一切既熟悉，又十分陌生；既理解，又难以捉摸。它太复杂了，总是使人迷惘，使人眼花缭乱。首先表现在生活的节奏上，似乎是那样紧张，又好像不慌不忙，异常地平和、缓慢。这也表现在人们的面容、神态和举止上，所有的人都有着常人的种种形态，又似乎有更多不同于常人的形态；他们的面容大都显得很苍老，即使是年轻人，也带一副木然、痴呆的模样。人们的衣着是那样单调，许多人都穿着军装，俨然一座军人监狱；又似乎是那样复杂，几乎什么样的服装在这里都有人穿戴。长久的特殊生活环境，似乎使许多人不会讲话了，实际上他们依然随时都在讲话，不同的只是，他们多半习惯于用眼睛去观察一切，表达一切……

从南京、水乡、天主堂来的熊树人、尤玉生、彭松山、张天顺父子等人，华子良都远远地看见了。他们的眼睛都表示出，他们也看见了他。熊树人的眼睛似乎还向他叮咛了一句话："注意，积聚力量……"尽管他也给了对方表示赞同的一瞥，他却不知道该怎样去认识这里形形色色的人物，怎么去积聚力量？

院坝里出现了一对抱着一个小男孩的中年夫妇。男的穿一身质地较好的西装，戴着一副咖啡色框的眼镜，颇有学者风度。女的穿一身长旗袍，眼里总是流露出一点犹疑不定的光波。他们的注意力总是关注着怀中的小男孩。那小男孩有着一个大大的头，眉清目秀，两眼亮晶晶的，十分逗人喜爱，可是，整个身体太纤细了，和头的大小不成比例。那小男孩老想下地走路，他妈妈把他放在地上，他刚挣扎着要向前走，便扑地倒了下去……

傍晚时分，一大群一大群扛着木箱、竹箱的特务又突然闯进这奇特的世界。可能是那些箱子过于沉重，一口竹箱摔在地上，裂开了。人们一下看见散落在地上的全是书，很像是从外面抄来的书。

院坝里，瓦房大院之间的通道上，不时还出现几个高鼻梁、黄头发、白皮肤的外国人。那趾高气扬的神情，说明他们绝不是被囚在这里的洋人，而是可以在这里自由出入的具有特殊身份的人。

这些特殊的外国人究竟因何而来？敌特机关在外面抄来的书没有焚烧掉，悄悄运进偏僻山间，又是为了什么？特别是在敌特防范如此严密的地方，看守特务的脸上为什么还会一改常态，竟常露笑容？何以伙食也有了改善，所有牢房似乎全忘了上锁？

这一切，都使人感到费解，难以猜测。

直到服饰讲究的军委会全权代表突然兴致勃勃露面，才似乎揭开了这神秘帷幕的一角。军委会代表宣布：鉴于大家身体极度困乏，他本人极表同情。经请示上峰批准，他为大家争得了参加各种生产劳动的自由，还允许每人有三天时间从容选择。接着，他还宣布了改革监狱管理的新制度：凡参加生产劳动的人员，无论是从事印刷、排字、制作或修缮等工种的人员，今后一律称为休养人；休养人一律不戴镣铐，房门一律不上锁……

华子良认定：这个多时不露面的军委会全权代表所讲的一切，必然和特务机关正策划着的新的计谋有关；他公开宣布的，只不过是一种烟幕罢了。

然而，想不到这一切竟成了事实，几乎是令人难以相信的事实。那曾经长久伴随着囚徒的沉重镣铐果真卸掉了，所有牢门的锁也被拿走了。尽管还可以听到围墙外面不断传来此起彼伏的竹梆声,到处都隐藏着特务监视的眼睛,但所有的牢门都敞开了,露出了阴森森的门洞。竟日望着这一个又一个阴森、黑黑的门洞,华子良觉得像缺少了什么,又像多了一点什么似的,使这神秘的世界变得好像有些"反常"了。

最使华子良感到不习惯、不自然的,是特务不再呼叫囚徒们的编号,而直呼姓名。虽然,他由此知道了许多人的姓名,比如,那一对抱着个小男孩的是宋绮云夫妇,那还不会走路的小孩名叫宋振中,又叫小萝卜头……但华子良总觉得这些变化背后,还隐藏着什么没有揭开的谜。

只有一点,华子良倒觉得这是一种可以理解的正常现象,那就是:那位全权代表曾宣布,每个囚徒都有三天时间,以便从容选择参加何种生产劳动的自由,实际上,任何人都没有被准许自由选择,便无一例外地强迫列入了他们的生产劳动机构和休养人名单。华子良便是这样,不由分说地被编进了修缮组,和几十个从不相识的难友一道,参加房屋修缮和种菜的苦役。

由于参加修缮组劳动,华子良从自己狭小的牢房走了出来,看到了几座瓦房大院的许多地方,还看到了许多过去看不见的东西。比如,他曾经看见特务搬运了许多书来,现在就看到这些书原来堆在两间房门紧闭的瓦屋里,门上还贴了一张封条。再有,他过去只能远远看见彭松山、熊树人、尤玉生这些人,现在可以就近看见他们了,当然不能随意交谈,但他总觉得远近观察的差异竟是这样的不同!

远看彭松山、熊树人,他们仿佛全是老样子,近看却一个个全显得枯瘦、苍老多了,只是他们身上依然留有他们各自的特征。熊树人依然像几年前一样,总是冷冷地观察和思考着一切。熊树人还躲过敌人的监视,悄悄告诉他,那从太阳石上跳崖逃走的人,是他早就认识的大胡子。华子良听了十分震动,深深怀念这位已牺牲了的战友,甚至总是觉得，大胡子并没有牺牲，无比坚强的他早已冲出重围，脱离了险境……彭松山的变化特别大，两鬓露出了雪白的发丝，但两眼还像过去那样炯炯有神，光芒四射。只是华子良不明白，对方眼神里为什么总是残留着一点难以揣测的特殊意味。华子良自信他决不会认错人，此刻出现在他面前的正是他记忆中的彭松山！在水乡绝食绝水取得胜利的那个夜晚，彭松山最后还是坚决服从了华斯。华斯他们牺牲了，彭松山没有死。突然迁徙的那个黑夜，他们分手了，几年未能见面。此刻，彭松山对他那种似相识又似不相识的神态，使华子良怀疑：是不是水乡那次特别惨重的变故，使他坚强无比的性格发生了某种错乱？

其实，长久而又折磨人的监狱生活，也改变了华子良的性格。他已养成了一种细致地观察和思考一切的习惯：只要某些事物一旦在他眼前浮现出来，他便总是想去窥探那隐匿在表象背后的东西；他在留神人们衣着、神态的同时，更注意与此相关的许多更为深刻的细微末节。这使他一到修缮组，就注意到了许多复杂的情况。

刚编入修缮组，可以在大院里走动，华子良就注意到囚犯中有许多人穿着一式的国民党军装，他们的帽檐上已取掉了青天白日帽徽，却还留着清晰的圆形迹印。其实这些人的来历各不相同：有的来自地方部队，如西北军、东北军；有的来自国民党中央嫡系部队；也有据说来自当年红军改编的新四军，被当局视为洪水猛兽的人士；甚至还有蒋介石身边具有各种特殊身份的高级人物。真是五花八门。而在修缮组里，却有两个不穿军装的人物，华子良一同他们接触，就感到不同一般，很可能是军界中的特殊人士。

这二人中最引人注目的一个，名叫何路通。他穿一身铁灰色细呢面料长皮袍，两只宽大的掌心各把玩着两个锃亮的铁弹子，不断发出铛铛之声。他那目空一切的眼光，总是昂起的头，笔挺的腰板，以及经常仰天狂笑的神态，都使人觉得此人酷似曾经飞黄腾达、不可一世地带过千军万马似的角色。还有一点，也可证明此人绝非寻常之辈。何路通虽名列修缮组，却只是到修缮组看看而已。他的唯一任务和癖好似乎就是东游西逛，逢人便与人相面。特务当局给他的唯一约束，仿佛仅是不让他走出这几座瓦房大院之外，甚至看守特务见到他，还要点头致意呢。

对这样一个颇具威胁性的神秘人物，华子良自然不能不特别注意和小心。

这二人中的另一人，在看守特务中也颇神气，但没有何路通那等威风，他名叫刘厚。尽管他穿着一身质地极好的藏青色厚呢大衣，手腕间不时还露出一只光彩夺目的金表，但，或许是由于此人那像锅底似墨黑的一副平庸嘴脸，或许是他那仿佛总是歪斜下垂的眼角，以致无论在看守特务面前，还是在难友们面前，他的穿着都无法遮掩那种既桀骜不驯又卑鄙乞怜的下流气味。

委琐，总是带着卑躬屈膝气味的刘厚，偏偏又喜欢挺直胸，大步走路，这就使他那身厚呢大衣总显得太小，包不住他那壮实的身躯，仿佛是从别人那里偷来的。华子良每当看见他那僵直的步态，总忍不住想，也许让他换上一身一般的国民党军服倒更合适一些。

也许正因为这两个身份不明的人物出现在修缮组，就使华子良对他周围见到的许多人物，不得不抱有着一种特殊的警觉。他总想弄清楚：他们究竟是什么人？因何而来？在这里要干什么？只要弄清了这一点，哪怕这人有过显赫的身份，哪怕这人曾经风云一时，他倒也不十分在意。比如，被单独囚在另一座瓦房大院内，也常到修缮组来走动的原东北军副军长黄以声将军；被囚禁在另一栋平房里，曾经谋刺过袁世凯，后又参加了倒蒋集团的袁世凯的侄儿袁鹰……他们的身份是这样地明白,他们遭到蒋介石的特别囚禁也不难理解,他都比较容易确定如何对待他们。

问题是现在,新出现在华子良面前的那种难以理解的人物,不是一个两个,几乎使他目不暇接。自然,华子良并不畏惧这些人物,一旦发现可疑,就决不会轻易放过,一定要寻根究底,哪怕无法弄个水落石出,甚至陷入更加迷惑不解的困境之中。

因为疏浚污水沟,有一天,华子良偶然钻进另一座瓦房大院。一走进这大院,他便感到一种不寻常的气氛。这院子除了院外的围墙之外,院里还横隔了一道高墙。高墙前,还一字排开站着几个戴红色袖章的特务,即使是疏浚污水沟,也不许向这道墙靠近半步。

远远地在围墙外疏浚污水沟的华子良,直到把污水沟挖得很深了,围墙里的污水终于"哗"的一声冲流出来的时候,他忽然听到了围墙里咿里哇啦一片欢呼,听话音不像是中国人。他不由想进一步弄个水落石出,但很久都没有弄明白:那道围墙里面究竟囚禁着谁。他在水乡那个秘密牢监见到过的那些外籍政治犯,难道又被囚禁到了这里?

也是因为疏浚污水沟,有一天,华子良又到了另一处被高墙围住的后院。那里有一个天井,几间小平房,孤零零地立着两三棵核桃树,零零散散地囚禁着几个人。看守特务未加阻拦就让华子良他们进到了后院,也没叫那几个被囚禁的人离开,丝毫不加防范。这就使华子良有机会看见那几个从未在后院外露过面的人。头一个映入华子良眼帘的,竟是一个白发苍苍,两手捻着挂在胸前的一串佛珠,脸色发青的老太太。她穿着质地极好的呢料皮袍,颤巍巍地倚门而立,两眼凝望着上天,似乎总是在念叨着什么。华子良怎么也想不明白,特务机关为什么会把这样一个看来有钱有势人家的老太太也弄了来?隔了一会儿,又见两个穿青花缎长袍马褂,戴礼帽,面带烟容的中年人来到那老太太身边,一连叫了两声"姑妈",就把老太太搀扶进后厅房去了。这使华子良更迷惑不解了:特务机关怎么会把这样两个纨绔子弟也抓了来,囚禁在这个秘密的角落里?

华子良正感到茫然,又被核桃树下出现的一个人吸引住了。那人穿一身蓝布对襟棉衣,粗手粗脚,秃着一个光头,背向着华子良,正大口大口地吸着叶子烟。华子良正感到纳闷:特务机关怎么竟把这样一个老实巴交的人也抓来了?

那人陡地站了起来,把叶子烟灰在脚底下一磕,转过了那高大壮实的身躯。华子良一眼看见他高耸的额骨,光秃的头顶,以及整个面貌,都不觉吃了一惊:他怎么如此酷似蒋介石!自然,他更无法知道,这人究竟是谁,又因为什么不可知的原因被囚禁到了这里。

华子良满腹疑团,疏浚着污水沟,还没有完工,身后飞来一句恶狠狠的申斥:"呸!你们怎么敢把他们也放进来?叫他们走!"华子良还没有来得及看清是谁在申斥,就被看守特务轰出了后院。华子良更感到困惑了。

或许是山雨来得太频繁,或许是因为仓促间构筑了太多的围墙,堵塞了正常的排水渠道,这些天,华子良他们总是有疏浚沟渠的差事,也使他有可能走过好几处新构筑的围墙,真切地看见围墙外的一些景象。原来,在围墙外还密密麻麻长满了荨麻[1];再外面,又掘有一条深水沟;再外面,才是一片水田,以及田间构筑的碉堡。田坎和几座大院之间,原来是有一些大树的,可能因为这里改作了牢狱,树木已被砍光,只留下一些低矮的树桩。

不仅看到这些,华子良还看到了在牢房里根本无法看见的事物。他曾看见一群头蒙黑布、穿一身破军衣的人被武装特务拖拉着,通过

---

[1] 一种有毒的植物。人体挨着它,便会被整得火辣辣地肿痛。

一条弯弯曲曲的小路，从远处押进了这座监狱。同时还隐隐听到汽车隆隆开走的声音。尽管辨不清声音来自何方，他却知道了，似乎二三里外有一条公路。

这样的事，他只见过一次。

但另一类十分引人注目的事，他却看见过多次，而且那景象久久地留在自己的记忆里。

"嘚嘚嘚"一阵响亮、震地的马蹄声，飘到他耳边来了。他没有听清那马蹄声传来的确切的方位，但他隐约察觉到，就来自不远的一个瓦房大院。

马蹄声越来越响，越传越近。转瞬间，他从细雨霏霏的小路上看见了一支马队。马队并不长，只不过七八骑。田坎间的小路不宽，骑者大概也担心掉进水田去吧，所以，马跑得也不快，但毕竟已经跑起了势头，叮叮当当的鸾铃声和那嘚嘚的马蹄声，很快就像一阵风似的远去了，消失在了霏霏雨丝织成的帷幕之中，消失在水田之外很远的山影中了……

"马队为何而来，又到什么地方去了？"马队消失了许久，华子良仍在猜这谜。

没有等到他们把污水沟疏浚完毕，那"嘚嘚嘚"的马蹄声又远远地从黑色山影那边飘过来了，循着弯弯曲曲的小路，在雨雾蒙蒙中响过去，消失在它开始出现的地方。

这马队在华子良眼前重复出现过多次，却始终没搞清它的来龙去脉。唯一看清楚了的，似乎只有一点：几乎每一次都见到一个披着黑色大氅的人，还有一些人携带着大包大包的东西，而每一次返回时，那些大包只剩下一个个空瘪的口袋。最后一次，是在那连绵不断的雨天终于结束放晴的日子，华子良先听见一阵悠悠的马蹄声，好像走得很慢，老在那弯弯曲曲的山间小路上踟蹰不前。以至于华子良怀疑是不是自己听错了。待到马队近了，华子良才看清楚：马队果然走得极慢，原来是那披黑色大氅的人正在同身边的人说着什么。

这一次华子良终于看清了，披黑色大氅的人正是那个军委会全权代表。他身边那个正在听他谈话的人，竟是一位黄头发、白皮肤的外国人，骑在一匹黑马上，穿一身质地极好的外国军便服，正在用马鞭指指点点，似乎对这里一切都很感兴趣……

华子良蓦地想起，在天主堂，在这里，他都曾听到过外国人讲话的声音。那些外国人难道就是这些外国军人吗？他们又是哪国军人？

有许多问题，华子良找不到答案。但是，随着时间的推移，一些扑朔迷离的人和事还是露出他们的本来面目了。

华子良最初感到极其危险和神秘的两个人物，其实并不难识破。

无限期的囚徒生活，使神相爷何路通的神经再也忍受不住了。有一天，他和看守特务偶然发生了纷争，他在盛怒之下不仅给了对方一记响亮的耳光，还青筋暴涨地把他的身世、他的怨恨全当众泄露了出来。他对着那被他打得鼻青脸肿的看守特务，气势汹汹地吼道："你知道我是什么人？我何路通，行不改名，坐不改姓，我是——唯一领袖蒋先生侍从室的侍卫队长！瞎了你妈的狗眼，敢在我头上动土！别做错了梦，别打错了算盘！……你，你们，骗得了蒋先生一时，休想永远骗过蒋先生。哪、哪一天，老天有眼，蒋先生一朝识破那些诡计，知道了真正想暗杀蒋先生的不是我，不是我何路通……哼！我何路通还不是蒋先生的侍卫队长？……呸！瞎了你的狗眼，也不睁开狗眼看看，我何路通究竟是何等人！"

何路通指手画脚、不可一世的神态，活灵活现地勾画出他非同寻常的面目，说明了他在这里为什么会有那样特殊的地位。

有着和何路通相似神态的刘厚，在何路通这次借题发挥，甚至喷了他一脸唾沫，弄得王迲、张瑞也只好赔劝之后，这家伙也忍耐不住，喝得酩酊大醉，借酒大吵大闹开来。他脱下手腕间那只金表，似乎立刻就要把它摔得粉碎一般高高举起，摇晃着那被酒精烧得通红的脑袋，有气无力地断续号叫："金表呀，金表！你说，你的主人不是新四军政委、中共中央东南局书记项英同志么？……哈，哈！哟，我、我怎么就成了你的主人？"这家伙蓦地向前一冲，忽又站住，瞪着一双眼睛吼道："是我，我宰了他！……谁敢动我，我一样宰了他！"这家伙忽然一手把金表高举过头，连连向空中摇晃不止，如丧家之犬般哭喊起来："刘厚呀，刘厚！你可是蒋先生'围剿'新四军的有功之臣啦！天呀——你这有功之臣，有大功之臣，你，你，却落得这般下场呀！天啦，你，你怎么就这么不长眼，这么不公平啊！"

刘厚呼天抢地、摇尾乞怜般的自白和表演，自然也把华子良心中的迷雾一扫而光了。

过了不久，那几个头蒙黑布被拖进这秘密世界的人，也让华子良在相邻的瓦房院中发现了。他自然不曾见过他们的面孔，但一看那身与众不同的破军衣，华子良很容易就认出了他们。一共有五个人，偏巧又同熊树人囚禁在一起。通过熊树人，华子良很快就知道了他们的来龙去脉。

原来，他们中年纪最大、约莫四十来岁的那个胖子，竟是曾经在滇缅公路上阔极一时，大发国难财的腰缠万贯的投机商！他原有一身极华丽的时装，因为当局有"特殊需要"，被强迫换成了破军衣。他之所以被抓来，据他悄悄告诉熊树人，只是因为戴笠戴老板看上了他那笔无法估量的财产。姑不论他的自我介绍是否可信，可他谈到狱外的种种变化，尽管抗战还在继续进行，偌大一个中国，竟只剩下西南西北一隅尚未被日寇占领，而蒋介石还暗中在和日寇勾勾搭搭；尽管人民已处于水深火热之中，可那些达官贵人、军界要员却竞相利用仅存的国际通道——滇缅路，大发国难财……这一切，都使华子良和熊树人无比悲愤。

至于那另外四个人，都只不过二十多岁，看来倒纯朴自然，也一点不隐讳他们非同寻常的身份——都是特务头子戴笠领导的军统电讯总台的秘密人员。他们被捕，据说，有人指控他们是共产党。他们是真正的特务电台人员，还是具有别种秘密身份的人物？连熊树人也认为还需要观察。

这个复杂的世界，一些疑云消散了，另一些疑云又在华子良眼前凝聚。

有一团疑云，应该说早就在华子良身边出现了，但他并不知道。直到一次偶然的机会，他在一处不引人注目的过道上，见到久不见面的尤玉生，才使他感觉到它的存在。

尤玉生告诉他：女牢中新来一个人，很年轻，据说是"共产党要犯"，跟那天头上蒙着黑布一起押进来的几个人，是同一个案子的。

华子良一下想起了和熊树人因在一起的那个投机商，和那四个军统电讯总站的年轻人，疑云马上在他心中升起了。

"她叫什么名字？"华子良问。

"叫雷小萍。"尤玉生说，"据她自己讲，她是重庆某报的记者，被捕的原因是她交游甚广，在陪都重庆极其活跃，军政各界人士和各国驻华外交人员、外国记者，她都有所交往，接触频繁，甚至跟军统的人都有些关系。"

听了尤玉生的介绍，华子良忽然想见见这位"共产党要犯"。不知是由于什么原因，也许是因为听到"小萍"这两个近音字吧，他竟蓦然想起施飘萍来。这又勾起了他的许多回忆和浮想。施飘萍现在在哪里？她该长大了吧？在这烽火连天的抗日战争中，她是不是已成长为一个坚强的战士？

然而，他越是急切想见到那个女要犯，越是达不到目的。接连过了许多天，他甚至连再接近女牢房的机会也未能寻到。

终于，在一个雾沉沉雨蒙蒙，既潮湿又闷热的日子里，华子良看见一个陌生的女性从围墙外的什么地方钻了出来，又一阵风似的钻进女牢房所在的那座大瓦房院去了。晃眼间，这女性无疑算得是眉清目秀，皮肤白皙，有着年轻女性的那种魅力。她把雪白的衬领翻在一件细黄呢军上装的衣领外面，又配上一条笔挺西裤，这服饰在这里显得格外特殊、触目。但不知为什么，华子良总觉得有一种特别幽怨、凄楚的气质笼罩在这女人身上。在她像一阵风似的从华子良眼前闪过时，空中飘来了她的几句歌声，就带着浓郁的凄切、忧伤之情——

云儿飘在海空，
鱼儿藏在水中……

"这陌生女人会是尤玉生讲的那个雷小萍么？"

华子良沉思的目光和远远的尤玉生的目光忽地相遇，这疑团瞬间就消失了。尤玉生的目光明白地告诉他：这陌生女人并非雷小萍！那么这女人是谁？雷小萍又究竟是谁呢？华子良仍然不清楚。

几天以后，华子良和熊树人偶然相逢时，才从熊树人口中得知：狱中许多人，包括一些看守特务都正在谈论女牢房里新来的两个人：一个名叫蔡梅英，就是华子良曾经见到过的那个陌生女性。据说此人系特务头子戴笠的姘妇，戴怕她在外面"不稳"，就特地把她弄到这里来了。

另一个名叫雷小萍，熊树人曾见过这姑娘。就在华子良看见蔡梅英那一天，他看见雷小萍穿一身银灰色凡尔丁连衣裙，亭亭玉立，落落大方，有着一种超凡脱俗、纯洁高雅的风韵。熊树人还从看守特务口中得知：就是这个穿连衣裙的姑娘，和一些外国新闻记者一道，竟日在陪都国民党各个中央机关横冲直闯，一些外国记者还对她十分赞赏。她非常胆大，敢和中统军统的一些绝密单位的人往还，公然只身进入军统电讯总台，通过那四个秘密人员，带走了不知多少重要情报。戴笠为此非常生气，下令逮捕了她。先是囚禁在一处秘密监狱，她竟敢利用监狱看守长不知道案情的机会，向看守长诉说那四个被囚的秘密人员不过是一般的纪律犯，根本不应该把她——才认识不几天的女友也抓了来，还得到了看守长的同情。接着，她又把身上仅有的一点钱掏出来，求看守长给她家里送一封信……后来，戴笠才发现，就是看守长接受了她的那点贿赂，给她送了信，戴笠要抓的共产党的地下联络站，赶在他手下人突袭之前撤走了。戴笠一怒之下，枪毙了那个看守长，把她和有关人员全部押到了这里……

熊树人这番介绍，使华子良更想看到雷小萍。但他一直没有看到这姑娘的机会。

又一个雨雾茫茫、既潮湿又闷热的日子。他又有了去女牢疏浚污水沟的机会。仍然没有见到雷小萍。

细心观察的尤玉生悄悄告诉他："雷小萍又到外边那个瓦房大院去了。今天，她换了一套男式西装，一边走，还一边哼歌。听说外边那个瓦房大院里有个姓张的先生，她说她早就认识他。"

华子良深感惊异：雷小萍在这里为什么还如此活跃？她究竟是什么人？这个神出鬼没的人物，还会在这里演出什么天翻地覆的活剧来？外面瓦房大院的张先生，真有其人吗？又会是谁呢？

华子良这么想着，不觉走上了去外边那座瓦房院子的路。

"哦，张先生，请留步！"还没走拢，华子良便听见那座大瓦房院子里飞来了一句话。随后，一阵细碎的脚步声，连同一片"Bye, bye！"（"再见，再见！"）的告别声，从院墙边扩散了出来。

华子良前不久才去那里疏浚过污水沟，他清楚地记得，那幢平房原本没有住人，现在有人在那里讲话，这说明那里已住了人。尽管再也没有听见谁讲话，但他已不怀疑，那里可能真有那么一个姓张的了。唯一使华子良感到意外的，是他又听到了外国话！难道那张先生是外国人么？

这念头刚刚在华子良脑子里一闪，围墙门边走出两个白皮肤高鼻梁的人。都穿着黄色丝光卡其的军便服，左臂上还佩着一个灵巧触目的盾形标记。一转眼，这两个外国人就在围墙转角处消失了。

哦，怎么没有看见那位名叫雷小萍的女记者呢？她是否也在那里？那两个外国军人来找那位张先生做什么？

华子良真想闯进那院子里去看个究竟。但他此刻又没有任何公开的理由可以作为借口。他匆匆向前移动的脚步便自然停下来，只朝那大院又望了一眼，便转到另外的路上去了。

那位张先生究竟是何等人物？那个雷小萍，那两个外国军人又究竟是何等人物呢？

华子良心中的疑云越聚越多。

这秘密世界，原本就是一个疑云密布的神秘世界。

第十六章

　　华子良和全体修缮组人员正在日夜赶工的这幢建筑物，同那几座瓦房大院稍微隔开了一点距离，同样也逃不脱周围碉堡枪口的监视。有所不同的是，它坐落在黑黑的尖尖山的山阴之下，四壁由木架、木板构成，屋顶则全铺盖着铁灰色的页岩，四周有一片葱茏的竹林，门前有一条曲折的小路，小路两侧还特意修筑了形态各异的大小花坛。远远望去，这里既像一座幽幽庭院，又带有一点苗寨风情的味道。

　　这建筑物修来做什么用？华子良琢磨了好几天，都没有琢磨出个所以然来。但有一点可以肯定，它是有特殊用途的。

　　最有权威的证据就是：那个军委会全权代表经常来工地督察。这位几乎所有特务都十分畏惧的人物，很难得在大众面前露面，但他已来过好几次。从开工挖沟到房舍建筑，甚至修筑花坛，他几乎无一次不亲临现场督阵指挥。有时，甚至整天待在工地上，眯着眼睛东瞧瞧西看看，一不满意，就下令返工。他对这房舍的异常关注，不能不引起华子良的思考：这个显赫人物为什么对这一切会有如此大的兴致？特别是最大那个花坛完工那天，他竟然脱下白手套，去给那新栽上的桂花树培土，然后退下来端详着那华丽、匀称的树冠，连连吐出一声赞叹："Oh, ya, ya..."（"啊，是的，是的……"）

正在他身后的华子良一听这语调，顿时觉得好像在哪里听到过一样。在哪里呢？怎样也想不起来了。他抬眼去看全权代表的背影，猛然觉得那身材、体态，极像他在北平多次见过的 Dr. 沈。

"可是，他真会是 Dr. 沈么？"华子良又不敢肯定判断。

这所具有苗寨风情的庭院竣工了，家具、浴缸之类的设备也安装完毕。这位军委会的全权代表几乎每天仍必去那里，督促华子良他们把庭院打扫干净。

这一天，正当华子良挥动着扫把，在那房舍前的小路上扫地的时候，一阵杂沓的脚步声已传到了近前，在他扫把前站住了。他微微抬眼一瞟，首先映入眼帘的竟是一个两颊长着青黝黝的胡髭、个头不高的白种人。确切地说，早在三两个月前，华子良曾见到过他。那时，他骑着一匹黑马，由全权代表陪同着在指东画西。现在，全权代表又陪着他一起来了。不过，紧挨着这个外国人的，不是全权代表，而是一个长着张马脸、相貌平庸的高级军官。显然，这个高级军官的地位远比全权代表显赫，他才是今天的主人。

这位高级军官是什么人？华子良正感到纳闷，却被耳畔突然出现的一阵轻声碎语深深震动了！

"您认识他？"

"不会错。六年前我就认识他了。"

"六年前就认识了？他是谁？"

"225 号。Dr. 沈推荐给我的。我该没记错？他不是就叫华子良吗？"

"……"

华子良一直没抬头，但已听出来是那位外国人同高级军官在对话。他们和随从的一群人很快就走过去，钻进那间屋子里去了。

意外地听到这番话，华子良实在万分惊奇：那个外国人是谁？是偶然问起，还是注意到了我？那个自称六年前就认识我的高级军官又是谁？我怎么没有见过他？他又怎么知道我的名字？还有，他们讲的Dr.沈，是不是就是那个军委会全权代表呢？

庭院还没有扫完，华子良和修缮组几个打扫清洁的人，统统被赶了出来。回到牢房以后，华子良还在思索，还在透过夜幕寻觅那本来应该有但却怎么也弄不明白的答案。

答案的确也是有的。

如果可以剖开这秘密世界历史的断面来看，华子良所思索的那些问题，都不难找到清楚而明确的回答。

那个长着一张马脸的高级军官，就是戴笠。一点不假，六年前他确实在南京那座灰色大楼里，用望远镜透过秘密望孔看见过华子良；而华子良却未曾见到他。他有着他特种职业所需要的那种特殊记忆力。

那位自称是军委会全权代表的人物，的确就是Dr.沈。华子良之所以不敢肯定此人就是Dr.沈，不仅因为他改变了原来的称呼，还因为华子良多次见到他都戴着一副黑面纱，从未见过他的本来面目。而且，近几年来，为了不让人认出他就是Dr.沈，他甚至改变了自己的口音。以至于当年在水乡召开的开学典礼上，他以全权代表身份用南腔北调的声音讲话的时候，就连多年跟随他的熊树人也没有听出他是谁来。但是，老狐狸终究也还有露出自己尾巴的时候，那天他观赏桂花树，就因得意忘形而吐出了他惯用的德语时，露出了一点破绽，引起了华子良的猜疑。不然，华子良是怎么也不会把全权代表同Dr.沈连在一起的。

Dr.沈毕竟是个老谋深算而又善于见风使舵的角色。自从他审时度势，改弦更张以来，他处处都把自己摆在戴笠之下，还没有引起过戴笠的疑心。珍珠港事件以后，他就毫不怀疑美国势必将扩向东亚，更得意于自己改弦更张的棋走对了。三个月前，戴笠刚电告他，将有美国情报机关的要员来后方基地巡视，他就敏锐地预见到庞大的特务系统将面临新的大改组。于是连忙在这秘密监狱宣布了一套适合于美国人口味的管理措施，并亲自督建那带有苗寨风情的庭院。一旦同美国人挂牢了钩，他就将让人看到，他 Dr. 沈绝非平庸之辈。

至于那个外国人，说来话就长了。

此刻，他已沐浴更衣，趁着黑夜，悄悄到那庭院的花坛前，立在桂花树下，正向几乎与世隔绝的几座大瓦房院落眺望。

他无声地独立在那里。他穿一身极普通的条花睡衣，正像他先前穿着军便服一样，使人难以看出他的真实身份。只是他那一头黄发，那嵌在额下的一对黄眼珠，以及茸茸的汗毛，才使人望而生疑，联想到西方世界那类神秘人物。

他来到这个秘密世界不是偶然的。与其说他对眼前这个荒凉、偏僻的山区感兴趣，不如说他对亚洲这块中国大陆感兴趣。多年来，他早就或远或近地在窥测这块土地了。

他叫梅乐斯(M. E. Miles)，来自二十世纪世界上日益强大的国家——美利坚合众国，在美国太平洋舰队已服役八年之久。在这八年之中，他曾多次来亚洲海域活动。他和他在香港结婚的妻子，都会讲一口流利的中国话。这个曾在哥伦比亚大学获得电机硕士学位的人，早就发现自己在工程技术发展上不会有前途，从而投身海军，渴望有朝一日能够在海外获得飞黄腾达、驾凌于他人之上的奇遇。然而，他这种充满自大狂的渴望，多年来并没有变成现实，只不过爬到海军少校的位置罢了。

直到半年前，也就是日本偷袭珍珠港后，这位美海军少校才从异常的震惊中，看到一线希望。这之前，他曾从美海军谍报人员中听到过一则传闻，说中国驻美使馆助理武官肖公素，传来一个情报，日本人将对美国发动闪电袭击；当时不但没引起重视，反而被认为是一个笑话。梅乐斯曾在夜总会见过那位长得比自己高出一头的中国助理武官，他记得此人相貌堂堂，曾想和他攀谈，但他觉得对方一点没有吸引力。只是在珍珠港事变果真发生之后，这个对他一点没有吸引力的中国助理武官，顿时在他心中显出了迷人的光彩。他还微妙地觉察到，不仅是他，在美海军谍报人员中，还有许多人都对这位助理武官刮目相看了。

也就在这时候，美海军当局决定派一个海军观察组去中国，而且正酝酿派他以驻华使馆助理武官的身份，去中国战时首都重庆领导这个特别观察组。他在夜总会再次见到肖公素时，便情不自禁和对方攀谈上了。肖公素以一种异常坦率而肯定的口气欢迎他去中国，简直使他惊疑不已：肖公素为什么肯定他就将被派往中国？接下去，肖公素又告诉他："只要和他合作，你不仅会在蒋先生控制下的中国通行无阻，就是在日本人重兵占领的中国东南沿海，你同样会因为得到他的合作而可以通行无阻"。听了这话，他更是惊愕不已。

在海上漂泊了多年的梅乐斯深知：美国距离日本本土有多么遥远，既然美国已对日宣战，总有一天必将向日本本土发起攻击，才能赢得这场战争的胜利。而最靠近日本本土的是中国，要是在中国东南站住脚跟，那不正是罗斯福总统也会叫绝的吗？可是，战争毕竟是战争，而不是神话，他怎么也不敢轻易相信肖公素暗示给他的美妙前程。

直到他飞越驼峰[1]，到达中国战时首都重庆以后，他对肖公素所谈的一切，除了感到神秘之外，仍然是神秘。

然而，当他在重庆睡过一夜，刚在观察山城浓雾的时候，戴笠派

---

1 指喜马拉雅山。

来迎接他的人便找上门来了。这时,梅乐斯才知道:他从华盛顿启程,戴笠就知道了,只是因为戴笠深知长途飞行的辛劳,才没有去机场上惊扰他。

接着,梅乐斯便在戴笠靠近嘉陵江边那幢公馆里会见了这位中国神秘人物。无论从仪表、言谈举止看,梅乐斯都认为,对方也极少有吸引力;但又不能不承认,对方还是极其友好真诚的。特别使他意想不到的是,当他随意提及肖公素在美国讲到的"只要和他合作……就是在日本人重兵占领的中国东南沿海,你同样可以通行无阻"的保证时,戴笠的回答竟十分明确且肯定:"如果梅先生愿意,我不仅可以对先生的安全负完全的责任,我还乐意陪先生到东南一行。"

中国东南沿海,自从日军占领以后,还不曾有外国人去过。特别是现在,日本人在偷袭珍珠港之后,仅以几个月时间,就横扫东南亚,夺取了新加坡、暹罗、马来西亚等广大地区,梅乐斯很难想象怎么可能在中国东南沿海日占区自由来去!但戴笠却公然作出了保证,这对冒险家梅乐斯来说,太迷人了!何况,他从华盛顿出发之前,他的上司美海军金上将曾向他交代过,要他"尽其所能,作好准备,迎接美海军在中国沿海登陆……"

"密斯特戴,"梅乐斯不禁兴奋地探问道,"我们说的中国东南沿海,该是靠近日本本土三岛的沿海诸省?"

"当然是那些地方。"戴笠微微一笑,随手送过去一份中国东南地图,又在他肩头轻轻一拍,"就这么一言为定,我陪你走一趟,我早想去看看那些地方了。"

两个月前,他曾在戴笠及其侍从的陪同下,开始了神秘而又充满了危险的中国东南沿海之行。

而今,那令人惊心动魄的旅行已经结束,回到了戴笠在贵州山中的基地，但刚逝去的充满艰险、有如神话般的旅程，仿佛仍历历在目。

从翻越云贵高原，历经千山万水，直到抵达中国东南沿海之滨，又从那里安全返回戴笠这个山中基地来，这整个行程中，沿途道路、通信都十分落后而困难。然而，只要有通公路的地方，总有人驾驶着汽车在路旁等候；一当公路断绝，似乎需要徒步跋涉了，又总有人像玩魔术似的，从丛林中牵出足够使用、喂养极好的马匹来迎接他们。戴笠安排的周密和他部下行动的准确，不能不使梅乐斯感到十分惊异。

梅乐斯会讲中国话，却不会讲也听不懂云贵高原、东南沿海各地的中国方言。这对他直接了解戴笠同沿途人士的交谈，不无困难，但戴笠还是介绍他认识了形形色色神情谦恭、装束各异的军政官员，黑社会的大小头目，以及不少苗族、彝族、土家族、壮族、回族的实力人物。这些头面人物对戴笠的言听计从，更给他留下了深刻的印象，戴笠确已把中国社会的一股强大的势力控制到自己手中了。梅乐斯很快就得出一个结论：戴和他的势力不可轻视；美国海军要在中国甚至远东得到独一无二的特殊地位，美国海军真要在中国沿海登陆，就得同戴合作，非取得他和他的势力的支持不可！

经过辗转跋涉，他们这一行人终于到达中国东南沿海站在面临台湾海峡的福建省海岸上了。望着波涛汹涌的大海，梅乐斯兴奋异常。多年前，他在太平洋舰队的长江巡逻艇上服役时，曾在海上眺望过这段海岸线。而今，在这一九四二年六月，这片中国的土地，早已成了那个席卷东南亚、把大英帝国打得溃不成军的日本帝国的占领区。但是，谁能料到，他作为对日交战国——美利坚合众国的一个军人，竟然能在这样一个天清气朗的日子里，大摇大摆地在日本军事要塞前漫步！

梅乐斯远眺着厦门沿海附近的大小岛屿，观察着集美、莲河等军事要地的地貌，分辨着海岸边日本军旗飘扬的白石炮台、禾山机场，以及高崎附近日本海军的新设施，注视着在海峡频繁游动的日军舰艇……不错，这确实是他渴望看到的一切。这真是一个奇迹！他回头看看站在身边的戴笠，那个创造这奇迹的人物，正在对他神秘地微笑。

这太令人激动了！梅乐斯从行囊中取出相机，想拍下一些具有历史意义的照片。戴笠向随行人员打了个加强警戒的招呼，梅乐斯便将镜头对准那些日军岗哨监视之下的军事目标，称心如意地一一拍摄下来了。

又一个奇迹出现了：戴笠居然安排他们在日军碉寨旁宿营。这真叫人惊心动魄！刚到半夜，被日军巡逻队觉察，终于展开了枪战。一面临水，三面背敌，看来根本无法突围，可是，在戴氏手下人掩护之下，戴笠竟带领他从容地安全脱险！

这一切，在梅乐斯心里，自然留下了传奇般的难忘记忆。作为一个海外冒险家，他总想看看戴笠身边这些人具有某种奥秘力量的真正原因，究竟何在？所以，从中国东海之滨返回戴笠在贵州高原这片秘密基地途中，他便设法避开戴笠，直接去同戴的手下人对话。

那个眼睛特别黑亮有神的年轻人，梅乐斯记得，似乎是戴笠的侍卫，又像是司机、收发报人员。梅乐斯避开戴笠终于找到同这年轻人对话的机会了。他看见这年轻人胀鼓鼓的口袋里塞着一张地图，便好像漫不经心地问：

"哦，你把厦门附近的地图都画出来了？"

那年轻人把地图拿出来，有点腼腆，回答的声音极小："Yes."（"是的。"）

梅乐斯接过来一看，地图上不仅粗略地勾出了厦门附近的山形地貌，还画了一些纵横交错的黑线条。他看不出这些纵横交错的线条意味着什么，又不想直接询问，便绕个弯子试探道："假若美海军航空队轰炸机群就要出动，目标就是日军厦门司令部，你，我说是你，能用最简明的电码数字把日军司令部这个位置，准确地通知美海军航空队吗？"

"可以。"

"请讲详细点。"

"请看，日军司令部的确切位置，在我的这张地图上，早明确标明了。它恰恰位于纵线×处，横线××处之间的方格内。我只需把纵横线上的有关数据用电码发出，你们不是立刻就可找到它的准确位置了吗？"

哦，真是聪明的年轻人，思谋得这么精细、周到。这不禁使梅乐斯想起那个迄未解开的谜。在回到贵州后，他就问戴笠，"听说在日本人偷袭珍珠港之前，您曾通过您的情报人员向美国发出过警告，是么？"

"有这么回事。"

"您当时确实有充分的证据？"

"喏，密斯特梅，请您再巡视一下这一片崇山峻岭罢。"戴笠把手指向眼前一片山林，"我陪您去看看。经过您亲身考察之后，您大约就会相信我的话了。"

梅乐斯半信半疑。他知道，眼前这块纵横足有几百公里：设在修文、开阳、息烽三个县境之内的秘密基地，是五年前也就是一九三七年中日战争爆发以后，才匆匆忙忙筹划、营建起来的。用来囚禁政治犯，倒是一个很理想的地方。如果说要在这丛山之中得到日本人的重大机密，他就很难想象了。直到他们乘坐滑竿钻进一座深山，在几座古庙和草房前从滑竿上跳下来，见到了一大群穿军装的忙忙碌碌的年轻人，梅乐斯还是不明白戴笠要让他看什么。

进了古庙，梅乐斯从戴笠手上接过一个年轻人呈交的几份电报稿纸，他突然吃惊得差点儿跳了起来。

"这！"梅乐斯注视着那个正走出门去的年轻人的背影，向戴笠问道，"这是你们破译出来的东京、南京密电？就在这个地方？"

"当然就在这个地方。"

"美国专家也破译不出的东西，居然在这里破译出来了？"梅乐斯不得不重新用他那将信将疑的目光，挑剔地打量着周围的年轻人，他们正站在极其简陋的木桌和老虎钳台前，用锉刀专心地打磨什么工件。

哦，在那一阵风就可以刮倒的草房里，居然还有几部手摇车床，另一个用粗实的杉杆隔开的角落，晃动着几个穿白衣服、似乎正在进行总装的技术工人。这自然使梅乐斯感兴趣。他走过去，拿起一个配件看了看，不禁高声叫了起来："这是你们，在这里，自己制造出来的收发报机？"

他这个曾经获得电机硕士学位，又曾经进行过多年特工收发报机研究的人，不能不承认，戴笠手下的人用这些简陋设备制造出来的这些产品，堪称精品！他太兴奋了，一下子情不自禁地拥抱住了戴笠。直到这时，他才知道，他走过的这些地方，还从不曾让外人接近过。即使在这秘密基地上担任巡逻、警戒的武装部队，也只知道它叫"行辕"，关押着许多犯人，而从不知道它的真实性质，更不知道这里还隐藏着许多极秘密的东西……

在梅乐斯多得出奇的像谜一样的思绪中，突然涌现了一串思绪，难道戴笠的一切，竟全是他在中国独自创造的么？他能如此准确地破译日本的情报，就不曾得到过别人的帮助？

梅乐斯记得，在美国的谍报史中，曾经有个名叫赫伯特·O·亚德利的人。在第一次世界大战中，由他主持的一个破译日德和世界各国密电码的机构，几乎破译、掌握了全世界的秘密。第一次世界大战结束之后，他还在美国出版了一本轰动一时的畅销书《美国黑室》。中日战争爆发后，据说戴笠曾用重金延聘亚德利去中国。当时美国尚未参战，亚德利改名换姓，用皮革商人的身份到了中国，看来，他实际上干的正是帮助戴笠组建破译密电码的秘密机关。尽管亚德利早在两年前就悄悄回美国去了，但他给戴笠留下了多么大一笔财富！

面对梅乐斯狡黠沉思的目光，戴笠只坦然地微微笑着。这坦然的微笑似乎在向梅乐斯证实："是的，这里凝聚着亚德利的心血。这里有些年轻人还是他的高足呢。"

梅乐斯忽然觉得，戴笠是一个不可小视的人物，就连他那坦然的微笑里，似乎也隐藏着许多看不透、摸不着的东西……

此刻，立在桂花树下的梅乐斯，透过夜幕望着那几座瓦房疏疏落落的灯影。对那些囚禁在里面的人，他曾派他的下属去观察过，他还没有来得及去研究他们。这个秘密世界对他这个外国人来说，似乎还是深不可测的……

由远而近，隐隐传来一阵脚步声。梅乐斯听出来，是戴笠迈着神秘而轻快的步伐，正向他这处小屋走来。尽管他们已结识了许多时日，其实互相都在进行试探，谁也没有完全摸清对方手中的牌。戴笠控制着中国庞大秘密力量这一现实，对梅乐斯具有极大的吸引力。他从未忘记金上将派他来华的使命，如果他能帮助美国海军利用中国这庞大的秘密力量，那他渴求多年的梦想，也就不难实现了。他决不能让戴笠以及戴所控制的势力从自己手里溜走，必须立即采取主动，和对方做一笔交易，力争达成突破性协议。

"啊，梅乐斯将军，"戴笠终于走近了，"你休息得不好？"

"谢谢。我休息得很好。"梅乐斯笑道，"您，怎么跟我开这样的玩笑？戴将军，我现在是少校，您该叫我梅乐斯少校。"

"该叫您将军。我相信，您回国的时候，人们也会这么叫的。"戴笠突然又问道，"您，将军阁下，您为什么这样看着我呀？"

"要不是您，我怎能在如此短的时间内，就能看到这么一个有着巨大潜力的中国？我感到很荣幸，能结识到像您这样尊敬的前辈。哦，将军，您才是一个真正的将军！对我这样一个少校，您整整陪伴了我两个多月之久！这怎能不使我用这样的眼光看着您？"

"那，您还有什么话想问我么？"

这两个人，一个是中国秘密组织的巨头，一个是来自大洋彼岸的海外冒险家，彼此热切凝视的瞬间，都不能不各对自己长时间的观察、谋虑，以及利害得失，再次进行精确的估量；并且考虑是采取迂回包抄还是单刀直入的手段，去打动对方，使之为己所用。

"戴将军，您也许还不太懂得我话里的意思？"

"请讲。"

"我刚才讲的那个词的英语是'just like the father'（'就像父亲'）。我还从不曾对任何人这样尊称过。"

"哦，有愧了。"

"我对将军身边的人自然有过详细的观察。您当然知道美国纳税人对和他们合作的人，不是没有选择的。他们有许多忌讳。一旦犯讳，在舆论界引起轩然大波，美国总统就很难堪了。因此，我冒昧请您坦诚见告：您这庞大力量的基干，是不是经过德国顾问的训练，并且参照他们的组织方式组织起来的？"

"是这样。"

"听说周佛海的母亲，还有张学良、杨虎城，都关在你这个山中基地里？"

"有这事。"

"这么说来，你们之所以早就发现日本有偷袭珍珠港的企图，还另有原因。不仅因为破译了日本密电码，还因为你们有内线？"

戴笠坦然一笑："您知道一切之后，这自然就不是什么秘密了。"

"Dr. 沈是留德的么？"

"不错。"

梅乐斯脑子一转，便突然闭口不谈了。这原因非常简单。一方面，他担心如果和戴笠这样的秘密力量建立合作关系，可能遭到美国某些实力人物和舆论界的抨击，他深知国内那一摊子，也是矛盾重重，够复杂的；另一方面，如果不和戴笠所掌握的庞大力量合作，戴笠完全可能和别的什么力量结合，而使自己永远失去在远东生根的坚实基础！别看戴这个人好像对他很尊重，似乎没有什么保留，其实是奸诈至极的，他将来能控制得住么？这时，他不禁想起戴笠手下那个大员 Dr. 沈来了。梅乐斯和 Dr. 沈相识，也不过是两个月前的事。也仅才这么两个月，也仅接触过两三次，但 Dr. 沈的精明能干、有胆有识，却给他留下了极深的印象。

梅乐斯清楚记得。两个月前，他出发去中国东南沿海的时候，这里还是一片荒野之地；在 Dr. 沈管辖之下，回来一看，竟变成了有山有水、有花有草的庭院。两个月前，刚到永靖镇，一看那牢狱就使人感到不愉快，而今，在这阳朗坝上的牢狱竟完全变了个样！特别使他难以忘怀的是，Dr. 沈见过他一面之后，给他送去了几套中国便服，以及鞋袜等物，想不到竟是那样不大不小，十分贴身。他惊叹极了，就只那么匆匆见过一面，Dr. 沈竟好像比量过他的身材似的。他不得不佩服 Dr. 沈那神奇的眼力……

很自然地，在梅乐斯心里，Dr. 沈算得是一个值得特别争取，甚至是一个遏制、取代戴笠的绝佳对象……

自然，梅乐斯和戴笠都不会把自己的真心实意告诉对方。尽管自梅乐斯接受美海军秘密使命开始，戴笠就把进一步扩展自己力量的希望寄托在梅乐斯身上，因而才不惜冒险陪同对方去东南沿海访问，不惜剖肝析肺，有问必答。但从对方的多次言谈中，戴笠早已觉察了。梅乐斯最感兴趣的只有力量和权力。现在，梅乐斯突然沉默了，戴笠看出对方还不想摊牌，他也默不作声，以一种长者的气度等待着，打算在适当的时候，用更大的赌注去勾引对方，让这位美国佬拜倒在蒋先生的麾下。

"我真想知道这么一个秘密：戴将军，您是怎样才得到蒋介石将军的完全信任的？"

正中下怀。戴笠缓缓地答道："一靠忠诚，二靠特别贡献。"

"能说得详细一点么？"

"蒋先生出任总司令时，还不认识我，我却想替他在京沪杭做情报工作。我那时很穷，只有一身像样的服装。但我每次去赴约时，朋友都见我衣着十分整洁。秘密就在每次赴约之前，我把衣服洗了，等到晒干、熨平之后，才去赴约。"

"那您又是怎样认识蒋先生的呀？"

"他是总司令，我闯到总司令部去找他。"

"他会见您？他的侍卫不阻拦您？"

"我有了情报，就去总司令部门前等候他的座车进出。见他的座车出现，就跑步前去拦车。这当然有可能被汽车轧死，更可能被他的卫士开枪误杀。我没有被汽车轧死，也没有被卫士误杀，只是多次被打伤。直到有一次，蒋总司令终于向侍卫交代：如戴笠有事面报，准其随时来见。我才有可能不受阻挠地见到蒋先生。"

梅乐斯和戴笠这两个不断互相估量、试探的人物，在这似乎无拘无束、漫无边际的谈话中，各自盘算着驾驭对方的新的计谋。尽管他们都知道，有人早已在小屋旁点燃了松明，正等候着替他们摆设晚宴，他们都似乎没有看在眼里，仍然躲在松明光照不到的角落，似乎非常亲切地交谈。

"梅乐斯将军，"毕竟是老奸巨猾的戴笠话锋一转，闪电般地进入了相互理解的实质性谈判，"从您接受来华使命那时刻开始，蒋先生和我都高兴地认为，我们将十分荣幸地和一位值得信任的朋友共事，并共同为一项崇高的伟业服务。"

"您知道金上将给我的秘密使命？"

"'尽其所能，作好准备，迎接美海军在中国沿海登陆……'这不正是阁下不顾一切，要去东南沿海直接观察的原因么？"

"蒋先生跟您讲过什么？"

"蒋先生讲，这也是我们应负的光荣使命。"

"蒋先生和您，竟没有什么期望？"

"友谊、合作和援助。"戴笠缓缓地说出这几个字之后，随即问道，"梅乐斯将军阁下，金上将和您，能给予我们以怎样明确的回应呢？"

"只要真诚合作的前提得到确认，你们的一切要求都将无条件地得到满意的答复。"

"阁下，您能说得更明确一些么？"

"您提到过的两项合作内容，我想，金上将也会赞同。给贵方东南沿海一带的游击武装提供装备和补给，和贵方大规模举办各种特种技术训练班，这是我们应该立即筹办的事情。"

"好，好。"戴笠立刻应声补充道，"贵方只管给我以援助、技术训练和装备就行了，至于其他，阁下尽可以不必操心。我保证：我方决不会硬拉美方人员，去做他们不愿公开做的任何事情。"

"关于我们双方合作的名称，我想，是不是可以就叫'中美特种技术合作所'？这个所的正主任，就由中方最有权威的人士——自然是您出任？副主任由美方人员担任。不知先生会同意这样的设想否？"

"梅将军，我可以荣幸地通知您：蒋先生早就批准了这个设想。不过，蒋先生有些担心，美国方面不知能否得到最高当局的批准？"

"您是说美国总统的批准？"

"正是。"

"我想，这自然同样是不成问题的吧。"

"好。来人，掌灯！"随着戴笠这一声兴奋的呼喊，几个手持松明的白衣侍者立即应声而至。梅乐斯和戴笠刚才谈话那阴暗的角落，瞬间便被照亮了。一桌别有风味的山间筵席，就在那花坛边摆开。筵席边，点燃了一堆柴火，火上有一个铁架，正烘烤着一只只被剥得光滑滑的小野猪、小山羊和野兔。一只黑漆条凳上，还缚着一只颜色鲜艳的大花公鸡。

一见这不同寻常的筵席场面，和戴笠分外兴奋的神情，梅乐斯不禁兴冲冲地笑道："戴将军，喏，我可不讲客套话了，您为我举行这样的野餐会，大概是为我们洗尘，也为我们今宵愉快的谈话助兴吧。"

戴笠和梅乐斯都兴奋极了。他们自然各有自己高兴的原因。从戴笠来说，他不仅得到了一切他早就渴望得到的东西，还因为他在这次费尽心血、冒着极大风险的盘算中，今夜还赢得了做庄家的地位：明明是依靠美国人才能搞起来的这项特种技术合作，名称不仅让中方排在首位，还把正主任之职位让给了他，还是由梅乐斯主动提出来的。就连蒋先生也没算计到这一点，他当然意外高兴！从梅乐斯来说，他仅用了这么一点小计谋，用了一点好名义，就笼络住了中国最有势力的戴笠，这倒是他未曾料到的。他自然很清楚，即使在双方签字的条文中这么写上了,也只不过是表面文章罢了,中美特种技术合作所这个机构,最终还是由他所领导的美海军观察组指挥的……

梅乐斯简直高兴得忘乎所以了。当他看见戴笠把那只大花公鸡殷红的鲜血滴进宴席上的酒杯时,他仍然没有忘记利用这令人难忘的欢庆时刻,趁对方不备再捞取一点什么。

"戴将军,"梅乐斯端起了酒杯,仰脖一饮而尽,望着戴笠用激动得几乎颤抖的声音说道,"我不想用任何外交辞令讲话,在这样难得的夜晚,请允许我再提一个问题,好吗?"

"请提吧。"

"戴将军,您统率了那么多人马,您是怎么使用、驾驭他们的?"

"这是秘密,又不是秘密。"

"可以透露一点吗,这秘密是什么?"

"很简单,我们团体之所以能团结那么多人马,归根到底,不外两句话:一是用人之道,二是择人之法。"

"我不太明白。"

"所谓用人之道,主要是善于按照四种不同的情形,采取四种不同的用人方法,即重用、信用、运用、利用。凡对我团体特别忠诚之士,重用之;稍次者,酌情信用之;对我团体并无多少忠诚之心,但有可用之处者,则分别运用、利用之。"

"择人之道又作何讲?"

"一个教字,一个补字。换句话说,即择天下之英才而教之;取百家之长,以补我一家之短。"

"教,就是你办的各种训练班吧?那么,你这个补,从哪里去补呢?"

"从共产党队伍去补,去找!"

"为什么？"

"中共确实大有人才，特别不乏精明强悍、有魄力、有雄心壮志的人才。"

"那么，戴将军，"梅乐斯若有所思地问道，"您要Dr.沈现在正在从事的工作，就是这样的特别事业？"

"正是。"

"戴将军，这真太有意思了。不过，阁下相信这个争取工作一定会有成效么？"

"'百闻不如一见'，梅将军，您不是也赞赏过中国的这句成语么？"

"OK！"

渐渐弥漫在空际的烤野猪、野羊和野兔的奇香奇味，以及众多随从他们历经旅途艰辛的人员应召而至，更使梅乐斯和戴笠兴奋至极。两只黑眼珠和一对黄眼珠会意地一映，他们同时举起满杯浓烈的茅台酒，当着众人热烈地碰了杯。

梅乐斯高兴的是，他在不知不觉中，又深入接触、掌握住对方的更多秘密；戴笠高兴的则是，他故作迟钝，随便抛出一点东西，就又把对方吸引住了。

自然，这两个自诩举世无双的特种人物似乎并不知道：他们每一次都自以为得计，实际上，他们每一次都更深地陷入了对方设置的陷阱之中……

第十七章

　　一声清脆的金属铿锵音响，使华子良不禁抬眼循声望去。目光刚落到那发出声响的地方，他不免惊异了。

　　没有看错，是那许久以前被塞进了许多木箱和竹箱的两间房屋。刚才听到的声响，是有人在那里开锁。令华子良十分惊异的是，这人竟不是特务，而是一个跛子，一个被囚禁在后面瓦房院中的囚徒。

　　华子良多次见到过这跛子，四十左右。穿一身灰布长衫，蓄着不长的披头，眉眼端庄，神态自若。他打开了锁，用手一推，门咿呀一声开了，便缓步向那黑黢黢的房里走去。

　　这跛子只是稍微有一点跛，走路很平稳。仿佛是有意要让人们看明白他走进那屋子里似的，他在进门时习惯地把双手反背在身后，摇晃着那串钥匙，发出一阵叮叮当当的响声。

　　这跛子是谁？人们早就听特务叫过他的名字，田光祖。据说他曾经是川军中战功赫赫的著名战将，一度虔诚地信奉过基督教，后来"左倾"，才成了共产党……过后，狱中又传说：这跛子的真实名姓不叫田光祖，田光祖这个名字是敌特机关给他取的假名。因为他说话带着浓重的川西口音，于是，有人认定：这位田先生其实是川西著名的爱国抗日宣传家车耀先。他确也曾经是川军中威名四扬的战将，那只跛脚就是证明。

因为他曾在战场上受过伤,负伤后,头顶骨也比常人少了一块。

就是这么一个人,敌特机关怎么会把钥匙给他?而他,为什么居然会从敌特手中接过那把钥匙,难道他要去为敌特机关服务?而且,你看,这位一向不苟言笑的田先生,竟在众目睽睽之下,还故意摇晃那串钥匙,一点不脸红,手也一点不颤抖。他仿佛是那样地悠然自得!

这神态,太引人注目了!谁也不曾料到,在敌特机关表面上似乎放松管理,实则暗中采取种种手段加紧控制的情况下,这位田先生公然当众演出这么一幕活剧来!

自从田光祖毫无顾忌地进到那两间破房子那天开始,几乎是每一天的同一个时辰,人们都可以听到那开门的声音,看见他缓缓地走进那两间房里去。只要他进去了,那门就总是开着的,好像这一切都很光明正大。

无论谁走过那里,都可以清楚看见,那两间黑咕隆咚的破瓦房,又矮又脏,到处是尘埃、蛛网,乱糟糟地堆满了书。一连许多天,田光祖总是在那里搬动、整理那些乱糟糟堆积如山的书,一捆捆地解开,把基本完好的一叠叠地清理在一边,又把破损的一叠叠地堆放在另一边。书捆太多太乱,整整塞满了两间破屋子,几乎没有插脚之地。他只好先从门口开始,渐渐开出一条路来,终于慢慢地开拓出一个空间,把那些书籍堆放整齐了。因为只有他一个人做,脚又跛,有时候,可能因为里面的光线过于暗淡,还不得不把一捆书搬到门外来清理,显得很吃力。但他却极有耐心。

以后,又是一连许多天,田光祖就开始修补那些破损的书籍。他独自坐在那破房子门口边,默不作声地剪贴、装订,像绣花一般仔细。

直到这些事情都做完了,人们才看见,王逵派人送了几张玻璃瓦来,安在那两间破房的屋瓦上面。从此,田光祖才不那么老在门口边做什么了。

接着,一桩令人奇怪的事发生了。一天,那破房子的门上,忽然醒目地贴了一张白纸,赫然写着三个大字——

图书馆

一阵"噼噼啪啪"的稀疏、罕见的鞭炮声传来,王逵、张瑞带着一群特务,满脸堆笑地来这新开的图书馆表示祝贺了。这些特务十分知趣,只在那两间破房子里转了转,便全体匆匆离去。

对于那些在瓦房院附近放风的人们,对于那些从不曾想过在这与世隔绝的地方居然会有图书馆的人们来说,这真是一件新鲜事。或者出于好奇,想看看它究竟是一个怎样的图书馆;或者是想探索敌特机关究竟又在玩什么花招;或者是由于长期极其枯燥的监狱生活,太无聊了,庆幸终于有了一个不致让人闷死的场所:人们在特务们走了以后,便稀稀落落地进了那两间破屋。

破屋里的一切,全变样了。新安装的亮瓦透进一片亮光,可以看见三两张摇摇晃晃的木桌,四五张木制或竹制的书架。书架上整齐地排列着一些精装书和平装书,还平放着一些线装书。这些书籍一般都是纸质、装订较好的。书的种类却是五花八门:有正中书局、提拔书店出版的什么《我的奋斗》《墨索里尼演讲集》《蒋中正言论集》之流看了就令人生厌的东西;有商务印书馆出版的《万有文库》和《辞源》之类的工具书;也有大达书局出版的《镜花缘》《西厢记》《西游记》等古典作品。后两类书籍,多半经过仔细的修补,还看得出糨糊粘贴过的痕迹。另外,还有两三张木桌上也堆满了书,大多是有待整理、修补的;木桌下那些破烂的书籍,看来已无法修补,只好乱糟糟地扔在那里了。

在这样一个地方，开办如此一个图书馆，好像在这个封闭的世界里，打开了一扇小小的窗口。来到这里，毕竟还可以闻到一点书斋气息。人们实在太孤寂、太闭塞了，渴望知道外部的大千世界。但自然，特务机关是不允许放一点新鲜空气进来的，所以许多书又都散发着封建的、法西斯霉菌的气味，这又很令人失望。因此，有时人们来到这里，主要并不是在看书，而似乎在观察什么动静。

唯有一个人例外，倒好像认真在读书。在经过那两间破瓦房时，经常都可以听到他抑扬顿挫、很有节奏感的琅琅读书声——

晋太原中，武陵人捕鱼为业。缘溪行，忘路之远近。忽逢桃花林。夹岸数百步，中无杂树，芳草鲜美，落英缤纷。渔人甚异之。复前行，欲穷其林。林尽水源，便得一山。山有小口，仿佛若有光。便舍船从口入……

一听那带着浓重川西语调的口音，便知道是田光祖在朗读。可谁也猜不透，此时此刻，他为什么会对陶渊明的《桃花源记》产生兴趣？他像一个冬烘先生似的大声朗读，又是为了什么？难道仅仅是想引起大家对他的注意吗？

田光祖朗读时，多半坐在那小小图书馆的门口。那里摆着一张摇摇晃晃的书桌。一堆正待修补的书，外加剪刀、糨糊、废纸之类修补书籍用的工具和材料，把那小小的桌面堆得满满的。他正在朗读的《古文观止》，在那桌面上怎么也容不下，只得摆在书桌侧边的书堆上。读罢《桃花源记》。他又朗读起李华的《吊古战场文》来。这都是《古文观止》精选的名篇。

应该说，田光祖对这些名篇太熟悉了。他早已倒背如流。他虽翻开了书本，两眼却并未落在书上，像是在那里自我陶醉地背诵。同时，他还极认真地用剪刀、糨糊修补着面前的破书，或者给缺少封面的书填写上书名。他似乎沉醉在一种无穷的乐趣之中，又不时留心着进进出出的人们。作为图书馆的唯一经管人，他倒是克尽厥职的。

浩浩乎，平沙无垠，复不见人。河水萦带，群山纠纷。黯兮惨悴，风悲日曛。蓬断草枯，凛若霜晨。鸟飞不下，兽铤亡群。亭长告余曰，此古战场也，常覆三军……

这田光祖真是个奇怪的人。谁也不知道他在关注着什么。但又谁都感觉到，他那样认真地经营、管理这个小小的图书馆，似乎隐藏着什么秘密，有待人们认真地去观察、研究、发现……

怀着种种猜测对这图书馆冷冷地进行观察的，几乎包括了生活在这世界里的所有囚徒。从熊树人、尤玉生远远眺望的眼神中，华子良就领悟到他们是在想着同一件事。尽管他们被囚在不同的牢房里，却又不约而同地把注意力都集中在那两间破瓦房去了。

华子良和熊树人、尤玉生相互交换的目光，使华子良感到，他们对田光祖开办的这个图书馆的认识是一致的。敌特机关为什么要开办图书馆，特别是让田光祖来开办这个图书馆，固然十分可疑。然而，更令人生疑的则是，尽管经过仔细观察，他们居然没有寻到特务机关暗中对它进行控制、监视的迹象！华子良深感蹊跷，更加小心谨慎地注视着那两间小屋。

不久，华子良便发现，在那来来去去的人群中，有几个传闻来自新四军的人物进出得特别频繁。那两间破屋似乎已经成了许多人暗中交往的一个中心。

对那几个传闻来自新四军的人物,华子良早就在注意观察他们。从南京被秘密押解去华中的途中,他见到过新四军贴的标语,曾隐隐觉得这支部队很可能就是过去的中国工农红军。后来,在水乡时黄以声也说过,新四军确是红军改编的,当时他并不怎么相信。现在,看到这些人被特务机关抓了来,又被囚禁在这样秘密的地方,想来他们该是真正的革命者了。

然而,这些人给他的第一个印象又使他生疑。首先是他们头上戴的旧军帽,帽檐上没有留下红五星的迹印,倒是很明显地留着一个国民党帽徽那种圆圆的迹印,简直同国民党军队戴的那种帽子没有什么区别。在这一群人中,有些人,比如那个老王,那个叫齐晓轩的,似乎连一点军人的起码气质也没有。齐晓轩个头不高,瘦削,戴一副咖啡色框的近视眼镜,言谈举止总是慢条斯理,斯斯文文的;那个老王比齐晓轩还要矮瘦,竟日沉默无言,老倚在齐晓轩身边闭目养神。哪里像个从部队里下来的人呢?倒是只有老袁,虎背熊腰,总挺着个胸膛,大步走路,大声讲话,很有点军人豪放粗犷的气概,可惜太粗了,颇似一个四肢发达、头脑简单、缺乏心计的角色……

隔了一天,华子良又同熊树人远远地相互交换目光了。熊树人显然也注意到了这一切,只是暗示他还需要再看看。

华子良继续不动声色地观察着。终于他注意到了一个新情况,那小小图书馆的钥匙,不光田光祖手里才有,连特务头目王逵、张瑞手里也有。就在这天中午,田光祖被王逵、张瑞支开以后,王逵用钥匙开了图书馆的门,随即把老袁、老王找了进去,他们在里面耽搁了很久,不知在干什么。远远地,只偶尔听到老袁在大声呵斥,好像发生了什么争吵。这天晚上,王逵、张瑞又找了一些人去,是些什么人,华子良无法看清楚。那两个特务头子在捣什么鬼呢?

第二天，似乎又归于平静了。田光祖又照常坐在小屋门前诵读他的古文。但这平静，似乎又有点不同寻常。

下午，华子良和熊树人在厕所光线暗淡的一角偶然相遇，从对方的眼色中，他知道熊树人已弄清楚了昨天发生的一切。

熊树人低声告诉他："……还在追……暴动的组织……"

这是一个令华子良十分震惊而又兴奋的消息。原来，去年新四军在奉命北移抗日的途中，突然遭到国民党军队的包围袭击，上千名指战员被捕。在押解途中，他们曾在茅家岭、赤石等地暴动越狱。老袁、老王和目前关押在这里的一些人，都是因为掩护同志们胜利脱险而再度被捕的。这些早就听到的传闻，现已弄清都是事实。王迭、张瑞找他们谈话，是想追查谁是主要的组织者。临分手时，熊树人还低声告诉他："齐晓轩原是《新华日报》的编辑工作人员。这次王迭也找他谈了话，要他保证不再逃跑……老齐回答得很干脆：'我只能向你保证，脚长在我身上，只要有机会，它当然会跑的。'"华子良听了，对齐晓轩的崇敬之情不禁油然而生，对这些同志在图书馆频繁进出也理解了。

既然任何人都可以自由地去那两间破屋游逛，有一天，华子良看见蒋介石的侍卫队长何路通，也兴冲冲地一头栽进去了。隔不多久，这家伙摇头晃脑，拄着拐，夹着一本书，满脸红光地从那图书馆里钻了出来。还如获至宝般高声怪笑："哈！这真是踏破铁鞋无觅处，得来全不费功夫！"

何路通为何如此兴高采烈？他立刻把夹着的那本书举过头顶，自己揭穿了那秘密："猜！这是什么宝贝？——《麻衣神相》！我认识这本书的作者！照说，他还是我的师弟呢。哈哈哈哈，我就是神相爷。不信，请我何路通相相面，就会知道灵不灵！"

何路通相信神相爷那一套，这不足为奇。奇怪的是，同耿直的黄以声将军相好的另一位文化人——西北《文化日报》社社长宋绮云，竟也相信神相爷那一套。竟日穿西装，戴副眼镜，颇有学者风度的宋绮云，也去图书馆找了几本相书来研读，而且，还居然与人大谈相面。甚至一些特务，包括驻守在这几座瓦房院之外的武装特务，也不断去求他相面。华子良还多次听见特务们议论纷纷，"瞧，别小看宋先生，真有学问！""他只消看你一眼，就把你祖宗三代，一生坎坷，全说得出来！真神呀！"

这样一来，这小小世界里除了那个图书馆之外，暗中又形成另一个新的活动中心。这个中心就在往常极其严肃、沉默寡言的黄以声独居的囚室旁边，即宋绮云和他夫人被囚的那间小屋里。求宋绮云相面的各色人等，常常把那间小屋挤得水泄不通。实在挤不下了，宋夫人只得把小萝卜头抱到屋外去，才勉强腾出一点让宋绮云从容相面的地方。黄以声对这一切似乎一点也不觉烦恼，尽管他不靠近，也不参与相面，只是远远地看着。有时还一边用手抚摸着他心爱的小猫，一边极有兴致地听宋绮云说古道今、海阔天空地论相。有时，黄以声还介绍几个东北籍的特务给宋绮云，请宋给他们相面。

再进一步观察，华子良才似乎恍然大悟：原来，人们传说宋绮云看相如神的原因之一，是因为宋还精通医理，会察言观色，懂得望闻问切那一套中医医道，会开药方。难怪，张天顺父子也常挤到宋绮云那里唠唠叨叨，一坐就是半天。甚至那位曾在滇缅路上大发国难财的胖子，在这举目无亲又生怕病魔缠身的境遇之下，也自动向这位神相兼神医靠拢了。

华子良总觉得，宋绮云毕竟不是神相爷之类的角色，却又怎么也探测不出宋绮云这样做，仅仅是因为闲极无聊，乐善好施，还是另有目的。

再进一步仔细观察，华子良没有从宋绮云身上寻到新的线索，但他却从宋绮云复杂的人员交往中，隐隐觉察到，老袁、齐晓轩那些人不时也在那儿出入，似乎在进行什么极机密的活动。只是他们的活动极其稀少，十分隐蔽，要不是十分留神，要不是由于极其特殊的机遇，任何人都休想寻出点蛛丝马迹。这不仅因为他们善于进行隐蔽斗争，还因为他们革命者的身份在这里是公开的，敌特还在暗中对他们进行盘问、监视。他们彼此的联系方式，和华子良、熊树人、尤玉生之间的联系方式极其相似，只不过一眨眼、一举手，彼此似乎就沟通了。他们和黄以声、宋绮云之间极少讲话，很难觉察有什么特殊的交往。要不是华子良偶然碰见彭松山突然去找老袁谈话，又从宋绮云的目光中发现了一种不同寻常的关切，华子良根本就无法发现他们之间的秘密。

再见到彭松山以来，华子良眼中的彭松山一直是这样一副模样：总是默默不语，独来独往，很有点神志不清的样子。彭松山突然去找老袁谈话，这完全出乎华子良意料。彭松山怒目直视老袁头戴的那顶军帽的神态，华子良完全能够理解：彭松山对那军帽上留有国民党帽徽的圆形印迹，有着一种天然的仇恨和反感。这时候，宋绮云连忙转移人们对彭松山和老袁的注意，齐晓轩和老王也同时用自己的身体遮住了别人的视线，但华子良最后看到彭松山离开时的神态竟变得意外开朗时，他又如坠五里雾中了。彭松山的突然变化，使他对这些人之间的关系不能不产生新的认识，甚至怀疑彭松山的精神，也许根本就不存在什么问题……

隔了些时日，华子良又隐隐觉得，这一切，似乎都跟那个竟日坐在图书馆门口，不言不语的田光祖有关。

人有某种预感，常常都是有一定根据的。可是现在，华子良尽管有一种日益强烈的感觉，却又怎么也说不清这一切和田光祖究竟有着什么不同一般的关系。田光祖作为图书馆管理员，他理应坐在图书馆门口；谁要进到那两间破屋去，谁要去借书，都会和田光祖发生接触，这也是极其自然的。问题是处在田光祖现在这特殊地位上，他和所有这些人自由交往时，究竟要做什么？一句话，他是按特务机关的意图行事，还是按他自己的意志行事？

这是一个极难探测的奥秘。熊树人、尤玉生似乎也在找寻这个奥秘。但他们都很清楚，这就像人类探索宇宙奥秘一般艰难，要是没有一个特定的机会和条件，谁也别想取得一点进展。

阳朗坝的雾霭毕竟比天主堂的小得多，早饭以后，几缕阳光透过浓云密雾，又射到这小小的特别世界来了。

伫立在牢门口眺望的华子良，看见图书馆的门已经开了。那两间破瓦房内似乎又出了什么新鲜事，早已有人在那图书馆门口探头探脑，从那里进进出出。

蓦地，在朗朗阳光照射下，一个年轻姑娘正从那图书馆门口走了出来。华子良顿时感到说不出的惊喜：这姑娘不正是他早想看见，而又始终没有看见过的那个名叫雷小萍的记者么？一点不差，正像熊树人曾经告诉给他的那副模样：身着银灰色的连衣裙，不仅极好地勾勒出了她自然大方、体态健美的身姿，更烘托出了她在这特别世界中超凡脱俗、纯洁高雅的风貌。可是，这么早，她到图书馆去干什么？还有走在她前面的那个中年人又是谁呀？

来不及细看，雷小萍和那个中年男人的身影，瞬间便被两座瓦房院之间的围墙遮没，看不见了。但这两个在他眼帘边匆匆闪过的身影，却总是使他眷恋。不知为什么，他总觉得：这两人和那神秘的图书馆，以及和他自己似乎都有着难解难分的关系。特别是那个瘦高的中年男人，长条形、瘦削的脸上，架着一副深度的近视眼镜，这神态，他似乎在哪里见过。但这人穿的那一身类似老袁那样的新四军灰布军装却又使他怀疑是否见过此人。

会是谁呢？是不是那个和田光祖同囚在一起而极少出面活动，据说叫张世英的人？华子良从未去过那座大院，他也不认识张世英。正在思虑，不料雷小萍又忽然出现在眼前了。

远远地，华子良瞥见雷小萍跟着那中年男人一道，又进了图书馆。

奇怪，他们又回到那里去做什么呢？

图书馆门前聚集的人，比哪一天都多，但又不像是去图书馆借书。除了少数几个人进了小屋，大多是在那门前张望什么。

华子良也被吸引着奔去那里。他抬眼一看，两眼不觉盯在了图书馆门侧张贴着的一张纸上。白纸上写着几行工整的字迹：

阳朗剧团筹备组启事

本剧团即将成立，并拟近期上演。竭诚欢迎推荐剧本、剧目。竭诚欢迎参加本剧团之一切工作……

在这里，居然要筹建什么剧团，还居然张贴广告，招兵买马！特务机关听任这样的活动，又毫无干涉之意，这直使华子良觉得蹊跷。

这个启事公开张贴在图书馆门前，就不能不使人思量它和图书馆的关系，从坐在图书馆门口朗读诗文的田光祖的神态看，毋庸置疑，这位田先生早看过那赫然贴在门侧的那张启事了。

拥挤的人群闪开了些，华子良目光一闪，又看见在那张白纸黑字的启事左下角，还写着一行小字：

凡愿参加者，自即日起，请在图书馆田光祖先生处登记。

这说明，田光祖不仅早就知道这件事，而且，看来还和他直接有关。他那不动声色的神态，就似乎说明了他对这件事的全部态度。

奇怪的是，站在一旁的齐晓轩、老袁、老王、黄以声，竟对田光祖报以赞赏的一瞥！

这使华子良不觉信步向那两间破瓦屋走去。刚接近图书馆门口，眼波一闪，他不禁吃了一惊，简直不敢相信，就在门口田光祖那张堆满了书的桌上，摊着一张写有"阳朗剧团自愿报名名单"的纸，已经写下了一串名字。在那些墨迹未干的名字中，他居然还看见了蔡梦英、雷小萍两种清秀的笔迹！

华子良再也不想向前走了。他再也不想去细看那些名字了。凡是参加剧团活动的人，不是还要在这里粉墨登场，公开献艺么？

但在这时，华子良从熊树人、尤玉生远远投来的充满迷惘和不安的神色中，更深深地感到震惊了！他们为何迷惘不安？显然，熊树人和尤玉生已注意到，他们颇为钦佩的雷小萍也公开陷入这场可耻的闹剧之中！

顿时，华子良猛然觉得，有一种极强有力的力量，正在影响、吸引着这里的许多人，使他们不知不觉地落入一种难以预测的圈套之中！这力量及其真正的决策者，不像是年轻的雷小萍，也不像竟日坐在图书馆门口朗读诗文的田光祖。那么，又会是谁？

是雷小萍紧跟着的那个极少露面的中年汉子，还是敌特机关的什么人？或者竟是他们在合谋？

华子良再也想不下去了。他厌恶地转过身去，正想走开，一抬头，便碰见一束强烈的光波直射着他。

那是一对带着赞赏而又有几分好奇的黄色眼珠。华子良已得知，到这里来的那些外国人是美国军人，但谁也不清楚他们来干什么。此刻,他自然也不明白眼前这个穿着军便服的美国人为什么会钻到这里来,还用那样一种好奇的目光望着他和这世界。华子良已见过好几个美国人了,却从未见过这个似乎极其随和的美国人。华子良不想理睬这个仿佛想和他攀谈的美国人,正要迈步走开,美国人却开口招呼道:

"哈啰。请问,你对成立剧团这样的事,不感兴趣?"

一口纯正的北京语调,发音吐字清晰。华子良没有搭理,自顾走开。那美国人却不慌不忙地跟在他身后自我介绍道:"我叫布鲁克,美国海军上尉。先生,你不能谈谈你真实的感受么?也许,有这些比没有更好一点?是的,也许这些书太少了一点?"

华子良走远了。但布鲁克后面那段话,听来不像是对他讲的,而是对在那里走动的其他人讲的。这些美国军人为何跑到这里来,他们是不是美国特务机关派来的?一个新的复杂的问题,顿时沉重地压在华子良心上:美国特务机关也卷进来了,深深地卷进来了……这,可是需要认真对付的呀!

第十八章

不是布鲁克，而是曾在那有着苗寨风情的山间小屋中出现过的三个人——那个面貌平庸的高级军官、军委会全权代表、和由他们陪同的美国军人，在众多侍卫人员簇拥之下，钻进这几座瓦房大院来了。

华子良确信自己没有认错，紧盯着他们钻进那个手里捻着佛珠的老太太住的小院。也许是出于好奇，或者是出于某种需要只去拜会一下，所以，很快又从那小院里钻了出来。接着，人头在瓦房大院的围墙间晃动了一阵，又钻进了囚禁张世英、田光祖那座瓦房院。他们在那里面待了许久，一直不见出来。

华子良很想就近去看个明白。在修缮组里，他本来就负有清扫的职责。张世英他们被囚禁的那座瓦房院围墙一带地面，已经有好几天没有清扫了。他这时去清扫，不会引起任何猜疑的。

等他去拿了扫把，缓缓向那座瓦房院扫去时，他想，也许还来不及扫到那靠近路口的地方，还没听见他们究竟在那里胡扯些什么，那伙人早走了。

果然，华子良还没扫到那路口，就听见那伙人从张世英那座瓦房院一阵风似的出来了，他只看见一群人离去的背影……

围墙外边，响起了阵阵清脆的铃铛声。华子良从围墙的缺口循声望去，那群人已骑上马背，脸上似乎都洋溢着一种心满意足的兴奋，向着蓝天白云，向着黑黝黝的山影匆匆策马而去……

那三个特殊人物为什么要钻到那个老太太住的小院去？又为什么要钻到张世英住的那座瓦房院去，而且那么兴奋？

要是早来一步，也许就能贴近看得真切一些，也许就能看出一点端倪来了，恰恰晚来了一步，这使华子良越想越觉得不是滋味。尽管这是山间极罕见的好天气，不仅可以看见蓝天白云，甚至可以看见远远的青山，但他都没有心思去看。围墙之外的马蹄声，也引不起他抬眼一瞥的兴趣。

从张世英住的那座瓦房里，又传出了轻轻的脚步声。

肯定是谁进去了。怎么啦——自己刚才竟一点没注意到？

哦，不对，是有人从张先生那间房里出来了！是一个姑娘，是雷小萍。她依然是那样一身装束，银灰色的连衣裙，体态健美，风姿飒爽，一下子便吸引了华子良的视线。但太阳的逆光令人眼花缭乱，他还没有把那姑娘的面目看清楚，有如一团白云，她已沿着一截低矮的围墙边飘得无影无踪了……

哦，雷小萍隐没的那条路，不是通向女牢房的路。那么，她到哪里去了？

哦，那是去对面那座瓦房院的路，她去那里做什么？她这么频繁地去找张世英，又是为什么呢？

茫然伫立在阳光下的华子良记起来了，对面那座瓦房大院也几天没清扫了。他该到那座大院里去看看。

通向这座瓦房院落的围墙附近，在两处最不显眼的转角处，隐藏着三两个看守特务的暗哨。从暗哨小孔里射出的犀利的目光，似乎在警惕地监视着他；又仿佛对他了如指掌而不屑一顾。华子良并不在意，只顾盯着扫把尖,边走边扫。待到扫过那截较矮的围墙,他又被另一个暗哨里的监视的眼睛盯住了。华子良依然好像漫不经心地扫自己的地,一步一步靠近了那座瓦房大院。

哦,华子良终于碰到友善、关切的目光了!那是多时不见面了的张天顺父子,在亲切地注视着他;那是尤玉生,还有那个小华,和小华牵着的一个约莫三岁的小孩——宋绮云的儿子小萝卜头,也在远远地看着他……

再转过一个天井,所有这些追逐他、监视他,或者友好地注视着他的目光,一一消失之后,华子良来到了一个新的地方。他很少来这里,因为监视特别严。在这被又一层围墙曲曲折折圈住的院落里劳动的,全是在印刷组工作的囚徒。他不需抬眼去看他们,那些人排字、印刷和装订的情景,他似乎早见到了。

华子良知道,熊树人、彭松山都在这个组劳动。但这里人多,不能打听,要寻他们,颇非易事;他只好孤零零地在路边扫地,希望他们能发现他。

华子良目不旁视地缓缓扫着地,再向前扫过一段路,就听不见印刷组喧嚣的声音了,仿佛进到了一个无人的世界。这时,他停下手中的扫把,揉揉干涩的眼睛,睁开眼,不觉一阵惊喜。

哦,熊树人就站在面前!也不知是从哪里钻出来的,正对他微微笑着。那安详的神态,像是有什么事情要告诉他,又像是在提醒他:在这里,尽可以放下扫把歇一歇,决不会有任何人来打扰他们的谈话。尽管敌特在这座院落里布置了种种严密监视的网络,但这个不大引人注目的小角落,却受着熊树人和他最亲密的朋友们的保护,真是个安全、隐秘的地方。

华子良打量着四周。这小角落的实际位置,确切地说,是在两个山堡之间。依山修筑的起伏不定的围墙,把两个高低不等的山堡隔成两半,一半留在围墙里,另一半留在了围墙外。而这里正处于两个山堡之间凹下去的地方。由于它地势较低,又由于围墙的遮掩,无论从什么角度,别人都休想看到这里;但从这里,却又可以清楚地看到许多地方,这完全是因为有那道围墙。

那依山起伏的围墙,由于建筑在高低不平的地面上,日久天长,风吹雨淋,墙体上自然形成了许多弯曲的罅隙,还长出了一些绿色的苔藓和藤蔓,恰恰在藤蔓最密的地方,又裂出了一个非常奇特的小孔。从围墙里看这小孔和人眼一般高,正好可由此向外探视;但在墙外,它又比那条石板路高出大半截,从那路上来去的人,谁也不会注意到藤蔓覆盖的地方竟会有那么一个小孔。所以,站在墙内可以十分方便地就看到墙外的一切动静,而又不致被人发现。

也由于这起伏不平的地形,这段围墙升到山堡的顶端,又形成一个十分方便的瞭望点。在那里,一眼就可以看到邻近那座瓦房院,同样也不会被人发现。

华子良赞叹说:"这真是个好地方!"

"看,那就是张世英住的那个院落。"熊树人低声说,"张先生就住在那间敞开着门的房子里。军委会那位全权代表进去许久了,还没有出来。"

华子良简直没料到,那位全权代表居然还没出来。他抬眼望去,那座院落里正厅房的门果然是开着的,但却一点也看不见那门里的景物。他只看清楚门前有几级石阶沿,阶沿下长着一株枝叶茂密的橘树。

"喏,那是谁出来了?"

"会不会就是张世英?"

太阳的逆光使人一时看不清从厅房门里走出来的人。只隐隐约约见到一团黑影闪了出来,摇摇晃晃,一拐一拐似的。他们立刻断定,此人不是张世英,而是田光祖。

一瞬间,那黑影下了阶沿,立在阳光下,果然是田光祖。他腋下还夹着一叠书,高一脚低一脚地正缓缓向前移动着脚步。他忽又站住了,抬头望望蓝天,点点头,像想起了什么似的,把手中挂着的那根极粗糙的竹杖向地上一插,回头向厅房里喊道:"老罗,算了。你要的那本书,我回来时给你带来吧!"

厅房里没人应声。田光祖又抬头向蓝天望了望,便一提竹棍,向围墙外走去了。

"这么说来,那位名叫张世英的张先生不姓张?"

"完全可能。就像田光祖的那个名字一样,是特务给车耀先取的化名。"

"车耀先叫他'老罗',也许这人本来就姓罗吧?"

车耀先的步履声渐渐去远以后,在朗朗阳光照耀之下的这座瓦房院里显得出奇地静寂。

石板路上传来一阵"橐橐,橐橐"有节奏的步履声。这声音吸引他们把目光投向围墙之外。

步履声在围墙外倒映着蓝天白云的一处水塘边停了下来。华子良立刻认出那瘦骨嶙峋、弱不禁风的身影,是齐晓轩。不过,齐晓轩独自一人悄悄在水塘边停留下来,难道是为了欣赏那蓝天白云在水中的倒影?他会有如此雅兴?

"咪咪,咪咪……"阵阵呼唤声从那水波荡漾的池边飘来,那碧绿的树丛后面随即露出一只黑白相间的花猫。它一跃而出,跳落在水池边的一块石头上。它刚转过头去,树丛后一个挺胸直腰、穿一身整齐军装的军人追了出来。哦,是黄以声!他"咪咪"地唤着猫,走到齐晓轩伫脚的地方,便止了。

华子良和熊树人都不曾想到,齐晓轩和黄以声会在这里秘密会见。他们都极感兴趣地注视着。黄以声似乎不断呼唤着他心爱的小猫,又极聚精会神地倾听齐晓轩对他谈着什么,偶尔,他们也交谈几句。不过几分钟,谈话就结束了。黄以声同齐晓轩握了握手,便弯腰逮住他那心爱的小猫,抱在怀里轻轻抚摸着,看了齐晓轩一眼,转身迈着军人庄重的步伐大步走了……

齐晓轩在原地停了片刻,东看看西看看,也悠然地离开了那里。

"喏,这家伙终于出来了。"

华子良一听就明白,熊树人讲的是谁。太阳光移动开了些,一线阳光正照在瓦房正厅之前。从张世英住的那间房门里,一个身穿细呢军衣的人走了出来。随后,跟出一个穿长衫、戴眼镜的中年人,似乎是在送那个军人。阶沿边那株常绿的橘树遮没了那穿长衫者的大半身影,远远只能看见个模糊的轮廓。或许是穿长衫的缘故,比起华子良见过的那身穿灰布军装的中年人,显得瘦高些,但毕竟很相像。华子良想,这应该就是张世英了。

那穿细呢军装的人下了阶沿,一进到阳光照亮的地方,华子良一眼就认出来,正是那位军委会全权代表!他正回身向送他出来的人连连挥手告别。

"是他!"

熊树人突然发出小声的惊诧,不觉使华子良一惊。他随即追问道:"谁?"

"你看他那挥手的姿势,看出什么破绽没有?我观察很久了。你看他那身材体形,多像……在水乡的时候,我就生疑,但却被他那伪装的语音骗过了!"

"谁？"

"你看，这位军委会的全权代表，不正是你我都认识的 Dr. 沈？"

听熊树人这么一说，华子良猛想起那天在山间小屋花坛边他心中产生的疑团。现在仔细观看，那位全权代表移步的动作，确实和他八年前在北平见到的 Dr. 沈一模一样。

望着 Dr. 沈渐渐远去的背影，华子良脑海里顿时浮出一连串疑问：Dr. 沈为什么不再戴黑面纱？为什么要隐名埋姓？他，又为什么老在张世英的房里进进出出？他和张先生难道会有什么特别关系？

想到这一层，华子良不觉又把目光移向了那阳光灿烂的大院。哦，刚才还站在橘树树荫后面的张先生走下阶沿来了，似乎在踱步沉思。

哦，那高瘦的体形，那条形脸，那眼镜……怎会那么熟悉？想一想，在哪里见过？在北平？在汉口？在重庆？在川北？

对，就是他！车耀先不是叫他"老罗"么？华子良相信自己的眼睛，决不会看错。石大山改名沙松林，他多年找不到，后来在北平还是找到了。八年前，在川北，在重庆，他都寻访不到的上级——省委书记罗世文，今天又怎么不可能在这里找到呢？尽管他已改名张世英，但他改变不了他的神态、身影！华子良还是想起来了，认出来了！然而，此时此地，和当年寻到石大山完全不同，他一点也没有欣喜之情，只是感到愤慨和震惊。

"怎么——你认识他？"

"不，他不姓张。"

"他是谁？"

"四川省委书记罗世文。"

"张世英这个名字，同样可能是特务机关取的。"

"他现在和 Dr. 沈他们……十分可疑！"

"沙沙……"，近处忽然出现的步履声，使熊树人警惕地拉了华子良一下，他们立刻会意地分开了。

山间的阳光毕竟来得特别短暂，湛蓝的天空瞬间便被乌云所笼罩，又变成了雨雾茫茫的世界。熊树人分手前最后叮咛他的那句话："既然他认识你，尽管你被拔了牙，又时隔多年，他可能不认得你了，但你还是要特别警惕！"好似那迷蒙的雨雾一样，一直伴随着他，在他耳边回响。

哦，又是谁，竟敢在这样的地方，吟唱着什么歌——

骑白马，挎洋枪，
三哥哥吃的是抗日军粮，
心想回家看姑娘呀，呀呵嘿嘿，
要打鬼子顾不上！
……

是个小伙子在唱么？不，是个勇敢的女声在唱。那声音里带着思恋、向往，更带着一股激情澎湃的力量！

华子良多年未听到真正的歌声了。这令人心潮激荡的歌声，居然没有遭到压制，让它在这空际飘扬，直至它似乎早已停歇了，还仿佛在他心底流淌。

暮色渐渐笼罩在人们头上的时候，那歌声又仿佛从云端忽地飘然而来：

河里的水，黄又黄，
东洋鬼子太猖狂。

昨天烧了王家寨哟，
今天又烧李家庄。
逼着那青年当炮灰，
逼着老年运军粮。
炮火打死丢山岗，
运粮累死丢路旁！
这样活着有啥用哟？
拿起刀枪干一场……

还是那女声。那如此大胆、无比爽朗的女声！只几句短歌，就把一个伟大民族抗击日本帝国主义侵略的决心和气概，带到了这与世隔绝的崇山峻岭之中。

在苍茫暮色中，像一朵白云从那瓦房大院飘过似的，不就是那勇敢的歌者？正是她——穿连衣裙的女记者雷小萍，用她的歌声，把祖国人民不屈奋战的信息，真切地带到华子良身边来了！然而，华子良似乎因为亲眼看见阳朗剧团自愿报名的名单上有她的签名，又因为她和张世英、田光祖有着非同一般的关系，几乎完全不能接受这位歌者传递给他的感情……

也许因为白昼有过灿烂的阳光，夜间，在这偏僻的山野竟升起了罕见的明月。

皎洁，像山泉般清澈的月光，透过幽蓝的夜空，浸进了这与世隔绝的群山，也从签子门浸进了牢房。那令人思恋，又令人捉摸不定的歌声，又伴着皎洁的夜月，轻轻地荡开了——

岂有这样的人，我不爱他？

……
他是个真情汉子，从不弄虚假，
这才值得人牵挂——
就说他是……
他是这样爱得深、爱得真，爱得大，
他和祖国的命运不分家，
他爱朝阳，爱月夜，爱冰天雪地，爱春花。
爱春花、更爱扬子江上天边一抹红霞。
我爱他那一分傻，
更爱他跨着如飞的骏马，
越过青山越过水，
闯入森林闯入青纱，
咬定仇人不放他！
我——
但愿我和他是一对，
但愿他是我的心上人，
我爱他！

仿佛和皎洁的月光融成一体的歌声，是那样深沉、真挚。歌者显然是在向这世界公开吐露她内心深处真正的爱憎，倾诉她对火热生活的向往；也许，她心里真正热烈爱着的，比她公开唱出的还要复杂、还要深邃得多……华子良沉思起来：那位聪明伶俐的女记者，她心里到底隐藏着什么秘密呢？

和这罕见的好天气连着的，是一连串不晴不雨、昏昏沉沉的日子。比这发霉的天气还令人不安和窒息的，是那些不断在人们眼帘边晃动，像谜一样使人愤慨和生疑的面影!

那极难见到的张世英先生,华子良见到几次了。有两次还是迎面撞见的。他看得更真切了,更加肯定这个张世英先生,就是多年前他苦苦寻找的省委书记罗世文。罗世文藏在近视眼镜后面的眼珠一闪,似乎也注意到了他,又似乎很茫然,看不出有什么反应。这直使华子良捉摸不定:是由于自己经过多年的磨难,以致使对方根本认不出他来了?或者竟是对方早把他忘记了?

穿着美军便服的白皮肤外国人,也越来越经常地在围墙内外出现。看守特务明显地神气起来了,一夜之间,竟一律换上了美军便服;特务们佩带的大小枪支,也换成了美国产品。围墙里外,到处弃置着美制罐头、香烟盒之类的垃圾。到张世英住处去串门的中国特务、美国军人更多了。华子良一再听见特务悄悄议论:"……嗬,毕竟像张先生这样有学问的人有见识。""他和美国佬也谈得来呀!"有一次,华子良还看见罗世文和来访的那个名叫布鲁克的美国军人握手道别,说什么"中美应当联合起来,为反对法西斯而战!"

常去罗世文处串门的特务中,有一个头发梳得油亮,时而西装领带,时而军服笔挺,佩少将军衔的特务。许多去那里串门的美国人,都是由这家伙引见的。后来华子良终于弄清楚了,这家伙姓徐,是设在永靖镇一带那个庞大的特务训练班的头目;那些美国军人都是特务训练班的教官,显然全是一帮特务。

罗世文除了接待这帮中外特务的串门、拜访,还常常独自到那图书馆的两间破屋里去。每次去,几乎总是许久不见出来。

除了车耀先,和罗世文交往最密的,似乎就是那个多才多艺的女记者雷小萍。尽管华子良还不曾和这位才华横溢的女记者接触过,但他已留意到这位长于交际的女记者,几乎和这特别世界中的所有人都有来往。长时间不与人谈话的彭松山，她搭上了话；Dr.沈，以及王逵、张瑞之类的人物，她可以谈笑自若地和他们闲聊；甚至连何路通、刘厚这样的人物，她也可以哈哈同他们扯上几句，不能不使华子良对这姑娘和罗世文的行为，产生越来越多的疑问。

又一天上午，华子良借给房屋补漏的机会，进了印刷组那座瓦房大院，迎面就碰见了熊树人。

熊树人悄声告诉他："早上，小华看见雷小萍又到罗世文那里去过。不知道是不是和阳朗剧团要举行什么公演大会有关。"

这没头没尾的消息，直使华子良惊奇不解。但有一点几乎可以肯定：眼前发生的一切都和罗世文有关。是好是歹，就只看罗世文究竟意欲何为……

又一个难得有的阳光灿烂的早晨，王逵正式通知华子良："喂，你知道不知道——为了隆重庆祝息训班结业典礼，这里正在筹备举办联合公演大会。从明天开始，你就去那里听候调遣。"

第二天，华子良才发现，不仅是他，修缮组的几十个难友都被押上一条通向密林的路，来到一处阴森森的山岩前。开初，要他们在那山岩前披荆斩棘，修路，营造花坛；后来又要他们到一处临时搭建的剧场平整地基，清除瓦砾，装修舞台和座椅。

按照特务当局的规定，华子良他们都不许离开工地半步。但随着时光的流逝，华子良便发现，前面那座尖尖山就是那曾被人们叫作太阳石的山头。永靖镇上那座几乎焚于一旦的天主堂，依然完整无损地矗立在黑黢黢的尖尖山前。白骨洞附近，新建的一片鳞次栉比的房舍，无疑便全是极其机密的"中美特种技术合作所"在这里的大本营了。白骨洞上面那一排小洋房里，摆设的家具、用品，都明显地涂着"中美所"、"Made in U.S.A."（"美国制造"）的字样。从这些小洋房进出的，全是美国人。

临时剧场的装修工程快全部完工了，传闻中的联合公演，就将如期举行了。

一个山间难得有的星月之夜，华子良他们被赶去太阳石山下待命的时候，就在他们赶修出来的那座剧场里，早已灯火辉煌，座无虚席。从那剧场里不时飞扬出来的欢笑声、锣鼓声，突然爆发出来的喝彩声，在这黑黑的尖尖山中引起长时间的回声。

直到他们再次回到剧场时，华子良才弄明白：敌特把他们长久地聚集在那黑黢黢的山前，并不只是要他们去清扫那被人们污秽了的剧场，还要他们观看当晚最后的一幕演出。

剧场前三排座位前摆着一张张铺有雪白台布的条桌，桌上散乱地陈满了糖果、瓜子、茶碗。华子良一看，就知道那是为中美特务头目设置的特别座位。他的目光一排排扫过去，在第三排正中座位上一下停住了。是他！绝不会看错。那戴着眼镜昂然坐在三排正中的人正是罗世文！看到罗世文在这种场合居然潇洒自若，无拘无束的神情，华子良觉得自己的心在一阵阵紧缩。

一阵震耳欲聋的锣鼓之后，舞台灯光忽然大放光明，演出开始了，是著名的京剧《贵妃醉酒》。一阵又一阵喝彩声，在剧场里响起来。华子良对这出戏，并没有多大兴趣。他的目光老盯在第三排正中座位上。他靠那位置只隔着一条窄窄的巷道和面前几排看守特务的座位，因此能把前面的一切看得很清楚，甚至，当锣鼓声和喝彩声停下来时，他凭着自己敏锐的听觉偶尔还能捕捉到前面传来的谈话。

不时有几个白衣侍者在那里穿来穿去，侍奉茶点。他们对罗世文都极其恭谨。还有几位衣冠楚楚的显赫人物，不时同他点头招呼。看得出来，罗世文同他们之间有着一种非同一般的关系。特别是左边那个穿着西服的人物，不断同罗世文交谈着什么，显得十分亲密。华子良注视了好久，才认出来是那个经常在罗世文院子里进出的少将特务徐某。华子良模模糊糊有一个印象：此人似乎在水乡那所谓"民族复兴学院"的开学典礼上，曾露过一面，但没有讲话。他同罗世文为什么那样亲密呢？他们的交谈还夹杂着一阵欢愉的笑声。突然华子良捕捉到徐某带着浓重鼻音的一句谈话了："……世文兄，还记得我们一起在莫斯科孙逸仙大学的老同学蒋经国么？在莫斯科的那些日子，真是恍如隔世。经国兄托我问候你，还叫人带了点钱来，叫转致给你……"华子良突然感到像被什么东西螫了一下，坐不住了。要不是在眼前这种特殊的场合，他一定会愤然离去。但他现在不能动，甚至不能表露出丝毫愤怒的情绪。这时，一阵热烈的鼓掌、喝彩声猛地震响起来，才把他的注意力引到了舞台上去。

舞台上，那个饰演杨贵妃的女演员，正在浅吟低唱。华子良注意一听，就分辨出那声音同前几天听到的歌声，出自同一个歌喉。再仔细一看，饰演者原来是雷小萍。她的舞姿极为优美，想不到这个女记者竟还有这样一套表演才能。

雷小萍在舞台上的一颦一笑，一抬头一举手，都极生动地展现了人物的内心冲突；她那优美、婉转的唱腔，令人荡气回肠；那眼神……

怎么回事？那眼神好熟悉！

对，施飘萍就有这样晶亮的眼神！

几个月前，第一次听到尤玉生讲起这个"共产党要犯"雷小萍的名字，华子良也曾蓦然想起过施飘萍。此刻，注视着雷小萍的眼神，他禁不住又想起了施飘萍。她们的眼神何等相似！

华子良一下陷入了迷惘之中。脑子里老浮现出在北平火车站同施飘萍分手时的影子，她就是用那晶亮的眼神同他告别的。八年了，施飘萍要是活着，到今天不也该是一个亭亭玉立的大姑娘了么？再看看，不仅眼神，似乎眉宇间的神态也很相像！难道……

"哦，不，这决不可能！飘萍怎么可能变成一个八面玲珑的女记者？怎么可能会说外国话？"华子良否定了自己异想天开的幻想，压下了蓦然间闪现在心头痛苦的记忆。

当华子良从梦幻般的感觉中清醒过来的时候，一阵热烈的掌声已使幕布垂落下来了。他有点神情恍惚地清扫着会场的垃圾，连他自己也说不清为什么，目光总不自觉地移向台口，似乎还想看看那些将从台前走下来的演员，看看雷小萍下装以后，究竟是个什么模样。

随着剧场清扫工作接近尾声，剧场里的灯光暗淡了下来。台上的幕布已卸下来了，陆陆续续走下一些卸了装的演员。最后，雷小萍披着一件军大衣，也从台上下来了。她脸上浮着一种兴奋，迈着轻盈的步子，朝华子良走过来了。

近了，更近了！那双晶亮的眼睛忽闪着，华子良不禁感到天旋地转般的震动，是她！他是永远不会忘记她那神态的，正是当年在北平火车站离散了的施飘萍啊！

近了，她快要从华子良身边擦身而过了。真是鬼使神差，华子良忽然想试探证实一下，用近乎耳语般的声音，又像是自语似的低唤了一声："飘萍！"

对方猛然一愣，飞快地扫了他一眼，眉宇间似乎露出一丝惊诧。但一瞬间她就移开了目光，并未停步地从华子良身边走了过去。她好像什么也没有听见，迅速地消失在了黑暗的远方。

那惊诧的一瞥，在华子良心里掀起了一股难以平息的狂涛。是的，雷小萍就是施飘萍，而且，她可能已认出他来了。

然而，这难道是八年前在北平失散了的施飘萍吗？当年，施飘萍是那样纯朴、机灵、勇敢；而今这个带着记者身份在这里如此活跃的女人，又掌握在罗世文一伙的手中，谁能说她不是一个危险的人物！

她真认出他来了吗？她会向罗世文讲些什么？他们又会给他华子良带来什么呢？

第十九章

不知不觉间，华子良拿着扫把一边扫地，一边缓缓向前移动，绕过一处围墙，他又来到了印刷厂大院，悄悄溜到他和熊树人曾经秘密晤面的地点来了。

谁也不曾注意到他。但他却是有目的地到这里来，想和熊树人紧急会晤的。

其实，当他的身影还在围墙边缓缓向前移动的时候，熊树人就已看见他了，而且猜到如果没有特别紧急的原因，他是不会轻易来求见的。因此，他一闪进大院，熊树人灵敏的眼神就远远地暗示他，到上次谈话的地方，他得和印刷组的人打过招呼，很快就去那里。

来到那个安全而又隐秘的角落，华子良本可以随心所欲地向这世界自由眺望，看看罗世文那院子有什么动静，但此时此刻他却一点没有向任何地方眺望的心思。他已为近日来发生的种种怪事思索得够头痛了。在熊树人到来之前，他只想平静一下，什么事也不想。可是，当他在那僻静的角落独自等待徘徊的时候，许多往事又使他很难平静。

那该是八年前了。华蓥山地区和上级党的关系突然断了，他只得只身去某县城寻找省委书记罗世文的秘密联络点。到了那里，乍一看没有什么可疑之处，但近前一看，那用黄色黏土作墙，用三块长条石架成门框的房舍前后,既无安全联络信号,也没有留下任何危险的标记。他只得转身走开,去旅店暂住下来,打算等到天色黑定,再去查看一下。不料,天黑后外面下起雨来,他正要出门时,一个头戴斗笠的人,蓦地钻进他那间旅店小屋,暗淡的油灯光,只能照见露在斗笠阴影下的半边脸。没等他开口,对方已极其自然地向他大声发出一句问话:"客位,要不要滑竿呀?"他听出这是联络信号,刚要上前,来人一转身就匆匆向旅店外走了。

他慌忙追了出去,对方在旅店巷口驻了足,悄声对他说:"罗世文早不来这里了,他讲过:一定要找他,请去重庆联系。"华子良刚记住重庆那个极机密的联络地址,对方突然拍拍他手臂,取下自己的斗笠给了他,叮咛道:"你不能回去了,从对面走,赶快出城!真没想到,敌人下手会这么快!"

……这时,他才发现,县城已经戒严。石板铺成的大街上,到处都被拿着电筒、点着牵藤的武装士兵踩得乒乓乱响。他一闪身,穿过巷口,钻进一片起伏不定的菜园土,躲闪过吆吆喝喝的士兵,从城墙下那无人看守的水洞门[1],溜出了城。沿着江边一直走到天亮,才搭上一只木船,安全离开了嘉陵江边那正在大搜捕中的小县城,顺江而下,到了西南重镇重庆。

他很快就找到了设在重庆燕喜洞附近的联络地址。那是一处靠近长江边的楼房。按照事前的约定,在一个漆黑的夜里,联络站的同志来告诉他:"你要见罗世文,恐怕再也见不到了,听说他早已随红四方面军走了;你如急于和上级联系,这里有万县和武汉的两处地址……"他们正要计议怎样去万县或武汉寻人,突然听到远处人声鼎沸,联络站的同志奔到窗前一看,转身抓过一捆绳索塞在他手中,将手朝屋顶

---

[1] 排泄污水的石拱门。

一指:"快!朝那里跑!"他顺着楼梯翻上屋顶,便看见直通这幢楼房的巷道口已被密密麻麻一群人堵死,看来这里又出事了!那楼房背靠一座山脊,他拴好绳索,坠下楼去,匆匆爬上山脊,便看见黑黢黢的长江映着两岸疏落的灯光,向阴森森的群山间奔泻而去……

后来,他经历了许多艰难,在武汉见到了施飘萍;再后来,又在北平同她离散了。然而,华子良怎么也想不到,施飘萍又会突然在自己的眼前出现,而且是那样一副令人难以相信的面貌。

就在那天公演结束以后,不知为什么,演出前那种似乎轻松的气氛突然低落下来。一连几天,罗世文、施飘萍和各方面的交往,几乎完全停止了。在这种令人捉摸不定的气氛中,华子良偶然听宋绮云谈起罗世文被捕的经过。据说,特务机关为了压制高涨的群众抗日怒潮,几年前在成都制造了所谓"抢米事件"。事发之后,便嫁祸于罗世文、车耀先,逮捕了他们……这是不是故意散播的一种空气,很难说。因为,正是在目前这种突然变得有些紧张起来的氛围中,就在前天,华子良还亲眼看见,就是那个据称是罗世文在莫斯科孙逸仙大学的老同学的特务少将徐刚,又去拜会过罗世文。而且,看来,他和熊树人以及从南京来的难友们之间的秘密串联,似乎罗世文、车耀先也有所察觉。自从华子良认出施飘萍以后,对方是否认出了他?这个谜也还没有解开。最奇怪的是,昨天,那个美国人布鲁克,在图书馆门前还同施飘萍作了长时间的交谈。当时,熊树人正在图书馆附近,华子良看见他不时皱起了眉头……

这一切,都不能不使华子良要同熊树人会晤了。他们必须分析一下情况,研究一个对策,不能静待对方下手!

熊树人很快就来了。他那严肃又略显紧张的神态,使华子良一眼就看出熊树人不仅了解一切,而且,似乎早有缜密的谋虑和安排。但熊树人并不急于讲出自己的打算，只是把一双询问的目光射过来，显然是想先听听华子良的意见。

"昨天……那个女记者和布鲁克……"华子良吐出这么几个字，熊树人似乎就已洞察华子良要问什么了，但他沉思着没有作声。华子良又忍不住问道，"他们那场谈话，是故意要让大家看见的？还是偶然的？"

"不知道。"熊树人终于说，"那天布鲁克早就到了那里，雷小萍还没走到图书馆门前，就被布鲁克迎面拦住了。他一开头就问雷小萍：我想向您请教几个问题，可以吗？雷小萍只是点了点头，没有答话。"

"布鲁克向她提了些什么问题？"

"布鲁克说，'听说您会用英语交谈，您可以用英语回答我的提问吗？'雷小萍又点了点头。以后，雷小萍便用英语和对方谈话。难以理解的是，布鲁克倒不讲英语，大多是用华语提问的。"

"布鲁克向她提了些什么问题？"

"第一个问题，问雷小萍在哪里学会英语的，接着问的几个问题，都是比较尖锐，在这种环境里很难答复的问题，比如，你是中国共产党党员吗？你在共产党内部担负了什么责任？在今日中国，客观地说，究竟是中国国民党好，还是中国共产党好？或者是两个都不好？为什么？'"

哦，竟是这样一些问题！难怪熊树人要不断吃惊地皱起眉头。但在华子良的记忆中，昨天，布鲁克和那个女记者都有说有笑，似乎谈得很是投机。他更加生疑了，忙问：

"布鲁克对她的回答说了些什么？"

"布鲁克看来很满意，一再说'Good, very good！'（'好，很好！'）最后还伸出大拇指，连声夸她：'密斯雷，您真是个最诚实的好人，太感谢您了。您给我作了这么一个诚挚而有益的回答!'"

华子良再也听不下去了,脑子里像要爆炸似的嗡嗡乱响。一再受到那美国人称赞的施飘萍,会向对方说些什么,不是再清楚也不过了吗?她那样迎合讨好那些特务,只能说明他们是一丘之貉,也许情况比想象的还要严重,还要糟糕!

一种危机感压迫着华子良。眼前,无论是对他,还是对从南京来的同志们来说,一场必须清除隐患的严重的斗争,已不可避免。熊树人显然也看清楚了这一点。

"我一直在观察那个女记者……"华子良说。

"人家也在观察我们。"

"对。我认出她来了。她就是我在北平离散的那个小姑娘施飘萍!"

"不会认错吗?"熊树人有点惊异。

"肯定是她。我没想到她会变得这样坏!我们不能让他们再胡作非为了!"

"你是说——"

"我们必须消除这些隐患!"

"对罗世文、车耀先、施飘萍同时下手?"

"你觉得不好么?你有什么想法呢?"

熊树人紧锁的双眉松开了。他仿佛已作出了决断,靠近华子良说:"我们研究过了,他们确实是很危险的隐患。不过,最危险的是罗世文。考虑到你对他的过去和现在都了解,最好由你出面设法把他引到这里来,然后,就在这里对他进行审查、处决。近几天,他每天都要独自准时去图书馆。每一次来去,都要经过这座大院前面那道围墙。估计把他引进这座大院不难。一切掩护和保卫工作,都可以由印刷组的人担任……"

"什么时候下手?"

"明天。"

"为什么选在明天？"

"后天是圣诞节。这里的特务正在忙着为那些美国佬做过节的准备，这是一个比较好的行动时机。掩护和保卫工作，我已经向印刷组的人谈好。这个工作可以由花脸张负责。这是一个极坚强的同志，定会万无一失。"

"谁来对付车耀先、施飘萍？"

"车耀先由我来对付。图书馆附近的环境，那两间破屋里的一切，我已很熟悉了。近几天，车耀先常常关门整理图书，不办理借阅手续；罗世文每天去那里，大概也是帮他整理图书。明天，等罗世文离开图书馆之后，你设法把他引到这里，我就……"

"问题是施飘萍。她竟日东游西逛，飘浮不定，而且……"

"尤玉生也估计到这点。打算就在女牢房里对她进行处置。实在有困难，就由尤玉生、张天顺父子把她控制起来，使她不可能来干扰我们对罗、车进行审查，也决不能让她觉察我们的行动。除掉罗、车之后，即使还留下施飘萍，谅她也不敢……"

尽管华子良觉得，这样做的结果，可能隐患并未彻底消除，但目前也只能这样了。施飘萍在这里交往甚广，估计尤玉生很难对她下手；即使暂时难以处置她，让她得到一个严厉的警告，有所震慑，也是好的……

就在这被茂密的藤叶、起伏不定的围墙遮掩着的角落里，华子良和熊树人这两位在患难中结识的同志和战友，商定了他们的计划，都兴奋地向这小小世界的天空，向那破烂的图书馆眺望了一下，然后收回目光，互相凝视着，紧紧地握了手。在这一刻，他们的神情是那么庄重，彼此仿佛在说：好，就这么一言为定；诸多保重，慎重为之。

拿着扫把边扫边走,华子良顺着原路缓缓往回走的途中,他的心却似乎意外地不平静了,像翻卷着一阵狂潮巨浪。他并不担心明天在和罗世文面对面交锋时,会不会准确地用熊树人为他准备的利刃刺中对方要害;也不担心熊树人明天在和车耀先交手时,会不会发生什么意外;这一切都是有把握的。他只是在默默地思考:罗世文,不曾经是八年前他冒着一切危险,走遍大半个中国,竭尽全力要去寻找的上级党的领导人吗?施飘萍,不也是他不惜用生命去保护的烈士后代吗?他们为什么会背叛革命呢?面对着最危险的敌人,他心里只有一股仇恨之火在熊熊燃烧……

他急切地期待着明天早些到来!他一定要用自己的手,去结束那段早该结束的历史!

夜雾,特别浓黑。阳朗坝的冬夜,像天主堂监牢一样四面透风,出奇地冷。

好不容易才挨到天明。但这里绝不因夜里出奇地黑和冷,就会换来一个好天气。浓雾似乎把一切都染成了一片灰黑。天空是一层浓重的灰黑,瓦屋顶是蒙蒙的灰黑,连人影似乎也全是灰黑的。远远地眺望在雾中时隐时现的屋顶,使人很难分清是雾在浮动,还是屋顶在游动。

毕竟天明了。阳朗坝几个瓦房大院里的一切,又开始了它惯常的运转。点名声浪过去之后,接着是送牢饭;瓦房大院之外,特务岗哨换班的竹梆声浪,由近处传向远方,在浓雾弥漫的山影中消失了;再往后,几个瓦房大院里便出现了人来人往的声响……

一切都像往日一样,又平静,又似乎不平静,似乎随时都在酝酿着新的阴谋,又像随时都会爆发风暴。

熊树人独自倚在牢门边,默默地感受着周遭正在出现的一切。他的心思一会儿集中在华子良、尤玉生以及张天顺父子身上：他们每个人是否已准备停当，是否已经到了他们各自应该去的地方？一会儿，他的心思又转到了另外三个人身上：罗世文、车耀先、施飘萍，现在又在哪里？他们在干什么？但是，浓雾遮住了他的视线，他既看不见自己的战友，也看不见那些危险的人物。他只能用耳朵去捕捉动静。

"吱——嘎——"从雾中飘来的木板门开启的声音，使熊树人听出来：是图书馆那扇陈旧而又沉重的木板门打开了，随之传来的缓慢的步履声，那是车耀先、罗世文进入图书馆那两间破屋了。

有几个人影在雾中晃动。他听到了华子良扫地的扫帚声。老华按照昨天的约定，已经开始行动了。尤玉生、张天顺父子，以及印刷组的几个特别可靠的人，肯定也已按照他们事前的约定，开始行动起来了。熊树人又仔细思索起昨天同华子良商定的一些行动细节来：如果需要就地处决的话，就一定要避免留下后患，避免息训班驯养的美国狼犬追踪。因此华子良将罗世文引进印刷组那座瓦房大院以后，要设法把对方的鞋换掉，以防对方在沿路留下可能让狼犬寻到的气味，下手时，用新布包上手，以免在对方身上留下可以查证的指纹或气味；处决之后，对方的尸体应立即从那起伏不定的围墙转弯处抛出去，墙头上也要严防留下任何痕迹……这一切，华子良肯定不会有所疏失的。至于自己的行动，一旦得手，轻而易举地就能把那堆满废纸的图书馆点燃，让一场大火把它里面的一切焚烧净尽！

王逵、张瑞、朱兵先后迈着方步，从一个瓦房院转悠到另一个瓦房院，东看看西看看。他们穿着特别整洁，看来，例行公事的巡视结束之后，都要去息训班向美国人祝贺圣诞节。

计划是周密的，人是可靠的，再也没有什么需要操心的了。即使某个环节出了什么差错，也不会出什么大的问题；即使谁万一暴露了，他们每一个人都将坚强无比地把一切承担起来,而不致引起任何牵连。

然而,不知为什么,熊树人这个曾经为了掩护、抢救战友脱险、经历过无数次危险的人,此刻倒不觉有点胆战心惊了。也许,这是自己早已多年不再这么冒险的缘故吧。

"吱——嘎",图书馆门再次开启的声响,传来了罗世文离开那里的信号,通知他行动的时刻到了。

熊树人来到图书馆近前,透过雾幕,看见图书馆门上悬挂着一张纸牌,写着"今日整理图书,暂停借书"几个字。罗世文的背影刚消失在围墙边的交叉路口;再向前几步,就是华子良拦截、约请罗单独谈话的地方了。宋绮云似乎也刚离开图书馆,正在向他被囚的那个瓦房院走去。

图书馆附近已杳无人影。

"吱嘎——"一声响,熊树人早已悄然站立在车耀先面前。

"哦,你来了?"车耀先依然坐在他那张堆满图书、摇摇晃晃的桌前,抬眼看了看熊树人,把手中的笔搁放在了桌上。

"想不到吧?"熊树人随口问道,"说,是不是早就对我们注意了?"

车耀先点点头,道:"不过,我早就知道,迟早,你一定会来的。"

"你是什么人?"

"共产党员。"

"你只能说曾经是……,你现在做出了这等事来,你有什么资格这样称呼自己?"

"为什么没有资格?难道我做了什么有愧有辱于共产党的事情?你可以解释一下吗?"

"车耀先,你看看你这些书架上的书!你在这里传播的是真理、是知识,还是封建、法西斯毒素?你做了敌特想做而做不到的事!你还不知罪？"

尽管车耀先已清楚看见，熊树人早把图书馆厚实的木板门闩上了，他已不能出去；而对方的言语、神情又是那么充满敌意，仿佛随时都会扑上前来，将他置于死地，但他还是不动声色地坐在原处，小声反问对方："请问：假若你也处在和我这样相同的条件下，你就能那么公开宣传革命真理，得到他们的特许吗？事情是不能径情直遂的。采取迂回曲折的途径，利用可以利用的环境条件，来达到我们共同的目的，你难道认为这也是犯罪？"

"那你说，你借给何路通的是什么书？"

"何路通他要看什么书，不是就只能凭他自己选择么？你总不能让我替他选择吧？"

"那，你借给宋绮云的又是什么书？"

"《麻衣神相》。"

"这该不是宋绮云自己选择的吧？你怎么向宋绮云推荐那么一本书？"

"正好，宋绮云刚才把书还来了，我还没放回原处。就请看看这是本什么书。"

车耀先顺手就从桌上乱糟糟的书堆中抽出一本书来，向前一推，端端正正地摆在了熊树人眼前。

那本书的封面上，印着"麻衣神相"四个特大的楷体字，左下角有一团墨污。熊树人认出，这确是他曾在宋绮云手中看见过的那本书。翻开封面，他一下愣住了：目录上竟印着完全不同的五个字——政治经济学。

这是怎么回事？会不会是老谋深算的对方在糊弄自己？熊树人一转念，就把这疑点暂时挂了起来，紧盯住对方，又问："你认识徐刚吗？"

"认识。"

"怎么认识的?"

"是徐刚来找罗世文。我和罗世文住在一起。"

"公演大会那天,你不是和罗世文、徐刚坐在一起看戏的么?"

"是的。"

"徐刚一边看戏,一边向罗世文讲话。他们讲了些什么悄悄话,你都听见了吗?"

"听见的。"车耀先泰然地回答,"徐刚主要是吹嘘美国特务头子梅乐斯如何特别器重他,说梅乐斯不仅称他为'将军',还把一支美国将官才特许佩带的勃朗宁手枪赠送给了他。"

熊树人冷冷地注视着车耀先泰然自若的神情。车耀先讲得坦率极了,仿佛从旁证明罗世文和徐刚之间尽管常有来往,甚至在大庭广众之中也不避讳他俩曾在莫斯科孙逸仙大学同学,但他们之间根本不存任何不正常关系。公演大会那天,熊树人坐的位置也离罗世文、车耀先那排座位不远,他曾亲眼看见徐刚同罗世文讲话的亲密神态,也曾听见徐刚降低语音吐出的一两个词语。车耀先回忆着缓缓讲出的这段话,他觉得似乎无可挑剔,没有想隐瞒什么的意思。这就使熊树人不禁感到惶惑,难以理解了。

车耀先难道真是像他自己说的那样坦荡,问心无愧么?

熊树人绝不是那样易于被蒙骗的人。他绝不轻信于人。一个又一个尖锐的问题,像炮弹般轰射出来:

"你叫雷小萍去找过刘厚?"

"有这事。"

"你直接找刘厚谈过话?"

"一点不错。我找他在这里单独谈过话。不是一次,前后谈过两次。"

"你们和大叛徒刘厚有什么话好说？"

"第一，从他那里同样可以了解不少情况；第二，适当劝告他：悬崖勒马，少作点恶。"

"你这个图书馆是特务机关谁叫你办的？给了你什么具体指示？"

"我应当负责地讲，这图书馆是我提议办的。特务机关只是出于他们的特殊需要，想暂时来一点怀柔政策，才勉强同意的。"

"你为什么会想出这么一个主意？"

"我和罗世文观察许久了。敌特机关在大后方抓了许多人。他们抓人的同时，把被捕者的书也搜了进来。我和罗世文被捕以后，在重庆、成都的特务机关都曾看见有许多被查抄来的书，大堆大堆地堆在阴暗、潮湿的角落里霉烂。里面有许多好书，有许多坏书，也有不少包着坏书封皮的好书。我们估计，如果敌特机关接受了办图书馆的建议，他们又不愿花钱，便很可能把这些书送到这里来。他们当然会先行挑选，但他们那帮家伙很无知，也决不可能挑选得很仔细，这就有可能让一些好书也随着坏书运进来。你看，他们就不知道《政治经济学》对我们来说多有用！"

"那么，发起成立阳朗剧团，也是你和罗世文的主意？"

"这件事，可不是我们的主意。"

"你们完全支持？"

"一点不错。"

"那，这是特务机关谁的主意？"

"不，也绝非特务机关的主意。"

"特务机关为什么会赞成成立这个剧团？"

"第一，想向正在和他们合作的美国人表示，他们管理上有一套开创性的办法；第二，他们想借此加强控制，了解情况，以便在我们中间寻找意志薄弱者……"

"那，成立剧团这件事是谁发起的？"

"雷小萍——就是那个女新闻记者；还有蔡梅英——就是特务头子戴笠遗弃在这里的那个情妇。"

"他们为什么要成立剧团？"

"你也知道，这里与世隔绝，太枯寂了……我们被囚禁在这万山丛中，谁也休想出去，负责看管我们的大小特务大概也难得离开这里，他们也想改变一下这太寂寞的空气。这就可以利用了。"

"为什么让她们出面发起活动？"

"对她们二人，特务机关既十分注意，又不太注意。总的来说，在这里，她们不太容易被人注意。"

"你和罗世文支持这件事，是什么用心？"

"第一，通过这种非常不引人注目的活动，可以团结人，更广泛地了解情况。第二，必要时，它完全可能发挥意想不到的作用！"

"说具体点！是什么'意想不到的作用'？"

"你知道王逵、张瑞曾经连续找老袁、老王谈话，他们急切想打探什么吗？"

"你讲的是不是指赤石、茅岭越狱暴动的事？"

"赤石、茅岭暴动之前，那里的政治犯就组织过剧团。他们通过剧团活动，就曾为胜利越狱暴动做了许多有益的工作……"

"你是说成立剧团的主意是从他们那里来的？"

车耀先坦然一笑，不再作声。仿佛这一切，熊树人早就应该是想得到的。他也在冷静地观察对方，为什么突然来作这番盘问？也在思虑，如何才能取得对方的理解和信任？

他们各怀心思地对视着。车耀先极其坦率、诚挚，几乎无懈可击

297

的回答，使熊树人进屋时那种剑拔弩张的情绪不由得大大缓和下来，但车耀先这一切回答却又远远难以使他信服，获得他的完全信任。他深知，此刻，他不是以个人的身份或名义，而是代表许多人来进行这番极其严肃的审查的。他必须从对方那里尽快找到确凿的凭证，才能给以信任。

熊树人把桌上那本《麻衣神相》拿在手中，忽地向车耀先递过去："不用多说了。你不是说这本书是宋绮云才还回来的，你还来不及放回原处去吗？好，现在就请你把它放回原来收藏的地方去！"

几乎每个字都带着命令式的语调，没有一丝一毫商量的余地。车耀先似乎已洞察到对方的意图，眼角放松地微微露出一丝笑意，便伸手接过那本书，然后，从他常坐的地方站起来，向屋里光线最暗淡、散发出浓烈霉臭味的角落，缓缓走去。

双手紧握拳头的熊树人随之立即跟上去了。他想亲自查看一下：车耀先究竟把这本书藏在何处？在那秘密角落里，究竟还藏着些什么东西？

第二十章

早就守候在印刷组那座瓦房院里的华子良，刚看见罗世文朦胧的身影在围墙路口闪现出来，便立即迈开脚步，从对方侧面迎上前去。等到快挨近对方身边时，他才小声呼唤道：

"张世英——张先生。"

迷雾蒙蒙的围墙路口边，杳无人迹。罗世文还是先向那雾蒙蒙的路口四面望了望，才停下脚步，把藏在近视眼镜镜片后面深邃的目光向华子良移了过来。那目光一闪，露出一丝不易觉察的微笑，似乎他早料到是华子良在叫他。

罗世文像知道华子良要约他去一个特别地方谈话似的，他什么也不问，只是跟着对方默默走路。走过路口以后，他一抬眼，就瞥见花脸张黑乎乎地立在路旁，对花脸张那警觉的异常神态，他一点没在意，他对华子良要他换上一双新鞋，领他转弯抹角地绕过一溜不见人影的围墙，似乎也没有丝毫戒备，只是紧抱着夹在腋下的那几本书，就跟着华子良来到了那阴森森的角落。气氛一下变得神秘而凝重了。

身材瘦高、面目清秀的罗世文沉着地扫视了一下四周的环境，便抬头望着华子良。华子良紧握双拳，怒气冲冲，占据着有利地位，虎视眈眈地盯着他，仿佛只要一抬手，就会把弱不禁风的罗世文击倒在地。

更不消说，围墙转角处，那些被雾幕、藤叶遮掩着的地方，还埋伏有华子良的伙伴了。

"张世英，你到底叫什么名字？"

罗世文好像早有准备，回答得十分平静："我叫罗世文。你不是早就认识我的吗？"

"你知道我是谁？"

"八年前，我们在川北曾见面多次。你曾经向我讲过你现在这个名字的——华子良。"

"那你为什么又叫张世英？"

"那不过是一个囚犯的代号罢了——特务头子戴笠给取的一个代号。"

"罗世文，"华子良冷冷地提醒对方，"你应当明白，我们找你来谈话，不是来跟你吹牛聊天的！"

尽管罗世文神色十分平静，但丝毫没有减弱笼罩在他们之间那种剑拔弩张的气氛。他其实早已意识到这场谈话的严肃性，并且深知要解开华子良他们心中的谜团并不容易。但他又坚信一点：共同追求的真理必将使他们的心灵相通。所以他极其坦率而又从容，好像根本没有想到在他面前会潜伏着什么样的危险。

"你们有什么问题，请说吧！"

罗世文把"你们"两个字说得较重。他的镇静更使华子良生疑：难道他竟一点没有觉察到我们即将处置他？还是他故弄玄虚？这只老狐狸，真狡猾，决不能轻易放过他！好吧，那就来较量一下吧！

华子良的目光是阴冷的，带着一种嘲笑的味道。罗世文并不躲闪，目光像剑一般锐利。两股目光碰到一起，顿时爆出了火花。

"我问你，"华子良突然发问，"你是在何时何地，认识徐刚、蒋经国的？"

"都是二十年代时，在莫斯科孙逸仙大学认识的。"

"徐刚是什么人？"

"从莫斯科回国，在哈尔滨被捕后他就成了可耻的叛徒。现在的徐刚，则是'中美特种技术合作所'息烽训练班的少将主任；既是美海军驻华特务头子梅乐斯手下的红人，又是军统特务头子戴笠手下的红人。"

"你们现在是什么关系？"

"特务头子和囚徒之间的关系。"

"那为什么他们请你上座，又给你送钱？"

"特务头子对于他们手中的囚徒，不是既可以来硬的一套，也会采取更狡猾的手段么？这是他们的诡计。明乎此，就不难对付。"

"你是怎么对付的？"

"他们耍诡计，我们讲斗争的策略。请我上座，我无须拒绝。至于钱，我告诉他们，我需要的是自由，是所有政治犯的自由！"

"我再问你，还记得，八年前你约定在渠县和我见面的事？"

"记得。"

"那么，你回答，因为什么原因，你没有如约前往？"

"我被捕了。"

"在什么地方，谁逮捕了你？"

"在川陕苏区，张国焘下令逮捕了我。"

华子良不觉一愣，似自语道："这么说来，你当然不知道以后川北发生的一切事情了。"

"应该说，我不仅知道以后川北发生的一切事情，连你以后离开川北，到了北平的事，我也知道。"

"你怎么会知道？"

"川陕红军后来和中央会合以后，我恢复了自由，到了延安。我在那里碰见了石大山、施飘萍，他们把你们在北平的遭遇都告诉给了我。"

"你说的施飘萍，是不是那个女记者雷小萍？"

"正是她。"

"是她！"华子良把手一扬，"她在这里的一切，你都了解，都能负责吗？"

"当然了解，也可以负责。"

"那好。你说说，你讲的中央是不是指现在的中共中央？"

"当然是现在的中共中央。"

"你是从这个中央派出来，又在四川被捕的？"

"正是。"

"那你了解这个中央吗？"

"了解。"

"你真的了解？"

"了解。"

罗世文毫不迟疑，一连串坦然、赤诚的回答，本应使华子良平静下来，谁知恰恰是他最后这几句坦然、赤诚的话，更使华子良的疑心蓦地升到了顶点。那双像燃烧着一团火的眼睛，顿时射出了犀利的、似要穿透一切的光。

"那么，我问你，"华子良逼视着罗世文，一字一句地问道，"你说的这个中央，它现在还能真正代表中国共产党，代表中国人民革命运动么？"

出乎华子良意料，罗世文反而问道："为什么不能代表呢？"问罢，罗世文慢慢摘下近视眼镜，掀起衣襟擦拭起来，好像是有意要给华子良留下一段思索的时间。待他重新戴上了眼镜，又用一种非常谅解的目光注视着华子良，坦率地说道："我从走进这座秘密监狱开始，就注意到你和你的那一批老战友对我们党现在实行的路线、政策有疑问，早就想和你们谈谈了。现在，就请你把你们的疑问全讲出来吧。"

"疑问？你怎么能把这一切看作疑问？"

"每当历史发生重大转变的关头，由于我们所处局部环境的限制，由于对历史的全貌缺乏了解，谁都可能对历史的变化产生疑问。这并不奇怪。特别是像你和你熟悉的那一批坚强的老战友，由于多年与世隔绝，对我们党现行的路线、政策不了解，由此产生种种疑问，这难道不是很自然的吗？"

"老实说，我们和你们之间，岂止是一点疑问而已！"华子良愤慨地问道，"回答我！你讲的那个中央，是不是公开承诺把红军改编成为隶属于国民政府军事委员会的军队？"

"有这事。而且，还是我们党中央主动提出来的。"

"你讲的那个中央，是不是公开承诺在全国停止土地革命，停止用暴力推翻国民政府？"

"有这事。同样是我党中央主动提出的。"

"你讲的中央，是不是还公开宣布取消苏维埃政权，将陕甘宁苏维埃政府改名为陕甘宁边区政府？"

"有这事。这一切都是为了团结抗日。"

"团结？跟国民党团结？跟蒋介石团结？多年的血海深仇可以忘掉啦？不，这是投降！你们把军权和政权都拱手交出去了，这不是彻头彻尾的缴械投降吗？"

气愤至极的华子良，早已把青筋暴涨的手伸了过去，一下紧紧攥住了罗世文瘦削的双臂。在华子良这猛力一攥之下，一直夹在罗世文腋下的那两本书，啪一声落在了地上。"干——掉——他！"华子良由于激愤而哆嗦着，几乎就要呼喊出他同埋伏在外面的人约定的行动口号了。只要他清楚地说出一个"干"字，战友们就会一跃而出，轻而易举地结束这个肮脏的生命。

就在这一闪念之间，华子良蓦地瞥见了罗世文那张非常沉静的脸，那毫无愧色，似乎根本没有考虑自身安危的神情，不觉又使华子良心中一震。面前这个人，究竟是个什么人？他在这里的种种活动，究竟是为了什么？这一切都还没有弄清楚。华子良想：我们共产党人应当光明磊落，即使要处置他，也应当让他知道自己罪有应得，不妨再给他一次申诉的权利……

华子良冷静下来了，问道："罗世文，你还有什么话要说？"

"我相信：你和你久经考验的战友们，绝不会拒绝真理的。"

"什么真理？你们还有什么真理？难道你们不是已经接受了国民政府军队的番号，把红军改编成了八路军、新四军吗？"

"有这事。可是……"

"可是什么？"

"第一，你知道接受这个番号的目的是什么吗？究竟是谁在真正领导它？第二，你知道国民党现在是怎样对待这两支最坚决抗日的革命部队的？他们为什么要那样干？第三，也是最重要的，你知道这两支革命武装现在是怎样，将来又会是怎样的吗？"

罗世文像连珠炮般提出的这一系列问题，华子良早想过多次，但却总是朦朦胧胧，若明若暗。现在自然一个也回答不上来，他被问住了，只能默然地警惕地注视着对方。

罗世文好像也并不需要他回答，沉默一会儿，才解释道："我们党只是为了实现全国各党各派联合一致抗日的总目标，才提出这个唯一正确的主张的。红军接受了八路军、新四军的番号，但这两支人民武装力量的领导权和实际指挥权，仍一直牢牢地掌握在我党中央的手里。这两支革命武装的实际领导人和骨干，都是我党我军久经考验的红军领导和骨干。谁也休想改变他们人民革命军队的本质。"

"国民党反动派就那么傻，会允许这样两支革命军队的存在？"

"对。正因为如此，我党领导的这两支坚强抗日的革命武装就不能不处在一种非常特殊的历史环境中。一方面，它受到所有爱国人民最热情有力的支持；另一方面，它又不断遭到国民党顽固派公开或秘密的种种压迫和摧残。前年一月，他们甚至秘密调集重兵，突然包围袭击了正在向抗日前线转移的新四军军部，屠杀了数以千计的新四军抗日将士，逮捕了新四军军长叶挺。正如你们早就见到的，就在这里，不是也囚禁着新四军的抗日将士么？"

"罗世文，照你这么说，我们党领导的军队还在为中国革命奋斗，没有投降？"

"是的。而且还在冲破重重阻力，在壮大发展！"

"你说什么？我们的军队还在壮大发展？"

"华子良，你被捕的时候，听说过红军一、二、四这三个方面军，最后在西北会师的胜利消息么？"

"听说过。"

"你知道会师时红军一共还有多少人？"

"不知道。"这自然是华子良他们一直渴望知道的信息。此时此刻，他甚至忘记了自己是在审查对方，情不自禁地连声追问："说，你说，一共还有多少人？"

"连同中央机关的人员，总共不到三万人。"

"不到三万？"

罗世文点点头，道："那时候，真正有枪有弹的，就更少了。我们的根据地缩小到只有几十万人口的偏僻地区。"

"现在呢？"

"自党中央提出抗日民族统一战线，特别是把红军的番号改为八路军、新四军以后，华子良，你知道我们党领导的武装力量发展到了多少人吗？在当今伟大的中国抗日战争中，它正起着怎样巨大的历史作用？"

"总共有多少人？"

"我们党所领导的正规部队和民兵总数已在百万以上。"

"什么？在百万以上？"华子良突然一声冷笑，"骗人！就算你说得没错，就算是人心所向，一切如意吧，可是，我们不是处在日寇和国民党双重压迫之下么，怎么可能得到这样大的发展？你想骗谁？你跟我们耍什么花招！"他蓦地又紧紧攥住了罗世文瘦削的双肩，一双锐利的眼睛直盯住对方，好像立刻就要辨出个真伪似的。

"我讲的都是事实。"罗世文安详地说，"我从来不欺骗自己的同志。"

华子良的手不禁又松开了。对方的安详使他感到难以捉摸。他注视了好久，才冷冷地说："口说不足为凭。你能拿出证据来吗？"

"你要证据？"

"当然，如果你有证据证明你所说的一切，我们也可以相信你。"

"华子良同志，请你把掉在地上的那本书拾起来，让我把证据找给你看看。"

华子良这才注意到刚才被他打落在地上的几本书。罗世文指着的那一本书，封面上赫然印着：墨索里尼演讲集。华子良不免奇怪了，这个法西斯头子的演讲集，能提供什么证据呢？但他还是把书捡起来，递给了罗世文。

罗世文扶正了他那墨边眼镜，伸开两个指头，轻轻翻动着书页，转眼间，一切证据就展现在华子良眼前了。他接过书仔细一看，原来那里面粘贴着多幅重庆《新华日报》社编印的《中国抗日形势图》和说明，清楚标明了：八路军、新四军抗击日寇侵华兵力和伪军总数在百分之六十以上；八路军、新四军已发展至百万以上；抗日根据地人口达七八千万……

华子良开始有点兴奋，但立刻又生出疑窦了："不对，你不是说新四军军部前年被国民党包围肢解了么？在这里，谁不知道那个刘厚正是在那次血腥大镇压中，向东南分局书记项英背后开枪的大叛徒？"他话锋一转，又冷冷地问道："新四军军部既已被肢解，它怎么还存在？"

"它当然还在！"

"你又有什么证据？"

"华子良，你知道敌特机关在这里举办规模特大的息烽训练班，究竟是要干什么吗？"

"不知道。"

"特务头子徐刚讲，他所训练的特务，大部分都将被派到东南各省，去阻止新四军的发展的。这就充分说明：新四军不仅存在，还在大发展！"

"还有什么凭据？"

"请你再看看这本书！这里，不是清楚地说明，日伪的压迫，国民党反共顽固派的压迫，丝毫也阻止不了新四军在大江南北大发展的趋势么？"

罗世文自己弯腰拾起一本封面上印着"希特勒：我的奋斗"的书来，

翻开里面粘贴的图表，递给华子良。但华子良无心细看。这倒不是说他对那些东西不感兴趣，他只是认为既然罗世文已对他揭开了那些书籍中隐藏的秘密，他任何时候都是可以仔细查看的。也不是因为这时瓦房外骤然响起了急促的竹梆声，甚至可以听到扳动枪栓的音响；他知道这时正是外面岗楼上特务们在换岗，根本不会危及他们这个秘密角落的安全。此刻，他的思虑完全被另一些事、另一个人引开了，简单说，他想起了施飘萍——一个他未能解开的谜。

施飘萍过去的一切，华子良了解，罗世文也了解。刚才罗世文还说在延安碰到过她，那么，她应该是从延安来的了。尤玉生说她是"共产党要犯"，她可能早已入党了。施飘萍是个极聪明的姑娘，有着极好的语言、艺术才能的素质，几年不见，她会变成一个能歌善舞、多才多艺的人物，华子良可以理解；她在重庆作为一位新闻记者，成为一个长于交际的活跃人物，华子良觉得也可以理解。问题是在这里，她作为一个"要犯"怎么还能那样活跃？竟能同各种各样的人交往？特别是，他亲眼看见，熊树人亲耳听到那一切……这，简直不可思议！布鲁克是什么人？不就是刚才罗世文说的那个美国特务头子梅乐斯的手下？施飘萍得到他的赞扬，难道还不足以说明施飘萍完全变了？可是，罗世文却还一口咬定他对施飘萍在这里的一切，完全了解，可以负责！

一定要揭穿施飘萍的真相，看他罗世文还能说什么！

罗世文自然不知道华子良此刻的思维活动。他也听到了四周的竹梆声，不觉留神谛听起围墙外的动静来。当竹梆声停息，才抬眼看华子良时，华子良的脸色骤然间变得更多疑、更严峻了。他难道不相信刚才罗世文讲的一切吗？

"罗世文，你刚才说，你对施飘萍在这里的一切都了解，对吗？"华子良冷眼逼视着对方，突然问，"你老实讲，对你说的这些话，你能负责么？"

"我对我讲的一切都负责。"

"那我问你，施飘萍同这里的美国特务是什么关系？"

"这里的美国特务不少，你指的是谁？"

"布鲁克上尉。"

"你是说施飘萍和布鲁克在图书馆旁边那次谈话？"

"不错，一点不错。"

"我可以负责地告诉你，施飘萍向我详细讲过他们谈话的经过和内容。我认为，施飘萍那天应付得很好。"

"她没向你说过布鲁克一再伸出拇指向她叫好吗？"

"说了。"

"施飘萍讲没有讲，布鲁克曾称赞她是最诚实的人。"

"讲了。施飘萍还说，布鲁克还一再表示愿意为她效劳呢。"

"那我问你，"华子良好像抓住了把柄，"什么人才会得到一个美国特务的称赞？施飘萍到底是什么人？你们在这里干了些什么？"

"华子良，你需要知道他们谈话的具体内容吗？"

"讲吧，你要撒谎，我们不会客气的。"

"你应该了解施飘萍，她是一个很好的同志。"罗世文把摘下的眼镜戴上，望着渐渐散去的雾霭，缓缓说道，"布鲁克早知道施飘萍是个新闻记者。那天，他拦住她，要求她用英语回答几个问题。为什么要施飘萍用英语回答？分析起来，可能是他不愿让周围的人听懂他们的谈话内容。他提的问题都是极其敏感的。他问：'你认为，今日之中国，究竟是共产党好，还是国民党好？'飘萍立刻反问：'上尉先生不是主张不要过问政治纷争吗？'布鲁克说：'是的。我对政治纷争兴趣不大，我只是想客观地听听你个人的意见。能告诉我吗？'

飘萍说：'我真不知道，上尉先生是希望我讲真话，还是讲假话？'布鲁克说：'当然希望你讲真话！'飘萍说：'要讲真话，那我就说，今日之中国，还是中国共产党好。'布鲁克问：'为什么？'飘萍说：'我是中国人。中国正遭到日本法西斯的侵略，只有共产党为反抗日寇残暴侵略出力最多，牺牲最大，斗争最坚决，这是有目共睹的。你们美国不是也在反抗日本军国主义的侵略吗？所以我说还是共产党好。'这时，布鲁克才连连伸出大拇指说：'密斯雷，你算得是这世界上最诚实的人了。'后来布鲁克又说：'不过，在我看来，世界上任何政党都是这样，他们还没上台执政之前，总要讨好老百姓，一旦上了台，那就难说了。难道共产党能逃脱这规律吗？中国国民党在美国人的帮助下，不是也有可能变得更好吗？你说对不对？'飘萍问他：'上尉先生，你去过重庆吗？'布鲁克说：'没有。我倒想去看看。'飘萍说：'中国有句俗语：百闻不如一见。共产党将来会怎么样，只有将来才能看到，我们现在不必讨论。至于国民党，如果你有机会到重庆，就会看到它的腐败，谁也拯救不了它！我在那里作新闻记者，实在看得太多了！你们美国讲民主。可是你看，在这里，多少坚持抗日的人们成了阶下囚！国民党为什么要镇压他们？上尉先生，这难道还不叫人失望吗？'"

……哦，原来是这样！施飘萍回答得太妙了，真是一个好同志！华子良突然为施飘萍担心起来，竟有些着急地打断了罗世文的话头："她这样直言不讳，布鲁克会轻易放过她吗？"

"很难预料。不过，那也没有什么，她会对付得了的。"

"那么，我再问你。"闪念间，华子良不觉把他心中积存最久的问题提了出来，"我们党不是一开始就向蒋介石提出了释放一切爱国政治犯的要求吗？可是，党知不知道：在这一点上，他们是怎样欺骗了舆论？他们杀了我们多少人？现在还关着多少人？"

"知道。"

"那为什么还要和他们联合抗战？"

"第一，他们也放了一些人。抗战初期，我党中央副主席周恩来亲自去南京秘密监狱寻访要人，蒋介石推托不了，也放了一些。第二，大敌当前，只有团结全民族打败日本侵略者，我们的民族才有希望。所以迫使蒋介石抗战，这是我们党在战略上的一个伟大胜利。当然，我们党也清醒地估计到，蒋介石是不会放弃他的反共方针的，所以，我们还要同这些顽固派进行巧妙的艰苦的斗争。华子良同志，情况是很复杂的。"

罗世文坦率的回答和精辟的分析，使华子良平静了下来。他又重新翻开了罗世文刚才递给他的那本书，一幅中国共产党领导的人民军队抗击日寇侵略的形势图，仿佛突然在他眼前变大了。看到党所领导的游击战场，比红军年代扩大了不知多少倍，两行热泪不禁夺眶而出。他为党在斗争中更加成熟、空前壮大，感到由衷地高兴。疑云消散了。他望着面带微笑的罗世文，不由产生了一种敬佩之情，一下扑过去，把瘦削的罗世文紧紧地抱在自己怀中。

"世文同志，总算把你认识了，也把你找到了！"华子良激动地呼唤着。

他们拥抱了好一会儿，华子良又提出一个问题："老罗，你怎么会想到带这么一份资料来给我看？这么重要的资料，你们又是怎么避开敌特的搜查，带进这牢狱里来的？"

罗世文拍拍华子良双肩，笑道："我们估计到你们会来找我们。没有证据，能说服你们吗？至于说我们把这些违禁品带进这监狱，那就是神话了。"

"那它是从哪里来的呀？""敌特在外边抓人时搜来的。他们把它堆放在那里，也不知道堆了些什么。车耀先同志发现了，提议办一个图书馆，敌特想来点怀柔政策，同意了。这一切都是车耀先找出来的。"

"哦，糟糕！"华子良忽然暗叫一声。

罗世文忙问："什么事？"

"熊树人正在图书馆审查车耀先！我得去告诉他！"说着，华子良就要离开。

"不用急。"罗世文伸手拦住他，"我相信车耀先说服熊树人，比我说服你更容易，他那里的证据还要多。你看，那里不是很平静吗？"

果然，图书馆那座瓦房十分平静，华子良放下心来了。

这些年来，华子良同那些从南京来的难友，一直在暗中摸索。他们好似失却了领队的一群雁，尽管展翅奋飞，仍不免有许多像华斯那样的好同志为艰苦的摸索作出了牺牲。他们多么渴望找到可以信赖的党和同志，引领他们去冲破黑暗啊！现在，华子良终于找到罗世文这样既有远见卓识，又富有斗争经验的老领导了，很自然地，他不仅想听到许多他们不知道的消息，还想听听对方对这个秘密的世界有什么估计。因此，他注视着罗世文藏在眼镜镜片后面若有所思的目光，小声问道："世文同志，你和车耀先是不是早注意到我们正在进行的活动？"

罗世文点点头，反问道："你们是不是认为，在这种极秘密的监狱里，唯一的斗争目标和斗争形式，就是准备越狱？"

"你认为这么想不对？"

"不是不对。我们当然应该争取自由，但除此而外，我们也还有许多别的重要工作要做。"

"还有许多重要工作？"

"特别是在目前，我们要争取抗日战争的胜利，就必须坚持和发展抗日民族统一战线……"

华子良不禁惊异了:"你是说,在这里,在我们这个特务横行的监狱里,也要坚持和发展抗日民族统一战线?可能吗?"

罗世文抬头看看阴暗低沉的天空,说道:"为什么不可能呢?我知道,你们被迫长期与世隔绝太久了,有许多问题一时很难理解。其实不止是你们,就是在外边,曾经参与建立和发展抗日统一战线的一些同志,一遇到反共顽固派搞分裂、破坏的时候,也怀疑是否还有必要坚持和发展抗日民族统一战线。但是,应当看到,离开了统一战线,要打败日本侵略者,就会艰难得多。当然,我们这里的条件特殊极了,但请想一想,难道就没有坚持、发展抗日统一战线的必要了吗?"

华子良似有所悟地问道:"施飘萍和你们,之所以同那许多各方面的人物往还,都是为了这个目标?"

"不错。就拿这里的美国人来说吧,情况就很复杂。他们有些人是搞政治的,有些人是搞技术的。尽管总的说来,他们都是在跟法西斯特务头子戴笠合作,但在打败日本帝国主义这一点上,我们同他们当中的许多人,还是能够找到共同语言的。我们一定不要忽视这一点。"

"但我们决不可能影响他们,更决不可能从他们那里得到什么。"

"不一定。"罗世文沉吟一下,又道,"你想过这样的问题没有:这是一处极机密的地方,不也是获取极机密情报的好地方么?"

"啊,这倒没有想过。"华子良眉头一皱,不禁若有所思地连连点头,"这么看来,对我们过去的思想和工作,都该进行一次认真的总结了。我们的工作方法,我们的注意力都应该适当地加以改变……"

"总结一下,是必要的。"罗世文注视着突然处于兴奋状态的华子良,委婉地提醒道,"不过,也不需要突然改变,只需互相协调一下,就可以了。我看,你们惯常的那种不冷不热的态度,包括对我们经常保持警惕和距离的神情,以不变为有利。至于你们的注意力,我看也以基本不变为好,这样才便于从不同的角度出发,协同作战。你们只要注意不妨碍别人从旁的方面进行的工作,那就行了。今后有什么情况,我们会设法通知你们。"

罗世文移动了他套在脚上的新鞋,华子良抬眼向围墙四周望了望,他们正要悄悄离开这隐秘的角落时,华子良身后蓦地传来一声低沉的呼喊:"且慢!"

这呼喊的声音不大,却使华子良惊诧不已!外面不是布置好了警戒吗?是什么人竟闯到了这样机密的地方来!他不觉本能地攥紧了拳头,回身一看,竟是彭松山。自从水乡绝食斗争以后,彭松山多年来不和他搭话,总是冷眼盯着他。此时此刻,彭松山跑来干什么?

彭松山并不看华子良,只径直朝罗世文走去。

罗世文上前一步,问道:"你要找我?"

彭松山眉头一扬,便对罗世文说:"你是长征后从中央出来的,我们完全相信你。不过,我要负责地提醒你:华子良,他早已不是共产党员了。"

"他出了什么严重问题?"

"四年前,我们还被秘密囚禁在水乡的时候,"彭松山指了指华子良,"他本人也完全清楚。在那次异常艰苦的绝食斗争中,监狱党的秘密特支领导人华斯同志,鉴于华子良在斗争中表现动摇,已经宣布将他永远开除出党。华斯同志临牺牲前还指示我,要我埋伏下来,对他进行监视。这件事,我曾向车耀先同志报告过。"

"除了水乡那次绝食斗争之外,彭松山同志,你发现华子良还有什么动摇叛变行为没有?"

"没有。"

"如果只是那一次,我已经查过了。应该说,华斯同志对华子良同志的处分决定太过分了，是完全错误的。"

"世文同志，你怎么这样讲？"彭松山申辩道，"那可是上一级党组织的决定呀！"

"据我了解，当时特支并没有集体讨论过这件事。"罗世文对迷惑不解的彭松山耐心地解释说，"再说，历史其实早已对那次斗争作出了公允的结论，假若真要那么不顾一切，一味盲目地斗下去，你们不统统都斗光了么？假如我们全党都那样不顾一切，不顾主客观实际条件蛮干，我们全党不是也会拼光的么？应该说，华斯同志是一个极坚强的同志，但历史地讲，我不能不说，他又是一个犯有当时党内流行病——左倾盲动主义错误的同志，要是他不犯这个病，今天还可能有更多的同志留下来，继续参加斗争。"

"我们党内当时真有那种流行病？"华子良插问。

"应当说，不但有，而且还很严重。还应当说，就在华斯同志宣布对华子良、熊树人等同志进行处分的时候，在党中央的会议上，就早已对党内严重存在的左倾盲动主义路线和领导进行过彻底清算，并且还作出了相应的决定：对那些在左倾盲动主义路线下被错误处分了的同志，一律予以平反。华斯同志对华子良同志的错误处分，当然也应全盘否定。松山同志，你是个组织性很强的同志，你能理解和接受党中央的决议么？"

沉默片刻，彭松山终于抬起头来，带着和解的目光向华子良一扫，然后，庄严地向罗世文说了句："我接受中央的决定。"便一转身，擦着那挂满藤叶的围墙，窸窸窣窣地离开了。

罗世文就地移动了两步，再次抬头望了望满天翻滚的乌云。像还有什么要向华子良叮咛似的，把头向对方靠得更近些，才小声说道："也好，让彭松山把心里的话全说了也好。他自己一定会想得通的。听说，你们修缮组可能被派到更远的地方去。出发时间、地点都不清楚。不知道你们有无可能接触到敌特更机密的事,更不知道你们有无可能见到那些被敌特严密隔离的政治犯,如像东北军、西北军的张学良、杨虎城将军,如像新四军的叶挺将军……"

两对乌黑闪亮的眼睛深情地一闪,两个多年不曾相逢,久经沧桑、挫折,终于又相识了的老战友的肩头亲昵地轻轻一撞,他们便默默地分开了……但华子良的心,却像被卷进了狂涛巨浪之中,久久地只觉得激奋不已。和罗世文重又相识了,他感到无比兴奋、充实,和无穷无尽的力量;和罗世文重又相识的这一幕,又给他留下了多少值得他咀嚼、回味的东西啊!

第二十一章

风雨骤至。天空中响起了这年第一场春雷。

刺目的闪电,夹着冰雹,带着金属铿锵声的粗大雨点,铛铛地向着这与世隔绝的特别世界猛烈袭来。

那粗大的最先降临的几滴雨点,铛铛地击打在华子良头顶之后,他就带着疏浚沟渠的铁锹,把自己的身躯藏在了一处屋檐之下。

他还从不曾在白昼见过这般猛烈的风雨。粗大的雨点和冰雹,击打在屋瓦之上的铛铛声,简直使人如置身激战战场的枪林弹雨之中。整个世界仿佛被这狂风、暴雨、闪电包裹住了,又被分割、隔绝成许多小小世界。被隔绝在某个小小世界里的人,无论是谁,暂时都只能被禁锢在那么一个狭窄的角落里。

华子良也只能听天由命,留在那屋檐下的一个小角落里了。

这情景,直使华子良感到说不出的烦恼。

和罗世文沟通以后,华子良就想和施飘萍见一面。可是,一个冬天他太忙了,偶然见到施飘萍,也无法接触。三天前,王遠、张瑞就曾宣布,修缮组全体人员要集合到一个不知名的地方去,他更想和施飘萍晤一面。三天来,华子良一直在留意寻觅着和施飘萍晤面的机会。然而,他总未寻到机会。如今,明天即将出发,他更感失望,也许他将永远寻不到这样的机会了！这场风雨之后，黑夜降临，他只得回到自己那令人窒息的牢狱，待漫漫长夜过去，他就要被押解启程了。还能否再回到这里来？何时能回来？他全然不知。

"大哥，你还认得我吗？"

耳畔突然响起轻轻的、亲切的呼唤声。华子良简直不敢相信，这会儿会有人呼唤他。他刚躲进这屋檐下时，没有看见这里还有第二人；连所有的看守特务都被暴雨隔阻，没有出来巡逻，会有谁突然跑到这屋檐下来。

会是幻觉？不像。

"大哥！"

又是一声轻唤，还是个女声，像银铃一般清脆，好熟悉！难道竟会是施飘萍？华子良猛一回头，果然是他渴望晤面的那个人。

华子良差一点没有喊出声来。别慌，这里是适合谈话的地方吗？他机警地四下一扫，暴雨飘泼似的倾泻下来，不见一个人影。只在不远的一个角落，他看见了尤玉生似乎在替他们放哨。暴雨在空中形成的雨幕，给他这屋檐四周笼罩了一片阴影，显得格外昏暗；哗哗流泻的屋檐水在地上溅起的水花，在空间中汇成的各种音响，完全可以掩护他们的谈话。他没有想到，机灵的施飘萍竟会选择这样一个时机来同他会晤。

"飘萍！"华子良喊了一声，就觉得喉头被什么东西堵住了。

施飘萍显然也很激动。她手里拿着个小纸卷，一会儿松开，一会儿又卷上，又松开，又卷上，终于吐出了一句话来：

"我从来到这秘密监狱的第一天，喏，真的，我就认出你来了。没想到吧？"

一听这话，华子良就体会到，这不是临时想起才讲的，而是在她心中积蓄已久的话语。一开始，它就像陡涨的江河一样倾泻而出，一点也不给华子良留下回答、询问、插话的余地。

"可是，大哥，我知道你并没有一下子就认出我。该有八年不见了吧？我变了，长这么大了。而且，我的情况跟以前也不同了。你也许会觉得我油腔滑调，挺淘气吧？大哥，我要跟各种各样的人接触，不这样也不行呀！……那天晚上，你悄悄喊我，我知道你是在试探我是不是你以前认得的那个小施。当时，我真想扑进你怀里！可是，不行，我不能认你，环境不允许……"

华子良注视着施飘萍泪光闪闪的那双大眼睛，霎时间，八年前离散的那个纯真的施飘萍又回到自己身边来了。他猛然觉得，这些年她要把自己内心的真实世界隐藏起来，是真够苦的。他正想说几句什么话来表达自己对她的理解，可一下子又被她灼人的目光和问话封住了。

"大哥，你不要哄骗我，你要讲真心话，你是不是曾经很恨我，真想杀死我？"

华子良迟疑了。内心掀起一阵说不清是什么滋味的波涛。终于还是低声答道："是的。"

"你认出我以后，真这么想过？"

"当时我只能那样想。"

"现在呢？"

"我要是早知道了，就不……"

"大哥，我不要你讲了。你听着，我只是想给你讲我心里的话。我不会忘记，是你把我从死亡中救出来，带到了北方的。是你英勇被捕之后，我才回到了党的怀抱，使我成为像今天这样一个在敌人的心脏里战斗的人。这些年，我们斗争的环境太复杂了，我们不能不提高警惕。你当时那样想，我是能够理解的，即使你杀死了我，我也不会怨恨你。我还要重复一句：如果我真违背了我在松岭、在北平对你讲过的话，哪怕只违背了一点，你就不要留情，该怎么办就怎么办吧！"

"飘萍，我相信你永远不会违背自己的誓言的。"

"那么，当你看到我和那些最坏的家伙说说笑笑的时候，你还恨我吗？"

"我只会高兴。"

"哦，大哥，你还记得八年前你在北平火车站讲过的那句话吗？"

"飘萍，你说的是哪句话？"

"我相信你忘不了的。"

华子良从对方透明晶亮的眼神中，仿佛又见到了那风雪弥漫的北平火车站，又见到了施飘萍依依不忍分离的影子，顿时，他想起了那句话来，不禁激动地问道："你说的是不是这样一句话：'……只要我们还在这同一条路上走，我们一定会见到的。'"

"对，就是这句话。可是，大哥！你不觉得奇怪吗？——世界是这么大，又是这么小！你看，多少年过去了，你走了多少地方，我又走了多少地方……大哥，你还有个边——秘密监狱的墙总是把你禁锢着。我多年来可是在无边无际的世界四海为家！最后，我还是走到你这里来了！哈，你看，这世界不是太小了么？"

"对了，飘萍。我正想问你，这些年，你漂泊到哪里去了？"

"你还记得，为了掩护你，我在你身后扔下了那篮鸡蛋？"

"当然记得。就是因为那篮鸡蛋，我才有可能跑过铁路去，差点就跑脱了呀。"

"你一定不知道，也因为那篮鸡蛋，我还没看见大胡子沙大哥他们，他们却早已认出了我,趁人群混乱的时候,他们就把我从站台上拉走了。从此我走了不知多少地方。"

"到过延安?"

"那是后来的事。开初,沙大哥带领我们到敌后去打游击。那时,他们嫌我小,把我分在宣传队,唱唱歌,写写标语,跑跑腿。后来又兴了个主意,送我到延安去培训。"

"你们不是在敌后么?"

"是的。到延安很艰难,先是大胡子送我通过了敌伪封锁线,到国民党统治区把我交给了另一个同志,经过许多曲折、盘查,才到了延安。后来沙大哥也来了,我才知道大胡子在返回途中失踪,到了这里又听说他已牺牲了。"

无休无止的暴风雨掩护着他们低声的交谈。那惊天动地的风雨声,令人想起那段硝烟弥漫的岁月。一谈到通过封锁线,去到延安的那些日子,施飘萍眼里顿时放出异样的光彩,仿佛她又把那许多永生难忘的往事,全都召唤到眼前来了……

施飘萍第一次见到坐落在西北高原上的延安古城,是在一个天朗气清的日子。通过敌伪和蒋军封锁线的种种艰辛,已经抛到身后了。西北高原的群山,是荒凉的,又是雄伟的。在那深深的山沟里,她碰见的第一个人是个拿着红缨枪的妇救会员。这位脸上漾着开朗的笑的青年妇女亲切地告诉他们:顺着山沟往前走,就会看见延安城的那座古塔了。她只觉得心在怦怦地跳,眼前的天变得高了,路也宽了。赶了一段路,前面又出现好几个提着小包的男女青年,正一边往前走,一边高声歌唱。那欢悦的歌声,爆发出一种青春的活力,激荡着她。自从离开敌后以来,她有好久没有唱歌了。她一听,那是一支她熟悉的歌,也就跟着唱了起来——

　　骑白马,挎洋枪,
　　三哥哥吃的是抗日军粮,
　　心想回家看姑娘呀,呀呵嘿嘿,
　　要打鬼子顾不上……

　　来到延河边,所有的人都感到新奇入迷。不知何时,天空中聚积起一堆堆巨大的云块。哦,起风了。狂风推拥着云块,越聚越浓;狂风卷起一阵风沙,仿佛要把这一群初来乍到的年轻人卷入空际。然而,他们却站在延河边欢笑着,似乎在庆幸自己一来到这西北高原,就迎接了一场考验。施飘萍只觉得兴奋,仰起脸,一阵冰凉的雨点直向她扑来。很快天上倾下瓢泼般的豪雨。她没有想到,初到延安,就经受了这么一次洗礼。

　　延河在开始咆哮,刚来的年轻人欢呼着,哗哗哗蹚着河水,奔过河去。

　　"延河涨水喽!快!快走!听见没有?还不快点,延河水会把你们冲走的!"

　　他们正在浪涛滚滚的激流中,河对面突然传来一阵急促的呼喊。这时候,施飘萍才忽然感到水势很猛。浑浊的河水卷起两岸的泥沙奔腾而来,浪涛很快就没过了腰身,每向前蹚一步都吃力极了。大家赶紧手挽着手,互相支持着,搀扶着,在激流中搏斗。洪峰很快就要汹涌而至了,离岸边还有一段距离。

　　"勇敢点!快闯!"

　　急促的呼喊,不是从岸上,而是从河面上传了过来,压倒了河水的咆哮,风雨的嘶鸣。接着是一阵高昂的马嘶声。施飘萍只觉得自己不是在向岸边前进,而是被急流推拥着向下游漂去!

"小鬼!快!抓住马尾巴!把手伸给我!"

她忽然被一只有力的手抓住了。顷刻间,她觉得自己在湍急的河水中站稳了,那只手在拉着她向一个魁梧的身影靠近。又是一阵马嘶。施飘萍一抬头,才看见一个年长的军人,牵着一匹大黑马站在河水中,还有两位英俊的青年战士在身后扶着他。他那方正的脸上有一对十分引人注目的浓眉。他一将施飘萍拉到自己的身边,就把她交给了身后的青年战士,又伸手去接前面的人。

"快!快!闯过来就是胜利!"

他呼喊着,鼓励着,像磐石般屹立在湍急的江流中,那慈祥的声音里洋溢着真挚的爱。

他是谁?

当洪峰涌来的时候,所有的人都已登上了岸。那位慈祥的长者对这批急于想蹚过延河,又缺乏同激流搏斗经验的年轻人笑了笑,挥一挥手,便骑上马走了。这时,才有人告诉他们,他就是举世闻名的朱德总司令。施飘萍惊奇得不得了,久久地伫望着那在风雨中急驰而去的身影。

在招待所住下以后,休息了几天,接待同志才来找他们谈话。他问施飘萍:"小鬼,你们是一道来的吧?"

"是的。"

"你们准备找谁呀?"

"找谁?我们不是来找毛主席的么?"

施飘萍天真地回答。这件事,她同住在招待所的许多年轻人议论过多次了。过去这几天,她结交了许多朋友,尽管大家来历各异,衣着、语音也不相同,都是因为抗日救国这一伟大目标,把他们从天南地北吸引到延安来的。谁不希望见到毛主席呀！不久，就有消息说，他们这一群青年，将以平津京沪学生代表团的名义，受到中共中央主席毛泽东的接见。施飘萍高兴极了。果然，第二天就有一个小鬼来接他们去毛泽东住的那个窑洞。

那是一间比较宽敞的窑洞，点着灯，光线显得有些暗淡。大家刚进去，一个身材高大、下巴上长着颗黑痣的中年人立刻站了起来。施飘萍一见到和蔼可亲的面容、睿智的目光，一下就认出来了，是毛泽东毛主席。

"哦，来了，欢迎，欢迎！"毛泽东亲切地招呼大家在两根长条凳上坐了下来，"你们专程到西北来，不是诚心要在这里长期住下来，坚持抗日救国的伟大事业么？"毛泽东吸了口烟，嘴一张，舒展地吐出了一圈又一圈烟雾。"要在这里长期住下来，就得习惯这里的生活，就得学会吃这里的小米粥，学会同人民打成一片……"

毛泽东讲话的声音不高，但一下子就把施飘萍吸引住了。他讲得诙谐、自然，不时向在座的人提出一些问题，询问他们到延安来的经过，询问他们沿途的见闻。窑洞里开始还有点拘谨的空气，不一会儿就变得活跃了起来。在施飘萍头脑中，原来只有一些极其简单、朦朦胧胧的救国救民的观念，毛泽东运用极其浅显的比喻讲出来，使人一听就明白了，感到一种强大的令人振奋的力量。

摇曳不定的灯光在毛泽东脸上晃动，灯影下，那一身粗布衣衫，膝头上那块触目的补丁，一下子使施飘萍想起了许多人，想起了那些饥寒交迫的群众，想起了那些奋不顾身的战友……她几乎完全忘记了自己，只觉得全身热血沸腾。

施飘萍离开那间宽敞的窑洞时，只觉得洞里全是辛辣的烟雾，全是年轻人满怀豪情的欢笑。他们这批年轻人全得到毛泽东的批准，经过短期的学习，便出发到抗日前线去了。唯独只有她，还不满十六岁，被留在了延安。

一晃就是三年。

这三年岁月既漫长又短暂。她喝着延河的水长大了。

她如饥似渴地学习，懂得了社会发展的历史，懂得了中国的过去和现在，也看清了光辉的前景，她的头脑充实了，视野开阔了。

她在鲜红的党旗下，热泪盈眶地宣誓，为共产主义事业奋斗终身！

她到基层去进行过锻炼，饱汲了人民给她的丰富的养料，像一棵幼苗茁壮地成长起来。她在中央机关辛勤地工作，培养着自己的坚韧和毅力……

三年过去了，她成了一个开朗、活跃、机警而又敏捷的人。沙松林到延安的时候，差点儿认不出她来。

抗日战争最艰苦的岁月到来了。我党在敌后的抗日根据地遭到了日伪军的疯狂"围剿"。大后方的国民党顽固派极力对我党进行限制和镇压。施飘萍焦灼不安，她要求让她到最艰苦的地方去，特别期望到大后方去，她愿献出自己的一切。

然而，支部的同志们告诉她：大后方的斗争太复杂，她还太小，不适合去那里。

这反而使她不服气了，自己都快十九岁了，还小么？她倔强地提出了申诉、要求，到处找人说理。

正在这时候，施飘萍从沙松林口中得到了确切的消息：三年前曾护送她通过了敌伪封锁线的大胡子，在国统区刚准备返回的时候突然失踪了。许久以后，才发现大胡子极可能是被国民党特务机关抓走的……这更使她心急如火，想尽快到大后方去。

有一天，施飘萍听人说，正在大后方工作的中共中央南方局书记周恩来回延安来了。如果谁真想到大后方去,只要找到他,得到他的许可,那就一定有希望。

施飘萍连夜赶去周恩来住的窑洞。一进门,她就毫不犹豫地把自己的强烈愿望提了出来。出乎施飘萍意料,周恩来仔细地倾听着她的要求,那神情跟支部的同志们对待她的神情似乎没有什么差别。待她说完了,周恩来将手中的那支笔在桌边轻轻敲了敲,用一双炯炯有神的眼睛注视着她,问道:"飘萍同志,你今年多大了?"

"十九岁多了。"她把自己的年龄提高了一点。

"大后方那里的斗争特别复杂,特别危险,你知道吗?"

"知道。"

"你一点也不害怕?"

"我从小就是在害怕中长大的,怕惯了,也就不觉得了。"

施飘萍索性把她父母在石堡寨牺牲以后,她怎样在乡亲们的掩护下活下来,又怎样从石堡寨去了武汉,以后又怎样被华子良带到北平,以及华子良被捕以后,石大山又怎样把她送往延安的经历,全告诉给了对方。直到这时,施飘萍才看出,周恩来的态度毕竟又和支部的同志们不同。周恩来细听完她的倾诉以后,竟然提出了一个非常明确,又使她心跳的大问题:"飘萍,请你告诉我,你会做一些什么事情?"

"我会做什么?"施飘萍为难极了,但她还是坦率地作了回答,"会唱歌。在延安我还学演过京剧、话剧。还有,在中央机关我还搞过一些报道工作。还有,我在武汉时,住在教堂附近,学过英语,现在还能讲几句。总之,大后方需要啥,叫我干啥都行;不会的,我也愿意学。"

闪电像剑一样劈开了乌黑的云层，照亮了屋檐下两个曾经生死相依的战友。华子良听了施飘萍娓娓的叙述，他觉得他同施飘萍的心完全相通了。

"飘萍，你的变化真大。"华子良握着施飘萍的手说，"这是我完全没有想到的。"

"我自己也没有想到，是革命造就了我。"

华子良望着密集的雨幕，深沉地说："你说得对，革命造就了许多人，还要造出一个新世界。"

"我在重庆也常常想到这一点。那个地方到处都是乌烟瘴气。我就想，总有一天我们要把这些垃圾打扫干净的。"

"你在重庆，真当上新闻记者了？"

"是的。"

"你什么地方都敢去？"

"在那里，谁也不知道我是什么人。我的公开身份是记者，自然哪儿都得去闯。"

"你是在哪里学会英语的？"

"周恩来同志要我跟外国人接触，专门找人天天教我。我后来才渐渐体会到，重庆也真是个战场……"

在华子良听来，重庆简直成了他完全陌生的世界。在那多雾的城市里，聚集了形形色色的人物，当权的国民党、地方实力派，和坚持抗日、同情抗日的人们，几乎每天都在进行着交锋、搏斗。珍珠港事变以后，美国派遣空军来华参战了，重庆街头到处可以看见背上印着"来华助战洋人，军民一体保护"字样的白皮肤军人，我们党为了团结、发展抗日统一战线的斗争，就更加复杂了……

"你在那里感觉怎样？"

"自然不像在延安那样舒畅。"

"那是什么滋味呢？"

"我常常感到寂寞和忧虑。"

"为什么？"

"天天在那些复杂人物圈子里转，使我经常想起沙大哥，想起生死不明的大胡子和你，想起我在延安的许多战友……"

"你在重庆，不是在周恩来身边么？"

"周恩来带我到重庆，让我认识了邓大姐，认识了许多好同志，可是，我很快就离开他们了。我当上记者以后，就是独立作战，只能通过一个非常秘密的联络点同他们联系。有一次，在一处公开场合，我看见了周恩来和邓大姐，我见四周无人，就只有他们两个，我多想同他们讲几句话呀。我走了过去，可是，周恩来立刻用目光暗示我：不行。他们在从我身边擦过的时候，好像根本没有看见我，只听见他们低声说：'不认识，不认识……'邓大姐还直摇头呢！……我自然立刻转身去同别人讲些无聊的话。你说，我能不常常感到寂寞吗？"

这种寂寞的心情，华子良是能够体会的。这些年来，他自己就深深尝到了脱离战斗集体的寂寞之苦。但是，当他听到施飘萍愤激地讲起隐藏在她心中的忧虑时，他深为震惊了！

华子良怎么也未能想到，近乎孤军作战的施飘萍，竟会敏锐地发现大后方有一股黑势力在蔓延、扩展。她用了极大的努力去追踪、寻觅那黑势力，究竟是从何处滋生的，终于觉察到这股黑势力和来华助战中的一部分美国人有关，它的基地就在这多雾多山的某地……

"这完全是由于一个偶然的机会，我碰见了一群由贵阳去重庆的军人，在同他们的交谈中，我发现了一些很蹊跷的事情……"

华子良浑浊的眼睛，不觉睁大了。他几乎不敢相信自己的耳朵会听到这样一个故事。

原来,施飘萍一到重庆,周恩来就告诉她要特别警惕国民党特务的活动。那次她偶然碰见的几个军人,谈起他们在川黔路上一段奇怪的遭遇,就十分愤激。那几个军人说,他们奉命从贵阳押运一批医药用品,限期赶到重庆报到,装载医药用品的卡车离开贵阳后,一路上十分顺利。谁知沿川黔路开到息烽和开阳县交界处附近,就被在万山丛中戒严的特务部队阻在山里边了。无论他们怎样申诉、请求,对方坚决不放行。有一个军人愤慨地告诉他们,这是一批要赶运到前线去的药品,竟然挨了特务一耳光,还下了他们的手枪,差点儿没给关起来。几乎等了大半天,只看见一群群牵着狼犬的特务沿山来去搜索,最后,从密林中拖出一个满脸胡须、左耳根下部长着红痣的大汉来,特务们才宣布解除戒严,放他们通过。他们看见那大汉手上脚上全是血,已经死了。他们走了好长一段路,还到处看见一个个阴森森的岗亭。那几个军人一说起这件事,还不住咒骂:那帮家伙简直像汉奸!

"我一听到这件事,猛然想起,我们新四军许多将士被逮捕,我们有许多同志突然失踪,就是打听不到下落,他们是不是就关在那个深山里?后来,我又听到一个消息,说有个美军的什么小组到贵州去了,而又没有到贵阳。我一下又想起他们是不是到那个秘密地方去了,去干什么?至于那个大汉,我怀疑就是大胡子,自然也没有把握。所以,我就很想找个机会调查一下,揭露顽固派的倒行逆施。我把这些情况向组织汇报了,后来组织给我传达了恩来同志的指示:这个情况知道了,很重要;可是不同意我到贵州调查。我真是又失望又忧虑,我多想亲眼来看看呀!……想不到,我最后还是来了。"

华子良说不清,此刻,施飘萍的眼神,是闪烁着忧虑,还是别的什么。她总是不断地向雨雾茫茫的远方眺望,那犀利的目光仿佛要把这个秘密世界的一切全刺透似的。

忽然,施飘萍淡然一笑说:"华大哥,我给你看个东西。"说着,把她手上那一小卷纸递给了华子良。

华子良有些莫名其妙地接过来,展开一看,哦,竟是一幅地图!尽管十分粗略,但贵州息烽县和开阳县之间的一段公路,永靖镇和太阳石,以及阳朗坝之间的方位……都一目了然。

华子良不解地问:"这有什么用?"

"我们应该把这里的情况报告上级。"

"能送出去吗?"

"想办法吧。"施飘萍含蓄地说,"我们要把这个秘密世界的布置全画出来。华大哥,你明天就要离开这里了,把你看到的地方都画出来,好吗?"

华子良十分激动,甚至有些惭愧。多年来,他就未曾想到过做这样的事,进行这样的斗争。他终于明白过来,施飘萍主动来找他,显然是罗世文他们安排的,他又直接在党的领导之下了。他再次认真看了看那地图,庄重地点了点头,把地图还给了施飘萍。

施飘萍接过地图,换了个话题:"大哥,你知道我在这里总是喜欢唱歌,是唱给谁听的?"

"不知道。"

"那我告诉你!大哥,我是唱给你和大胡子听的呀!"

"大胡子他早……"

"我想他会听见的,我永远不会忘记他!"

"那也好。你想唱,就唱吧。"

暴风雨终于渐渐减弱,失去了它狂烈的势头。施飘萍把她手上的那张纸,又卷了起来。华子良正想问施飘萍,党还要他做些什么,不料,施飘萍却又提出了一个使他意想不到的问题:"华大哥,你后来听说过家里的消息没有?"

"你说的是哪个家里?"

"路云凤。"

"她怎么啦?"

"我听说过一点。"

"什么时候?"

"一年以前。"

"什么地方?"

"在重庆,听军统特务机关里的朋友讲的。"施飘萍沉吟了一下,说道,"军统鄂西站有电报说,如日军进攻川鄂边,中共即将在该地发动游击战,并已从华蓥山将一个会打双枪的女将调去该地;电报还说,他们已侦知这个新被调去的女将姓路,正计划撒下大网,待机将她和有关人员等一律逮捕。"

"你怎么认定这位姓路的女同志就是她?"

"是后来了,上级得到我的报告以后告诉我的,说她已经安全撤离。"

"她还在就好。"华子良不禁感慨系之,"她大概又回去了,她总是舍不得离开她住惯了的老地方。"

隆隆的雷声完全失去了它咆哮的威力,只是在天际似乎有气无力地轰鸣。低垂的乌黑云块变成了淡灰色,散了。

"哦,密斯特布鲁克,还有二位官长——王逵、张瑞,刚才那阵炸雷可没把诸位打着吧!"

施飘萍在围墙的另一侧和特务的讪笑声,传了过来。雨停了,天快黑了,施飘萍转眼间便离开这里,又开始新的战斗了!华子良想,

331

她，这个机灵、淘气而又坚强的姑娘，是怎样善于应付复杂、险恶的环境，进行着艰苦、顽强的搏击啊！

第二十二章

　　望着前面茫茫的雾海，时隐时现的山影，华子良踏着曲折崎岖的山路，越来越难抑制自己困惑和失望之情了。

　　他和二十几个修缮组成员，只是携带着一点极其简单的行装，便在三五个看守特务的监视之下离开了阳朗坝，不知将去向何处。一路上并没有什么严密的警戒，队列松松垮垮，稀稀拉拉，看守特务不仅不干涉，甚至连看也不看他们一眼。这就使华子良困惑了：难道是特务机关有意安排的一次考验？谁想利用这种难得的机会逃走，那一定会落入特务预置的陷阱中。

　　华子良还感到失望，因为他们总在永靖镇附近那些山间小路上兜圈子。如果不走出这个圈子，他将如何向施飘萍提供什么新情况呢？

　　山雾更浓了，路也更崎岖了。这些身体羸弱的囚徒，爬一段路就得停下来喘息一下。华子良终于发现，他们已爬上了往日在狱中常见的那座黑色的尖尖山，野草深及膝部，云雾遮掩着路侧的深谷，只听得见哗哗的流水声。来到这个陌生的地方，华子良的心境反倒宽松了许多。

　　不久，他们钻出了雾幕，眼前豁然开朗起来，脚下是一条坡度特别大的公路。草草修成的简易公路，再加上山雨冲刷，路面上到处露出尖尖的碎石,直硌得囚徒们的赤足生痛,队伍时走时停,华子良便得以从容地观察四周了。

远离公路两侧的山岩,呈现出一种特殊的地貌。好似堆积着一叠叠可以揭开的书页。在一片铁灰的色调中,远处,朦朦胧胧隐伏着一幢小屋,屋顶全是用铁灰的页岩石片覆盖的,稍不留心就看不出来。华子良觉得,这屋子真隐藏得巧妙。

他把目光收回来,观察着公路,一块深嵌在路边泥土里的小方石映入他的眼帘。他正思索为何把这么一块小方石嵌在路边,又一块小方石出现了,仔细一看,上面刻着阿拉伯数字:"430"。

哦,是记程路碑。华子良想。这条公路是从哪儿开始的呢?

再往前,华子良又看见一块小方石,上面刻着另一个阿拉伯数字:"73"。

怪了!两块记程路碑距离不远,为什么数字差距这样大?这是布的什么迷魂阵?是有两个不同的起点么,各自的起点又在哪里?这条公路又通向何方?

华子良正想沿路去探索这个秘密,他们却被引入一条泥泞不堪的小路,又开始登山了。

或许是进入了海拔更高的深山区,使人直觉得凉飕飕的。眼前的一切景物突然又被一层朦朦胧胧的雨雾笼罩,天也快黑了。渐渐地,华子良只感到局促气喘,连近在咫尺的人影也变得模糊了。

走了不知多久,那几乎使人窒息的浓雾逐渐稀落起来,可以看见更远的景物了。这时才知道天并没有黑,他们早已越过一座高山峰,正在开始下山。但是目的地在哪里,仍然是一团谜。

又上了一条山路。被尖石、树枝磨伤的脚板,越来越敏感。现在,即使踩在泥团、树叶之上,也像针刺般疼痛。尽管张天顺父子背着一捆草鞋，张天顺一再提出要把草鞋送给大家，但特务绝不允许，坚持要到了目的地才许穿。人们只得继续赤足走路。走路越来越艰难，然而还得在那崎岖的山路上无休止地前行。路上留下了一点一点的血迹。

天真黑定了。火把点亮了，特务的电筒光也照亮了。特务只是催促着他们继续赶路。

好不容易下了山，来到一片浅丘地区。一湾一湾水田映着闪烁不定的电筒和火把的光亮。不远处，朦朦胧胧地隐伏着一座座竹林小院。再往前，耸立着一座山。那黑黢黢的山上，茂密的树林中，隐约可见一座被一列高墙包围着的寺庙的影子。

他们被引着向这在夜色中出现的神秘寺庙走去。还没有走拢，他们被划成五人一组，分开了。不知从什么地方又跑来几个监视他们的特务。华子良想，总算到达今宵落宿之处了。他开始留意起四周的环境来。

夜色中，什么都看不清。一些像鬼眼似的闪烁的灯光，使他分明感到四周有岗哨。一条宽而长的石级路直通寺庙。石级路旁左侧，山岩下有一个极黑的影子，像是一个巨大的天然石洞。他无法想象那洞里的情景，一个念头刚刚在脑子里闪过：那里会不会关押着什么人？便被特务吆喝着走过去了。继续循着整齐的石梯向上爬，微弱的灯光中，现出一堵高大的红墙，红漆大门两边生长着几株足够几人合围的参天大树。整个环境极为幽秘。

华子良不禁疑团满腹：这是什么地方？为什么要领我们到这么一个特别地方来？果真是来修缮吗？

进了院墙，他越觉蹊跷，除了他们这批陌生的来客，几乎没有人走动，仿佛到了一处远离尘世的神秘场所。风卷落叶的沙沙声，把整个院落烘托得格外宁静。空气清新极了。在火把的光照下，依稀可见用石板嵌得十分整齐的光滑路面和阶梯；一道道精工油漆的门，门两侧古色古香、金碧辉煌的雕刻和楹联；一重又一重院落中出现的形态各异的园林、亭阁……简直使人忘了这是一个秘密世界！

终于看见比较明亮的灯光了。那是从左边一间厅堂里射出来的，它的门敞开着，晃眼可见屋里铺着地毯。右边则是通向一座阴森森院落的路。引路的特务带领他们沿这条路走进一所偏厦。厢房里扔着一堆堆稻草。他们一进厢房，门就被带拢，锁上了。

倒在稻草堆上，人们仿佛立刻就迷迷糊糊睡着了。过度的劳顿，使华子良似乎很快也睡着了。但他那双磨伤的脚盖在稻草丛中，仿佛踩在刀丛之上，火辣辣的，钻心刺骨般疼痛。最后，他终于痛醒过来，谛听着这奇特的寺庙之夜的动静。

最先钻进耳朵里来的，是难友们辗转反侧的声音，是房外的风声，树叶的沙沙声。接着，每隔三五分钟，就传来短促而有节奏的竹梆声，由远及近，又由近及远，就仿佛在这寺庙四周盘旋。这声音仿佛在宣告：这是一处警戒森严的禁地，任何人都只能在被指定的一个小角落里呼吸，而决无从这里自由出入的可能！

华子良毕竟太疲倦了，终于还是迷迷糊糊睡去。一阵吆喝声把他惊醒过来时，已经天亮了，张天顺父子早已替他们煮好了饭。

他们又被特务领出庙门，下了山，来到一片丘陵地。这时，他们才知道，来这里的修缮任务，是修筑一段不知起讫点，似乎早就有人开挖过的公路路面。

从此，每天天不亮，他们便从那寺庙里被赶了出来，下了山，翻过两座山丘，来到施工现场，直到天黑以后，才拖着疲惫不堪的身躯，回到那寺庙里的稻草堆去。因为竟日就在那丘陵地挖土运石，尽管监视他们的特务一再严令不许东张西望，但华子良毕竟还是可以看见那无法遮拦的山山水水。

　　这是一片风景如画的地方。是万山丛中难得见到的一片平原，却又不像一般平原那么单调，有山又有水，林木葱葱山水秀丽，使人有一种特别清幽、如入世外桃源之感。不远处，靠近丘陵下，在一片茂密的南竹林边，一尊巨石拔地而起，直指云天；哗哗的溪水围着这巨石流转，奔向远方；两方从这巨石分裂开的石头，神奇般地斜架在溪流上空……使华子良惊奇的是，几乎每天都有几位乘坐滑竿的人，去那里游玩……

　　渐渐地，华子良认识那些人了。在那群人中，真正的游者其实就只有二人。一个是中年人，穿着质地极好、剪裁合体的西装，似乎英俊潇洒，超凡出世，又似乎带着几分忧伤地手执钓竿，总是心神不定地东张西望。一个是陪同那中年人的妇女，身穿旗袍、面目姣好。他们总爱站在那斜架在溪流上空的石桥上垂钓，一钓就是一天，但看不出他们真是爱钓鱼，还是借此消磨那寂寞的岁月。偶尔，在夕阳西下的时候，如果碰见那群在路旁斗蟋蟀的牧童，就会听见那垂钓的中年人和牧童发出一阵欢笑声。但这种机会极难得。这一对垂钓者多半是默默地归去，好像他们心中压着一块石头……

　　渐渐地，华子良也看出另外那些人了。他们并不垂钓，而是散在四周东张西望。那种似乎什么都没有看在眼里，却又恨不能把什么都收进眼底的鬼鬼祟祟的神态，华子良是很熟悉的。他断定这是一群竟日严密监视那对中年钓者的特务。

　　有一天下午，忽然下起雨来。那对垂钓者匆匆乘上滑竿走了。修缮组的人收拾好了工具整队回去；半路上，华子良忽然看见那两乘滑竿正抬进庙里。他蓦地想起第一天夜晚看见的那铺有地毯的厅房，心里一下明白过来：这对垂钓者，都是被囚禁在这寺庙里的特别囚犯。

他们是谁？他们囚在那厅堂里么？还是囚在庙中别的什么地方？华子良却无法找到答案。

这个谜一直存在华子良心中。许多日子过去了，一天天刚微明，他们又被匆匆领着通过那寺庙门口的时候，那警卫大门口的特务，不知为什么离开了他们惯常伫立的位置，没有了往日那种不许东张西望的监视。晨曦中，华子良抬眼便看见紧挨庙门口，还有处小山丘，山丘上筑有一个别致的君子亭。亭侧，靠近门口的路边，还立有一块石碑，醒目地刻了两行字：

坚营卓绝
蒋中正

碑上仿佛还有几个小字。匆匆而过，看不清了。

这块碑似乎说明了，这寺庙何以装饰得那么富丽堂皇！但又使人难以猜测：是蒋介石在此住宿过，还是在此直接参与了对谁的秘密审讯？

又被引到他们筑路的那片丘陵地带了。公路的路面工程才刚开始，可是今天，却无人发布开工的号令。仿佛是在等待什么新的安排，既不动工，也不许离去。

太阳升起来了。惯常那些在溪边垂钓游玩的好几乘滑竿，也一闪一闪地在丘陵后出现了。但那滑竿没有向惯常的方向去，却朝公路这边走了来。在穿过公路的时候，那坐在滑竿上的中年垂钓者不断转过头去，把一副忧伤的、恋恋不舍的目光向他们往常垂钓的地方望去。

"喏，先生！到了开阳那边，你不知道，白岩营的风景真不知比这个阳明洞好多少呢！"

这话音伴随着滑竿闪动的"吱吱"声,像一阵风似的刮进了华子良的耳朵。但他根本无从分辨:讲话的人是谁?他讲的开阳、白岩营是在什么地方?唯一能从这讲话人口中听出一点眉目的,只有"阳明洞"这三个字。啊,这里叫阳明洞!这,难道就是四百年前,明代著名人物王阳明被贬之地?

那几乘滑竿在阳光下一闪一闪地走远了,不见了。似乎随着这几乘滑竿的消失,这进行了多日的公路修建工程,也没有再修建的必要了。华子良他们等候多时得到的命令,不是继续开工,而是立刻出发,开赴又一个不知名的地方。

又是一整天的跋涉。一直只是在无人的山间小路上穿行,逐渐进入了浓密的雾海。顷刻间,他们像全被雾吞没了似的,不见了踪影。越来越厚密的雾,使人根本无法看清这周遭的景物,只感到凉飕飕的高山气息裹住了他们。

大海有波涛,雾海也似乎有波澜。它时而汹涌澎湃,排山倒海似的卷来,吞噬了一切,遮没了一切。它时而却又驯服平静下来,仿佛只是微波荡漾,轻歌曼舞似的,只给这世界罩上薄薄的纱幕,使人朦朦胧胧地可以看到一点东西。

前面,雾幕弥漫处,隐隐约约,浮现出一片突兀的巨岩,好似一个顶天立地的巨人,兀立在云天之下。

这景象十分壮观,使人不禁想去找寻它站立的根基。当华子良的目光向下搜索的时候,果然看见巨岩下绵亘的大山,还看见了一条向上伸延的崎岖小道,但还没延伸到那巨岩之下,就被雾幕完全遮没了。正是在那条小道即将隐没的地方,耸立着一座小庙。这时,押送特务催促他们快走,华子良知道那可能就是他们的目的地了。

又跋涉了很久,终于到达小庙前。庙门上塑着三个字:三仙宫。

张天顺父子在庙门旁垒起了几块石头，架上了锅。他们在势将颓圮的小庙里住下了。

第二天，天空还是黑沉沉的时候，华子良他们便被叫醒起来，埋锅造饭，草草进食之后，又开始出发了。看守特务引着他们，沿着那向巨岩延伸的羊肠小道，顶霜冒雾，一步一步直往那隐藏在云雾中的巨岩走去。待到达巨岩之下，站立在一个巨大的洞穴侧边一堆乱石上，他们才明白是要在这么巴掌大块地方，兴建三两间房屋。

从此，他们像在阳明洞那样，天天早出晚归。特务们监视甚严，也不准他们四处张望。这个地方不像阳明洞那样视野开阔，而且经常云缠雾绕，似乎也看不到什么东西。

然而，那古洞还是引起了华子良的好奇。那里经常云遮雾绕，却又不时有人进出。押解他们的特务也常在洞口边巡逻，虽然工地与洞口相距不过一二十来步，却根本不可能靠近洞口。他几乎每天都要对山洞进行观察，但除了偶尔云雾稀薄的时候，模模糊糊瞥见在岩腔之内似有飞檐翘角，获得一个洞口很大的印象之外，一连好些日子，他什么也没有看清。

看来，洞里住得有人。什么人？他却无法判断。

有一天清晨，意外地云开雾散了。正在清理屋基的华子良抬头一看，那块顶天立地的巨岩，原来是直立在洞口之上的。渐渐地，远处一轮红日从对面山巅升起，一片金色的阳光直泻过来，突然把整个洞穴照亮了。华子良惊喜之至，忙偷眼望去，哦，那洞穴出奇地大，简直像一个罕见的广场！特别令他惊奇的是，前些日子瞥见的飞檐翘角，竟是一座修在洞里的一排三间的古庙，还有一位须发飘然的长者在凭栏眺望……

这情景，给华子良留下的印象太深了。这真是一个意想不到的世界！

然而，太短暂了。他刚看清那长者的身影，一个看守特务便挡住了他的视线。不一会儿，太阳又隐没进云层，一片浓雾随即飘来，那洞顶的巨岩又好像浮悬在云天之上，洞口又被雾障遮没了。

过了好些时日，华子良才转弯抹角地打听到：那岩叫玄天岩；那洞叫玄天洞；那古庙是清代乾隆年间修建的，叫玄天观。

那长者呢？——他没有打听，也不能打听。

自从离开阳朗坝以来，华子良心里老记挂着两件事：一是施飘萍要他留意新到地方的地形、地名；二是罗世文要他注意发现东北军、西北军、新四军那几个被囚的重要人物。临行前夜，罗世文还派人悄悄地送了一本藏有详细的全国抗战形势地图、包着《西游记》封面的书给他，要他一旦发现了他们，就务必设法把这本伪装的书给他们。在阳明洞，他见到的那个垂钓者，既不知是谁，也无法接近，他也不敢轻易冒险。现在，几个月过去了，这本书还藏在他贴身的内衣里，像团火似的烧灼着他的心，常常弄得夜间失眠。

失眠，使他非常留意三仙宫周围的动静。然而，每天夜里居然听不到这整个秘密世界随处可闻的竹梆声，使他深为迷惑不解。他不相信在这样一个地方，特务机关竟会不在四周布置严密的监视网。但他却又怎么也寻不到特务们夜间防范联络的信号。

有一晚起夜，他无意间从窗口见到山岩上似有点点萤火虫的光亮在闪动。他感到纳闷极了：在这深山寒夜，哪来的萤火虫？该不是有什么山野的野兽在活动？一连观察了几个晚上，他又奇怪了：野兽应当四处活动，怎么会老在一个地方发出亮光？

华子良细心地找寻着答案。

他估量过，夜间发出闪光的地方，就在洞口附近的山岩上。终于，有一天清晨，天还没有亮，他们正在向山腰工地上爬去的时候，薄雾中，他猛然看见岩壁间那鬼眨眼似的亮光接连闪了三下，他忙回头一看，就在三仙宫的方向，也有同样的亮光，接连闪了三下。他一下明白过来了，原来这就是特务们互相联络的信号！在这个几乎是荒无人迹的环境里他们显然还是防范极严的。

到了工地，薄雾散去，一片晨曦映在岩壁上。平时，华子良不太注意那岩壁，认为那些蔓生着苔藓和蕨类植物的峭壁上，不大可能有什么值得注意的东西。此刻，他留心观察才发现了石壁上有一处凹陷的罅隙，在离地面二十来公尺高的地方，一丛小树遮住了一个石洞，隐隐约约似有人影晃动，显然，那萤火似的闪光正是从这里发射出来的。

这个意外的发现，使华子良想到，在这玄天洞和三仙宫一带，并未见别的牢狱，而特务机关在修缮组到来之前，就已设置了如此秘密的暗哨，自然不是为了监视他们修造房屋，应该有更重要的目标。是不是跟那个长者有关呢？

华子良发现：他对这周遭环境的细致观察，全未逃过张天顺父子的眼睛。华子良不回避他们，他们总是不断设法掩护他，使他有可能更细致地对周遭进行观察。

房屋修建得很缓慢。这给了华子良以较多的时间来观察那些在古洞里活动和进进出出的人物。首先引起他注意的，是洞里出来的人多不远去，每次三五人，在洞口闲散一段时间便又进去，换来另外的三五人，好像是有规律地放风。但这些人显然又不是囚徒，他们穿着的军装也跟那般看守特务不同，使华子良想起，在来贵州的途中曾从几辆卡车上看见的那批宪兵。他很奇怪：难道是那批宪兵驻扎在这里吗？有一次，出来了两个与众不同的人物。一个穿一身黑呢中山服，礼帽帽檐压得很低，几乎盖住了他的眉眼。他一出来，监押华子良他们劳动的看守特务，立即替他让开了路。他径直走到劳动工地边来看了看刚刚安好的房屋基脚，一副颐指气使的样子。他那双阴森森的眼睛几乎把每一个修缮组的人扫视了一遍，哼一声："派他妈些老弱残废来！"就骂骂咧咧地转身到洞口边去了。华子良立刻断定：这家伙是此地主宰一切的铁腕人物。另一个，蓄着一撇日本式的小胡子，身材不高，却穿一身长及膝盖的白大褂。他一出来，就自顾自地站在洞外抽烟，好像很无聊。华子良猜想，他可能是医官。

自从转到贵州秘密监狱以来，华子良还是第一次看见穿白大褂的人。在这个神秘的洞穴里居然还住着个医生，这太出乎他意料了。

然而，华子良却一次也没有见到那位长者出来，他显然没有离开洞穴的自由。

还有一次，他忽然瞥见一个少年在洞口张望，但一转眼就被一只大手抓回去了……

这一切，都不能不引起华子良的疑心：看来，洞穴里关押着一个极重要的人犯，甚至可能还有他的家属。这洞外的房舍，是不是为他们修建的呢？

房屋开始砌墙了。随着土墙逐渐筑高，华子良观察的视野也开阔了。尽管山雾有时浓得伸手不见五指，通过时刻留心的观察，他对洞里那座古庙还是积累起了一个清晰的印象。那一排三间的殿堂里，泥塑木雕早已荡然无存。它的上部架着一层楼房，那些看守宪兵就住在里面。下面，正殿的门开着，常常空无一人。左右两殿，又用木板分隔成各有两间房舍。左边那两间分别住着那位铁腕人物和医生。那位长者一家，则住在右边的两间里。

华子良自然特别注意这一家人。除了那个在洞口露过一面的少年，他还曾经看到过一个披着长头发的女人的身影，这无疑是一对母子，但他们似乎住在那光线极其暗淡的里间只偶尔露面，华子良始终没有看清他们的面影,但不时听见那女人唱《义勇军进行曲》,又感到奇怪。还有一个奇怪的人物,既不像特务,也不像这个家庭的成员。他穿着一件对襟蓝布短衫,总是侍立在那长者的房外,他稍微有一点行动的自由,但从来没有走出过洞口。从他对长者的恭谨和关心来看,使人觉得很像是那长者忠实的随从。

至于那个长者,华子良观察了很久,始终摸不清他是什么人。从模样看,似在五十岁以上,面容总是显得很疲惫、苦闷。他经常穿一身看不清色泽的陈旧长袍,手持一根长竹烟杆,伫望着玄天观雕花的屋檐口。有时,那随从替他点燃了烟,他慢悠悠吸两口,又向那屋檐眺望。那神态,似乎不像一个幽禁多年的囚犯,倒像一个研究古文物的考古学家,在那里考究这古庙、古洞的历史,然而,他那目光显然又并不只是停留在飞檐翘角上,而是在仰望洞穴之外的天空,不时发出一声深沉的叹息……

不知为什么,洞穴里那些人,包括那位铁腕人物,对那位长者似乎都有些畏惧,有时竟露出一丝近乎讨好的笑。有一天,浓雾遮没了洞口,洞里突然传来厉声的呵斥:

"……我没有病!我不要谁给我看病!……你们走!……葆真,叫他们走!……我不想看见这些卖国贼!"

哦,这位长者是位可敬的人物!但是,他是谁呢?屋墙已筑到一人多高了。有一天,华子良正同一个囚犯在筑墙,忽然听到一阵吟哦声:

昨夜秋风入汉关,
朔云边月满西山。
更催飞将追骄虏,
莫遣沙场匹马还。

华子良侧目一看，是那位长者在吟哦。

磨刀呜咽水，
水赤刃伤手。
欲轻肠断声。
心绪乱已久。
丈夫誓许国，
愤惋复何有！
功名图麒麟，
战骨当速朽。

华子良仿佛突然得到了一个信号：这位长者绝非文弱书生，他在渴望战斗，渴望奔赴疆场！他有着雄赳赳、气昂昂的胸襟，是个非凡的人物！

这个印象一在脑子里出现，华子良就觉得他可能已找到罗世文要他寻找的那几个人当中的某一个人了。

土墙筑到屋顶高度的那一天，华子良又得到罕见的阳光的帮助，终于看清楚了那个妇女和少年的面影。当时，他们都在长者居住的那间比较靠近洞口的屋子里。一束阳光像聚光灯似的照射着这一家人。那长者手里拿着一本书，似乎正在对倚在身旁的少年讲解着。少年穿着一身显得过小了的西装，见阳光射进屋，便转过一张眉清目秀的脸来。可能因为营养不良，脸色十分苍白，但那眼神却闪着惊喜的光，直向工地这边眺望，好似在憧憬着什么。那坐在一旁肩披长发的妇女，也把目光移了过来，望着工地。她穿着一袭合身的旗袍，质地考究却缀着补丁。那秀美的面庞也是苍白的，显出一种衰弱的倦容。但此刻她却在笑，那微笑又透示出一种坚韧和刚毅，仿佛在告诉别人，有一种力量不仅在支持着她自己，也使她支持着面前这一对父子，支持着他们这一家在那阴森的洞穴中生存下去！

可惜，那阳光太短暂了，仿佛只在那洞穴口瞄了一眼便溜走了。

哦，只瞄了一眼！华子良蓦地想起，他也曾经那么瞄过一眼：不是在这里，而是在从水乡往西行的公路上，他们那群戴着铁镣的囚徒，曾被迫面壁而立，让一列特别车队驰过，前后是辆满载宪兵的卡车，中间那辆灰色轿车里，不就坐着这一家三口吗！后来，他们还遭到日本飞机的追逐轰炸。他们逃脱了那场灾难，但是，在这里……

"爸，我们能搬到那新房子去吗？"从洞口传来那少年的问话。

"能。一定能的。"长者回答得很肯定。

"虎城，万一他们不准我们搬呢？"是那个妇女有些忧虑的口气。

长者愤然了："为什么不准我们搬？他们有什么资格！是我们自己出钱修的房子！"

一切都可以肯定了：正是罗世文叫找寻的人，是杨虎城！

华子良兴奋起来。但转瞬间他又沉思了：在修缮组里，尽管有张天顺父子掩护，但房屋即将竣工，能有时间把那本书交给他吗？在这岩壁上和工地四周都受到严密监视的环境里，会有那样的机会吗？

他抬头望望阴霾的天，真希望立刻卷来怒潮般的云雾封住那些监视者的眼睛！

第二十三章

布鲁克上尉一反常态，近日来几乎天天都在这几座瓦房大院里乱窜。这是谁都看见的事，但又谁都不明内情：美国海军上尉布鲁克究竟是为了什么？

几乎所有人的目光都追踪着他。囚徒们警惕的目光追踪着他，是提防他会带来祸殃；特务们好奇的目光追踪着他，是图谋窥测其中的奥秘。

对布鲁克这种神秘举止最感兴趣的，当首推王逵和张瑞了。这原因，说来也简单：首先，他们不同于一般特务，拥有追踪这个美国人广泛的权力和自由；其次，他们的特务嗅觉使他们认定，布鲁克的所作所为很可能大有来头，也许代表着美国最高决策者的意向。尽管他们的顶头上司 Dr. 沈并不十分热心，还要看一看；但对这两位忠实部下的心计，在内心深处却又是赞同的——如果能和美国的核心势力拉上关系，倒是他们摆脱戴笠羁绊的最佳出路……正因此，王逵、张瑞对追踪布鲁克眼下的行踪，更表现出了前所未有的热情。只要一发现布鲁克又来到这里，他们就一定会设法跟上去。当然，他们总是做得十分巧妙、得体，不让别人察觉、生疑。

布鲁克又进入他们的视野了。王逵首先发现了他，立刻向张瑞丢了个眼色,独自迎向前去。

鬈发、碧眼的布鲁克要去何处,王逵无从推测,只得陪着布鲁克信步游转。

前面,薄雾笼罩中的那座瓦房院是女牢房。一间间牢房的签子门,在他们的眼前出现了。王逵完全未料到,布鲁克走到蔡梅英独居的那个敞开着的签子门边,忽地收住了脚步。

"密斯蔡,"布鲁克在门边轻敲了两下,"本人想来登门拜访,可以吗?"

王逵抢先几步走了进去,一边招呼蔡梅英,一边招呼布鲁克道:"蔡小姐,当然欢迎哟。"

涂着口红,抹着一层薄粉,神情幽怨的蔡梅英,对这突然的来访惊愕不已,脸庞红一阵青一阵的,一时不知如何是好。布鲁克进屋后又很唐突地问了一句话:"戴先生怎么让你住在这个地方?"更使她胆战心惊,难于启齿了。幸而布鲁克只是随便一问,似乎也不是真要她回答什么,蔡梅英才渐渐缓了口气。

"喏,密斯蔡,你在重庆住的那个地方,不久前我去过呢。想不到吧?"

"真的?"蔡梅英小声吐出了两个字。

"中山四路,靠近曾家岩,邻近嘉陵江边,真美极了。是不是?"

"是。"

"戴先生接待客人,举行工作午餐,也常在那里?"

"是。"

"你记得,你们中山四路那处房屋,一共有多少间吗?"

"这,不清楚。"

"密斯蔡,你不想回到你原来住的地方去么?"

"怎么不想,可是……"

"你想带信给谁么?"

"我,不不……"蔡梅英望着碧眼、鬈发的布鲁克,话也说不出了。一种无名的恐怖感,忽地使她全身颤抖,脸也变成了铁青色,哇的一声哭了起来。一会儿,她好像觉得自己上了当,一转身指着王逵喝道:"你、你们没有良心,还想算计我?还不给我快出去!我们家里的事要你们管吗?戴先生……他会、会来接我的!"

王逵被弄得很尴尬,又怕布鲁克恼怒,很想插嘴解释几句。幸而布鲁克并不恼怒,还面带微笑,注视着蔡梅英充满哀怨、愤恨的感情爆发,王逵也就把自己早涌到口边的话吞下了。布鲁克似乎不想再看了,有礼貌地向女主人点点头,便告辞了,王逵也慌忙跟了出来。

直到离开那里很远了,王逵还是未猜透布鲁克这么匆匆地去拜会蔡梅英,究竟是为了什么?他想得到什么?

前面,再走过一段围墙,有个水塘。布鲁克好像对水边的什么事感兴趣了,也不顾正在跟他说话的王逵,径直朝那里快步走去。

原来,水塘边,枝叶茂密,像撑开一把巨伞似的核桃树下,背立着一个光头、高瘦、赤足、穿一身土布中式对襟衫裤的农家汉子。这汉子被身后沙沙的脚步声惊动了,忽地回转身来,露出了一副酷似中国当代唯一领袖的面容。

布鲁克端详着这汉子,问道:"老乡,你尊姓大名?"

那汉子见问话的是个碧眼鬈发的洋人,一时竟答不上话来,只龇开一嘴黄牙笑了笑。王逵便介绍道:"他叫郑大发子,从河南来的。"

"喏,郑大发子。你从河南来,足足走了半个中国吧?"

郑大发子听懂了布鲁克不带什么恶意的话,才开口答道:"是,俺叫郑大发子。从河南到四川,俺少说也走了两三个月哩!"

"哟，你走这么远的路，到四川去干啥呀？"

"还不是去投俺兄弟三发子。哎哟，人各有命，富贵在天，三发子如今发迹了。"

"四川那么大，你上哪儿去找他呀？"

"那还用问？人人都说俺家三发子坐镇在重庆城嘛！"

"嗬，那你怎么会到这里来呢？没找着你兄弟吧？"

郑大发子忽然口吃起来："你、你、怎么知、知道俺、没找着……"他像蓦地觉得大祸即将临头似的，缩了缩肩膀便重又转过身子，只把瘦长的背脊和那光溜溜的后脑勺对着他们，再也不讲任何一句话了。

布鲁克对这情景也并不觉得难堪，反而感到有趣。布鲁克再次从头到脚地向郑大发子打量了一番，才对愣在一旁的王逵说道："这个农家汉子，也许在河南日子过得太艰难了，出于无奈，才千里迢迢去寻找郑三发子的吧？"

"Yes，yes."（"是的，是的。"）

不料，王逵这句洋话，竟引起了郑大发子更大的疑心，颈项上顿时青筋暴涨。忽然自言自语似的大声抗辩道："谁说俺在河南混不下去了，才跑到四川来的呀？……要不是在河南遇上了水旱蝗汤四大灾，谁舍得背井离乡……跑到这种鬼地方来呀？"

精通中国话的布鲁克，被郑大发子的新名词弄得有点迷糊了，皱皱眉头，问王逵："'水旱蝗汤'——什么意思？"

王逵当然知道郑大发子讲的这个新名词的意思，那是指除水灾旱灾蝗灾之外，还有一个"汤灾"——那位最高当局派驻河南的封疆大员汤恩伯对老百姓的剥削、掠夺、压迫。这王逵怎能如实回答布鲁克呢？

布鲁克碧眼眨了眨，注视着王逵惶然的神色，只好说出自己的解释了："密斯特王，是不是这个意思：水灾旱灾厉害极了，蝗虫更多得不得了，成了汤，成了水了？"

"Yes, yes."（"是的，是的。"）

布鲁克得到王逵的答复，不禁有点眉飞色舞，更加兴致勃勃了。他好像一点也没有就此收场之意，还想在这个世界发现一点更新奇的东西。王逵依然没有摸清这个美国人的兴趣之所在，又不甘心丢开他，只好笑嘻嘻地陪着。

前面，是那座设有特别岗哨线、不得随便让人进出的瓦房院。王逵发现布鲁克似乎对这座瓦房院很有兴趣，正想劝阻他，布鲁克却已向前走去了。岗哨见有王逵亲自陪随，未敢阻拦，布鲁克便跨进了大院。

瓦房院里，静极了。过道、院坝，都打扫得干干净净。几株高大的树上，开着黄色和白色的花。

正厅房的门敞开着。从那门里飘散出来缕缕青烟和清脆的木鱼声。布鲁克向王逵眨了眨他那得意忘形的碧眼，便径自向那正厅门大步走去。

正厅房里摆设着香案。旁边，一张宽大的雕花的红木靠背椅上，端庄地坐着一个双眼微闭、穿着质地极好的细呢面皮袍的白发老太太。这老太太手捻佛珠，一听见有人不加预告地便进入她的佛堂，微闭的双眼顿时睁开了。一看清来者是个白皮肤、鬈发碧眼的洋人，拎在手上的佛珠串竟不觉"啪嗒"一声掉落到了地上。接着，老太太神色惊恐，呼天抢地般号叫起来：

"我的儿啦！你、你们，走哪里去了？还不快、快来……"

布鲁克听不懂老太太浓重的湖南话，莫名其妙地望望王逵，几步走上前去，自我介绍道："哈啰！我叫布鲁克。见到您，我很高兴。"

老太太更加急了，声音变得喑哑起来："我的儿啦！来呀，来呀！"

王逵见布鲁克一点也听不懂老太太的话，想乘机拉走他，布鲁克却伸出一只手向王逵摆了摆，又用另一只手扶着自己一只耳朵道："听她讲,别慌!让我听听,让我猜猜她在讲什么……"

这时,有几个穿着质地极好的中式服装的男女,蹑手蹑脚溜进了厅房,一个个,惊恐不定地侍立在老太太两侧。老太太总算安定了些,不再喊叫了,只是用一种猜疑的目光,打量着两位突然出现在她面前的不速之客。

"老太太,请问:您贵姓……"

老太太掉过头同侍立在她身旁的一个穿花缎马褂的中年男子互相咕哝了几句,那中年男子才操着南北混合的官腔,对布鲁克说道:"老太太问,洋长官是不是又是来问她儿子的?"

布鲁克立刻问道:"她儿子是谁呀?"

"周佛海。长官,您又是来问他的吧?"

"先生,"布鲁克目不转睛地盯住那中年男子,"你是她的什么人?"

那中年男子向老太太瞟了一眼,嗫嚅着道:"她是我姨妈。"

这里的秘密本来只有极少数人知道,不允许泄露的,然而却向布鲁克敞开了。王逵想再阻拦已不可能。他静静观察着布鲁克神采奕奕、兴趣盎然的神态,蓦地意识到,布鲁克之所以不向任何人打招呼,突然来访问这些人,显然是有背景的,而且有明确的目的。王逵兴奋起来,仿佛嗅到了某种特别情报的气味。那个蔡梅英,那个被戴笠遗弃了,但还期待有一天会被戴接回去的女人,是戴笠送到这里来的;那个郑大发子,那个在重庆指名道姓胡说蒋先生就是他家郑三发子的庄稼汉,也是戴笠把他弄到这里来的;现在他们眼前的这个大汉奸周佛海的母亲,也是戴笠从湖南乡下突然弄来这里加以保护,以便进行政治交易的……布鲁克对这些人这么有兴趣,这不恰恰说明:这位美国人访问的目的,有可能是对着戴某人来的么?王逵曾听他的顶头上司,他最敬佩、最有远见的特务领袖人物 Dr. 沈说过,美海军特务头目梅乐斯似乎也曾有撇开戴某，另谋合作者的暗示。这太好了！霎时间王逵就变得分外热情，甚至主动参与到布鲁克和周佛海的母亲等人的对话中来。

布鲁克又向那中年男子发问："你怎么到这里来了？"

那中年男子怯生生地望着王逵不敢讲话。王逵立刻代那中年男子答道："周老太太年纪大了，需要人照顾，才叫他们陪着来的。"

布鲁克把目光转向老太太身边的其他人："都是这样来的吗？"

那几个人嘟哝了一阵，什么也不敢讲，就把头埋下了。王逵立刻又代他们翻译："他们说，戴先生派来的人讲：只要把老太太陪到贵州来，在这里安顿好了，见到了戴先生，就让她回去。谁知，来了这里，就再也不让走了……"

布鲁克又向那中年男子问道："你们到了这里以后，见到了戴先生没有？"

那中年男子见王逵代他们讲话，又用眼色鼓励他开口，布鲁克也是笑容满面，终于大着胆子答了话："当然见到了。"

"戴先生对你们怎么样？"

"很好啊。"

"戴先生问了你们什么没有？"

"问得多极了，几乎什么都问。"

"说吧，你记得，戴笠问了些什么？"

"问我，问她怎么称呼周佛海，问周佛海小名叫什么，问周佛海喜欢吃什么，周佛海对亲戚中的什么人最好……"那中年男子答着，看看老太太，便示意侍立两旁的男女，快去伺候客人，又笑嘻嘻地望着布鲁克，小心翼翼地挑选那些大概谁也不会见罪的话应付着对方。

原来侍立在老太太身旁的三两个男女，顷刻间把椅子、茶几端了出来，热气腾腾的鲜茶也沏好，奉献到这两个客人面前了。那中年男子终于很快就看出来了：不断向他发问的洋长官，似乎什么都想知道，未免太难对付了。因为，那谁也不会见罪的话，他就只能挑出那么多来，不可能讲得更多了。他实在害怕对方提出难答的问题来。然而，就在这闪念之间，他又听见布鲁克发问了："喏，戴先生没问周佛海现在在南京的事？"

"问了。"那中年男子只好硬着头皮答道，"问我姨妈，也问我们知道不知道现在周佛海在南京干啥，我姨妈说，她不清楚，'我儿在南京做官多年了，他准是又到南京去了。'戴先生也就不再问了，还告诉我姨妈说，如今周佛海在南京官做得更大了，她老人家晚年还要享大福呢。"

"戴先生来看你们时，一定给你们带了许许多多礼品来吧？"

"嘿，那真蛮多的，一月两月总享受不尽的罢。"

"戴先生来时，也没有什么使你们为难的事吧？"

那中年男子到底摸不清布鲁克的底细，迟疑了一会儿。他左顾右盼，看看王遂眼色，又看看布鲁克脸色，才嗫嗫嚅嚅说道："为难的事么，真的，也没有什么……戴先生说，依了他的话，他就依然送我们回老家去……其实，戴先生也没为难什么。他要跟老太太拍一张照片，说是要带到南京，给她儿子看的。老太太哪、哪还有不高兴的？戴先生再讲要高兴点，摄影师也一再劝大家要高兴点，可不知为什么，老太太高兴得眼泪都流出来了，摄影师还说不满意，不行……这么一张照片，拍了不知多少次，可难为老太太了。还有，就是要老太太讲几句话，说在这里过得很好，一切全靠戴先生鼎力维持，叫他在外面好自为之，千万不要任性。说要把老太太的这几句话灌成片子，也要带到南京去……可不知为什么，老太太一说就直掉泪，老讲不清楚。就为灌这么一张片子，也不知折腾了几天，真难为老太太了……"

正谈论间，枯坐在靠背椅上的老太太，早经受不了这么冗长枯燥的谈话，坐在靠背椅上打盹，差点儿跌了下来。那中年男子慌了手脚，连忙去扶住老太太，又唤来其他三两个男女，再也顾不上招呼客人，就搀扶着老太太向里屋走去了。

布鲁克不免失望地耸耸肩，站起来，退出了厅房。刚出门便看见张瑞居然在门外。布鲁克朝他狡黠地眨了眨眼睛，一手挽住张瑞，一手挽住王逵，一起向瓦房院外走去。布鲁克还兴味无穷地悄声玩味道："……就凭那么一张录音片，就凭那么一张照片。诸位！你们看，今天南京政府里的党政军情报，南京政府银行里印制的钞票，难道还愁不会源源不断地滚到戴先生的手掌心来么？"

布鲁克对中国复杂社会情况的洞悉和了解，使王逵和张瑞深感惊异；布鲁克对他们的亲密表示，更使他们受宠若惊。

"我那里有酒有菜，"布鲁克一眨眼睛，向他们发出了邀请，"到我那里喝酒去。下午，我还想访问一个人，就是那个雷小萍。听说她在重庆以新闻记者职业作掩护，从外籍人士中搞了许多情报。我倒真想看看，她究竟是怎样一个三头六臂的人物。我准备给她点颜色看看，还要请二位鼎力相助。"

一听布鲁克要单独见那位漂亮的女记者，王逵眼珠儿一转，好像悟到了一点什么，竟猥琐地说："上尉先生如果有兴趣，我们一定效劳。我那里还有点难得的野味，不妨……哈哈……"张瑞跟着随声附和："先生有什么事，尽管吩咐就是。兄弟保证从命……"

布鲁克和王逵、张瑞说说笑笑，离开了那被岗哨、电网严密隔绝的小小世界，向黑色的尖尖山方向远去了。

施飘萍记得，昨天下午，王逵便曾通知她，说有个美国朋友要来拜访她，叫她哪里也不要去。今天早上，张瑞又来传话，说昨天要来拜访的美国朋友，喝醉了酒，误了约会，但今天一定会来，还是叫她哪里也别去。

施飘萍不知道要来找她的美国人是谁，但有一点似乎是无可怀疑的：事前便由像王逵、张瑞这样的人物一再通知，这说明，事情一定非同寻常。

约定谈话的最后通知也到了。她跟在一个特务后面，转过两道围墙，前面出现一条长长的阴森巷道。巷道的转弯处，笔直地立着持枪的岗哨。她还从未来过这地方。谈话地点也许就在巷道尽头的那间平房里。王逵和张瑞正从那处悄无声息的平房里走出来。他们阴沉沉的神色似在暗示，绝不是什么谈话，而是又一场严重的审讯！

新的敌手无论是谁，施飘萍觉得都没有多大差异。她暗自揣度，难道敌特寻到什么新的线索么？是在她曾经住过几年的重庆，还是在这里？

一进屋，施飘萍就感到一种神秘的气氛。宽敞的厅房里，光线暗淡，晃眼看去，杳无人影。桌上醒目地放着一只烟缸，一只茶杯。茶杯里，似乎是才沏好的茶，冒着热气。那只硕大的烟缸里，堆满了烟头，有支烟头还没熄灭，正飘散着缕缕青烟。再抬眼细看，就在那洞开的窗户旁边，有个黄头发的背影立在那里。这个外国人，似乎只是注视着窗外的什么地方，尽管早就听出她已走进这厅房，却好像丝毫没有转过身来招呼她，和她讲什么的意思。

渐渐习惯室内暗淡的光线以后，施飘萍终于认出那背立在窗户旁边的外国人，就是布鲁克上尉。布鲁克却已开始用流利的华语对她讲话了。

"密斯雷，"布鲁克说道，"很抱歉，委屈您到这里来谈话。"

奇怪的是，布鲁克的语音居然极其平静。他依然一动不动地背立在那里，注视着窗外的什么地方。这又使他的话音带着一种神秘莫测的意味。

究竟是怎么回事？施飘萍正在猜测，布鲁克自己就把这秘密讲出来了："不需要你再讲什么，因为我需要你告诉我的，你早讲过了。今天该我讲了。我没有别的什么要求，只希望你理解我。为了给这次谈话寻求一个比较安静的环境，我不得不采取了这样的特殊手段。从外面进到这屋里来，只有一条独路，是由王逵和张瑞把守着的，他们随时听我的号令行动，没有得到我的许可，任何人都进不来……我告诉过他们，我要审问你，但我必须提防，只好这么一边远远地监视他们，一边和你谈话。"

施飘萍默默地听着，没有说话。她无法知道，这个布鲁克从何时开始，想起用这种方式和她谈话，值得他花费这么大的工夫，准备向她讲的，又会是些什么？

无须询问，布鲁克接着便把这事情的原委讲了出来。"密斯雷，现在，您请坐吧。桌上那杯热茶，是为你沏的。一切听便。我就只管讲我的了。"略为停顿了一下，布鲁克用深沉回忆的口吻说道："还记得我们在图书馆门前的那次谈话吗？在这之前，我只知道我的无线电技术，几乎很少想自己身外的事情，但在那以后，我想得很不少。我花费了许多时间去认识这个世界，我实在感到很吃惊。坦白地说，我的一生是在那些无线电技术材料中泡大的，我只想干一桩事业：无线电，希望它给人类带来幸福。我不赞成人类之间互相残杀的战争。罗斯福总统在竞选连任的讲演中，他要是不说那么一句话，说他决不会派美国的一兵一卒去国外打仗，我是决不会投他那一票的。要不是日本人突然对美国本土发动袭击，我对他们根本就不会注意。日本法西斯打来了，我才认识到世界反法西斯战争的必要，才决心不惜一切牺牲投入这场战争！由于我有无线电的特别专长，我很容易被派上用场，而且，被提升得极快。到中国去，到靠近日本本土的中国去，这正是许多决心为反法西斯战争献身的美国军人所渴望的。你大概不知道，我少年时代在中国生活过，我非常高兴地来了！我自认为我干得不错，丝毫也没有违背美国公民的良心。他们说，这里被囚禁的全是德意日法西斯间谍，是投降日本人的汪精卫的汉奸。我相信。我还为自己能亲眼看见这么多法西斯间谍——第五纵队——被囚禁在这里，而深深激动过。"

越听下去，施飘萍越觉得奇怪了。因为她明显地听得出来，布鲁克的语音里渐渐带上了激愤的更加深沉思索的感情。而且他在极力克制着自己理所当然的恼怒、冲动，才陈述得这么平静。布鲁克转过头，默默地向施飘萍投去了匆匆的一瞥，又说："您在图书馆门前对我的那次谈话，使我真不知该怎么对你说才合适。还记得我曾一再说你是最诚实的人吗？那是你那时给我最真切的感受。后来，你不知道，我耗费了多么巨大的精力，去对你讲的那许多极明白、极浅显易懂的事情进行调查，调查结果是那样使我震惊。我现在要说，你不仅是最诚实的人，还是当之无愧的中国最勇敢的反法西斯战士。坦白讲，我是为反法西斯战斗而来的，没有任何其他目的。可是，在我们的合作者中间，另有目的的大有人在！他们口口声声谴责的法西斯间谍，许多人恰恰是反法西斯的勇士；而那些高喊谴责法西斯间谍的人物中，有的本来就是老牌法西斯分子！我发现了这一点，我很痛苦！"

布鲁克显然再也压抑不住他内心长时间积蓄的这种痛苦感受了。他给自己点燃一支烟，深深吸了一口。屋子里的空气显得非常凝重。

"密斯雷，你知道王逵、张瑞他们究竟是什么人？被囚禁在这里的许多人，又究竟是些什么人吗？"布鲁克低声、愤激地刚一提出问题，便毫不迟疑地一口气说了下去:"我在这里的特殊地位,使我很容易就知道了王逵他们的真实身份;应该说,全是他们自己告诉我的。我还直接去看了许多你去不了的地方。你是认识被囚禁在这里的那个胖子的,可是你不知道,那个胖子被捕的真实原因并不是他在滇缅路上大发国难财,主要是他偶然从一宗大买卖中,发现了兼掌缉私大权的戴先生,他正是走私的大亨。你记得左边那座瓦房大院的胡浩吗?就是那个戴深度近视眼镜的青年,他被长期囚禁,只是因为他受骗进入特务训练班,坚决反对了戴先生那一套法西斯训练和控制。还有,左边瓦房大院后面有一间平房里,囚禁着中国大名鼎鼎的经济学教授马寅初,他被捕的原因是力主有钱出钱,全力支持对日作战的抗战经济。我要不是亲自去拜访了蔡梅英、法西斯走狗周佛海的母亲,我绝不敢相信,正在和我们亲密合作的戴先生竟会是那样残忍、无法无天的人物。运用他的特种势力,他不仅可以把他蹂躏的姘妇随意抛弃,长期囚禁在与世隔绝的地方,对方还不敢吐露半句真情。周佛海的母亲那一伙人,一切待遇在这山间都是最上乘的,根本不是监禁,完全是在保护他们。可是你们这些坚决反对法西斯的战士呢,在这里却成了最受压迫,随时都可能被暗中杀害的囚犯!"

布鲁克显然还有许多话想讲,可他忽然抬腕看了看手表,那愤然的话音便戛然停歇了下来。布鲁克焦灼不安的神情表明,他既想把埋在心中的话讲完,又不能不受到某种时间的限制。看来,这番戏剧性的谈话,就要草草收场了。

"一切能够作的努力,我都作过了。"布鲁克好像马上就要结束他谈话似的,急速地说道:"也不能再白白等待了。我决不能容忍美国选民的意志受到愚弄!我决不能容许那些老牌法西斯分子借助与美国合作的名义,又在中国大陆、亚洲肆意扩展法西斯势力!我更决不能容许，当美国公民的血，还在为最后战胜法西斯而毫不吝啬地涌流的时候，我们又被他们——一伙暗藏的法西斯恐怖分子——悄悄引入另一场战争！在这里，我已不能作任何有效的实质性努力。作为一个美国公民，我只有行使我拥有的唯一民主权利，我要向美国总统报告，向罗斯福直接报告！"

布鲁克似乎精疲力竭了，他向窗外远处眺望的头垂了下来。这时，施飘萍突然看见，布鲁克那紧握勃朗宁手枪的右手，已缓缓地向上抬起，枪口刚指向屋顶的亮瓦处，他忽然扳动了枪机。

"砰！砰！"被弹道穿破的屋瓦间的尘土、瓦片，哗哗地坠落了下来。整个房间顿时被硝烟、尘土吞没了。

窗外，骤起脚步声，急促、紧张而又混乱，正通过门外那狭长的巷道，朝这里拥来。

滚滚的尘烟，使施飘萍感到窒息，也使她无法睁开眼看清布鲁克的面影。她似乎根本没有听见那急促、杂乱的脚步声，非常沉静地坐在那里……

第二十四章

不错，华子良在深山里见到的，被囚禁在玄天洞里的那位长者，确实是当今中国一个曾经叱咤风云的人物——杨虎城，以及他的夫人谢葆真和小儿子杨拯中。

正是这位西北军的领袖，和东北军的主帅张学良，联合发动了震惊中外的西安事变，扣留了蒋介石。也正是他们接受了中国共产党顾全大局的主张，和平解决了西安事变，迫使蒋介石结束了持续十年之久的中国内战，促成了国共两党重新合作，走上了共同抗日救国之路。然而，背信弃义的蒋介石，并没有放过这两位为国家民族作出重大贡献的人，他一回到南京，就扣留囚禁了张学良，旋即又迫使杨虎城出国。全面抗战爆发后，杨虎城匆匆从国外赶回来参加抗战，冀图将一腔热血报效祖国，蒋介石又派戴笠将他诱骗去南昌，秘密囚禁起来。曾经陪同他出国的谢葆真，一得知他被囚的消息，便带着小儿子杨拯中，由副官严继光陪同去探询他的下落，不料，他们也失去了自由。

这已是七年前的事了。他们曾被辗转囚禁过许多地方，初到玄天洞的时候，杨虎城其实还没有满五十，但长久的监禁，已使他显得很苍老。而最折磨他的心的，还是长久的与世隔绝。日日夜夜，他除了看见那些令人生厌的宪兵特务面孔，外界的一切，他都看不到。他尤其渴望知道抗战的消息，但谁也不会告诉他。他毕竟是一个极有威望的将军，所以特务们对他也不敢像对待一般囚犯那样穷凶极恶；他也相信在这荒凉的深山中，他那一家人，也不可能逃到哪儿去，所以起初他们一家人都还有可以到洞外活动的自由。然而，这种鸟笼里的自由只能使他感到愤慨！他需要的是在抗日疆场上驰骋。他期待了许久，仍渺无希望。

长久居住在洞穴里，太潮湿，太阴暗了。杨虎城提出：他们家需要阳光、空气，愿意自己花钱，在洞外盖两三间草房。特务看守队长见他愿意出钱，同意了，但又说，"我们要对你们的安全负责"，从施工那天开始，就不允许他们全家人出洞。他连鸟笼里的自由也被剥夺了。

出乎杨虎城意料，来参加修建房屋的工人，全是被特务监视着的、不知从哪儿来的囚徒。他失望极了，认定不可能从这些人身上得到任何消息，他变得更加苦闷起来。

洞穴一侧的屋基平整出来了。土墙也快筑起来了。"砰！砰砰！"筑墙的阵阵声浪，冲破了洞穴中死寂的气氛，似乎给这个令人窒息的环境带来了一点人间的生气。有时候，他也从自己这晦暗的角落望望那房屋修筑的进展，就总要碰到一对机警地向他这边偷窥的眼睛。那个人须发蓬乱，几乎遮住了他的双颊，看不清他真实的面目。

杨虎城很奇怪：他是谁？是自己过去的老部下或士兵吗？他怎么会被囚禁呢？他搜遍了自己的记忆，也找不出这个人的影子来。

草屋已经具有雏形了。梁即将架上，门窗已装就，看来很快就要完工了。他很想去看看这即将落成的新居，向那些囚徒说几句感谢的话。然而，他不能跨出洞口。

那是一个浓雾弥漫的黄昏，洞外的一切都裹在雾中，看不清了。

也听不见一点劳动的声音,好像已经收了工。杨虎城正要招呼严继光点灯来,突然,"砰!"轻轻一声,什么东西从洞外飞了进来,落进他的怀里。

哦,一本书!他连忙把书抓在手中,起身四顾。洞里悄无声息,靠近洞口,有一个模糊的人影在晃动,那蓬乱的须发,痴痴呆呆的模样,好像是在浓雾中迷失了方向。是他!是那个经常偷窥自己的人丢进来的。杨虎城的目光又向洞里一扫,他肯定了不会有任何人见到发生在他身边的这件事。再掉头看时,那个陌生人已蹒跚地消失在浓雾中了。

这是一本什么书呢?当天晚上,夜深人静的时候,他从怀里取出来一看,是本《西游记》。他不免有些失望。他觉得这个古老的故事只适合于消遣,他现在尽管很寂寞却不需要消遣。可是,那个陌生人难道仅是让他消遣,会冒险给他带进这本书来么?他怀着一种好奇翻开了书,他大吃一惊,原来里面藏着一幅幅全国抗日战争形势地图!他简直欣喜若狂了。

第二天,当那批囚徒来到工地上梁的时候,他就特别注意找寻那个陌生人,还大声呼喊小儿子的名字:

"拯中!拯中!"

那个站在房顶须发蓬乱的陌生人显然听见了,又在偷偷地看他。他们的目光碰在了一起。他微微一笑,轻轻挥挥手,又呼喊了起来:

"拯中!拯中!"

对方听懂了他的意思么?他在呼喊"拯救中国"啊!

深山的夜来得特别早。夜色朦胧了,杨虎城还站在新修的草屋前向山下眺望。草房已经修好,只剩下一点不大的扫尾工程。中午刚过,那二十来个修建房屋的囚徒,就被调下山去了。杨虎城一家只有一些简单的行李，当即就搬进了新居。此刻，他正望着半山腰的点点灯火，那批囚徒就住那里。

明天，他们还会不会来呢？

谢葆真取了件衣服来披在杨虎城肩上，轻声说："风大，进屋吧。"

为了节省油，屋里还没有点灯。在这山区里，油太难得了。何况，谢葆真深知杨虎城的处境：这早已不是他指挥千军万马、驰骋疆场的时候，也不是他和张学良发动西安事变、可以号令三军的时候，他手边也十分拮据。甫从国外归来，蒋介石派戴笠将他从香港骗到南昌，说要在南昌接见他，实际上却在南昌将他秘密扣押了。当时他随身还带了点衣物钱财的；谢葆真带着拯中来寻他，随身带的钱财衣物更多一些。谁知大部分衣物，在从湖南秘密转押到贵州来的途中，被日本飞机炸毁了。随着拯中一天天长大，他们想让孩子念念书；看守特务似乎也通情达理，但每一次，都得花钱。这使他们越来越感到窘迫。长久在古洞穴中的生活，也使杨虎城感到不安。过于潮湿，缺少阳光，已给正处于发育中的小儿子杨拯中造成严重损害：才十来岁的孩子，头发早白了，视力几乎等于零……偏偏谢葆真又怀孕了，他实在不忍心让婴儿在洞穴中诞生，在这洞穴中长大，他才提出要在洞穴外盖三两间草房。特务看守队长立刻又欣然应允了，条件是还得杨虎城自己掏钱。可这帮吸血鬼却弄来了根本不需报酬的囚徒！

杨虎城手边自然更拮据了。他心里极明白特务在盘剥他的同时，对他似乎还比较宽松，这都是因为当局的最终目的在于迫使他屈服，迫使他不顾事实地对他和张学良发动的西安事变，以及对力主和平解决，呼吁联合抗日的中国共产党，说一些玷污的话。但他作为一个深明大义的人，无论处在怎样艰难的境地，他决不作任何颠倒历史、亲痛仇快的事……

正因为这样,杨虎城从不把他们越来越坏的处境放在心上。他确信:真正主宰中国命运的,决不是那些阴谋家、法西斯头目,而是确实代表中国人民利益的人们。

正因为这样,尽管他长期生活在与世隔绝的古洞穴里,却渴望知道当今中国正在发生和必然会发生的变化。他是在全国抗战已经爆发之后才被与世隔绝的,如今,这举世瞩目的中国抗战究竟怎样了?他曾经率领的西北军的将士怎样了?他曾经十分崇敬的中国共产党和在抗战初期改编为八路军、新四军的红军同志们,在抗战中又怎样了?这一切,都使他日夜思念,却又痛苦于得不到任何消息!

然而,正像世界上终究会有奇迹一般,就在那一天,浓雾带来了奇迹,那个陌生的囚徒在阴森的洞穴里洒下了一片阳光!一本伪装得很巧妙的《西游记》,把他的心点燃了起来。作为一个军人,他太熟悉、太热爱地图了,他一下就看清楚了那片硝烟弥漫的火海……他如饥似渴地已经把那些形势地图悄悄研究过多次了。他还需要在更深夜静的时候,再仔细地研究,深入地思索。为了这个,他必须不留痕迹、不动声色地省出一点油来,两夫妇此刻就只好坐在昏暗的夜色中了。

"明天怎么样?"

杨虎城听出来了,这是谢葆真在悄声问他。他知道,谢葆真问的不是别的,是问他那支长长的叶子烟杆有什么特殊的反应。那是他们被押解到湖南省境内时,一个乡下的百岁老农送给他的。这支烟杆有着奇怪的预测天气的特殊功能。只要天气可能要变,蕴藏在烟杆里面的烟油,就会浸溢出来……

"明天么?"杨虎城忽又觉察到,谢葆真问的主要不是天气。沉吟片刻,才答道:"天气和今天差不多。那些修房子的人,也许会来。"

黑油油的草房门边,立着两个模糊的黑影。那是严继光、杨拯中在那里瞭望。他们不仅提防着洞穴深处,也提防着暗藏在石罅里的特务偷听杨虎城和谢葆真的谈话。

其实,杨虎城和谢葆真这时只是倚坐在黑暗里,什么话也没讲。

"葆真弟,你是说拯中还小吗?"

杨虎城终于讲话了。谢葆真只听着,没有答话。

"听我说,葆真弟!"杨虎城的话音更低、更小了。但他讲的每一句话,是那么清晰,带着深沉的感情:"你可记得,你当年像拯中现在这样的年纪,你干什么去了呀?像他现在这样的年纪,你不是缠着你们西安女子学校校长,要她同意放你参加北伐吗?你还要她帮你劝说你的亲友。我那时没亲眼看见,可以后,我却听许多人讲,你脱下女儿装,穿上了军装,戴上了军帽,可真威风凛凛,英气逼人呢!在西安大街上,你高唱《打倒列强》《国际歌》,在上千人众面前,慷慨激昂演说,痛陈救国救民道理!这些,葆真弟,你该还记得吧?"

似乎隔了许久,谢葆真才含糊地应了一句:"啊——拯中是不小了。"她有一种难言的苦楚,孩子确已到了该自由翱翔的年龄,可是却遭遇了太多的不幸。

"葆真弟,"杨虎城仿佛沉浸在回忆中,"你还记得我们在安徽太和那段永远难以忘怀的日子吗?"

"你是说和野畴[1]在乡下相处的时候?"

"对我来说,那可是最苦闷,也是最充实的日子。国难日蹙,内战不已,饿殍遍地,真使我苦闷至极!然而,也就在那个时候,我竟日在太和那偏僻乡间小道上踯躅,却忽然看见了一片亮光,一片使我振奋、充满希望的亮光!"

"虎城,你是说野畴给了你真理的启迪?"

---

[1] 指魏野畴,中共陕西省委创建者之一。

"对，我永远也不会忘记，是野畴帮助了我，使我懂得了只有人民，只有人民革命才能救中国……可是，葆真弟，我们第一次倾心交谈的时候，讲过一些什么话，你还记得吗？"

"虎城，你怎么会想起这些事？"

"弟，你听我说。我当时对你说，我听野畴，还听许多人讲起过你。要是你同意和我生活在一起，我将感到非常幸福。我说，葆真弟，我决不强迫你，我想听听你的意见，不知你愿意不愿意？——葆真，你还记得，你是怎么回答我的？"

"记得。"

"你好像只问了一句话？"

"是的，我问过你一句话：'你想革命吗？'"

"我怎么回答的？"

"'革命！'"

"对，对。你还回答我，'革命，就谈。不革命，就不谈。'对吗？弟，我们从那天起真正认识，有多少年了啊！"

草房里的夜色，越来越黑了。往事，仿佛把他们带离了这个幽暗的世界。他们默默地依靠在一起，互相都可以听到对方均匀的、带着沉思默想的呼吸声。

杨虎城默默地点燃了烟。叶子烟火若明若暗的闪光，照亮了他宽阔额头上深深的皱纹。浓眉下，那双饱经风霜又显得疲倦的眼睛似在向远方眺望。仿佛透过重重夜幕，他又看见了他们一生中共同经历的许多坎坷和欢乐。

"弟，"带着深沉的怀念之情，杨虎城不禁慨然问道，"你可记得，在我的一生中，最使我痛苦不安的是什么事，是在什么时候，什么地方发生的吗？"

谢葆真没有马上回答。她正侧过头向门外谛听，外面大风撞击着石岩卷起的声浪，好像海涛般在呼啸。夜已很深了，她想提醒杨虎城：不早了，是不是该点灯了？但杨虎城依然一动不动地在沉思，谢葆真才缓缓说道："虎城，这，我当然记得。"

"弟，你说说。"

"我印象最深的，是第一次，那该是一九二八年。轰轰烈烈的中国大革命失败了。野畴也牺牲了。我们被迫去了日本……"

"对。"

"第二次，该是一九三七年了。西安事变之后，全国抗日战争爆发之前，我们被迫漂洋出国考察。那简直是放逐，你不甘心呀！在海船上，你老是回头望，整天就叫拯中打开收音机，听国内抗战的消息，要我们唱《义勇军进行曲》。虎城，我还从不曾见过你掉泪，可是在国外那不太长的日子里，我却两次看见你掉泪了。"

"我掉过泪吗？是在什么时候，什么地方？"

"我们乘坐的海船就要在苏伊士运河岸边停靠的时候。岸上一群光着屁股的孩子跳跃着，向海轮远远地伸出手来。船上有人向水里投去几枚硬币，那群孩子就跳下水去，沉到水底把硬币摸起来，含在口中，浮游上岸。拯中看得高兴了，也从怀里摸出一枚硬币，要向水里扔。那时候，你的脸色很不好。我制止了拯中，要他等船泊岸以后，再把钱送给那些孩子。船靠了岸，我牵着拯中上岸去。看见那些孩子浑身湿淋淋，冻得脸青嘴乌，哆嗦不已，我心里真难过。我让拯中过去，把钱送给了他们……后来，海船又起锚了，船刚离岸，岸上传来一阵凄凉的喊声，原来，刚才得到过拯中硬币的那个黄皮肤孩子在呼喊，他身边还站着个枯瘦如柴的老头儿。他们高举双手，在向拯中和我们招手。船拉响了汽笛，我们听不清他们究竟是在呼喊什么。过了好一会儿，我们终于听清了那老头儿的喊话：'喂，好——人啦，中国的好人……行行好，行——行——好！……请把这个流亡到海外的孤儿，带回中国去吧！带回——中国去吧！'就是那时候，你的眼圈红了，长叹一声：'要是我们还这样，不真正救亡图存，我们的孩子，我们全中国的孩子，不都会是这样吗？'"

"哦——"杨虎城似乎也回忆起了那件往事，长叹一声。

"还有一次，是去游览阿尔卑斯山。那时候，国内全民族抗日战争已爆发，你多次给蒋介石发电报，请求回国抗战，他却叫我们去瑞士，不允许我们回国。阿尔卑斯山的秋景美极了，曾经使许多人流连忘返。我们来到阿尔卑斯山顶峰的观景亭，导游介绍说，世界上罕见的奇景已经在望。拯中被那景色吸引住了，在高声欢叫。可是你两眼盯在脚上，什么也不看。我问你：'为什么不抬眼看一看呀？'你眼圈红了，回答说：'我在想我们中国的泰山、华山，不知现在怎么样了。'"

谢葆真深沉的声音，越来越低，说到最后，仿佛哽塞住了。新屋里还带着泥土的潮湿，使人感到窒息。

啪嗒一声，杨虎城把叶子烟杆在地上一磕，忽地站了起来，移动高大的身躯缓缓走到门口，向墨黑的四周望了望，然后轻轻拍了拍严继光、杨拯中的肩头，小声说"该关门睡了"。他见严继光、杨拯中还没有离开的意思，又叮咛道："早睡才能早起。别忘了，上工的时候，喊我。"

谢葆真、严继光和杨拯中都懂得杨虎城说这番话的意思。他还在期待那些修建土墙草房的人回到这儿来；期待着和那个陌生人再见面……严继光、杨拯中也不再在门边逗留，关上门，悄悄回到里屋睡了。

杨虎城这才点亮油灯，又小心地罩上灯罩，回头深情地看了妻子一眼，对她说了一句："弟，你身体不好，先躺着吧。"直到谢葆真睡下了，才把灯拨亮了一点，又用张纸挡住灯光，把他珍藏着的那本《西游记》翻开，在微弱的灯光下，全神贯注地细细阅读起来。

那灯光太微弱，就只在杨虎城面前和墙角上投下一圈昏黄的光影。即使特务贪婪的眼睛企图从门罅向里窥视，也很难发现他在研究什么的秘密。何况，谢葆真还警惕地用她灵敏的听觉，为他谛听着的呢。

这时候，在这黑黢黢的巨大洞穴口的三两间草房附近确也有着各种各样、似乎和外部世界紧密相连的音响。

"叮，咚，叮——咚……"悠长，轻微，好似时钟摆动的音响，是从那洞穴深处传出来的。浸透巨岩的水，仿佛有一种坚韧而强大的力量，早已在阴森森的洞穴中滴凿出一个深深的水坑。每当一滴水溅落在它上面，就会溅起一圈圈看不见的波纹，在那巨大的洞穴里激起一阵有节奏的、仿若弹琴般的回响。

"呼——，扑扑——！"这声音来得突然而又急促。是野兽在拼搏？是禽鸟在嘶叫？都不是。那像什么东西在坚硬的岩石上碰撞的声音，像是有翅膀的什么动物误投入巨大的洞穴中来了，尽管它拼死东奔西突，却怎么也逃不出去……

"虎城，你还在看……"

谢葆真真想提醒杨虎城别再看了，但话到口边，却一个字也没吐出来。她看见在那如豆灯光照亮的地方，杨虎城多年来还不曾有过如此专注、兴奋，充满着无限的向往和希冀。她不忍心打扰他，破坏他正处于欢乐和幸福高潮中的情绪。他那聚精会神的专注，似乎就要拍案叫绝的惊喜，默对孤灯的沉思，仰头发出的长叹……这一切，使谢葆真又看到多年前那个意气风发的杨虎城了。那时候，他有多少欢乐兴奋、激动和痛苦！

眨眼间，许多难忘的往事，像海潮一般在谢葆真心底里涌起来了。那不是雄伟壮丽的西岳华山之巅么？那不是华山东西峰上耸立着的杨公塔么？一点不错。那时，杨虎城率领部队再次回到陕西故里，正试图整训部队，建设陕西。他们刚结婚不久，同登西岳。站在华山之巅，他昂首四顾，新婚的幸福和建设的宏图使他陶醉，颇有些踌躇自满，心里真不知有多少欢乐！

那是什么地方？是西安紫禁城那儿他们常住的故居，还是靠近古城墙边另外两幢房舍？哦，多么令人梦回萦绕！就在古关中书院的小街上，那有个六角古塔的小院里，正是谢葆真青年时读过书的女子学校校址，杨虎城曾在这里低回流连，默想沉思，仿佛他也曾在这里留下过足迹。离这所女子学校校址不远，还有一座玲珑的小院，那是杨虎城特地为谢葆真家购置的房产，她的母亲就住在那里。杨虎城被蒋介石秘密囚禁，谢葆真在带着拯中南下之前，曾去小院向妈妈辞行。她似乎早已有不可能归来的预感，要她妈妈带着家人避到长安乡下去；如果她一去没有信息，要设法避得更远一些……果然，她一到杨虎城身边，就再也没有回到西安。在漫长的被囚禁的岁月中，他们也曾悄悄谈到过家事，谈到那些琐屑的细小安排，杨虎城不也沉吟过许久，思索过许久，仰头发出过长长的叹息么？

国事、家事，在杨虎城心里蓄积着许多痛苦，但他也有大兴奋，大激动。发动西安事变之时，西安事变和平解决，结束了长达十年之久的中国内战之时，他曾激动、兴奋得仰天长啸。然而，曾几何时，他竟被迫出国了。出国之前，他们住在上海国际饭店的高楼上，透过玻璃窗，可以看到上海滩头纷乱的景象，他的心情也是纷乱的。十七路军的一批老同事孔从洲、赵寿山等人秘密地赶来为他送行。杨虎城见到他们激动得热泪盈眶。为了防备蒋介石派遣的特务突然闯来，谢葆真在挂着深红金丝绒窗帘的客厅门外放哨，严继光在走廊里巡逻。谢葆真听不清杨虎城同孔从洲、赵寿山谈了些什么，但从那隐隐传来的兴奋的谈话声中,她分明体会到,他已把个人的前程、安危,置之度外了。在送别孔从洲、赵寿山时,还在谆谆嘱咐。

谢葆真陪着杨虎城乘上向美国航行的远洋轮,终于离开了故国。摆脱了蒋介石特务的罗网,杨虎城心境似乎宽松了些,然而他那不断的梦呓却在倾吐着对祖国的眷恋。谢葆真不忍心唤醒他,只想让他多睡一些时光,好让他过于紧张的神经得到一点休息。谢葆真只是默默地听着。好几次,她听见他在梦中呼唤那些十七路军老人的名姓,似乎在同他们倾心交谈。那些断断续续的梦呓,给谢葆真留下了极其难忘的印象。睡梦中,他也在讲十七路军的兴衰,讲他们所以能够存在,是由于紧紧跟着时代前进,把自己放在国家民族的需要方面。他总是一再说,他和张学良发动西安事变,只实现了一半的目的,迫使蒋介石不得不停止内战,还有一半就是"救亡抗战",他不能忘掉这个目的,他总有一天要回国的。

在国外那些日子里,尽管生活舒适,但补偿不了他心里的寂寞和痛苦,他总是说:"中国的灾难太深重了,希望在哪里?我看了许多年了,真正要救国,只能靠中国共产党!我们这次和他们合作,和平解决了'双十二事变',扭转了内战局面,才得到全国人民的赞赏。我们那点烂家当算什么,纵然摔掉了,也摔得值,摔得响!要知道,蒋介石是集古今中外反动统治之大成的人物,中国军阀哪一个没失败在他手里?今日之中国唯一能斗得过蒋介石的只有中国共产党。他们才真正是以民族的大义为重啊!"

抗战烽火一点燃,杨虎城可谓迫不及待地回国请缨,然而他却身陷囹圄。这些年来,唯有日夜陪伴着他的谢葆真才深深了解他那颗拳拳之心。

此刻,在暗夜中注视着杨虎城那专心致志又悲喜交集的神态,谢葆真就知道，是那个陌生人送来的那本书，使他如此感慨万千而又精神焕发！

那个陌生人是谁？他怎么知道杨虎城在这里？他好像还很了解杨虎城渴求什么，这真叫人猜不透啊！

……

杨虎城把他研究了很久的书页折叠了起来，蓦地站起。微弱的灯光把他的身影投在墙上，像个顶天立地的巨人。伫立片刻，莫名的欣喜又使他把那本书翻开，连灯一起移到谢葆真面前，指了指那书页，极小声地说："弟，你看，是谁用指甲划了道线的地方，这是……"

谢葆真看着那书页，眼睛立即惊喜地睁大了。她那惊喜的目光同杨虎城闪亮的目光碰在一起，他们会心地笑了。

谢葆真这时才知道，今天夜晚杨虎城这样惊喜，不只是因为那本书使他知道了中国抗战还在继续，知道了这是一场空前雄伟的战争，是他自己从来未曾设想过的人民的战争；还因为他从那用指甲划了道线的字行间，找到了他所熟悉的军队和朋友的踪迹，寻到了他曾经为之呕心沥血培育的十七路军将士的踪迹，他怎能不欣喜若狂啊！谢葆真觉得他简直快要欢呼出来了。然而，他那口，那张曾面对万千群众慷慨疾呼的口，那张敢于对戴笠义正词严训斥的口，却紧闭着。谢葆真正想说句什么，他立即伸出食指压住自己的嘴唇。谢葆真只得缄口不言了。他静静听了听，才凑近妻子耳边悄声说：

"我敢肯定，这一定是'那边'送过来的。他们真有本事，知道我在这里，知道我的心。我一定要再见见那个人，感谢他！"

"睡吧，虎城，明天一早，我会叫醒你。"

"真知我者，乃弟也！"杨虎城笑了笑，吹熄了灯。

深山的夜，漫长极了。那沉寂的夜里惯常有的风声、水滴声，渐渐在人们的睡梦中隐去。雾岚在山谷中飘游，离天明不远了。

杨虎城蓦然惊醒过来，留神谛听，有什么东西在碰撞？声音像是从半山腰传来的。一个念头在脑子里一闪：是他们上山来了么？他一翻身坐了起来。抬眼一看，谢葆真、严继光和杨拯中三个身影正立在面向半山腰的窗前。

"他们来了么？"杨虎城跳下床，奔到谢葆真身边。向窗外一看，不禁失望地吐出一声：

"哦！——"

半山腰上，住着那群修建草房的人的地方，一列火把在雾岚间向前移动，不是向着山上走来，是沿着下山的那条羊肠小道，越去越远，终于，在雾中隐没了……

第二十五章

　　华子良和修缮组的人又回到阳朗坝来了。几乎所有的人，都用一种新奇的目光投向他们，他们也用同样的目光重新打量着这离去许久的地方。

　　华子良举目四顾，这里的一切，似乎和半年前一模一样，没有丝毫变化，只是小萝卜头和小华长高了些。小萝卜头长高了，却更纤弱，似乎更难站稳了。小华长高了，胆子也大多了。她竟敢离开尤玉生，抱着小萝卜头，跑到别的瓦房大院去溜达。

　　"啪嗒"一声响，华子良一惊，是小华把半截铅笔、一张手掌般大的纸，扔到了他的脚边。那纸页飘落到地上时，有点淘气的小华竟已跑远了。顺势望去，小华已径直跑回到围墙边，施飘萍正在那里等她。施飘萍向华子良微微一笑，牵着小华走了。华子良立刻就懂得送来那纸和笔，是期待他尽快把外出流放走过的地方画出来。

　　夜幕又严密地覆盖了这小小世界。探照灯划破夜空的白色光柱，不时在华子良眼帘边晃过。借助这不断闪现的光柱，华子良在流放中走过的山山水水，方位，地名，很快就画满了那张巴掌般大的纸。

　　画完之后，华子良又有些迟疑了。倒不是他画的方位，距离不准确，缺少根据，而是这半年他只走过不多的地方，还有许多地方他没有去过，完全不知道。就是走过的地方，也有许多模糊的、不知地名的地方。他感到很歉疚，好像自己没有完成任务似的。

白昼到来的时候，小华兴冲冲地又来了。她一伸手，就悄悄地带走了华子良画的那张纸。他自然明白，还是施飘萍派她来的，飘萍正掩护着她呢。

修缮组的人员又各自开始了原先的劳务活动。华子良拿着扫把，刚扫到印刷组那个瓦房大院门口，就看见熊树人在向他示意，要他立刻去那个秘密的角落。

华子良没有想到，在那被藤叶树枝严密遮掩着的地方，等待他的竟是施飘萍。她见他走拢，立刻递给他一张纸，展开一看，是一幅相当完整的地图，他去过的那些地方已画在图上，还画了许多他从不知道的地方！

华子良又一次感受到集体的伟大智慧和力量，激动得有点说不出话来。

施飘萍对他微微一笑，低声说："大哥，老罗让我告诉你一件事，请你一定记住我们在重庆的三个联络地址。一个是重庆曾家岩五十号楼上右侧，一个是重庆民生路二〇八号楼上。这两个都是公开的地址。还有一个秘密联络地址：重庆神仙洞街二五八号。一定不要忘记。"

"是要把这张地图带出去？"

"还有一封信。"

"信呢？"

"信是写给中共中央南方局的，报告这里的情况：一，提交一份这里被秘密囚禁者的名单，请南方局斟酌：是否在适当时候予以公布。二，国民党政权太腐败了，即使美国支持，如日军继续进攻，它也可能再向后方溃逃。要是出现这种局势，我们估计它或者会进行大屠杀，或者会把这里的囚犯迁走。一旦搬迁，将造成我们途中越狱的好机会，希望能得到组织上的支援……老罗说，请你和熊树人将联络人进一步查实，然后就把信交给他们。"

听到这番话，华子良兴奋极了。自从同罗世文沟通以后，罗世文就叫他和熊树人一起找寻同外部世界联系的渠道。在他外出之前，他和熊树人已经做了一些工作，同个别看守、特务和警卫部队人员打通了一些关系。但不久，他就离开了。回来以后，熊树人悄悄告诉他，他同那些人的关系已相当不错了，但还需要进一步作更细致的考察。现在，要将如此重大的机密带出去，不能不十分慎重。他甚至觉得，最好的办法莫过于得到那些被争取过来的人的掩护，自己设法逃走。而，这可能吗？他又如何能逃出这一片他自己完全不熟悉的地方呢？

华子良不禁又把目光落到那地图上。仔细一看，他才发现这个秘密世界，比他过去所能想象的真不知要大多少倍！他曾经到过的许多地方，永靖镇，阳朗坝，阳明洞，玄天洞，在地图上都清楚地标明了一个大致不差的位置，然而相互之间的准确的里程距离，又还有些空白。不过，华子良看见有两条不同计程的公路，在地图上已画得很清楚，是川黔公路，南边通向贵阳，北边通向重庆。看来距离重庆较远，有430公里。

华子良不由得佩服施飘萍，叹道："你这张地图画得真好！"

"哪里是我画的。"

"不是你，那是谁画的？"

"大家——有你，有其他人，还有美国佬。"

"你说什么？还有美国佬？"华子良十分惊异，"他们会帮你画这样的图？"

"想不到吧，大哥。"施飘萍淡淡一笑，"应该说，这张图主要还是美国佬帮画的。"

"是那个布鲁克？"

"不，不是他。"施飘萍摇摇头，"你知道么，老罗早就提出了，我们必须尽可能详尽地了解这里的一切情况。为了斗争的需要，也为了保护自己，老罗要我大胆地同美国佬交往，要广泛交友。我就同布鲁克和许多美国人认识了。有一次，他们邀我去白骨洞参加舞会，我去了。在美国特务教官的宿舍旁，一堆弃置的空罐头筒、废纸的垃圾中，我发现了一些图纸，我带回来一研究，原来是一幅地形草图。"

"哦，是这样。"华子良笑了起来。

"大哥，"施飘萍换了个话题，"老罗问，你这次在外面的情况怎么样？"

"对了，请你告诉老罗，我在阳明洞发现了两个奇怪的人。"华子良把那两个垂钓者的情况作了一番介绍，他说："我不知道他们是谁，后来，他们走了。"

"到什么地方去了，你知道么？"

"听说是去开阳。"华子良说，"后来，我在玄天洞发现杨虎城一家人被囚在洞里。"

"可以肯定是他，不会错么？"

"不会错。我清楚听见他妻子叫他的名字。走之前我趁浓雾迷茫的瞬间，把那本书丢给了他。"

"没有人发现？"

"没有。第二天，我远远地看见了他。我看见，他像在找寻我。他见到了我，就直笑，还挥了挥手，一再喊：'拯——中！拯——中！'"

"太好了！老罗知道你见到了杨虎城这消息，他一定会很高兴的。记住，你们一定要抓紧查实联络人的情况，及时告诉我们。"

同施飘萍分手以后，一连许多日子过去了。经过极紧张而又机密的工作，熊树人告诉华子良：送信的人经过张天顺意外地找到了，很可靠，过几天就有机会。大家都热切地期待着……

骤然响起噼里啪啦的鞭炮声，凄厉的海螺在夜空中悲鸣。几乎是在一夜之间，表示哀悼的祭幡、白布，在几座瓦房大院的围墙上，围墙外架设着机枪的岗楼上，到处都张挂满了。和尚们像催眠似的唪诵经文的声浪，类似岗亭上敲打竹梆的木鱼声浪，在这神秘世界昼夜响个不停。

佩着黑纱的 Dr. 沈，陪伴着将那副马脸埋得低低的戴笠，后面还跟着一群人，从几座瓦房大院间走了过去。

是谁死了？竟会在这禁锢的世界引起如此大的震动！

一副巨大的黑漆棺材，从那座向来警卫森严的小院里抬了出来。随风飘扬的祭幛露出一行黑字：痛悼周老夫人仙逝……

也许，正因为死者是大汉奸周佛海之母，才在这儿出现了十分隆重的送葬场面。戴笠等一帮大小特务头目，人人臂佩青纱，面露哀容，如丧考妣。背着摄影机的摄像师，追前逐后拍下了许多奇特的镜头。所有这一切，又都像是在演戏，演一出包含某种阴谋的闹剧……

这出闹剧演过，一切又归于沉寂。天凉了。凄风苦雨带来一阵寒潮，过早地侵袭进了这云雾弥漫的深山。

浓厚、乌黑的云层，越降越低，就好像紧扣在牢房顶上。浓密的雾似乎也变成了玄天洞那样的雾障，时聚时散。一旦聚合拢来，连对面瓦房院里的景物，也叫人看不清了。

雨下得大了些，雾倒散了。可是，一天天更感到寒气逼人。周围的气氛也突然变得紧张了。像水满了会溢出来一样，华子良总是觉得，外部世界好像正在发生什么非常重大的变故，似乎很快就会波及这秘密世界，叫人心神不定。

到底发生了什么事？华子良自然是无从得知。但目前出现的种种迹象，使他越来越肯定自己的这个感觉。他决不相信，他们修缮组的人员之所以又被禁锢在牢房里面，仅仅是因为这连绵不断的凄风苦雨。经验也告诉他，如果没有极其特殊的变故，碉堡上的探照灯光怎会日夜长明，狱内外巡逻看守的特务怎会突然增多，连久不上锁的牢门也全被上了锁！

"轰隆！轰隆隆！"是炮声，连绵不绝的大炮轰鸣，在空际回响激荡，使华子良更强烈地感到意外的变故迫近了。他想：驻扎在这绝密山区的武装特务部队，难道会向被秘密囚禁在深山老林中的什么人开炮？

不对，完全不对！南京秘密监狱房顶上的爆炸声，忽又在华子良耳膜里轰鸣起来。这使他蓦然一惊，难道，又是日本人快打来了？但这炮声，可能并不是日本人的大炮在轰击，而是国民党无法控制的乱军在盲目轰击，才使这世界再也安宁不下去了。不过，日本人也许真快打来了，不然的话，为什么在围墙之外，连美国特务也在焚烧文件，打点什物？

围墙那边的大院，人声鼎沸。听得出来，那是特务正在强行迁移那院里的囚徒，分别塞进其他几座大院的牢房里。

这又是为什么？谁也不清楚。

这一天，雨更大，更显得寒气逼人。但山雾却稀薄多了，使人从牢房的一角可以看到狱外更远一些的地方。

"来，你看那边山！"

细心的，刚被塞进华子良这间牢房才一天的熊树人，轻声把华子良唤到牢门边。

抬眼一看，华子良立刻被山那边出现的异常景象吸引住了。雨雾茫茫的山那边，山陡路滑，朔风呼啸，黑压压一大群人正翻山越岭而来！那山垭口明明只有一条狭窄的独路，但人们却争先恐后蜂拥而来，过了那最狭窄的隘口之后，就漫山遍野地向山下乱窜。

这漫山遍野潮水般汹涌的人流之中，一半是肩挑背负重物，穿着形形色色服装的人，一半是赤着脚，露着手腿，抬着滑竿，只顾冒雨向前赶路的农民；前后左右则是荷枪实弹，披着黑色雨衣，十分警惕地押送这庞杂队伍的一大群武装特务。数以百计的滑竿上，大多载着箱笼什物，少部分坐着张着雨伞的人。

一看这情景，不难断定：特务机关把这人烟稀少的山区远近几十里地的农民，强行拉来了！

"喏，你看！又是他——戴笠也来了！"

细心的熊树人看见了，华子良也一眼就认出，坐在最前面那乘滑竿上，张着雨伞，正向山这边打量的人，正是戴笠。戴笠这样乘坐滑竿，仓皇冒雨赶路，而且还带着这么庞大的乱七八糟的队伍，只能说明山那边一定出了非同寻常的大事，他才会舍弃汽车和公路，从万山丛中穿行过来。在戴笠乘坐的滑竿后面，有两乘滑竿上面的雨篷张得特别低，完全罩住了乘坐滑竿者的身影。这直使人觉得，这场大变故不仅事出突然，而且十分机密。

近了，更近了。这庞杂的人群正向阳朗坝这边涌来。当华子良有可能看得更清楚一些的时候，由于高出牢房的碉堡的阻挡，那乘坐滑竿的人影就在华子良眼前消失了。

隔了片刻，隔墙大院那边又传过来一阵嘈杂的声浪，不一会儿，那数以百计抬滑竿的、肩背重物的农民，又在碉堡后面出现，冒雨从原路翻山走了。声浪沉寂下来，似乎只有少数人留在了熊树人他们过去被囚禁的那座大瓦房院子里。

是些什么人被孤独地留在了那座空洞洞的大院里？是男是女？是老是少？谁也无从得知。那空洞洞的大院,悄无声息,什么也听不见。通往那里去的路上,不仅日夜布满了新近才调来的宪兵岗哨,四周还用厚实的篾席遮拦了起来,使人无论从什么角度都无法窥见里面的动静。

三个令人不安的昼夜过去之后,人们在又一个凄风苦雨的早上醒来。借助牢外昏暗的光线一看,华子良又吃了一惊,通往那座空空洞洞的瓦房院的路上,日夜守护着的那些穿着黄呢军装、腰挂盒子枪的宪兵不见了,四周的篾席也撤除了,院子大门洞开,了无人影。三天前留住在那里的人似乎早已离去,它里面更加显得空空洞洞了。

再过三天,整个牢狱的气氛又完全变了。日夜开启的探照灯光,每到白天,它便自动熄灭。

又三天以后,仿佛就像从不曾发生过什么重大变故似的,一切都恢复到了先前的状态。巡逻特务又恢复了往常那种不慌不忙的节奏；牢门上的锁一经开启,也不再锁上,人们原来可以去的地方,似乎又可以自由地通行无阻了。

到底又发生了什么事,谁也不清楚。

和所有被囚禁者一样,华子良尽管对外面发生的一切一无所知,但他毫不怀疑,外面世界一定出了非常变故。

一连串的日子过去之后,华子良终于寻到了和这场变故有关的一点蛛丝马迹。这就是：囚禁东北军将军黄以声的那间牢狱里,又增添了一位穿西装、操东北口音、酷似军人的新人。尽管再也寻不出更有力的凭据,华子良和熊树人都认为,这个东北籍军人极可能是翻山越岭而来的那群人中唯一被留在了这里的囚徒。

施飘萍交给华子良的那幅地图上,标有这样两个地名：白岩营和养牛溪。他在阳明洞看到的那位英俊潇洒又有点忧郁的垂钓者，乘坐滑竿离开阳明洞时，正是朝着这两个地方所在的方向去的。他总觉得那天涌来的人群，似乎也是从那个方向，撇开公路，径直翻山越岭而来的。特别是那两乘雨篷遮得很严的滑竿，总使他联想到在阳明洞见到的那一男一女，虽然他并没有看清。

墙那边那座大院久无人住，很快就成了蜘蛛、老鼠的世界，到处都是蜘蛛网、老鼠屎。看守特务叫华子良去打扫。也许里面早没有了特务需要审查的东西，也就对他不加监视。这样一来，他得以在那阴森森的大院里长久停留、观察。他清理打扫得很仔细，暗暗希图能侥幸发现那曾在这里住过三天的囚禁者留下了什么秘密。

大半天过去了，华子良深感失望。他什么也没有发现。

天色渐渐暗淡下来。一片暮色之中，到处是黑乎乎的垃圾。扫把扫过之处，好像接触到几块碎瓷片，又好像有什么软绵绵的什物和瓷片粘在了一起。

"会是什么东西呢？"华子良凝视着扫把尖接触到的那东西，心里不禁一动：哦，会是一张纸么？

原来，这果真是一张纸。他弯腰捡起来，暗想，会是那个人留下来的么？

拿在光线较明亮的窗前一看，那纸皱得不成样子，已经破损、变了色，既有乌黄色的斑斑渍印，又布满了蛛网、尘土。那乌渍印，显然是屋瓦漏雨滴在上面的水渍。除此之外，似乎没有什么值得注意的东西。他不免又有些失望了。正想扔掉，忽然发现纸的背面，一团尘土似乎遮盖着几个字。他用衣袖拂去了尘土，移到窗前细看，在那水渍斑斑的地方，写着这样几行字：

自我遗憾作

万里碧空孤影远，
故人行程路漫漫；
少年渐渐鬓发老，
惟有春风今又还。

哦，是一首怀念故人忧国忧民之作。是谁写的？是那个在这里住过三天的人遗留下来的吗？华子良反复琢磨，也无法确定。

……

牢狱的门敞开着，除了围墙之外的地方，华子良哪里都可以去。然而他却觉得眼前这个冬天特别冷，特别难过。这不仅因为这年冬雪下得早，又特别厚，还因为罗世文、施飘萍叫带出去的信，虽然早已交给张天顺找到的那个可靠的人带走了，却一直没有回音。他和熊树人都感到，敌特机关似乎暗中在策划着一场新的阴谋，可能要公开出台了！

严冬终于过去了。春天到来时，大大小小的特务全更新了衣着和枪械，而且似乎人人都变得阔绰起来：他们有着用之不尽的美国用品。几座大瓦房院的围墙里外，到处都扔有美国的各种空罐头筒。甚至，看守特务那些拿着美国香烟的手，也大胆地伸进牢房里来了！

谁都知道，要是没有得到特务机关最高当局的许可，那些看守特务绝不敢这样公开把美国香烟递到牢房里来的。

接着，王逵、张瑞和朱兵这些特务头目，也分别窜到各个瓦房大院里来，也拿出美国香烟到处分送。

几乎是在同一天，同一个时辰，王逵、张瑞突然窜到走廊上，天井附近，向所有囚徒透露了一个重要的新闻！他们毫无顾忌地说：去年冬天，日本人占领了独山，差点打到了贵阳，整个监狱曾准备搬迁，幸而国军反击，才转危为安；今年春天以后，美国人在太平洋的攻势越来越凌厉，日本人再也招架不住，也无力向西南深入了。现在，已不是提防日本人打来，而是中美要联合打过去，一直把日本人赶下海，赶回日本本土去的时候到了。

王逵、张瑞还特别神秘地向大家透露：美国总统即将批准美海军梅乐斯将军的计划，由美国提供装备，重建中国海军，使中国成为亚洲头等海上强国。戴笠将军将出任中国海军总司令，即将组建司令部。梅乐斯和戴笠决定，这里的监狱将不再搬迁，而要完全解散，这里所有的人，凡是愿意参加这一重建中国海军伟业的，都将受到中美双方的热忱欢迎……

王逵、张瑞还一再说，希望所有的人对这个千载难逢的机会，认真加以考虑。在一周之内，每一个人都可以自由选择自己表达意愿的方式，用口头方式，或用书面方式均可，完全尊重每一个人的志愿……

王逵、张瑞挨门传话之后，几座瓦房大院里的看守和巡逻特务立即从大院里退了出去，让大家去自由考虑了。

这种似乎完全不加管制的"自由"，使狱中那些特务纪律犯、动摇者兴高采烈，纷纷去向特务当局表白，庆幸获得了"自由"。同时，也给了其他囚徒广泛接触、交谈的机会，得以互通情况，准备迎接一场新的斗争。

罗世文、齐晓轩、彭松山、尤玉生……华子良认识的许多人，几乎都到这几座大院间随意走动去了。特务机关在这里即使布置了再多的耳目，也难以防范、监视这么多人，在这么几座大院里自由谈话。

施飘萍像往常一样，说着笑着，一阵风似的一会儿到这里一会儿到那里，几乎同所有人都要说上几句话。施飘萍刚从华子良身边走过，黑亮的眼睛朝他一闪，华子良立即明白，她有话要对他讲。可是，刚看见她和尤玉生说了句什么，一眨眼，就不见了踪影。

"施飘萍到哪里去了？"华子良漫无目标地寻觅着。

啊，又是小华在向他笑。小华为什么站在去图书馆那幢平房的路口？莫非施飘萍在图书馆里面等他？

华子良轻手轻脚地走进了图书馆。坐在图书馆门口的车耀先，似乎根本就没看见他走进去一样，连头也没抬一下，只是提着一支毛笔，伏在一张小桌上，慢吞吞地抄写着什么。华子良的目光向七零八落摆设的几张书架附近一扫，立刻就看见施飘萍蹲在屋角中间一排书架后面，正等着他呢。

施飘萍机灵的黑眼珠一转，似在提醒他，只要声音小一点，这里也是绝对安全的。

一看这乱七八糟堆放着书架的角落，华子良不禁放心地笑了笑。因为，他知道，不仅车耀先在门口暗中掩护着他们，而且，如果出现意外，他们还能分别从乱书堆中走开。

在书架背后昏暗的光线中，他们互相望着对方。他们虽然也有机会见面，但平时互不打招呼，好像不认识似的，更不用说交谈了。此刻，施飘萍的脸色，整个神态，早已没有平常那种说说笑笑、蹦蹦跳跳的气性，简直成了另一个人。她炯炯有神的两眼，热烈地看着须发蓬乱的华子良。华子良也早没有了平常那种无精打采、拖拖沓沓的神态，脸上挂着深情的笑。

他们就这么默默地对视着，都没有讲话。应该说，只有长久处在像他们那样极其秘密、极其严酷的斗争圈中，才会真正理解他们彼此在这三五秒钟的相互对视中，包含着怎样复杂的感情。他们的眼神实际上早已交换过许多话了："王逵讲的那些，是真的吗？""带去重庆，送给南方局的信早该送到了。可就是没有回音……"华子良还明白，施飘萍约他到这里来谈话,当然不仅是为了讲这些。

"罗世文要我告诉你,"施飘萍咬了咬嘴唇,终于小声对他说,"大哥,你知道吗?一年前,戴笠亲自赶到这山沟里来,披麻戴孝,如丧考妣地给大汉奸周佛海之母当孝子……一年之后的今天,戴笠又要组建中国海军司令部……他们打的什么如意算盘?"

"一个新的巨大阴谋!"华子良顿时意识到了问题极其严重。

"一点不错。老罗说,一年前戴笠演的那场闹剧,已摄制成了影片,送到周佛海那里去了。戴笠和大汉奸周佛海的秘密同盟早已形成。现在,戴笠又和梅乐斯结成了一个法西斯秘密同盟。通过为周母举丧这件事,他们正图谋把日伪的一切反动势力,和他们这个法西斯秘密军事特务同盟结成一体,以便进一步抢夺人民抗日的胜利果实,镇压中国革命!"

"外面的人,会知道……"

"不太可能。根本不可能知道抗日战争还未结束,一场新的战争已在加紧策动!它的积极策划者之一,就是戴笠和梅乐斯这类反动透顶的人!法西斯特务狂徒 Dr. 沈,又红得发紫了!"

"老罗的意思是,尽快把这个消息带出去?"

"趁我们还有可能把信送出去的时候……"

华子良和施飘萍最重要的话已经讲完了,可以走了,但他们彼此都不忍离去,仿佛还有些话想讲。

也许是因为已经把最机要的话讲完,不再担心有谁会突如其来打断他们,他们的整个神情仿佛平静多了。施飘萍望着眼前这个遍体鳞伤,须发间已露霜白,但仍然精神矍铄,在秘密监狱长期经受磨炼的华子良,真想对非常了解她的大哥讲点什么,就像九年前同他在北平火车站附近谈话那样。

华子良也似乎有着相似的思绪。可他又觉得,此时此地的一切,和九年前是那样不同！在他面前，她还是那么纯洁无瑕，对革命充满了献身精神，什么话都想对他讲，他对她也是这样，特别是和罗世文沟通，消除了对她的误会以后，他才真正理解了她。她不仅长大了，经过斗争的风雨，她更聪明机警了，就是在这样极其困难的环境里，她也极善于工作，为革命作出了出色的贡献。她一定比自己知道得更多，想得也更深一些。

施飘萍眨眨眼睛，又提起了新的话题："大哥，说真的，王逵有些话未必是真的。"

"你说什么话？"

"他说监狱不会搬迁，就不可信。我看，抗日战争一结束，他们要集中全力去抢占沦陷区的广大地盘时，一定会将这秘密监狱搬走的。"

"你是想——"

"要是在夏季就好了。在夏季，要翻越云贵高原，不管是向四川走，还是向湖南走，汽车不可能不在中途停车，不然的话，汽车老是在那烫热的公路上不停地行驶，汽车轮胎因为太热，是要爆炸的。"

"只要汽车在途中停下来，大家就立刻行动……"

施飘萍高兴地眨了眼睛，封住了华子良的嘴，却兴奋地自语道："我相信……再加上外面的同志们的及时支援，一定会成功！不过，还有一件事——"

"什么事？"

"越狱暴动以后，一定要特别注意提防美国狼犬追踪。"

"你为什么这么想？"

"我看见过美国特务训练狼犬。据说，它嗅觉特别灵敏，你走到哪里，它就会跟踪到哪里。大胡子从太阳石逃走，要不是被狼犬追上，他可能早逃脱了。"

"这倒是一件挺讨厌的事。"

"不过,也有办法对付。"施飘萍讲得很有把握,"它嗅觉再灵敏,如果遇到大雨和河道,你的脚从水中踩过,它就嗅不到你的足迹,追不上你了。要是遇不到大雨和河流,也有办法,你只要临时换一双新鞋,它同样嗅不出,追踪不了你。"

"喏,飘萍,你真会想。"

"不……"施飘萍还想讲什么,但话到口边,又仿佛吞下去了。她久久凝视着华子良满是胡须的双颊,就像九年前在北平火车站外,在那漫天风雪中那样注视着他。沉默一会儿,她才缓缓地问道:"大哥,假若我们再分开,我们还会再见到么?"

正在迅猛变化的复杂形势,使人有一切理由相信:什么事情都可能发生。施飘萍会这么想,这么向他提问,这都不足为奇!问题是该怎样回答她才好呢?他想了想,还是像九年前那样诚挚地回答她:"只要我们还在同一条路上,就一定还会再见到的。"

图书馆门口车耀先的咳嗽声,忽地提醒了施飘萍,她必须走了。但她似乎还想讲点什么。终于,她咬了咬嘴,说了一句:"没有新鞋,草鞋也行。要记住换鞋。"便迈开脚步,穿过乱七八糟的书架,走了。

华子良心里明白,施飘萍最后叮咛的,还是提防狼犬的事。她谈起草鞋,也许是想到张天顺父子会打草鞋吧。

施飘萍走到图书馆门外去了。门外的光线,骤然间也变成了暗灰色。不是雨雾,就是天要黑了。华子良来到门口,只见施飘萍走进灰蒙蒙的雨雾中,头也不回地,愈去愈远……

"她为什么叮咛这些事?"这在华子良脑际蓦地闪过的思绪,使他的心不禁怦怦跳个不停。他记得,就是特务头子戴笠专程来此给周佛海的母亲吊孝的那一天,熊树人曾亲眼看见:戴笠瞥见施飘萍在和两个美国人讲话，双眉便立即紧紧地锁在了一起……何况，华子良还早听说过：戴笠在重庆下令秘密逮捕施飘萍的主要罪状之一，就是怀疑她在重庆外国人中进行赤色宣传活动……这一切，在华子良心头全浮现了出来。他不知道，戴笠那一次在这里看见了施飘萍以后，会起什么新的念头，极其聪慧、擅长在各种复杂境遇中出入的施飘萍，难道嗅出了什么不祥的气味么？

第二十六章

"自由选择"的一周限期,很快就到了,但没有几个人去选择。见到人们满不在乎地在各个院子里窜来窜去,那两个鼓吹"自由选择",并定了一周限期的王途、张瑞作不得声,也不再露面了。

限期之后第二周,很快也过去了。那些在两周前退出瓦房大院的看守和巡逻特务,又重新回到各个大院里来了。在他们开始巡逻之前,华子良通过张天顺已悄悄把施飘萍那天希望带出去的信,交给了他在警卫部队中的小同乡。不久,那个小同乡就离开了。华子良这才稍稍感到一点宽慰……

限期之后一个月、两个月很快也过去了。这与世隔绝的小小世界,除了图书馆门前贴了张"暂停借阅"的字条之外,又恢复了老样子。"自由选择"掀起的一点涟漪,似乎平静了下来,也看不出有什么变化的端倪……

一连串夜雨之后,紧接着是一连串大雾弥漫的夜和昼。雾,像颗粒状的雾珠聚成的浓密雾幕,仿佛把朦胧的云天和昏沉沉的大地连在了一起。即使是在白昼,人们也只能呆坐在牢房里,望着这被雾所笼罩、吞噬了的世界出神。什么也看不见,什么事也很难预想。但在人们心里,却又时时感到,就在这迷迷茫茫的世界里,什么事情随时都可能发生!

骤起的鞭炮声，山鸣谷应的锣鼓声，海螺声，像狂涛巨浪似的，在这小小的世界里突然震响了，完全压倒了那些从岗亭中发出的竹梆声。不管你愿听或者不愿听，它总是强迫地硬灌进人们的耳朵里来。也不管你愿看还是不愿看，那盛大的超度亡灵的道场场面，总要扑进人们的眼帘。祭坛高筑，纸钱纷飞，成百的和尚披着华丽的袈裟，唪经的声浪日夜不绝，大汉奸周佛海的母亲，又在享受格外隆重的祭奠了……

也许，这就是这个鬼魅世界的重大事变！一旦开头，它就必然延续七七——四十九天之久！

然而，不待这超度亡灵的道场结束，活着的囚徒们却面临着新的灾难！一夜之间，围墙外所有岗楼上的警戒部队全换了新人；又一夜之间，几座瓦房大院的看守特务几乎全是陌生面孔，所有牢门全锁上了……

在一个大雾弥漫、伸手不见五指的早上，熊树人、彭松山被一群特务叫出牢门，押走了。围墙之外，雾幕笼罩着的空际，人嘶马叫，嚷闹不休。

谁也不知道，熊树人、彭松山被押到哪里去了，围墙之外长时间的喧嚷之声，究竟意味着什么。这，是不是敌特机关有意选择这样恶劣的天气，开始进行他们早就计划的秘密搬迁？

又一个大雾弥漫的早上，施飘萍又被叫出了牢房。远远地，华子良隐隐约约看见，是朱兵带着一群特务去打开牢门，把施飘萍押走的。施飘萍像有意向其他牢房里的人报信似的，故意大声询问："这么坏的天气，你们邀请我到哪里去呀？"施飘萍再向前走几步，便被雾幕完全遮没了。

浓雾中，施飘萍渐渐认出了，朱兵将要引她去什么地方。

施飘萍记得，这地方她去过。距离这几座瓦房大院不远，有一处僻静的不大引人注目的瓦房,从别的院落进去,只有一条独路——经过一条狭窄的巷道。布鲁克上尉曾经在那里约见过她。那一次,是王逵、张瑞神秘莫测地引她去的。在布鲁克开枪之后,王逵、张瑞惊惊慌慌跑进房里,只见布鲁克一副怒不可遏的样子,大声喝道:"这个女人,关她一个星期禁闭!"他们都觉得莫名其妙,愣在那里。布鲁克狠狠地盯着他们,怒冲冲地一挥手,"听见了吗,我讨厌她!执行命令,带走!"王逵仿佛才醒悟过来,连忙赔笑道:"好,好!"让张瑞送她回了牢房。后来,她明白了布鲁克的良苦用心,一个星期以后,她又满不在乎地四处走动了。

可是今天,是谁,又选中那样一个地方?还让朱兵引她去那里?

和那一次布鲁克约见的情景,太相似了。狭窄的巷道里,也是布满了岗哨。那间还算宽敞的瓦房屋里,还是那么阴森暗黑,里面早有一个人等着她。不同的只是,这人她似乎从未见过。在她走进那暗黑的房间以后,一盏耀眼的汽灯突然亮了,使她有可能清晰地看见这个正在等候她的人。

这人斜坐在一张雕花的木靠背椅上,根本无法看清他的真实面貌。一副黑色面纱,把他的额头、鼻、嘴、双颊,全遮了起来,只有一方小孔露出他的两只眼睛。那眼神总使人感到不像是两只人眼,而是一对陷阱,隐藏着深渊、欺骗、狡诈、诡计……

他是谁?是不是华子良在北平打过交道的老牌特务 Dr. 沈?他怎么在这时候突然跳了出来?

"施飘萍,你大概不会忘记,布鲁克曾经在这里秘密和你谈过话。不过,我今天可以告诉你,他已经走了,一切都已成为历史的陈迹,永远地过去了。我也不想问你什么,我只是把这些似乎跟你无关的事,随便告诉一些给你。"

这特务似乎不想把自己的名姓告诉施飘萍，她也不想问。这特务既然宣称不想问什么，她也就无言地听着。

"不用我重述，你该知道，你在重庆被捕的一个重要原因，就是你在外籍人员中进行的那许多秘密策动工作。你很有一套笼络、征服外国人的手腕。你在这里也露了一手，布鲁克上尉在不知不觉间竟也失足了。连我的助手王逵、张瑞，也在不知不觉间陷进了布鲁克的迷魂阵。不过，布鲁克毕竟还太嫩了一点，他的戏演得不高明。雷小姐，你想听听后来的故事吗？"

施飘萍微微一笑。这特务尽管宣称不问她什么，却在阴冷地审视着她。在这样一个地方，似乎漫无边际地讲这番话，显然隐藏着别的目的。

"雷小姐，我替你感到遗憾，你笼络的那位布鲁克，未免太天真了！他想改变历史的进程，哪有那么容易？他居然敢于擅越职权，向梅乐斯将军发号施令！喏，不料，我只不过在一次酒后顺便提请梅乐斯将军注意，梅乐斯将军下令审查，他的一切诡计便暴露无遗了。在他的行囊里查出一封信。他见在这里左右不了梅乐斯将军，就异想天开向美国总统罗斯福告发！以卵击石，会有什么结果？布鲁克信尚未发出，已成为精神病患者，押离此间，回美洲大陆去了。雷小姐，你对这个故事的结局，有什么感想呢？"

布鲁克要给罗斯福写信，他自己早在这里宣布过的。施飘萍没想到的是，布鲁克真那么做了。也许因为布鲁克给总统写的信里列举的事实，全是他亲自调查的，与她没有丝毫关系，所以，这特务才没有向她追问什么。可是，施飘萍很快就察觉到，当他把布鲁克上尉的一切都讲完了以后，居然没有从她身上看出心悸的反应，他便显得有点不耐烦起来。

"雷小姐，你好像对这一切都不感兴趣，难道真与你无关？"这特务随即把身子微微向前一倾,似乎忘了他原本想提出的众多问题,突然问道:"我问你,王逵、张瑞奉最高当局命令,要你们自由选择参加筹组海军的事;你考虑了这许多时辰了,你愿意自愿报名参加吗?"

"我是新闻记者,"施飘萍淡然一笑,"何况,我还是阶下之囚……"

"这么说,雷小姐,一点商量的余地都没有了喽?你知道,你这样做,会招致什么严重的后果么?"

这特务突然严厉而急促的语气和问话,使施飘萍感到:他似乎没有时间和耐心来同她周旋了,而她自己,则必须在顷刻之间对自己的命运作出抉择!

施飘萍该如何对待这样的抉择机会?对她来说已不是第一次了,她早已作出了抉择。这气势非凡的特务头子也看出了这一点,他挺身站立了起来,一边向门外走去,一边不容分辩地宣布道:

"好,我再一次让你从容地加以考虑。就在这里,直到你最后考虑成熟……"

这特务迈着中年人的稳重步伐,径直向门外那狭窄的巷道走了。施飘萍被独自留在这间成了临时监牢的房屋里。

时间在缓慢地流动,没有人再来问她。在这么一间颇为宽敞、充满霉气的房间里,她已经失去了和任何人联系的可能。

"结局将会怎样?"施飘萍觉得,从她被单独找到这房间来谈话开始,一切都已经是定局了。特务机关处心积虑地发动的"自由抉择"运动——妄图引诱这些政治犯变节计划的彻底破产,使他们迫切需要寻找推卸其无能的借口,疯狂地进行报复。戴笠赶来参加周佛海之母的丧事那天,她正和两个美国佬闲谈,恰巧被戴笠碰上了。戴笠瞬间不快的神态,早就使她感觉到由此可能引起风波。布鲁克真那么干了,而他又彻底失算了……这一切,一经触发,自然会全都落在她的头上。

"雷小姐，"朱兵像幽灵般窜进屋来，眨眨眼睛，神秘地对施飘萍说，"你知道刚才跟你谈话的是什么人吗？Dr.沈，一个极有权威的特别人物！你、你怎么敢违背他的意愿！也怪我多嘴，要不是我把布鲁克朝天上开枪的事报告了他，哪里会引出这么一大堆麻烦事来。不过，事已至此，你能不能马虎一点……"

朱兵收住话，把一张纸页摊开，放在施飘萍面前，移开目光，再也不看施飘萍，劝导着："签个名，就算自愿参加了嘛！谁知道呀？以后，还不是你想干啥就干啥……不然，把我也套在这里了……"他一边说着，一边溜出了门外。

这阴森昏黑的临时牢狱，尽管岗哨林立，仍极难完全隔绝它和邻近几座瓦房院间的许多天然联系。雾渐渐散了，房间里也明亮多了，邻近几座瓦房院里人来人往的声浪也增大了。不知为什么，在这不断增大的声浪中，居然有人在欢庆，甚至还传来了杯盘碰撞之声。难得闻到的酒菜香味，也随风飘进这临时牢监中来了。

"嘀，真是'一人得道，鸡犬升天'。周佛海的妈死了，他那伙舅子老表要走了，也真得弄点好吃的……"朱兵嘟哝着，又进屋来斜睨了施飘萍一眼，把手中提着的水壶向桌上一放，便悻悻地走了。

杯盘碗筷碰撞声，划拳饮酒声，顿时压倒了四周的一切声息。雾又渐渐聚合拢来，墨黑的夜色又浸透了这世界，那碰杯猜拳之声几经高潮之后，也渐渐平息了。

"Dr.沈真会和我这么无限期地磨下去么？"施飘萍心里明白极了，这，绝无可能！那最后的期限，极可能就在夜里，就在夜深人静的时分。

然而，这一夜，却非常平静。

直到临时牢监房顶上的亮瓦露出乳白色的光泽时，施飘萍才瞥见，朱兵堆着笑脸，不慌不忙地走进屋来。

"雷小姐,"朱兵用一种十分神秘的语气说,"重庆来了急电。你的案子出在重庆,还得去重庆了结。不过,一点不用担心,有汽车送,我陪你去重庆。如果雷小姐想给谁留个信,请尽管吩咐就是……"

施飘萍不想搭理朱兵,回头看了看她曾在这里两次进出的房间,便迈开脚步,向门外狭窄的巷道走了出去。

天已经亮了。但被浓密的雾幕紧紧裹住的四周景物,全是混沌不清,朦朦胧胧的。施飘萍凭自己的感觉,知道她正在经过难友们居住的大院。但大院静悄悄的,大家显然还关在牢房里,她已不可能向他们看一眼,告别了。

她早走出被水田、岗楼包围中的那几座瓦房大院了。浓密的雾,遮住了罗世文、华子良他们被囚的那些牢房。现在,她想回头看看,也看不见了;她即使大声呼唤他们,他们也决计听不见了。

前面,就是公路。路边,果真停靠着一辆敞篷卡车。

朝阳穿云破雾,把它最初喷射出来的一缕缕使大地复苏的光芒,照射到卡车上,照射到施飘萍身上来了。

卡车未被厚实的车篷盖住,这太好了!站在车上的施飘萍,不仅可以自由地沐浴朝阳的光泽,还能自由地看到许许多多她早想看,却看不见的景物。

果真是要把她押送到重庆去么?她已不想追究。青山处处埋忠骨,何必选择什么地方!

她心地是坦然的。她应该做的事,全做了,已没有任何牵挂!在迷雾茫茫的重庆,她战斗过,度过了二千几百个难忘的昼夜,谁也没有因为她的被捕而遭到任何危险。她想追寻大胡子、华子良、罗世文的踪迹,她全找到了。罗世文托她办的一切事,她都办了。她曾经做了许多为华大哥不理解的事,现在,华大哥也全理解了。

雾渐渐散开了。远处，尖尖的带黑色的山影，看得见了。近处，碧绿的青山，也看得真切了。

前面的山岗上，是一片浓密、青翠的松林。公路似乎就要从那些参天古树丛中穿过。早晨分外明亮的阳光，透过缠绕松林的一带雾岚，光芒万丈地把墨绿色的松林染红了。就在这浓密的林间，阳光下，一座圆圆的白色碉堡，也蹲伏在那里。

卡车突然减速，这使施飘萍既感意外又不觉得意外。既感意外的是，卡车离开阳朗坝才不过十公里地，它怎么竟会在这里刹车？不觉得意外的是，特务们历来如此，总认为诡秘的行踪可以掩盖他们的凶残。这实在既卑劣又可笑。

卡车在那圆圆的白色碉堡前停下了。施飘萍从容地环顾四周，一片松林郁郁葱葱，空气清新极了，悦耳的松涛仿佛在诉说着一个谜……

是的，在这个小小的特别世界，她是一个谜。无论是在特务头子戴笠指挥的重庆那帮鹰犬眼里，或者是在 Dr. 沈和美国特务机构领导的此间特务眼里，她都是一个谜。他们都叫她雷小萍，只有罗世文和华大哥才知道她本名施飘萍。他们对她有种种猜测，有无尽的"罪名"，说她是一位"从事情报活动的老手"，品貌、文采出众，几乎使所有外籍人士都"左倾"了，如此等等，但最终确定她身份仅有一个——就是她的社会职业——新闻记者，只有罗世文和华大哥才知道，她是一个年轻的共产党员，一个早就为中国革命献了身的烈士的后代！

"假如有一天……"这庄严的人生思考，施飘萍早想过不止一次了。但此刻她却想得很具体。"你害怕吗？"——一点也不。"你想做什么吗？"——还想看看这个世界，看看未来：要唱着"英特纳雄耐尔就一定要实现"，去迎接那最后的考验……

"不，为什么一定要那样啊！"一个在脑海里突然浮现的念头，使施飘萍的思绪飞到了十万八千里的远方，回到了她童年时最难忘怀的记忆里。为了掩护她——一个烈士的后代，松大娘母女俩双双被缚在了树上，直到被活活烧死，什么话也没说，恰恰最安全地掩护了她和松岭的同志们。难道不正是因为这样，松岭游击队后来才得以发展么？

正是这思绪使她产生了一个新的考虑：假若真是在这里……假若真唱起了那支歌，岂不是无意间给了敌人以一种证明么？不，决不能向敌人提供任何一点新的线索。在敌人面前，就让她永远是一个谜吧！她应当像松大娘母女那样默不作声地实现自己的誓言："必要时，牺牲个人，保全组织……"

白色碉堡的门敞开着。提着枪，紧绷着脸的一群特务从卡车上蜂拥地跳下来，形成一条通向那碉堡门的甬道。

"雷小姐，卡车要加水……请先进这里边歇一会儿。"

施飘萍伸出双手，把在车上被风吹乱了的头发理了理，没有理睬朱兵，径直向那碉堡门走了进去。

施飘萍对将要发生的一切，早就料到了。她刚进入碉堡，门便关上了，从四面枪孔中伸进来枪口，吐出罪恶的火舌。碉堡里顷刻飞扬起硝烟、尘土。施飘萍直觉得一阵天崩地裂般的震荡和昏眩，但她极力挺着，站住了！

这时候，碉堡门突然敞开，提着手枪，歪戴着帽子的朱兵一边喊着："让我再给她几枪，看看还有点财喜拣不……"一边顶着从里面向外面喷涌的烟尘，钻进碉堡来了。就在这一瞬间，当朱兵贪婪的目光向里一扫，突然看见她还挺立在碉堡门口，脸色忽地吓成铁青，不知所措地连声尖叫，"你、你、你！"

"笨蛋！连开枪也不会！"施飘萍不屑地瞟了朱兵一眼，把带血的手向自己的胸口一指，凛然地喝道："朝这里来呀！"

"砰砰！"枪声响了。施飘萍似乎还清醒地知道的事，最后就只有这么一点：朱兵向她开了枪，她还是没有倒下，朱兵的枪却掉在了地上，随后便尖声叫着，慌乱地逃出了碉堡……随后，她模模糊糊听见，有谁在放枪，有谁又在发狂似的嘶喊……再往后，她便什么也不知道了……

笼罩在浓雾中的那几座瓦房大院，似乎总是那样，不同的人们，按各自不同的方式思索着，来来去去。

引人注目的那七七——四十九天的道场，已经临近尾声了。随之出现的，便是熙熙攘攘、不断响起的饮宴宾客之声。谁都知道，这一切，全是和那排场特大的道场有关。

可是，谁也不会想到，那引人注目的事，竟会在牢房之间出现了。忽地响起的挥舞手杖的声浪，伴随詈骂喧嚷，从囚禁何路通的那间牢房里传了出来。这又是那位特殊人物——蒋介石的侍卫队长何路通在大耍威风。

何路通哪来这么大的脾气？究竟是为什么事，又是在对谁发作？那手杖像在猛敲什么软绵绵的物体，发出一阵沉闷的响声。

谁都知道，在何路通那间牢房里，只囚着两个人：何路通和那个自称开枪打死了新四军副军长项英的刘厚。刘厚自恃对蒋介石有功，常常对囚禁他的特务不满；何路通则因为刘厚几乎享有和他相似的优待，对刘厚总是恶言相向。他们之间吵吵闹闹，早已是家常便饭。然而，何路通此刻挥动手杖狠狠地猛打刘厚，而挨打者却忍气吞声，连哼也不敢哼出来，这确实使人费解。

"何路通何先生！住手！"

多日不露面的王逵，终于出面干涉了。不料回答王逵喊声的，却是何路通更野蛮的号叫声："刘厚，他算什么东西？老子就是要打！这等东西，老子打死了又怎么样？"

"哎哟哟，打死人了……哎哟，救命呐！救命！"

终于听见刘厚上气不接下气地呼救起来。然而，不知为什么，何路通呼呼飞动的手杖，倏然停下来了。

"……报，报告！"何路通突然结结巴巴吐出一连串字音，从那终日不上锁的牢门口冲了出来，发出一阵呼天抢地的悲鸣，"长、长官，我的老长官！我叫何路通，我、我要面见蒋先生！什么？什么？不能向蒋先生面陈一切，可是，我早写了万言书，我要求转呈我的这个万言书也不行？当今日寇已靖，正是千载难逢的灭共良机！再迟疑不得了，快报、报告蒋先生！快，快起用绝对忠诚于党国之士，切、切勿贻误时机呀……"

清脆的皮鞋着地声，混杂着杂乱的脚步声。何路通呼叫的那位"长官"，显然没有停下来理睬他。何路通追逐着像在哀恳，又像在申辩："谁说我不愿与戴先生合作？王逵在这里，他尽可以为我做证呀！蒋先生要戴先生出面组建海军司令部，我何路通坚决拥护！王逵要大家报名，自愿申请，我、我何路通可是第一个递交申请书的呀！现在，说什么乌龟王八——刘厚都可以……唯独我何路通不行！这是什么道理？有种的，站出来讲话呀！"

何路通叫吼的声音，渐渐变成绝望的嘶嚎："我、我是何路通呀！你、你，怎么也翻脸不认人？我是蒋先生的侍卫队长，永远绝对忠实于蒋先生！我抗议！抗议！你们凭什么说我要加害领袖？你们胆敢这么对付我！"

阵阵混乱、急促的脚步声，扭打声，何路通的手杖被收缴了，手臂被扭住了，嘴巴也被堵住了。他被众多的特务拖回到囚禁他和刘厚的那间牢房里去了。

恰恰在这一瞬间，在两座瓦房大院间的那条窄道里，突然跳出一个跌跌撞撞像鬼魅般晃动的身影。正在向牢门外观望刚才那幕闹剧的华子良，一眼就认出来了：正是他寻觅多日不见踪迹的朱兵！

这家伙早已不是华子良当年见到的那副模样了。好久以前，华子良曾见到过他，身体已经发胖，服饰异常整洁，昂首望天，不可一世，却又总装成细声细语，彬彬有礼的样子。可是，又有好些日子不见他露面了。此刻，他怎么忽然变成了一个失魂落魄，目光惊恐的疯人？他刚摇摇晃晃奔进院子，当着许多特务正同何路通扭成一团的时候，突然对着各个牢房，歇斯底里吼叫起来：

"哦——怎么搞的？笨蛋，连开枪也不会！"他一下撕开了自己的衣襟，露出了黧黑的胸脯，一扬头，张开五指，将灰尘满头的乱发往后一梳，瞪大了惊恐的眼睛，用食指在袒露的胸膛上猛一戳，又嘶喊起来："听着！……朝这里来，朝这里来呀！"

大张着口，号叫一声，那双污黑的手突然掩住了惨白的脸，浑身颤抖着，双膝一软，啪嗒一声，他便瘫倒在地了。

这没头没脑的表演，使华子良暗吃一惊。他还没有来得及细细思索，只见一群看守特务拥了上去，有的伸手拉朱兵，有的用脚踢他，嚷成一团。

"回去！还不快回去！"

"哦，回去？"朱兵突又一跃而起，嘴角痉挛着，"我，我犯了什么纪律？你，你们还想把我关起来？堵住我的嘴巴？滚！滚开！"他神经质地狂叫着，挥舞着双手。

毕竟寡不敌众，他被众多的特务擒住了。他怎样挣扎也挣脱不了。特务们挟持着他向两座瓦房大院间的甬道拖去，他还极力用手撕扯自己的衣襟,歇斯底里地重复着那一句话:"笨蛋!连开枪也不会!朝这里来,朝这里来呀……"

"呸!瞎了眼睛!"突然,甬道里爆发了一声厉喝,"送客的人,不是马上要过来了吗?"

特务们立刻连连后退,乱作一团。朱兵一下挣脱出来,一翻身跳上院坝里一张高桌,喊开了:

"你,你们怕什么?哈哈……怕大汉奸周佛海的那些乌龟王八!老子不怕!哈哈……有种的,朝这里,朝这里来呀!"

朱兵又被包围了。他站立的那张高桌猛地被推翻,特务们将他踩在了地上,再也喊叫不出来了。

"噼噼啪啪……"鞭炮声、军乐声,骤然震耳地响了起来。外面,欢送周佛海之母的灵柩还乡,欢送周佛海的其他亲戚还乡的隆重仪式正在热烈地进行。

直到这恶浊的声浪渐渐平息下来,那一直被踩在地上的朱兵像死狗般被拖走以后,整个瓦房大院才又恢复了往日那般死寂无声的氛围。

这一幕闹剧尽管早已谢幕,但却使人们久久地陷入沉思之中。

久不露面的大胖子朱兵为什么会变成那么一副疯疯癫癫的模样?他那歇斯底里的表演,那一套带着惊恐的言词,尤其使华子良生疑。特别是当华子良想到施飘萍是被朱兵从牢房里叫走的,他的心像被什么东西揪住了。

隆重欢送周佛海亲友衣锦还乡的声浪,更使人觉得,这混混沌沌的局面恐怕已经结束,一场新的变动即将开始了。

第二十七章

早就估料到的变故,当它一旦真出现在人们面前时,人们依然会感到突然。

骤起的尖厉的哨音,骤起的阵阵脚步声,声振屋瓦般向各个牢房扑来,华子良还有点不相信那一场不可避免的大变动会来得这么快,但一看外面的动静,他已无可怀疑那时刻确实到了。

身穿一色新的黄丝光卡其美军便服的带枪特务,突然像飞蝗似的,密密麻麻,从四面八方拥了进来,填满了牢狱里外的所有空间。院坝里,走道上,到处都是陌生的特务面孔,和他们手中举着的黑洞洞的枪管。

牢门被砸开了。未经任何预告和说明,所有囚犯都被铐上了一副闪亮着"Made in U.S.A."字样的崭新手铐。随即就被像潮水般涌来的特务挟持着,拥出了牢狱,穿过田间小路,推上了高大的、漆得闪亮的墨绿色十轮大卡车。

十轮卡在山谷间行驶时发出轰隆隆的巨响。监狱里早就传闻的秘密搬迁已经上路。迁往何处?不知道。华子良同罗世文、车耀先交换着目光,他们的眼神里都闪射出一种严肃而又兴奋的光辉。不必用语言,互相都了解了对方此刻的心情。他们早就不止一次秘密计议过,而且在给中共驻重庆代表团的信中也报告过,如果特务机关将他们秘密迁走,只要车辆在中途停歇加水，他们就将拼死暴动，争取越狱脱险……

现在机会就在眼前，需要特别沉着。

蝉鸣的叫声，不断地冲破十轮卡马达的轰鸣。朗朗的阳光，透过浓云迷雾，耀眼夺目。长久不见阳光的人们，特别感到新奇、温暖和慰藉。阳光越来越强烈。在这云贵高原上，盛夏的阳光也有一种可怕的热力。哪怕罩着车篷，十轮卡上的一切，就像被一团火烧着了一样，使人觉得，整个卡车似乎很快就要冒烟了！

人们在经受着痛苦的煎熬，卡车也在山谷间喘息。华子良的心在怦怦地跳动，又紧张又兴奋。十轮卡车一定会在这无尽的崇山峻岭中停下来，加油加水了。如果再不停一停，水箱里的水一旦用尽，气缸就会炸裂，车子就开不走了；如果再不停一停，汽车在滚烫的公路上长久不停地行驶，轮胎就会爆炸。只要这车队有一辆车停下来，所有的车就将堵塞在狭窄的山间公路上，那就是挣断美国手铐，越狱脱险的时机到了！

希望在人们心里燃烧，他们互相交换着眼色。华子良暗暗地偷窥着车外一闪而过的峻岭丛山，竖起耳朵谛听滚滚车轮的声响会在何时停下来，又在哪里停下来？那地形，是否有利于他们突然发动，拼死一战……

然而，华子良却不知道，这列崭新的卡车，是刚从美国一出厂就远渡重洋送来的。它们有极好的越野性能，所以只顾在群山间横冲直撞，滚滚前行，丝毫没有停歇下来的意思。渐渐地，随着时间的推移，随着气温的下降，他们长久的希望，伺机脱险的决心，就像在这山间流逝的清风一般，终于在这群山之间漫长的公路线上无端地消失了……

朗朗的阳光逐渐减弱了。狰狞的山影，开始折射出阴森森的黑光。

冰凉、刀割似的山风，撕开了卡车篷顶的一角，失望已极的华子良才发现：原来，天早黑了。外面，除了黑夜和黑乎乎的山影之外，只见车灯照亮了一条弯弯曲曲，起伏不定，没有尽头的公路。

前方响起了哗哗的流水声。这声音有一种磅礴的气势，好像千军万马在奔腾。车队像被这激流巨响喝止住了，终于停下来。四周立即布满了警戒。

透过车篷望出去，华子良眼前出现了一片黑黢黢的山影，像繁星似的暗淡的灯光闪闪烁烁，在急湍的大江中摇曳着暗红的尾巴。这是一座大城市。伏在这大城市四周的奇特的山影，那漆黑陡峭的江岸，那在江岸边浮动着像萤火虫飞翔似的灯火，使他在一闪念间就认出这地方来了。绝不会是别的任何地方：十年前为了寻找罗世文，他曾在这里停留过！绝不会错，正是对面那处悬岩似的长江江岸，十年前他在战友的掩护下，从那楼上坠岩而下，才逃脱了敌特的包围圈，终于安全撤走，去到万县，去到汉口，去到北方的。目前车队停留的地方，无疑就是川黔公路的终点海棠溪。想不到，经过漫长的十年，敌特机关竟把他们迁移到这濒临长江之滨的山城重庆来了！

十轮卡车一一驶上了车渡船，过了江。时已深夜，车队不亮灯，不鸣笛，悄悄穿过了市区，颠簸着，又向弯弯曲曲、远离市区的山间公路飞驰而去。

谁也不知道，车队将在哪里停下来。

突然，黑色的山峰像拔地而起，对着车头迎面而立，卡车竟然向着那黑乎乎的山岩直端端地撞去！哦，不是在撞山，是在驶向一座深嵌在山岩间的城门。雪亮的聚光灯倏然亮了，照着那巍然守卫在那城门口的岗哨。出乎华子良意外，上前来检查车辆的，竟是全副武装的美国兵。他们叽里呱啦地叫唤着，晃着电筒光照射在车内每一个囚徒的脸上。然后一挥手，卡车又启动了。缓缓地从隐藏在城墙和山梁之间的一个巨大广场侧边穿过，又在崎岖的公路上前行了。

华子良正想观察一下卡车在驶向何方，只见眼前一亮，蓦地听见一阵轰隆的声响，他们乘坐的卡车顿时在路边悄然停了下来。当他的眼睛刚适应了那强光的照射，便清楚看见：左边漆黑深邃的山谷里，一辆辆满载着武器弹药的十轮卡车驶了过来，擦过他们的车队，向城门口急驰而去。那些驾驶汽车的美国兵，公然伸出手来招呼："Hello，OK！"（"喂，好！"）那一辆辆车灯的亮光划破夜空，照亮了远处山峦上空密如蛛网的天线网架，使华子良心中生疑，难道是掉进了梅乐斯曾经扬言过的那个国际特务大本营里？但他又似乎不敢相信，他们为什么竟敢把这么一个绝密的特务大本营设在中国西南重镇，中国大后方抗战的首府重庆？

深沉、浓黑的夜幕，使人无从探视左边那山湾究竟有多深多大，从那山湾驶出的十轮卡车也不知道究竟有多少。很长一段时间，只听到车轮滚过的刺耳轰响，四周山谷引起的回声，好像大地也在叹息。

直到这庞大车队的隆隆声渐渐平息下来，眼前又变成一片漆黑之后，华子良他们乘坐的车队才似乎得到允许，缓缓向着陡峭、笔直的黑色山峰驶去。

此后的一切，仍然不断使华子良直感惊异。眼看他们乘坐的卡车就要和黑黢黢的山岩巨石相撞了，车到山前又闪出一条曲折的路，把它们引向另一座山峰。时而上坡，时而下坡，待到车在一座山岩前悄悄停下来的时候，便听见了潺潺的流水声和松涛声。半山腰突然闪亮的探照灯光，照射出一座被茂密松林覆盖的山峦；隐隐可见半山腰上孤零零地耸立着一幢白色的别墅式的房舍。一条陡峭的石板路，把公路和那白色别墅的大门连接在了一起。

一切心中的疑团，顿时解开了！特务机关策划的这次闪电式的秘密搬迁，已经结束；从此，他们将被置于特务大本营严密控制之下。他们走进那座门楣上镌刻着"香山别墅"——很有点神秘意味的大门以后，就休想再从这里离开！

进入"香山别墅"那座大门，被特务推进一间小小牢房里，华子良刚倒下来，立刻在心里提出了一连串问题，那么多满载军火弹药的卡车，匆匆趁夜出动，这意味着什么？是不是外部世界真的又将面临一场灾祸？敌特机关匆匆进行这次迁移，难道仅仅是为了把我们和外部世界完全隔离开？

匍匐在签子门边，向这新的神秘世界和夜空细细探视，久久谛听之后，华子良又升起了无尽的神秘感觉。他蹲过形形色色的监狱，这里同他曾经见到过的那些秘密监狱一样，到处是墙，是特务监视的眼睛……但是又显然有所不同。他曾经见到过的秘密监狱，四周都有一段隔离地带，而这里却似乎没有，茂密的松林几乎把它遮盖住了，连夜空也不大看得见，从山岩上飞泻而下的泉水，似乎就环绕着监狱四周的墙脚，在日夜不停地向山下流淌。为什么把监狱设在这么一个幽深的地方？实在令人捉摸不透。

久久地凝神谛听之后，华子良捕捉到一种极其轻微的声音，好像是蟋蟀的鸣叫。仔细一听，"呜突、呜突……"又绝非蟋蟀的鸣叫。这声音好像在太空中回荡，时断时续，时有时无，极难捕捉，也极难区分。它们是那样神秘，究竟从何而来，代表着什么？

"呼——呼——"这是鼾声，似乎是熟睡的鼾声。

"哆，哆哆！"这是叶子烟杆在楼板上磕碰的声响，来得较远，又似乎很近，极像罗世文那长长的竹烟杆在敲。会是罗世文么？

"呜呼——"手杖挥动的声响。是何路通在使那家伙，还是别的特务在向谁示威？

"咪，咪咪！"哦，小猫在呼叫。是黄以声的小猫么？

这些声浪不断地扰乱了华子良正在捕捉的那神秘的声音，他感到苦恼极了。

白昼行将逝去，天色渐渐暗淡下来。浓密的树阴，使这座别墅似的一楼一底房舍，过早地浸透在暮色里。

"呜突，呜突……"蓦然间，华子良又捕捉到那极其轻微、极其神秘的声音了。凝神听了一会儿，他发现那声音不是来自别墅的任何房间，也不来自天上，仿佛是从地底层什么地方漏出来的。刚刚听得清楚一点，那声音又神秘地戛然而止，再也无从捕捉了。

当夜幕完全遮没了一切的时候，寂静中，那似乎来自地底层的"呜突，呜突"声，又在茫茫的夜空中回荡了起来。华子良正高兴又捕捉到它，想分辨一下它传来的方位，牢门忽然打开了，似乎早就潜伏在门外的两个特务，直向他扑来，捂住他的嘴，一块黑布蒙住了他的眼睛，擒住他的双臂，把他从牢房里架了出去。

什么也看不见，无从辨别方向。架着他的特务甚至不容得他两脚着地，像在空中飘荡。他只能用自己的耳朵、感觉去体察环境。

"中心试验室。"有人说，好像在指示去处。

路径，似乎曲曲折折，坎坷崎岖。可以听得见特务的喘息声和松涛声。到了什么地方，换了两个人，夹着他似乎在往下走。一股冷气迎面扑来，带着浓烈的霉味。是到了地下室么？有一阵像风吹似的呼呼声，很像他在牢房中捕捉到的那神秘的音响，有如一群蚊蚋在耳畔飞翔。不，这更像是某种电动机均匀运转的声音，简直就像是从近在咫尺的什么地方传出来的。可是奇怪，为什么感觉不到电灯的亮光？

耳边"呼呼"的风声消失了，特务似乎转了几个弯。就在这时，他的双脚被放了下来，触到软绵绵的物体上。蒙着眼睛的黑布也揭开了。

黑极了。看不见任何东西。突然闪亮的强烈灯光直刺着他的眼睛，他两眼不禁闭了起来。待他再睁开眼时，所有的灯光全亮了，他正站立在一间空无一人的屋子里，酷似他十年前在北平曾多次去过的那间秘密审讯厅。不同的只是，它似乎比北平的那间大厅小一些，没有窗户，带着更多的地下阴森气氛；但陈设又几乎和北平那间厅房一模一样，厅房的一角放着一张黑漆办公桌，桌后安置着一张宽大的转椅。

也与十年前在北平的遭遇相似，他被匆匆架到了这厅房以后，似乎就再也不会有人理他了。在这里，伴随着他的，唯有悬挂在壁上好像永不停歇的挂钟的嗒嗒声。

这直使他困惑不解。瞬间之后，他更困惑不解了：这厅房似乎突然变大许多，它雪白的一方墙壁仿佛消失了，变成了另一方雪白的墙壁。在这方墙壁上，端端正正挂着三个镜框，嵌着三个人的半身像。这三个人，他全见过。一个是戴笠，一个是梅乐斯，一个则是十年前在北平审讯他的 Dr. 沈，依然是戴着黑色面纱那副神秘莫测的模样。

耀眼的灯光更亮了些。清脆的高跟鞋触地声，不禁使华子良回过头来。直到这时，他才发现，另一方墙壁也消失了，一个身穿美军便服裙，结着黑色领带，穿着高跟鞋的女特务默默地站在他面前，正百般挑剔地向他打量。和这女特务遥相对应的一方，在那张宽大的黑漆办公桌后面的转椅上，此刻竟也无声地坐着一个人。华子良一看，认出来了：是那个亲自督建具有苗寨风情庭院的人——Dr. 沈。他不戴面纱，露出了一张红红的、颇有生气的面孔，显得很得意；又毫无掩饰地摆出一副当年戴着面纱的神情，似乎还想保持那种神秘莫测的气氛。

自从在北平认识 Dr. 沈之日起，已经十年出头了。华子良尽管一直在其掌握之中，Dr. 沈随时都可能向他下手，但漫长的十年毕竟都过来了。在这样一个极其复杂，形势瞬息万变的特别世界，经过多年的曲折变化，

Dr. 沈居然竟同戴笠、梅乐斯并列，把自己的相片挂在墙头上，此时此刻，又居然摆出那么一副居高临下的架势，华子良自然明白，他不仅面临着空前严峻的挑战，而且，十分明显，一定还涉及许多复杂的矛盾，尽管他对这些矛盾似乎有所感觉，但严格说来，他确实一无所知。

正因为这样，在那女特务用百般挑剔的目光默默地向他打量时，华子良已意识到，这秘密的地下大厅里随时都可能出现意外，到处都可能引起爆炸！

"华子良，我详细看过关于你的全部档案。十年前，你在北平的时候，Dr. 沈曾经向你讲过一番极中肯的关于科学的谈话。今天，Dr. 沈在百忙中又坐在了你面前。你，还记得那一次谈话，还记得他对你的忠告吗？"女特务语音十分柔和，却明显地混合着察言观色的试探语气。从她嘴里吐出来的每一个字，似乎都是经过深思熟虑，而且不只是讲给他听——她一边讲，一边观察正坐在转椅上的她上司的脸色，似在探询她讲的这番话语，是否符合他的心意，是否具有他期待的分量。尽管有着这么复杂的意思，但她讲得并不结巴，甚至可以说是相当流畅。她继续说："现在，Dr. 沈还想对你——华子良华先生，作最后一次忠告，要我把他的话转告给你。我将向你讲的，全是 Dr. 沈的意思。华子良华先生，你听明白了吗？"

"听明白了。"

"听明白了就好。"女特务说，"Dr. 沈是一个极其尊重科学的人。经过十年之久的反复比较，他认识到当今世界现代科技的代表力量已经转移到美国，正在同美国方面进行技术合作，得到了梅乐斯将军的完全信任和全力支持。华子良华先生，你懂得我讲这话的意思吗？"

"不懂得。"

"真的就一点也不懂得？"

"呜突，呜突突……"一种奇特的、神秘的声音，在这安静的地下大厅中突地升起。这正是华子良要寻觅的声音。他眼前一亮，蓦然发现，大厅变得更大了，左侧那一面墙壁似乎又向后退了许多。

这情景，使华子良不觉暗暗一惊。侧目斜视，在左侧的墙壁隐退出的那片铺着的红色地毯上，已安放着一部他从不曾见过的极其复杂的机器设备，在一些闪光的机器部件之间，连接着许多粗细不等、形状各异的管道、线路和胶皮管。原来，他刚才在牢房里极力想寻找其方位的声音，正是从这奇形怪状的设备中发出来的。华子良只是觉得奇怪，它那并不响亮的声波，怎么可能从地下传到遥远的地面上去？

"人们常说：'知面不知心。'这确是真理。可是，这个颠扑不破的真理现在被突飞猛进的现代科学技术打破了。"女特务忽地站在华子良面前，把一双黑溜溜的眼珠直盯住华子良问道："你，想知道这秘密究竟是怎么一回事吗？"

"我不知道这是什么意思。"

"那就听我告诉你。"女特务用手指着华子良的心脏部位，说道，"扼要说来，也简单极了。任何一项伟大发明的原理，扼要说来，大多是极易理解的。比如，你心里在想什么，在你身体的外部也许不会留下什么痕迹，但在你的心脏内部，却会有着种种不同的反应，假若我用一种极灵敏的仪器，可以准确测试你心脏内部各种不同反应，请你想一想，你心里想什么，即使你不愿告诉我，我不是同样可以了若指掌么？华先生，要不要试验一下呢？"

华子良立刻就明白摆在他左侧那设备的用途了。它既然出现在面前，他就将不可避免地要和它面对面地进行较量。但他又确实不知道，这个女特务代表 Dr. 沈向他宣布的科学究竟是不是科学？那显然是由美国运来的稀奇古怪的设备，究竟是骗人的把戏，还是真有可以窥测人心秘密的能力？

女特务扬扬手，从那堆闪亮的复杂设备后面，居然走出一个黄头发、白皮肤，身穿美军便服的美国特务。这个美国特务像变魔术似的，转瞬间就用一些橡皮管把他和那庞然大物连接在了一起。橡皮管勒住他手腕时，华子良立刻清楚地感受到了自己脉搏的跳动。这使他相信，美国最新设计制造出来的这设备，真可能把自己心脏跳动、血脉流通的一切情况通过这灵敏的仪器，一一记录和显示出来。但他又很难相信，女特务讲的那一套科学。这不仅是因为十年前，他在北平听 Dr. 沈讲过相似的特务科学，那不过是不折不扣的骗局；还因为他对女特务讲的一切，说什么根据他心脏跳动的变化记录，就可对他心里在想什么了若指掌，他从根本上就怀疑。

"OK！"黄头发的美国特务向女特务眨了眨眼睛。华子良立即明白：这实际上是同 Dr. 沈进行的一场新的较量，就将开始进行了。

"华先生，我问你什么，我希望你不要犹豫，你心里怎么想，就直截了当地讲吧。"女特务黑溜溜的眼珠再次直盯住华子良问道："你懂吗？假若你讲了半句谎，在我们这台最现代化的设备上，一定会把你暴露出来的。"

在华子良心里，这时已不再只是想到 Dr. 沈讲的是否真是科学了，他的注意力早集中在另一点上，女特务和 Dr. 沈他们究竟知道了什么，现在还想从他口中得到什么。

Dr. 沈那张办公桌上，无声地露出了一叠卷宗。他的全身几乎缩进了那张转椅里，把一张脸藏在黑漆办公桌后面，正专注地看着什么东西，对眼前即将发生的一切，似乎都不感兴趣了，而在为如何争得特务世界更大的权势绞尽脑汁。尽管那女特务走到宽大的黑漆办公桌前，似乎想从他的脸上寻到什么指示，Dr. 沈还是没有抬起头来，仍埋头专注地翻看着什么。最后,女特务只好把办公桌上那叠卷宗拿在了手中。

"我问你,华先生。"女特务一步上前,蓦地逼视着华子良问道,"半年前,你是不是曾经托×××,转托×××,把一封信秘密传送了出去?"

"信?哪来的信?"华子良心里明白,女特务口中讲的信,也许正是施飘萍交给他,经由张天顺托特务警卫部队某人带出去送交给南方局的信。他却又极不明白,敌特怎么可能知道这么秘密的事?施飘萍突然出事,难道竟会与此有关?

"你不知道这封信吗?"

"不知道。"

"那让我提醒你吧。"女特务从卷宗中抽出了一张标明"监视日志"字样的白纸,在华子良眼前晃了晃,然后,她用极有把握的语气说道,"这个'监视日志'的记载,准确极了。不要以为你们做得秘密,第三者绝不可能知道。不!"

特务机关在狱中秘密搞了什么"监视日志",华子良当然相信;但他更相信,敌特能够记载的,顶多不过是些表面现象罢了,敌特不可能知道得更多,他也决不会把敌特不知道而又极想知道的一切告诉给敌人。这对他来说,那绝对是理所当然的。他想,自己只要和平常一样地平静,血液流通、心脏跳动的节奏,决不会有任何异常变化。当然,他对这一切毕竟没经历过,一点把握也没有。

女特务没有立即发出讯问,而是把目光缓缓投向了 Dr. 沈。Dr. 沈瞟了华子良一眼,从女特务手中接过那张纸页,晃了晃,便随意地扔回到桌上去了。

"你认识雷小萍——就是那个女记者?" Dr. 沈用极细小的语音,忽然插进来,向华子良问道。

"先生,我十年前就被捕了。我哪里会认识什么女记者?"华子良很平静地回答。

"不,你认识她。她过去不叫这个名字……你应该知道的,是吧?"

"不知道。"

"罗世文,你该认识的吧?"

"先生,我早被捕了。我哪里会认识罗世文?"

"不,你认识他。他过去在四川活动多年,你过去不也在四川活动过多年吗?"

"先生,我的确不认识他。"

"嗯,"Dr. 沈忽地逼视着华子良问道,"你不记得了吧?还记得,你和雷小萍,和罗世文、车耀先……在阳朗坝的什么不引人注目的角落里晤面,谈论的事?"

"先生,你说的是些啥呀?"

Dr. 沈像早就知道华子良会怎样回答似的,摇了摇脑袋。然后,不禁淡淡一笑,随口说道:"这都是小事,不值得追究的鸡毛蒜皮之类的事。十年,人生有多少个十年?沧海桑田,十年又会有多少变迁?共产党人煽动老百姓说,八年抗战,中国前门赶走了日本强盗,后门又进了美国狼。这话有一点蛊惑人心。不过,我要说,这改变不了局势。的确,美国人是我们请来的,美国的枪炮,你们看到的那些十轮卡车、武器弹药,也是我们向他们要的。不错,一点不错,你现在是进到'中美技术合作所'的最机密地区来了。不幸得很,你看到了一种强大无比的恐怖力量,这就是给中国共产主义以毁灭性打击的力量。你愤恨也罢,诅咒也罢,在中美合作的这种毁灭性打击之下,反正你们的那一切理想、组织,全都会不复存在。可是,我却可以告诉你,外面的人们,全都还被蒙在鼓里,一点也不知道呀……"

Dr. 沈像和老朋友拉家常似的,不慌不忙,娓娓动听地说道:"在我这里，你也许早就注意到了：无处不充满着秘密，可惜可叹的只是我们的敌人不知道罢了。谁知道美国朋友给我的十轮卡有多少？我秘密设在这基地里的军火库有多少座？谁知道我手下统率着多少全能的特种技术人才？谁知道我成天和一些什么人打交道？你不想承认认识谁，就别说你认识谁吧。不过，雷小萍确是个聪明绝顶多才多艺的人才。她和许多外国人来往，我看见，外国人无不对她深为钦佩。嗬，在阳朗坝和布鲁克相遇，只不过短暂接触，这个美国人也加入了崇拜者的行列。这个美国佬越来越不满现状，最后竟至写信向美国总统控告梅乐斯和戴先生……戴先生怎么信得过她雷小萍？他怎么不会派人……"

"突呜呜——"

施飘萍被害的事，尽管华子良早就猜想到了，但直接从 Dr. 沈口里得到证实，仍然使他感到极大的震动。忽然从那机器蓦地发出的一声奇特的声音，却使他不禁惊愕了：不对，难道他心里闪过的这点思绪，真会被这机器捕获到了什么吗？

结论是百分之百的肯定。Dr. 沈笑道："我知道你认识她的。是吗，华先生？"

华子良这时像看透了对方这样曲曲折折谈话中的计谋，瞬间倒显得分外地平静了。他不知道，Dr. 沈将会怎样利用他的失态而大做文章。他依旧漠然地回答对方说："我还是不懂得你的意思。"这时，他瞥见女特务正把一双黑溜溜的眼珠向那黄头发的美国特务技师投去，技师回答她的竟是双手向前一摊。他的心真差点要高兴得怦怦跳起来了！哦，它毕竟还是个骗人的把戏！世界上怎么可能有了解人真实思想的机器呢？

Dr. 沈又回到了他惯常的座位上去。

"华先生，你、你！"女特务的突然叫喊，美国特务技师一双灰蒙蒙眼珠突然睁大的神态，几乎使华子良相信，他这偶然变动的思绪，真会在美国仪表上留下什么记号。待到他从那女特务口中听到一堆惯常使用的挑拨性言词之后，他的思绪才完全宽松下来。那女特务仿佛是按照他们早就确定的计划，嚷道："你还不愿讲真话？你们冒着极大危险把信送出去了，中共也知道了一切。你知道吗？中共代表提名要人的名单上，就只有罗世文、车耀先二人呀！现在，中共代表提名释放的名单上，连张学良、杨虎城都提了，也没提你们！他们早把你们忘记了，早就不认你们了！"

"突，突突，突突！"那似乎来自闪亮的仪表红绿指示灯上发出的声音，使女特务立刻闭住口，再次把黑溜溜的眼神向仪表启动的方位投去。华子良抬眼侧视，只见那黄头发的美国特务把手一扬，一摆，竟使他意外地瞥见：在那堆闪亮的复杂仪表设备的侧面，设有另一张座椅，在那座椅上也正坐着一个人，胶皮管之类的东西几乎把这人的手和面部都遮没了。

这人会是谁呢？瞬间留下的印象，使华子良脑子一转，立刻就认出这人来了！这人的体形轮廓，这人额头露出的一角黑记，使他有理由相信：这不是别人，就是那个在永靖镇天主堂里成天仰望太阳石，和瘫痪作斗争，无比坚强的花脸张。Dr.沈之所以对花脸张采取如此险恶的调查手段，极可能有着极其特别的原因，也许是他在永靖镇天主堂顽强地站立起来以后，在阳朗坝默默无闻地筹划暴动越狱行动的过程中，留下过什么痕迹，或者在特务"监视日志"中留下了什么记载……但不管怎么，D.沈能期待从坚强无比的花脸张身上得到什么吗？决无可能！

花脸张留给华子良的印象，就是这样，清晰极了。

直到这时，华子良才意识到，花脸张正在忍受着什么更复杂的美国仪器的检验。

直到这时，他才更清醒地意识到：他们冒着危险送出去的信，肯定送到了。也许正因为这一点，特务当局感到极大震惊，才闪电般把他们搬迁到这里来，开始对他们逐个严密追查！特务当局一旦发现了如此重大的泄密事件，必然不会善罢甘休，一定还会无休止地追查下去的。

"让他看看那封信吧。"Dr. 沈欲言又止，提醒着女特务道。

女特务应声从卷宗里抽出一张纸页来，在华子良眼前晃了晃，便又睁着一双黑溜溜的眼珠，对着华子良说道："'一个女特务的自白'……你们干的好事！你大概还不知道，这件事在外边引起了多么大的轰动？你要不要听我把这封刊载在《新华日报》上的信念一念？"

华子良真不知道该怎样回答女特务这番问话，只是淡淡地看着她。就在这时，美国特务技师带着漠然的神情向女特务摇头，女特务再也没有说什么，挥挥手，好像对他已经没有任何兴趣了。

那位美国人走过来，解开了连接在他身上的胶皮管。Dr. 沈也不再讲话，也许正是因为美国最新的仪器设备同样未能从他身上捞到什么，使 Dr. 沈想起了十年前在北平那场没有结局的试验，只好让这场新的试验草草收场了事……

黑夜，漆黑的夜，又突然笼罩了一切。Dr. 沈连同他面前宽大的办公桌，连同侍随他的女特务，连同他那些庞大的美国最新设备，连同他那变幻莫测的宽大厅房，瞬间竟像幻觉似的烟消云散了。此刻，华子良唯一看得见的，似乎就只有眼前那一丝极微弱，像鬼火跳动的光亮……

施飘萍牺牲的确讯，使他悲愤不已；Dr. 沈和女特务有意或无意透露出的那许多事，却又使他思虑重重。他的整个身躯又被架空起来，仿佛又开始在夜空中飘动。

　　他究竟被什么美国特务仪器捉弄了一夜？他不知道。

　　花脸张是不是还被留在那里？他不知道。

　　此刻将飘向何方？他也不知道。

　　前面等待着他的，将会是什么？他同样不知道。

第二十八章

"Welcome！"（欢迎！）

从他进入这间牢房开始，华子良耳朵里便灌进了这么一句有点生硬、又不太协调的外国话。他总觉得，这不像是外国人讲的，也不像一个熟悉外语的人讲的；准确点说，也许更像出自一个初学者之口。除此之外，还有众多的眼睛望着他。

他被塞进一间陌生的牢房里来了。

这间牢房里到底有多少人？是些什么人？浓厚的夜幕使他无法看清，只是觉得人很多，而且在喊喊喳喳讲话，在评论着什么。

这种又清醒，又模糊的感觉，在华子良脑海里已经延续一两天了。自那天深夜和Dr.沈谈话以后，这种感觉便开始了。这是由于他疲劳过度，又处在一种十分复杂的环境中。

地下大厅里的灯光，闪亮的红绿指示灯，女特务黑溜溜转动的眼珠……仿佛总在他眼帘边晃动。无论怎样想驱散它，总是驱不散。

"Dr.沈十年都没有再注意你了，在他处于这样得势的时候，竟然又把他的瞄准器对准了你，他会这么轻易罢手吗？"

"注意！你在这十年之中，难道就没有一点疏忽之处？Dr.沈就不可能从你的疏漏中发现什么？不然的话，他们为什么还提起那封信？"

为什么还一再追问施飘萍、罗世文和你在图书馆晤面的事啊？"

——仿佛总有人在耳畔轻轻地提醒着自己，也许就是他自己在提醒自己：要警惕 Dr. 沈设下的新陷阱！然而，耳边怎么老萦绕着小施的声音，就像那最后一次谈话，她讲"没有新鞋，草鞋也行"的腔调一模一样。

迷糊不清的感觉，就是这样，几乎总是和清醒明晰的思考同时存在。那天夜里，他被架空离开了地面，在漆黑的夜空飘荡了许久；最后，他嗅到了一种极难闻的臭味，从此，便头昏脑涨，昏昏欲睡。但他明白，Dr. 沈在算计他，Dr. 沈之所以突然透露给他一些极机密的内幕，是企图引诱他急急忙忙设法去联系谁，去向谁报告……

在夜空中飘荡许久以后，迷迷糊糊地又降落到地面上来了。一点不错，他又回到松林中那幢白色的别墅式的监牢中来了。他被塞进的这间牢房，不是他原先住的那间，而是关有许多人的另一间。

现在，他总算渐渐清醒过来了，从 Dr. 沈的算计中完全醒过来了。他确实正待在那被浓密的松林遮掩的那幢白色监牢里，和他同住牢房的，确有不少人。除他之外，坐着的、躺着的，竟有六人之多。

总喜欢站在签子门边向外瞭望的，是四个年轻人。看他们叽叽咕咕讲话的神态，华子良相信，他刚进入这牢房听到的那句外国话，肯定是他们讲的。四个人的服装、发式都差不多，芝麻呢的制服，光头。再仔细一看，是几个学生，还带着几分少年气呢。他们那一身颜色早已褪败的芝麻呢制服，很像是由同一个学校统一制作的。

他们为什么会被弄到这么秘密的牢狱中来？华子良一点也想不出那原因。

还有两个人，总是喜欢躺在牢房靠里边墙角的地方。那个长发西装的中年人，精力似乎比较旺盛，还不时抬起那张灰白的脸，和那四

421

个学生模样的人嘀咕几句。另一个面目黧黑的人，不知是由于过度疲倦，还是别的什么原因，总是一言不发，一动不动地埋头躺在那里。

华子良认定：Dr. 沈一定会在他的身边埋下什么钉子。只是一时还难以肯定是埋在签子门外，还是在签子门内。如果埋在签子门内，这钉子会是谁呢？

"阿弥陀佛！"青年中飞出来这么一声叹息之后，室内的气氛顿时活跃了起来。除了有一个青年还留在签子门边瞭望，另外三个都向华子良躺卧的角落围了过来。

"怎么样？好一点了？尊姓大名？"一个身材瘦高的青年开口问他。

"华子良。"

"那我们自我介绍一下，"那瘦高青年指着那个长发西服的人说，"他叫洪鸿兵，新闻记者。"又指着那个埋头睡觉的人道："他叫严继光，军人。"然后，才指着他们四个人说："喏，李达、陈镇、冯珊、石圣，都是学生。"

"我们都是一个学校的。"另一个矮瘦的青年补充说道，"门外，刚才还长得有耳朵。现在已经走了。我们可以把我们的事告诉你。喏，我们被捕都快五年了！"

"五年了？"望着这个还有着几分稚气的矮瘦青年，华子良不禁惊讶地问，"那为什么呀？"

"我们都是从外地流亡来四川的，在青木关上学。进了城，要回青木关学校，只能沿着成渝公路走。公路翻越歌乐山，弯弯拐拐的，不知要走多少冤枉路。问老乡，都说有条小路可走；比走公路近许多。我们走了一阵，忽然发现这条小路上拦了铁丝网。正想绕过铁丝网，便被包围了……"

"你们就一直关在这里？"

"不，前一阵，我们关在渣滓洞。前天，才押我们到这里来。"

瘦高学生又补充介绍道："我们这位记者洪鸿兵，听说是从望龙门押来的。严继光是从杨家山押来的。这些地方我们都没去过。"

"华先生，瞧你——"那矮瘦学生眼睛一鼓，不禁冲着华子良问，"一定关了许久了。你关了好久了呀？"

"十年出头了。"

"十年了呀！"

几个青年学生惊讶的叫声，使躺卧着的新闻记者洪鸿兵忽然翻身坐了起来，用一种敬佩的目光扫视了华子良一眼。然后，又溜到签子门边谛听了一下，才蹑手蹑脚地靠近华子良坐了下来。

"我叫洪鸿兵，新闻记者。"这个名叫洪鸿兵的人望了望几个学生，竟然不加掩饰地用一种十分激动，十分急切，又十分警惕的神情和语气，凑近华子良耳边，小声说道："华先生，十年了，你该经历了多少风雨呀！你一定见过许多人，知道许许多多闻所未闻的奇事，实在令人钦佩……我被捕才不过几个月，孤陋寡闻，这一点华先生定能想见。前几年，重庆新闻界出了一个极有成就的女记者，才华出众，文笔犀利，在外籍人士中尤负盛名，但后来传闻她不幸失足落水，下落不明。新闻界人士暗中议论，普遍认为这决非什么自行失足落水，而是和……我想向华先生打听一下，不知华先生曾否见过，或者听说过有个名叫雷小萍的新闻记者？"

华子良摇了摇头，没有回答。

"华先生，啊——你真没见过？"洪鸿兵伸手梳理了一下他头上的长发，沉吟了片刻，又说道，"我在望龙门监狱时，也曾偶然碰见两个被关押了十年以上的政治犯。可惜，晤面时间太短，我连他们的名字都没弄清楚，只听说一个姓熊，一个姓彭。我向他们打听雷小萍，他们说，雷小萍已经被杀害了，尸坑还是叫他们挖的呢……"

"啊，阿弥陀佛——"在门口边瞭望的学生一开口，洪鸿兵的嘴便立刻闭上，什么也不再讲，溜回到他原先躺卧的角落去了。

几乎就在同时，签子门被推开了。一个手里拿着张纸条的特务，抬眼向室内扫视一下，便点名宣布道："洪鸿兵，李达，冯珊，石圣，陈镇，收拾东西，立刻跟我走！"

这些人一走，签子门重新关上。华子良抬眼四顾，一种更加令人迷惘、心烦意乱的思绪，使他坐立不是。接触的时间太短促了，他把握不定，这些人给他讲的是真是假？他们究竟是些什么人？特别使他不安的，是那个洪鸿兵向他打听的事。这个人为什么一开口就急匆匆地打听施飘萍？他见过的那两个政治犯，是熊树人、彭松山么？难道施飘萍被害后的尸体是他们埋的？这太难令人相信了。那么Dr.沈安的钉子，莫非就是这个记者？如果是，又为什么会匆匆调走？

几个青年找他闲话，他们中一直有人在签子门边瞭望，好像很机警。Dr.沈会在门外派人窃听，这不足为奇。值得警惕的是在门内的人。现在，门内除他之外，就只有一直埋头睡觉的那一人了。

"这，真正的钉子难道是这个面目黧黑、从杨家山来的人？"

夜色又渐渐浸透了整个牢房。那个从杨家山来的陌生人，却总是鼾睡不醒。华子良几次试着想弄醒他，和他攀谈几句，全然没有效果，只好不再理睬了。他又不由得想，也许，这人并不是Dr.沈手下的人，不然的话，怎么会一点动作也没有呢？

太多的难以肯定的猜测使华子良怎么也睡不下去了。深夜里，越来越大的松涛声、流水声，更使他思绪纷纷。他索性去追寻那松涛声、流水声发出的准确方位和流向，听了许久，也总是寻不出来。

不知到了什么时候，华子良还是迷迷糊糊地睡着了。醒来的时候，天已大亮。在他躺卧的身旁，留着一碗牢饭。只是同牢那个面目黧黑的陌生人，却早已不见了踪影。

那陌生人难道仅是他迷糊中的一个幻影，也许根本就不曾有过这么一个人？

不对。木纹清晰的楼板上，不是还堆着那陌生人的一堆衣物么？自己身边那碗牢饭，看来应是这陌生人替他留下的。

侧耳细听，华子良到底寻出一点蛛丝马迹来了。从这幢牢狱前狭窄的院坝里传来阵阵缓慢的步履声，哦，监狱正在放风。华子良根据自己的经验判断，这里的囚徒显然已囚禁多年了，步履声才那么从容不迫，伴着一阵松涛和泉水潺潺，这里的气氛甚至显得过分安详了。

那个陌生人是不是也在外面放风呢？

当华子良的目光向着院坝里搜寻时，那个面目黧黑的陌生人，果然在那缓缓漫步的人群之中。特别使他吃惊的是，这人竟时而和齐晓轩并肩走在一起，时而又和宋绮云、张天顺走在一起；尤其是，他同宋绮云并肩散步，是那样和谐、愉快，好似老友重逢般地亲密。

这是怎么回事？齐晓轩、宋绮云他们，是不是蒙在了鼓里？怎么就那么轻易地相信那个陌生人？

阳光透过浓密的树枝罅隙，投射在高墙电网上，放风场上映出许多暗黑的不规则的斑块。放风的时间已过，看守特务吆喝着人们纷纷回牢房去了。

陌生人不声不响地回来了，回到他堆放衣物的地方。他好像根本没想到牢房里还有人似的，哪里也不抬眼看看，倒头便呼呼睡了。

呼啸而过的松涛声，汩汩流动的泉水声，随着夜幕的降临，随着天际点点星辰的出现，这些悦耳的声音仿佛带来一股清新的风，使这林间别墅式建筑里潮湿、闷热的空气，也渐渐变得凉爽起来。

这是牢狱里最沉静的时刻,却又带着阴森恐怖气氛。近日来,那些令人忐忑不安的思绪,使华子良十分警惕,刚闭上双眼,要蒙眬入睡的时候,那灵敏的听觉又把他惊醒了:不在别的什么地方,就在他所在的牢房里,有一种极不平常的轻微声响。此时此刻,牢房里就只有两个人,那个面目黧黑的陌生人和他自己。

华子良微睁双眼,立刻清楚地瞥见,果然是那陌生人在向他近旁移动着身子。华子良静静地等待着,没有动。签子门外,昏暗的狱灯微光照着那陌生人的头额和身影,华子良蓦然觉得,此人仿佛在哪里见过。他极力搜索着自己的记忆,那陌生人已倚墙坐了起来,将身子靠拢了他身边,用一双带着欣喜的闪亮的黑眼睛注视着他。

"你——有事?"

回答华子良轻声询问的,只有一点十分肯定的更轻的声音:"嗯。"

"你要干啥?"

"找你——华子良!"声音嘎哑,极轻微。

"谁叫你来找我?"华子良忽地坐了起来,心里布满了疑云和不安。

"宋绮云。"

"我从不曾和宋绮云讲过话。我不认识他;他怎么会叫你来找我?"

"他说,你应该知道他;他问过罗世文。他告诉我,罗世文说,我可以把我要讲的一切,毫无保留地对你讲。"

"那你有什么话要讲?"

"我受杨虎城将军的委托:要向你和同志们致意……"

这更使华子良不觉一惊,问道:"你是谁?"

"杨将军的副官严继光。"

和杨将军从不相识的华子良,这时更不禁疑窦丛生了。他怀疑此刻靠坐在身边这个神态端庄自然的人,可能是个极难猜测的神秘人物。

他追问道:"那你从何而来?"

"玄天洞。"

"究竟从何而来?"

"就在那万山丛中,终年云雾缭绕的巨大岩洞里,有一座名叫玄天观的古庙。你去过那个地方的。"

"你怎么又来到这里?"

"我当然不可能自由来到这里。你应该记得,一同被囚在那阴森的玄天观里的共有四个人:那位有着花白胡须的,就是杨将军;有位常常披着长发的女人,那是杨将军夫人谢葆真;有个白发少年,那是他们的小儿子杨拯中;还有一名侍随他们左右的人,这人便是我。你们在那洞穴边平整地基、修建那三间草房时,我天天都看见你的。"

"你天天都看见我的?"

"我看得特别清楚的,有两次。一次是黄昏时分,雾很大。我刚从里屋出来,准备给杨将军点灯,一下就看见你在洞口晃动,好像迷失了方向才走到洞口来的。杨将军也在注意你,不一会儿,你就晃晃悠悠走了。另一次是第二天,你们正在给草房上梁,你向洞穴里瞭望,杨将军向你挥手致意。也许你没十分注意,我也看见了。这两次,你应该不会忘记。不过,你放心,敌特机关绝对没有发现,只有杨将军和我才看见。后来,杨将军极想再见到你,可惜你们走了……"

严继光这番极其明确的回答,又把那段生活拉到华子良眼前来了。那被浓云密雾笼罩中的玄天洞,那在洞穴边进进出出的人影,那个被囚在洞里而又渴望奔赴疆场的长者和他不幸的一家……对了,那长者身边确有一个随侍在侧的人,那头型、体态的轮廓,正像是眼前这个陌生人。难怪刚才对方翻身向自己靠拢时,会想到这人好像在哪里见过。特别是对方坦然提到那件极机密的事,当时除了自己和杨虎城,有谁会知道呢？也许这个人真是从杨虎城身边来的。

然而，此时此刻，正处在被 Dr. 沈算计中的华子良，一闪念间，又使他不能不产生新的疑问。因为，就是对方提到那件极机密的事，也不能完全排除另外的可能：既然他能看到，未必别的特务就没有看到？Dr. 沈之所以未向自己提出这样关键的问题，也许正是为了通过这样曲折的方式，来套取信任……因此，华子良认为，他不能凭印象，必须寻根究底，查清来人究竟是什么角色。

"你说的谢葆真，"华子良随口问道，"是不是那常常爱唱歌的女人？"

"是她。"

"她爱唱什么歌？"

"杨将军喜欢听《义勇军进行曲》《大路歌》。杨将军烦闷时，谢葆真就常唱这两支歌给他听。"

"那，你为什么会和杨虎城一家囚禁在一起？"

"我原本是杨将军的副官。再说……"

"再说什么？"

"我和他们在十五年前就相识了。"

"那是在什么地方？"

"在皖北，有一处名叫太和的地方。"

"你为什么会认识他们？"

"我那时也在十军。杨将军当时是十军军长。谢葆真也在那里。她早就是共产党员了，我联系过她。1936年，张学良杨虎城为了逼蒋抗日，在西安扣留了蒋介石。我曾奉杨将军命令，看管过蒋介石，收缴过南京政府高级官员的枪械。1937年，蒋介石令戴笠将杨将军骗到南昌，秘密囚禁之后，我陪伴谢葆真和她的小儿子拯中去寻找杨将军，便被特务头子戴笠囚禁了起来……"

"你怎么敢在今天夜里找我谈话？"

"宋绮云在白天放风时告诉过我，他说：你可能还不知道，敌特机关对你的特别监视，现在已经撤销了。"

"为什么？"

"原因很简单。第一，Dr.沈向你透露了一些重要情报，特务机关估计你一定会急于向外联系，但他们经过仔细观察，你始终没有任何动作，他们由此认为，已不可能从你口中得到任何东西了；第二，他们现在有更重要的急事要办，为了抢占华北、东北地盘，Dr.沈已在昨天乘专机赶赴北平，准备在那里和美国海军上将柯克会谈……"

"宋绮云还向你讲了些什么？"

"宋绮云说，楼下新来的政治犯中，也有从望龙门秘密监狱转囚过来的。据说，熊树人和彭松山确实被囚在那里。"

"那我问你：杨将军和谢葆真委托你，到底要向我讲什么？"

"只有两件事：第一，是向你和同志们表示谢意；第二，是他们想通过你们，向正在为中国人民解放事业舍生忘死奋斗的中共讲几句话。"

严继光所有的回答，几乎可以说没有丝毫可疑之点。唯独说杨将军要向他"表示谢意"这一句话，却又使华子良如坠云里雾中了。他在玄天洞修建那三间草房时，只看见过那古洞里囚着四个人，当时他和杨虎城互不认识，更从未和杨将军讲过一句话，杨将军怎么会对他作出这种表示？沉吟了许久之后，他才小声说道："我一点也不懂得你讲这些话的意思。"

"那好，我再请你回忆这么一件事吧。"严继光缓缓说道，"我相信，这件事你是很难忘记的。还记得吗？就是草房上梁那天，你站在梁上，向洞穴里瞭望时，杨将军向你挥手致意，你可能说，你没看见，也不知道是怎么回事；可是，我敢说，你是看见了的，只是你当时十分警惕，没有任何表示罢了。可是，你知道杨将军向你挥手致意，是什么意思吗？那是因为你送给了他那本书！你不了解杨将军，可是我很了解他。他从国外回来，为的就是要参加抗战。蒋介石却把他秘密囚禁起来，与世隔绝，什么也不让他知道，他真是忧心如焚啊！是你突然给他送来了那本《西游记》，让他看到了抗战形势发生了那么大的变化，他怎么不高兴啊！怎么不感谢你啊！后来，杨将军的夫人在玄天洞生了个女儿，特务头子戴笠公然强迫杨将军和谢葆真分居，分别把他们囚在玄天洞和新洞两处。在这种情况下，每当更深夜静的时候，杨将军还对着如豆的灯光翻看那本书。他一再叮嘱我，一定要寻找机会，向狱中坚持斗争的勇敢的中国共产党的同志致意，转告他的一片心意：他相信，中国的希望，就在中国共产党身上！"

说到这里，严继光饱含感情的声音戛然而止。起风了，阵阵松涛如泣如诉。华子良只觉得心潮澎湃。

过去，他对杨虎城、谢葆真确实没有多少了解，也不明白罗世文为什么要叫自己带那本书给他们。听了严继光这番话，他理解了。他此刻分外高兴的是，他没有想到：就这么一本书，竟会在杨将军心里引起那么大的波涛。严继光说的一切，不容置疑；特务不可能知道那些秘密。

"老严，"华子良的语音里也不觉带上了强烈的敬佩、思念之情，"你知道杨将军一家现在被囚的确切地点吗？"

严继光无言地把身子移到了铁窗下，华子良会意地也跟了过去。顺着严继光凝神注目的方向望出去，透过铁窗，透过重重电网和夜幕，华子良朦朦胧胧地看见不远处隐伏着一片山峦。

"就在山那边么?"

"不,就在这前面。"严继光伸手指向那隐伏在夜幕中的山头,说道,"杨将军一家现在就关在那里。距这里不过几个小山头,就在一处名叫杨家山的地方。我是随同杨将军被押送到了杨家山以后,才转囚到这里来的。"

"杨将军和谢葆真还是被分别关押吗?"

"不仅是杨将军和谢葆真,就是谢葆真在玄天洞生的那个小女儿,还不到两岁,也是和她妈妈分开,分别关押的。"

"啊——"华子良长吁了口气,不禁慨然问道,"杨家山的天气,该比玄天洞好些吧?"

"没那么大的雾,比玄天洞看得远多了。不过,杨将军独自一人,带着他的小儿子、小女儿,这更使他常常想起发动西安事变的另一位重要带头人。"

"张学良?"

"那是他因在杨家山以后,和戴笠的一次谈话引起的。戴笠告诉他,新四军军长叶挺将军也关在这里,一座名叫洪炉房的院子里。戴笠还含含糊糊地告诉他说,蒋介石对张学良十分宽大,还允许张钓鱼呢。戴笠说,他曾奉蒋介石命令去看望张学良,问张还有啥话说,张学良什么话也没说,只是把自己手上的一只金表摘了下来,托戴转交给蒋介石。蒋介石也是什么话也没说,叫戴笠给张学良送了一副钓鱼竿去……杨将军不屑问戴笠任何一句话,但他却知道了张和他一样,还在囹圄之中。他真想知道,张学良现在关在何处。"

"张学良无言地把一只金表交给蒋介石,蒋介石把一副钓鱼竿无言地送给张学良,这是什么意思?"

"什么意思?杨将军说,张把金表摘下,叫戴交给蒋,这意思似乎是明白的：时间，对他已没有什么意义了，他早已决心把它舍弃了。蒋介石把一副钓鱼竿送给张学良的意思，就不那么明白，很难猜了。"

"你说呢？"

"钓鱼竿？这也许只有蒋介石自己，才能说出他的全部心思来吧。"

凝望着闪烁不定的监狱灯光，华子良心想：事情也许不仅如此，就是连戴笠为什么要把那些话告诉给杨将军，恐怕也只有戴笠才知道个中奥秘了。

第二十九章

严继光下楼放风,竟再也没有回来。他留在牢房里的一堆衣物,还是看守特务取走的。

严继光一走,华子良被囚的这间牢房,就孤零零只剩下他一个人了。那天夜里和严继光瞭望杨家山的那处铁窗,不知为什么,也被特务用木板钉上了。唯一剩下的一个小小的铁窗口,他尚能向远处瞭望,但那是面向后山茂密松林的,景色似乎永远都是那样。这样一来,他对这座白色监狱里的动静,多半只能通过听觉去捕捉。

特务依然不让他放风。独处一隅,他突又陷入难以忍受的孤寂之中。透过松林照射进牢狱来的烈日,把牢房里的楼板、墙壁都晒烫了,更使他直觉得烦闷、窒息。从每天天明起,他就只能枯坐在这被夏日逼射着的牢房里。他真不知道,还需要等待多少时日,才能度过这难熬的酷暑天气,才能接触这异常狭小空间之外的事物。

天又黑了。可是,牢房里闷热、令人窒息的气氛却一点变化也没有。松涛、泉水声虽在耳畔荡漾,华子良却丝毫感受不到与之伴随而来的清凉。

孤独地守望在那小铁窗口的他,终于从那黑如锅底的后山上隐隐约约瞧见什么了。哦,那是什么?是在天上,还是在山上?是天上的星星,还是藏在山上林间的灯火?

松涛、泉水声,似乎也因为这闪烁亮光的出现而悄无声息了。

哦,对了。那不是在天上,不是星星;那是从山上,从浓密松林中透射出来的灯光。

山上住得有人!是谁,因为什么,竟住在这高高的山头上?从那一片闪烁不定的灯光来看,住的人肯定不是一个两个,可能有好几十人。这么多人没日没夜地待在那么高的山上,是干什么的呢?

天亮了。再仔细向后山瞭望,华子良才发现:后山并不只是有点松树而已,那里的景色一点也不单调,有着许多值得留恋、值得玩味的地方。

和闷热不堪的牢房相比,那是一片多么凉爽、清幽的去处啊!呼啸的松涛声,正是从那里卷起的。哗哗的山泉水也是穿过那片山林,溅起一连串白色水珠,直泻而下,从这白色监牢侧边流走的。

哦,在那陡峭的山岩侧面,还耸立着一座用坚硬的青石堆砌成的碉堡,松林最浓密的垭口边,也隐蔽着一座同样规格的暗堡!

这些隐藏在山间,几乎很难叫人察觉的暗堡,是为监视这座监狱才设置的吗?还是为了保卫别的什么?

对了。也许,它和山上隐匿在松林间的那些房舍有关。

山上可以望见的房舍,竟有好几处。最大那一幢,屋基和门窗都是一色的青石,窗和门上镶着红绿玻璃,配上那雪白的高高的屋檐,无疑是山上最豪华的建筑了。距这幢房屋不远,在同一个等高线上,或者略低的地方,参差不齐地都依山建有房舍。因为山势和松林的遮掩,每一幢房舍只能看到它的一片墙,一丛瓦,或一道门窗。它们像众星拱月一样,散布在那幢最豪华的建筑物附近。

这些神秘的房舍之间,隐约可见有石板小路相连。在更低一些的半山腰，还依山筑有一处用青石砌成的带石栏杆的平台。它凸出在松林环抱的山峦上，无疑是一处绝妙的避暑胜地，也可以说是一处俯览这四周景物的最佳观赏台。

平台下面就看不清楚了。但华子良想象得出，那里一定有一条同盘山公路相连的石板路。因为他曾清楚地听见，汽车绕过山那边，就在那儿停下来了。接着是杂沓的踩着石板的声响，这声响在林间浮荡一会儿，他便看见一个个戴着形形色色帽子的人头，在平台上晃动了一下，就向山上更高的地方隐去了。

这片山地，究竟是一个什么神秘的地方呢？

终于，有一天，后山那处平台上，现出一个轮廓清晰的人影。华子良一看见这幕，他就觉得很熟悉。他悄悄地站在小铁窗口看了很久，终于看清楚了。这人穿一身美军便服，白皮肤，黄头发，神情疲惫，许久未刮的胡须长满双颊，毛烘烘的像张野兽的脸。他一踏上平台，就双手叉腰，转着脑袋四处张望，那副像要把一切都吞食掉的贪婪神态，唤醒了华子良的记忆，认出他来了：原来，这人是华子良在贵州那座苗寨小院见到过的美海军特务头目梅乐斯！

梅乐斯怎么会出现在这里？梅乐斯是偶然在这里露面还是经常在这里露面？

随着时日的推移，华子良多次看到梅乐斯在平台上露面。这个美海军驻中国的特务头目，或者在那里木然呆立，或者在那里挥着手臂，或者在那里焦躁地踱来踱去，仿佛他正为自己的冒险事业，坐立不安，心急如焚。他在平台上频繁露面，使华子良断定：梅乐斯也许就住在这附近那座豪华的建筑里，躲在松林深处，策划着他那些见不得人的勾当！

有了这个预感，华子良更注意那平台了。那其实并不只是一处避暑胜地,简直可以说是一个秘密舞台!在这个舞台上露面的,不仅有频繁出现的梅乐斯和那些跟他窃窃私语的美国军官,还有中国最大的特务头目戴笠。在一天傍晚,穿着铁灰色绸长衫,光着头,拄着手杖的蒋介石竟也在那平台上露面了!蒋介石刚在平台上的藤椅上坐定,就有汽车在半山上停下了。再隔一会儿,两乘高高的张着白布篷的滑竿,由四个裸露着手脚的人抬上了平台。从滑竿上走下两个身材壮实的外国人,蒋介石立即迎了上去,显得非常亲切而熟悉,寒暄一阵,他们在藤椅上坐定,就开始了神秘的长谈……

这一切,竟然发生在这后山的平台上,距这坐落在松林间的白色监狱的直线距离,不过百十公尺之遥。尽管华子良就只能这么远远地看见,什么也不曾听到,但他见到的,都是极机密的。也许,那才是这秘密世界的秘密中心;这秘密世界上的一切行动,包括外部世界的许多阴谋,都是从这个秘密中心设计、布置、扩展出去的。自然,华子良只能作出某种推测、判断,但他根本不可能知道,那些躲在这个秘密的舞台上喁喁私语的人们,究竟在谈论着什么见不得阳光的事……

假若我们再次揭开一下历史帷幕,逼近看看发生在二十世纪四十年代中期这个秘密舞台上的奥秘,就可以看到一些实有其人其事的丑恶表演。

说得更确切些,在阵阵晚风送爽的这个时刻,那身材高大、乘坐滑竿登上平台和蒋介石长谈的外国人,正是当年将美国对华政策引入歧途的一个重要人物。这人就是当时美国驻华大使赫尔利。赫尔利在这里和蒋介石密谈的主旨,是企图利用日本侵略势力被驱出中国之后的形势,由他以中国内战调停人的身份来主宰中国的命运,蒋介石和赫尔利密谈的主旨,则是如何利用美国友人以和平的名义,尽快把他的力量扩展到全中国去……他们正在进行一笔肮脏的交易，演一出丑恶的双簧。

确切地说，这里也许还不能算是这秘密世界的秘密中心。但在1945年的夏季，它确实又是一个进行秘密活动的中心。原因非常简单，第一，这年重庆夏季特别热，尽管已过了立秋，秋老虎却叫人生畏。第二，继德意法西斯垮台之后，日本法西斯也垮了，他们急切想趁机去填补日本侵略势力留下的真空。第三，就在这里，唯有"中美合作所"电讯组才拥有当今东亚最现代化的通信设备，可以极方便地就把他们的决策计划、部署、指令迅速地传送到他们联系的各个角落……正因为这样，它一时间就成了这许多重要人物聚会、避暑的胜地。

在那平台上频繁露面的两个神秘人物梅乐斯和戴笠，实际上，他们都不常住在这山上。在这特别区域里，他们都有各自的司令部和住地。站在平台上，顺着那略为低洼的红色山脊向前望，可以看到山脊尾部有一片带花园的房舍，那就是戴笠的司令部和住地。梅乐斯的司令部和住地则在梅园，那是一幢舞厅、浴池等设备齐全的豪华宅第，靠近公路边，交通也极方便。因为坐落在一片黑黝黝的山谷之中，地势低洼，重庆的酷暑季节一到，那里的一切便被难耐的酷暑淹没了。因此，戴笠才在歌乐山半山腰上，特意给梅乐斯另建了一座凉爽的别墅。每到七八月，山城酷暑逼人的日子，梅乐斯就常在那里落脚，很自然地，也常在那平台上纳凉，同戴笠以及形形色色的特种人物在那里聚会，密谋策划一切，给那平台增添了一种神秘的色彩。

梅乐斯和戴笠喜欢在那平台上远眺，密谈，一个重要的原因，是这里特别机密，他们的所作所为，决不致泄露出去。戴笠和梅乐斯都知道：他们正在从事的一切，和美国纳税人的愿望相距太远，一旦败露，那就会使美国舆论界哗然，这是他们极力要避免的，故而需要这么一个绝密的环境。除此之外，这里还有着一种令他们异常兴奋的气氛。这气氛，绝非松林间特别清新凉爽的气温，而是只有他们自己才感觉得到的有形和无形的东西。或者可以说，只有在这里，他们心里才会生出一种非常的得意。

你看，他们建立了一个多么庞大的秘密世界啊！站在这平台上，举目一望，几十座大小山头，纵横数十里，包罗了整个"中美特种技术合作所"大本营。八百幢大小房舍，星罗棋布，无数军火库、集中营，隐藏其间，庞大的特务训练、装备中心，已在这里形成，由他们训练、挑选的特种技术人员，已经派往缅甸、泰国、新加坡……他们似乎已把东亚紧紧地抓在了自己的手心里，一支秘密的庞大无比的特务武装队伍，一张黑暗的情报特务网络，也早以这里为中心向四处扩展、延伸……可以说，早在全世界人民反法西斯战争还处在生死搏斗的紧张时刻，戴笠和梅乐斯这两位野心勃勃的人物，就已在这里开始，打响了一场争夺东亚控制权的秘密战争了！

这一切，对他们来说，都是来之不易的。每当他们站在这个平台上举目四顾的时候，常常显得踌躇满志，不可一世。有时，他们也会回忆起在贵州深山中那场秘密的交易和特别的晚宴。自那时以来，他们就在这里建立起了当时可谓举世无双的气象、电讯中心，使戴笠控制的黑暗势力更加飞扬跋扈。他们密切合作，阻遏了美国陆军势力在中国发展的势头，成功地顶住了那位威名赫赫的史迪威将军对他们的警告和不满，通过蒋介石迫使美国总统把这位在反日本法西斯的战场上屡建战功的正直将军召回美国。那时候，他们是何其得意！不过短短三年，梅乐斯终于得到了上司的奖赏，由少校一跃而为将军。而戴笠也没有辜负蒋介石的期望，为最高领袖豢养了一大批极为忠实的鹰犬……

不久前，战争形势出现了急骤的变化，战败日本已胜利在望，最高当局已在策划迅速抢占广大沦陷区。戴笠为了集中力量，得到梅乐斯的支持，已将贵州的秘密基地，包括集中营，全搬到这个大本营来了。这个秘密行动计划的顺利完成，使他们站在那平台上，都不禁笑逐颜开。

此刻，由于日本已在几天前无条件投降，一个新的计划已经在他们之间商妥了，决定立即将他们秘密力量的主力，向中国东南沿海转移；这里山上的建筑物，将作为纪念他们的合作而永远保存下去。只是，由于梅乐斯提议主力转移之后，让 Dr. 沈来负责这里的工作，他们之间才发生了一点分歧。结果，戴笠作了让步，他们又和解了。

山间的阵阵清风已拂去酷暑，但刚才的和解却并未消除他们各怀的鬼胎。的确，他们已互相紧紧地绑在一起了，彼此谁也离不开谁，但他们各自的盘算又是很不相同的。这就促使他们经常要互相窥测，防范对方暗中的袭击。何况，国内的局势潜伏着许多捉摸不定的因素，对戴笠来说，未必事事顺利。

"毛泽东同意来重庆了，"戴笠问，"将军，您怎么看待这个消息？"

"哦，这事，让赫尔利将军去忙吧！"梅乐斯轻轻一挥手，"他们谈，我们正好干！"说着，转身登上了上山去的石级，还回头望了戴笠一眼。

戴笠马上觉察到梅乐斯有话要讲，却又不想或不愿在这平台上讲，需要去一个更机密的地方商谈。戴笠也就跟着离开了平台。

缓缓走过一段石板路，又登上十来步石级，他们终于来到那幢荫蔽在松林间的别墅屋檐之下了。

一待戴笠走进这幢阴凉的山间别墅，梅乐斯立刻就把那红绿玻璃镶嵌的门紧紧关上了。

"戴将军，您大概还有两天才能成行吧？"梅乐斯把双眼眯成了一条缝，意味深长地说道，"再也不能在这里乘凉了，停一会儿，我就立刻回到梅园去。明天,我乘坐的飞机就将在上海降落。您能把您那边最得力的朋友,为我介绍两位吗?"

"明白了。我那些'最得力的朋友',"戴笠反问道,"梅乐斯将军,您方便去找他们吗?"

"您指的是谁?"梅乐斯很有兴趣地问,"为什么我不便去找他们呢?"

"一位叫杜月笙,一位叫周佛海。如果您觉得现在就去找他们,没有什么妨碍,拿着我的亲笔信去,他们会不惜一切代价,全力帮助您的。"

梅乐斯早就知道这两个人。还是他在太平洋舰队服役的时候,他就听说过上海滩头最著名的青帮领袖人物杜月笙。三年前,刚到重庆之时,就在戴笠那所邻近嘉陵江的秘密处,梅乐斯曾听戴笠隐约讲过,他在京沪一带拥有庞大的力量。后来,梅乐斯终于查明,戴笠真有力量左右日本傀儡汪精卫政府中的特务势力,可以在京沪一带自由出入。其关键就在戴笠捕获了南京傀儡政府实权人物周佛海之母,从而实际掌握了周佛海。戴笠此刻不仅无条件地把他在京沪的秘密如此和盘托出,而且,戴笠讲这番话时的神情,还明白暗示戴笠将无条件地把他在中国东南的一切秘密力量拨付他使用。梅乐斯这时觉得,戴笠提出的这两个人物,对他现在的需要来说,当然也是极有用场的。

但梅乐斯也知道,对方不会轻易地把他控制的一切拱手奉送。此刻,戴笠那诡秘的微笑就在暗示:需要做一笔交易。

梅乐斯手里正握着一张牌。他绕着弯子试探:"我万分尊敬的戴将军,如果我告诉您一个消息,您不觉得遗憾吗?"

"那要看是什么消息。"

"正如我早就告诉您的,世界反法西斯战争结束之后,我们这个'特种技术合作所'，就应该结束了。"

"是吗？"戴笠不动声色。他当然知道美国在中国的利益，是不会轻易撒手的。他故意叹息一声："那实在太遗憾了。"

对于戴笠的故作姿态，梅乐斯完全能够心领神会。他忽然换了个话题："今年春天，罗斯福总统去世了。可惜，他未能看到战争的胜利。"

这句话，立即引起了戴笠的注意。他知道，这后面隐藏着一个重大的机密。他们曾经拟订一个由美国海军帮助、戴笠本人出面重建中国海军的计划，对这个计划，蒋介石是非常赞赏的，已经认可，但关键是要得到美国总统的批准。罗斯福去世，事情搁了下来。现在杜鲁门上台已好几个月，战争已取得胜利，是否会有什么新的变化？

尽管戴笠极想知道梅乐斯含而不露的机密，但他却不愿直接打听。他也绕个弯子说："是呀，这些年，在罗斯福总统的关注下，我们的合作是很有成效，很可纪念的。梅乐斯将军，您明天去上海，是不是准备很快结束我们的合作，就要回国了？"

"哈哈……"梅乐斯忽然大笑起来，"戴将军，你真会说笑话。如果我很快就要回国，还会请您介绍您最得力的朋友吗？不，不！我们的合作将要在更加美好的基础上继续下去！"

"什么基础呢？"

"我愿向您透露一个最新消息：那个计划，杜鲁门总统已经认可了！"

"他已经签字？"戴笠显然有些坐不住了。

"那自然不成问题。"

"Very, very thank you！（太，太谢谢您了！）梅将军，下一步怎么办呢？"

"请放手筹建您的海军司令部……"

"不，不，我是说关于我们的合作，您有何见教？"

"我想为您举行一次公开的中外记者招待会。"

"在什么地方？"

"上海。"

"什么时候？"

"就在我明天到达上海以后。"

"您想讲什么？"

"我想把您的敌人攻击您的口实介绍给中外记者。"

"这、这不是有点冒险吗？"

"不。我将说，有人传说您建有集中营，您将您的政敌随意禁锢，滥施酷刑，动辄杀害。我将以第三者的公正身份，坦率地声明：不错，戴将军是设有类似集中营的秘密机构，这个地方就在贵州省息烽县，这丝毫不值得大惊小怪。环顾世界各国，在战争年代，为暂时拘留危害国家安全的敌人或间谍，哪一个国家没有设立类似的机构！我还要宣布：贵州省息烽县那个集中营，我本人虽未亲临访问，但美海军在华人员曾有多人亲往拜访过。大家知道我们美国最讲民主，美国军人能够去拜访的地方，难道会有什么不可告人的秘密吗？"

"梅乐斯将军，您大概只想公开息烽那个地方罢？"

"我当然只会公开那个已经废弃了的基地。"

"梅将军，我看，这恐怕不是您唯一的计划。"

"是的，一点不错。我知道，您和您的部下都不喜欢我们美国人爱使用备忘录这个玩意。今天，我也将像你们那样，不再使用备忘录，立刻用密电码向我们的人发出如下的命令。"梅乐斯诡秘地一笑，露出一副得意忘形的样子，仿佛已站在发报机旁口授命令，"请注意，我梅乐斯现在大本营驻地，明天将降落在上海。'中美合作所'的美国人注意，立刻同你们已经授权的中国军队的司令官一起前进！携带全套无线电设备，配备全副武装！所有这些，必须对除你之外的任何人绝对保密！尽快把一切可能的武器弹药，输送给戴笠将军指挥下的特种部队……并给他们提供一切支援！最后，还要特别提请注意：在你们收到本电报命令之后，一定让你的部下宣誓保密，然后将它销毁！决不能泄露机密，否则……"

"梅将军，我相信，就凭您这一紧急电令，整个东南沿海必将迅速置于中美联合力量绝对控制之下！"

"不过，问题不在东南，而在华北和东北广大地区！你们和我们，必须把力量迅速输送和集中到那里去！"

"梅将军，"戴笠小声提醒道，"Dr. 沈到了平津，把他的老关系全接上了。华北局面已经有了很好的基础。Dr. 沈返回大本营之后，我将即刻启程去华北。"

"你的主意已经定了？"

"蒋先生已经批准了全部行动计划：我将于后天专机去北平，按照您方的提示行事。"

"这个基地里的一切，您也已安排停当，不会有任何遗漏吗？"

"这里的一切，已经给 Dr. 沈详细交代过。一定要尽可能把一切有用的东西搞到手，用贵国提供的最新技术把我们的人装备起来。一定要用铁的手腕和纪律，来实现这个目标！"

"OK！OK！"梅乐斯一挥手，几步便走向紧闭的大门，把镶嵌着红绿玻璃的门轻轻敞开，让清凉的山风呼呼吹进屋里来。然后，才如释重负般把头转向戴笠，似乎极其轻松地问道："尊敬的戴将军，您知道我现在想干什么吗？"

"猜不着。"

"真的？"

"您请讲吧。"

"我想写一本书。"

"什么书？"

"我们正在进行一场空前伟大的秘密战争。不，我们早已开始了这场战争。毋庸讳言，我们共同面对的敌人是空前强大的，但它不再是法西斯主义，而是共产主义。我们必须赢得这场战争！有中美两大国的认真合作，我们一定能打败它！我的这本书名，我想，就可以叫作《秘密战争》。我们正在进行的，是世界上空前的最长的一次秘密战争。您难道不认为，这值得写一本书？"

"我希望成为您的第一个忠实读者。"

"不，不。您——尊敬的戴笠将军，现在，我可以郑重地通知您！您不只是它的读者，您将是我书中要着重描写的一个重要的主人公！您懂得我的意思吗？对啦，明天——我去东南，后天——您去华北。说真的，真有点依依不忍分离呀！现在，我就只想知道一件事：您正在想什么？"

"一个字：走。"

"好极了。我们都该走了。"

"您要的介绍信，我等会儿派人给您送来。"

一夜风雨之后，秋凉了。山上，那松林遮掩的别墅，那平台，呈现一片冷清肃杀的景象。华子良再也未曾见到那两位阴谋人物的影子。

一连串阴雨日子过去之后，冷极了，该是冬天了。然而奇怪的是，却有人在修葺那别墅，墙壁粉刷得雪白。难道那两个人又要回来了么？

一个山城冬天极难见到的晴日，夕阳透过浓密的松枝，又照射在那平台上。冷清已久的平台上，蓦然出现一个人影在那里东张西望。华子良留神观察，发现他不像是在观赏什么，倒像是个在那里进行检查、探路的角色。那么，隔一会儿，就该有重要人物登场了。

会是谁呢？

多日不曾听见的汽车驶上山的声音传了过来，很快又停下了。通向那平台的石板路上，响起了一群人杂乱的脚步声。

华子良的目光紧紧盯着那平台。一乘滑竿的篷布顶在平台上露头了，跟着坐在滑竿上的人也看得见了，那是个穿灰色西服的中年人，坐在滑竿上还不时回头张望。后面，又跟上来一乘滑竿，坐着一个女人。再后面，拥着一大群步行者。先前登上平台的那个角色，朝两乘滑竿招了招手，两乘滑竿便跟着他向前走去，一大群人很快就消失在松林中。

晚上，不久前刚刚修葺一新的别墅射出了明亮的灯光，显然，他们已在那里住下了。

望着那闪闪烁烁的灯光，华子良老在猜测：这一男一女是谁呢？他们为什么会住进那别墅里？他们是什么身份？

华子良几乎整个晚上都在思索。那两乘滑竿很特别，似曾见过。哦，对了，在阳明洞，那两个一男一女的垂钓者，不是乘着相似的滑竿离开的么？还有，在阳朗坝，那个狂风暴雨的日子里，戴笠不是亲自带了两个坐滑竿的人来神秘地住了三天么？他们走后，他华子良还亲自去打扫过那间空牢房，发现一张废纸上还留有怀念故人的诗句。难道又是他们迁到这里来了？华子良满腹疑团，却无法肯定……

一阵吵吵嚷嚷的声音把华子良惊醒了。这吵嚷声不是来自山上，而是来自楼下，越争越激烈——

"……谁不知道我黎英士是少帅的副官，我强烈要求到少帅身边去！"说话的人声音很大，非常激动。此人华子良在阳朗坝听说过，他似乎住在黄以声将军隔壁牢房里。

"少帅还会要你？"答话的是Dr.沈的助手王逵。他的口气带着揶揄。

"不！是你们强行把我押走的。我跟随少帅多年，少帅了解我，他一定会要的！"

"瞎扯！你知道张学良现在何方？"

"就在这后山上！"

"你……瞎扯！"王逵显得有些惊慌了。

"就在这后山上，我都看见了！"

"胡说！张学良怎么会到这山上来！"

"不信？我们去看看！"

"……"

争吵的结局是一片呼叫，一片混乱。黎英士被强行关进了另一间看不见后山的牢房。随后，王逵逐一检查了每间牢房，凡是可能看到后山的窗户、罅隙，统统钉上了篾席。

华子良牢房里仅剩的小铁窗被篾席封死了。从此，他竟日就只能坐在那极其狭小的牢房里，再也看不见牢狱外的变化了。但他仍然很兴奋，因为他终于作出了判断：他在阳明洞看见的那个忧郁的垂钓者，他在阳朗坝发现那首诗的作者，和昨天傍晚见到的那位中年男子，是同一个人——张学良！杨虎城将军叫他的副官严继光到处打听的张少帅，竟然在这里出现了，此刻他就被囚在这后山之上，跟囚在前面那座名叫杨家山的杨虎城将军一家真是近在咫尺呀！

然而，他们现在难道有谁可能知道这个秘密吗？

第三十章

经过又一个严冬,浓密的松枝长出了嫩绿的松针,鸟儿又开始在林中欢叫。华子良正在有如棺材般狭窄和死寂的牢房里谛听,一阵骤然响起的震耳欲聋的脚步声向他牢门口扑来了。

尽管整整一个冬天,他一直被单独囚禁在那间极小的黑暗的牢房里,但他既然还活在这个世界上,即使王途之流再把牢房遮上两层篾席,也不可能阻挡他对外部世界的感知。时令的更替他感觉到了。那运送美国军火的十轮卡车队,日夜从公路上滚过的隆隆声,他听见了,还仿佛看见了美蒋反动派强加于中国人民的战火正在北方的大地上燃烧,也在他胸膛里点燃了怒火。近些日子,沉寂一冬的后山上,日夜人声鼎沸,还夹杂着阵阵海螺的悲鸣和木鱼声、唪经声,好像这个世界就要崩塌了……

这一切,都使华子良感觉到有什么事变正在发生。

华子良跨出了牢门,一眼就看见两个看守特务佩着青纱。特务没有挟持他,只催他快走。他穿过走廊,望见了架着电网的高墙外一片青山,一片舒展的蓝天白云,眼前顿时开阔多了。但他脑子里一直盘旋着:是谁死了?为什么偏偏这会儿突然要把他押出去?几乎一整个冬天没有人来理睬他,好像把他忘掉了,现在是要重新提审吗?对手是谁?

依然是 Dr. 沈吗？

下了楼，整座监狱的庭院里静极了。不，可以听到烟杆磕碰墙壁的声音，十分清脆，仿佛就在近前，就在栏杆旁边。栏杆尽头有一道通向狱外的小门。上次，特务挟持着他，好像就是从那道小门出去的。

然而，在前面带路的特务走到小门前却拐了个弯，在一间面对高墙的房门前停下了。

锁落门开，华子良被推进了这间牢房，一个趔趄，碰到一根横在地上的竹杖。低头一看，那粗大的竹节黏满了黄色和红色的泥土。好熟悉！这是彭松山特有的竹杖，它一直伴随着他从南京到了贵州，难道他也到了这里？抬头一看，在昏暗的光线中果然见到了彭松山！华子良差一点要喊出来了，彭松山却漠然地朝他望了望便掉过了头去。他纳闷了，再往里一望，在更昏暗的屋角，叶子烟的火光一闪一闪，映出了两个身影，是罗世文和车耀先！

这太意外，太使华子良觉得惊喜莫名了。他不明白，他长久被单独囚禁的生活，为什么会结束得这么突然？仿佛是在梦里，他竟和多时只能遥遥思念的战友，在这里，竟又聚会在一起！

华子良由衷地感到像回到了亲人怀抱似的喜悦，正像十二年前一样，到处寻找罗世文，要把许多重要事情向对方诉说；只是十二年前怎么也找不到，而今，大半年不见的罗世文却近在他面前。他多么想转达严继光转达的杨虎城、谢葆真的问候，想谈谈施飘萍牺牲前留给他的话语，以及去年秋天以来他单独囚禁中观察和思考到的许多问题。特别是施飘萍牺牲前关于搬迁途中暴动越狱的那些嘱托和叮咛，更在他心里唤起一种沉痛的怀念……

罗世文、车耀先和彭松山之间的地板上，空无一物。华子良靠近罗世文身边，刚在那段无人坐卧的地板上蹲下来，便隐隐觉得这牢房里阴森冷漠的氛围中，似乎潜藏着某种令人不安的危险。

再定睛一看，无论是彭松山，还是罗世文或车耀先，都只用一种素不相识的漠然眼光向他望了望，便把头转向了一边，谁也没有理他。他和彭松山之间曾经有过的隔阂，经过罗世文的工作，早已冰释了。然而此刻，彭松山一心只在欣赏他那根粗枝大节的竹杖，好像根本没有看见牢房里新来了一个人。罗世文吸了两口烟之后，自顾在墙上磕碰掉烟蒂，发出很响的声音。直到烟蒂敲落在地板上，一脚踏灭，就捧着一册线装书，扶扶架在鼻梁上的近视眼镜，靠近侧边漏进来的一线亮光，专注地看起书来，活像一尊泥塑木雕的菩萨，一动不动了。离他不远的车耀先，似乎根本就没有睁开过眼睛，独自盘脚打坐，在那儿闭目养神。

这是为什么？华子良心里不觉生起了疑窦，把到了口边的话，全咽下了。他仔细观察一下四周，原来，隔着一道墙和一道牢门，还有着另一间牢房和这牢房紧相连接。罗世文和车耀先靠牢门这一侧的地板上，还横卧着一个光着头的人，在有气无力地呻吟。这人似乎已奄奄一息，不能动弹。一身黄呢破军装说明他和军界有着某种渊源，扁平的后脑和特别面容，使人相信：这也许是来自关外的朋友。

很自然地，华子良一再把目光投向那道牢门。有一束来自另一个方向的光线，把那铁签子栅栏的影子投射在楼板上，像随风飘荡的树枝似的拉得很长，一直映到这边牢房的墙壁上。尽管那边牢房也了无声息，不见人影，但华子良已经明白了，正是隔邻牢房可以看到这里的一切，才给这间牢房投下了浓重的阴影。

华子良正想起身，缓步到签子门边去看个究竟，一团黑影把从那里射进来的光线挡住了。接着，两个人头从铁签子门那边露出来，好奇地在向他探望。

"哎呀，真来人了。阿弥陀佛！"

"我道是谁？原来是他。哈，这疯老头儿，也来了……"

一看那两个头影，再听那叽叽喳喳的腔调，华子良毫不困难地就辨认出来了，又是那两个无耻的宝贝：蒋介石的侍卫队长何路通和杀害项英的刽子手刘厚。几乎不用思索，华子良已一目了然。看来，敌特对他们那套特务科学已丧失信心，又只好乞灵于老式的侦察手段，指望看到他和罗、车、彭突然见面的惊喜，来寻觅什么可以利用的线索……

何路通和刘厚的眼珠在签子门边狡黠地转动，向罗、车、彭扫了一下，脑袋便从风门口缩回去了，再也不见他们探头露面。

牢狱里静极了。一种死寂的气氛，笼罩着这间狭窄的牢房。对于像他们这样的老政治犯，难道敌特仅仅利用何路通、刘厚这样的人物来监视吗？还会不会有别的眼睛暗藏在什么角落进行窥探？真正的危险究竟在哪里？

那躺卧在地板上的人长吁了口气，翻翻身，就又不死不活地躺着不动了。

罗世文、车耀先、彭松山三人，一直像他刚进牢时见到的那副神态，像三尊泥塑木雕般端坐在那里。特别是罗、车同彭之间似乎都互不相识，也不想相识。寂寞惯了，就连罗世文同车耀先这两个在监狱里谁都知道是身份公开、相互认识的人，也没有讲讲话，或相视一瞥的兴致。甚至在放风的时候，无论在走廊上或在院坝里，他们依然是一副漠然的神态。一连几天都是如此，华子良不免觉得蹊跷。

尽管有高墙挡住，这间牢房门口的视野，还是比他过去住的牢房宽阔得多。从牢门的风门口望出去，不仅可以看到院坝，看到楼梯口，还可以看到电网、高墙、天空，以及几处极不易为人察觉的暗角。有一次，竟看见久不露面的 Dr. 沈在走廊匆匆走过，就再也未露面了。倒是王逵、张瑞好几次藏在那些暗角里,偷偷向牢房窥视。牢狱里有一种华子良无法摸透的神秘气氛。

过了一段时间,罗世文他们渐渐也变得不那么漠然了。彭松山除了竟日玩弄他那根竹杖,有时也凑到罗世文耳边悄悄说上两句话。罗世文、车耀先偶尔还提笔挥毫,在线装书或别的纸上写点什么。

但他们仍然不同华子良讲话,华子良感到非常孤独。他又不便探询,只能默默地观察眼前出现的变化,希望终有一天能拆掉似乎是有意隔绝他的这堵无形的墙。

这一天,不知为什么,罗、车、彭都分外高兴。放风之前,罗世文取出夹在线装书里的几张纸,就埋头写了起来。看得出,罗世文兴致极佳,一连悄悄写了三张,又折成三个纸卷,自己留下一个,把另两个纸卷随手给了车耀先、彭松山。车耀先和彭松山接过手后,三两步就走出牢门去了。罗世文似乎犹豫了一下,把纸卷夹进一本线装书里,夹在腋下,然后又伸手取了一个面盆,站了一会儿,想起什么,又放下那面盆,匆匆走出牢房去了。

这一切,华子良全看在了眼里。他们被囚的那间牢房里,就剩下那个还躺卧在地板上动弹不得的人了。然而,华子良在走廊上却意外地发现,罗世文腋下夹着的那本线装书却不见了。华子良不知道那本书是他给了别人,还是放脸盆时不注意掉在牢房里了。这时,罗世文似乎也发现什么,折身就回头向牢房走去,但刚走两步,便又摇摇头,向放风坝走去了。

华子良对罗世文的行动,正感到奇怪,却见提着竹杖的彭松山,疾步向着回牢房的路上走去。华子良刚要折身回去看个明白,忽听牢房里传出"当啷"两声震响,接着是彭松山声如巨雷般的咆哮:"小偷!你们,竟敢偷到老子头上来了!"

这巨雷似的咆哮刚出现,一片惊恐万状的"救命呐救命!"的急促呼喊,也从牢房里传了出来。这呼喊是那样恐怖,像绝望的狂叫,使大批看守特务慌忙赶了过去。

就在这一瞬间,华子良和罗世文、车耀先也折身返回了牢门口。牢房里早已站满了特务,那个一贯在牢狱里随意嬉笑怒骂的蒋介石侍卫队长何路通,样子极难看地跪在那两间牢房之间的铁栏栅门前。他的一只伸过铁栏栅的手臂,被彭松山的竹杖钉在那铁栏栅上,另一只手拿着根手杖已伸到了彭松山平常躺卧之处,那手和手杖都被彭松山用脚踏住了。

这情景,使人一眼就看明白,是何路通图谋用手杖去窃取彭松山的什么东西,被彭松山当场抓住了。他要窃取什么东西呢?华子良朝地上一看,不觉暗吃一惊:罗世文刚才夹在腋下的那本书正掉在那里!他的心不禁怦怦地跳了起来。

一个特务上前拾起那本书,一下就翻到了书中夹着的那张纸卷。何路通显然得意起来。

"喏,是张世英张先生的笔迹嘛!"特务大声问道,"彭松山,张先生写的这张纸条,怎么会传到你这里来?"

罗世文说:"哦,那是我刚才掉在那里的。"

"念下去。大声点!"站在远处的王逵看了罗世文一眼,喊道,"听,他们究竟在秘密传递些啥呀!"

"茅檐低小,溪上青青草,醉里吴音相媚好,白发谁家翁媪?"念纸条的特务不解地望了望王逵,又继续念道,"大儿锄豆溪东,中儿正织鸡笼;最喜小儿亡赖,溪头卧剥莲蓬。"

特务的诵读声停了下来,大家都默然了。大约因为没有寻出什么秘密来,连站在圈外指挥的王逵,也泄了气,露出一副尴尬的样子。

"哎呀，张世英张先生，我们的饱学夫子，你写得太深奥了，真叫人看不懂呀！"念纸条那特务打破了沉默。

罗世文扶了扶眼镜，若无其事地答道："这，哪会是我写的？"

特务似乎又喜形于色，连声追问道："那是谁，是谁写的呀？"

"辛弃疾。"

"辛弃疾？他是你什么人？"

"宋代词人，死了几百年了。"

刚才还图谋反扑的何路通一听这话，慌忙向彭松山连声告饶："哎哟，彭大将军，饶命呀！兄弟不敢，再也不敢了！"又怒冲冲地向在场的特务呵斥："你、你们，还看着干什么，还不快把我带走！"

"听着，下次再这么手脚不干净，那就别怪我不留情了！"

彭松山一松手脚，何路通立刻把手臂和手杖缩了回去，立刻呼天抢地，失魂落魄地大声喊道："值星官！快，快给我调换个地方！我，我再也不干你们那种事情了。快，快，快救命呀！"

"值星官，还，还有我！"刘厚也插了进来，尖声号叫着，"我更不干了！我，我……"

在一阵斥责、呼喊和杂乱的脚步声之后，何路通、刘厚都狼狈地从那间牢房搬走了。

从此，他们这间牢房平静了许多。但到了晚上，后山上的诵经声、海螺声，无休止地嗡嗡不停；狱里外的竹梆声，牢门上那像鬼火似的闪烁不定的灯光，仍使整个监狱笼罩着一片阴影。罗世文、车耀先和彭松山之间，并没有因为发生了那件事，就显得亲近起来，仍然保持着一种似乎互不相关的距离。同时，他们又都十分警惕地注视着牢房外的动静。显然，这里还潜伏着某种危险……

哦，华子良终于醒悟到了，在这间阴暗的牢房里，除了他们四人之外，还有一个横卧在他们身边不明来历的人。

这是个什么样的人物呢？

经过长时间的呻吟，酣睡之后，这人终于醒了。渐渐地，他似乎有了精神，和彭松山攀谈了起来。这人说，他名叫黎英士，原是东北军张学良将军的副官，就是那次贵州罕见的大雨中，和张学良一道被押着翻山来到阳朗坝的。以后，张学良被秘密转囚到贵州桐梓天门关去了，他便和张学良分开，被留在阳朗坝。以后，又被突然移囚到了这里。几个月前，因看见张学良被移囚到了这后山上，曾强烈要求回到张将军身边去。Dr.沈认为他"大声呼喊，触犯禁规"，是"另有阴谋"，将他关进地牢，进行特别调查。他被转囚到此以前，Dr.沈给他试服了一种美国新药，所以，他一直迷迷糊糊，瘫倒在那里。

浓重的夜色使华子良无法看见黎英士讲话的神态，但黎英士的语音却使华子良记起了几个月前黎英士和王逵的争辩，声音倒是很相像的。华子良自然极有兴致地留心谛听黎英士和彭松山小声的谈话。黎英士似乎并不介意，只顾讲他的话。

黎英士把他陪同张学良坐牢的经历，几乎全讲了。特别是黎英士讲到张学良在阳明洞被囚的情况，因为华子良曾去那里修路，只是远远看见张学良垂钓，而一点不知详情，更容易听得出神。黎英士说，蒋介石开初几乎每年都要去阳明洞看张。第一年去，蒋对张说，他想请张出任空军部长。张学良听蒋把话讲完之后，只是淡淡一笑，道："委员长，要我当空军部长，我就要当有职有权的空军部长。"蒋介石心里想的自然不是这样，谈话也就随之结束了。蒋介石第二年再去，先摆出一副兄长训人的威严架势，对张学良说道："写封信，把你老弟张学思叫回来。你老弟跑到中共那边去，实在闹得不成体统了！"张学良一声长叹，笑道："委员长，哟，我连自己也管不了，还能管他？

再说，脚长在他身上，他要去哪里，我能管得着吗？"蒋介石第三年再去看张学良时，蒋只见张学良埋首书堆，什么话也不讲，便气冲冲走了。蒋介石在住地安顿下来以后，便又派人去问张学良，说："委员长要走了。想一想，你还有什么话要讲吗？"张学良没有答话。只是把手上的一块金表摘下来，托来人送交蒋介石。蒋介石收到金表之后，同样什么话也没讲，只是又派人给张学良送了根钓鱼竿去……

这个金表和钓鱼竿的故事，华子良早听严继光说过，只是对它的意思还不太清楚。他正想随口插问，又听黎英士说，他曾问过少帅，少帅笑而不语。他想，似乎可以这样理解：是一种威胁——要张学良三思，是钓名乎？钓利乎？又是对张未来的一种安排。从此之后蒋介石就把张学良转囚去了养牛溪，让他去白岩营钓鱼，蒋就再也没去看张了。

昏暗的监狱灯光，不知为什么，突然显得更加昏暗无光了。黎英士、彭松山都注意到了这异常的变化，谈话不觉停了下来。自然，他们很快就发现狱灯变得昏暗，只是因为那难得见到的月光，突破高墙电网的封锁，照射到牢门门口来了。那像霜雪般洁白宁静、清幽明亮的月光，好似故友重逢般使人感到温存和慰藉。那月光如洗的夜空，是那么湛蓝、邈远、深不可测，使人视野仿佛也格外悠远了。

月光映照之下，华子良能够清晰望见罗世文和车耀先的面容了。车耀先轻轻咳了一声嗽，似乎在暗示他已捕捉到阴险的听他们谈话的幽灵又在牢门外游荡了，彭松山便悄悄离开黎英士，躺下了。罗世文此刻则不动声色地在向夜空眺望，这使人相信，他完全听见了彭松山和黎英士的全部谈话。黎英士讲的一切，他似乎早就知道，没有一点新鲜东西。他那深邃的目光，好像看得很远，不仅看到前面那一座座被松林覆盖的山头，仿佛还看到了月光照不到的囚禁杨虎城一家的那座杨家山，以及更远的天涯海角，那些秘密囚禁着爱国志士的角落。

在宁静的夜空中，突然飘来一片咿咿呜呜，似哀鸣，似怨恨，却叫人一点也听不清楚的呜咽声，直把人眺望夜月的一点兴致也毁了。大家不约而同各自倒地睡去。

巨大的乌云块张开了它那灰暗的翅膀，转眼间，就把月色吞没了。直到这时，华子良灵敏的听觉才听出了一点眉目来。那咿咿呜呜如泣如诉的声调，是蒋委员长侍卫队长何路通在哀号。可是，这何路通究竟呼天抢地嚷叫了些什么，他却一点也听不清楚。

"你们没听出何路通在嚷什么吗？"黎英士似乎听明白了，他模仿着何路通的腔调，小声对彭松山道："委员长呀，委员长！天啦，天！你怎么让忠诚于你的部属都落得这个下场？梅乐斯将军这样有才干的人……被当作神经病，押送回美国去了，你为啥不讲话？你、你、你，你怎么忍心让戴笠也摔死了……你怎么还忍心，在这党国危急存亡之秋，还把我——你最忠实的部属……囚禁在这里呀！"

彭松山没有答话。华子良也不想答话。直至夜月被乌云块吞噬尽净，直至又一个漫漫的黑牢之夜逝去。

又一个漫漫黑夜来临时，黎英士的神情显得更兴奋了。他不仅和彭松山讲话，和华子良也侃侃而谈。讲他和张学良将军怎样捉弄偷听他们谈话的特务的往事，也讲他近几个月和 Dr. 沈谈话中听到的种种事情。他说，随着美蒋反动派对人民镇压的加剧，人民的反抗必更强烈，云贵川民怨沸腾，民变蜂起，已成燎原之势。正因为这样，Dr. 沈似乎正集聚全力，对大西南各地的中共地下组织采取行动……

这本是华子良早就猜测得到的事。然而，华子良同时却隐约觉得，有一种捉摸不定的气氛正在这片空际弥漫、扩散。凭着多年来复杂生活的经验，他认定，形成这样气氛的原因绝非单一的。没有月亮，特别黑而沉重的夜幕，使这气氛更显得凝重。它似乎和黎英士刚才的谈话密切有关,又似乎和罗世文,以及其他牢房里的烟杆磕碰墙壁的声响有关。它似乎和后山上诵读经文、敲击木鱼声有关,又似乎和远处骤起的竹梆声有关。华子良自然不能不想:"如果黎英士……他说这番话的目的,难道是想挑起什么……得到什么吗?"

"铛!"彭松山那根竹杖突然戳在坚硬的狱墙上的铿锵声,使人相信,它不是竹做的,而是钢铁,它几乎可以洞穿一切!这声音,使华子良意识到,事态远比他想的严重百倍!

这声音,似乎使刚才还在侃侃而谈的黎英士也不觉为之一怔。但黎英士只是移动了下身子,倚壁而坐,一动不动。

"别再装啦!"彭松山压抑着豪壮的嗓门,面对浓重的夜幕,小声而清楚地说道,"那天,何路通、刘厚的头从没靠拢过铁栏栅,除非这里有人……他们怎么知道丢了本书?再说,谁都听不清何路通的哀嚎,独独是你听得一清二楚?张学良将军是有个副官名叫黎英士,可是,他到哪里去了?单凭口音相近、外貌相似,就能鱼目混珠?好了,收起你从黎英士口中听来的那些故事吧!要滚,趁早;要留,到了夜深人静的时候,那就休要后悔了!"

彭松山这番有根有据的揭露,顿使倚壁而坐的黎英士坐立不安,接着便瑟瑟颤抖起来。他似乎早就知道,把一切早已置之度外的彭松山,什么事情都是说得出来就做得出来的。当巡逻特务在牢门口出现的时候,惊惶万状的黎英士突然一跃而起,扑向牢门口,语无伦次地嚷叫道:"放、放我出去!吓死人啦!"

巡逻特务惨白的电筒光划破夜空,向那伫立在牢门口的人影晃了两下,不阴不阳地哼了哼,便开了牢门,让那人跌跌撞撞地走了出去。

牢门"哐当"一声又重新关上了。尽管谁都知道这牢房还在特务严密监视之下,那悬在牢门上的狱灯还是那样昏黄而闪烁不定,但随着那像鬼魅似的巡逻特务和那冒名的特种人物愈去愈远，华子良顿时觉得，这牢狱真正平静下来了，连那闪烁不定的狱灯光也变得明亮、柔和了起来。罗世文、车耀先、彭松山的面容，霎时间也由漠然、陌生变得开朗、和善起来，全都恢复了华子良记忆中的形象。彭松山半侧着身子，一边望着牢门外，一边望着华子良。车耀先也半侧着身子，一边望着铁栏栅那边，何路通、刘厚曾经住过的那间空牢房，一边望着他熟悉的老友罗世文。他们似乎都知道，华子良有许多话想对罗世文说，罗世文也有许多话要对华子良讲。

　　罗世文点燃了烟。烟火一闪一闪的微光，使华子良从漆黑的夜色中，看见罗世文正把那张极其坦率和关切的面孔靠近了他。罗世文一个字音也没吐出，华子良却仿佛听见对方早给他讲了许多话："Dr. 沈他们竟日惊惊惶惶谋虑的，岂止这点小事……也许，还有点间歇时间。"

　　华子良踌躇了。他有许多话想讲，他也知道罗世文有许多话要告诉他。施飘萍的牺牲，熊树人的失踪，严继光替杨将军带的口信，罗世文可能早知道了。间歇时间有限，他只能按照轻重缓急，先挑重要的话讲。问题是，什么是最重要，必须首先讲的？

　　华子良和罗世文这时靠得更近了。他们彼此的呼吸和心脏的跳动，都相互感觉得到。尽管罗世文还是什么也没讲，华子良却仿佛听见罗世文又早已告诉了他："梅乐斯少将连同那个布鲁克上尉，都的确被送回美国去了。戴笠也真在从事罪恶的阴谋活动中，在飞机上摔下来，死了。但这丝毫也改变不了美蒋反动派的罪恶野心。梅乐斯走了，戴笠死了，在敌特内部可能引起一番争斗，其结果，必然还会另有反动的人物登场。他们正在把一场空前规模的秘密战争和公开战争，强加在中国人民头上，他们妄图用美国枪炮和'美国特种技术''统一'一切，吞噬一切。这里的斗争，无疑地将更残酷、更惨烈了……"

"子良同志，"罗世文终于开口了。他把这里空前紧迫和尖锐的斗争形势概括为两句话，告诉华子良说，"可能有更多的同志被捕，被囚禁在这里。最后……"

"他们对我们每一个人都决不会放过的。"——华子良完全理解罗世文未尽的话语的含义。国共合作抗战时期，国民党特务机关对革命者尚且秘密囚禁和屠杀，他们现在既已公开撕下和平面纱了，所有被囚禁在这里的人，最后，自然绝难幸免……

"你懂得我讲的全部意思吗？"

"全部……"华子良若有所悟地说道，"团结所有的、包括新来的难友，学会更隐蔽的斗争形式，和狡猾的敌特斗争到底。"

"不仅如此。"

"即使只剩下一个人，也……"

"'只剩下一个人，也……'你早想过这个问题？"

"那是在水乡绝食斗争中，华斯宣布将我开除出党以后。我想过：即使剩下我一个人，我也要为党的事业奋斗下去……"

"好极了。"罗世文点点头，却说道，"不过，你并没有完全懂得我的意思。"

"请讲。"

"第一，我们必须打破组织上行动上的形式主义。取消小组、支部活动，实行个别联系。而且不到十分必要时，决不联系。每一个人，都要尽可能隐蔽自己，独立作战。第二，即使我们可能无一人幸免于难，我们也必须积蓄力量和敌人周旋到底，如果有一线希望、有一个人可能脱险，我们也应全力争取。"

华子良顿时觉得，罗世文思虑得比他全面、深刻多了。他细细咀嚼着对方这极其概括的意见，不由得认真地插问道："必要时，假若你……，我该找谁联系？"

"齐晓轩。"

"要是他不在了？"

"找老袁。"

"怎么和他们联系？"

"我们党的七次代表大会早已正确估计到了抗日战争胜利后的局势，并确定了正确的方针。这就是：团结一切力量，为建设新中国而奋斗。记住，你和他们的联络口号是：'让我们迎接这个伟大的日子吧！'"

"我完全明白了。"

罗世文再次点燃了烟，吸了两口，望了望后山骤然升高的木鱼声对华子良说道："也许，还有点时间。你还有什么要问的吗？"

几乎不用思索，那曾使华子良烦恼、盼望又失望过多时的往事，此刻又浮现在他心头，使他不觉气冲冲地冲口而出："我只想问一件事，两年前送给重庆中共代表团的信，是不是被特务中途截去了？"

"不会。"

"信送到了？"

"肯定送到了。"

"有回信吗？"

"没有。"

"没有？"华子良这时更有些气恼了。现在，假使只为了一个人有脱险的可能，也要全力争取。假若他们曾经周密计划过的，趁各秘密监狱迁移中途不惜一切地暴动越狱，当时即使再困难，有可能最后脱险的也决不止一两个人。他不由得向罗世文问道："你竟不认为，我们曾经错过了那样一次极好的越狱时机？"

"不。我认为，那一次，我们确实失去了一次极好的机会。不过，我们也没有丝毫后悔或抱怨谁的理由。"

"没有？我就不懂了！"华子良像看见了他必须猛烈抨击的目标似的，把他郁积在心头的意见一齐向罗世文发泄出来："他们——中共代表团的同志们，看了我们那封经过千难万险才送去的紧急求援信，为何不给我们一个回音？哪怕是一个字也好呀！老罗，这许多同志的生命和请求紧急指示的心，难道竟不值一顾？他们即使对我们在搬迁途中暴动越狱的设想有一万条理由不赞成，也该给我们一个明确的回答啊！可是，他们只是把信收下了事，以致使我们白白坐失良机。这，算什么道理呀？"

"不。他们可能很有道理。"

"什么道理？"

"第一，在特务严密设防的地域，暴动越狱很难有成功的可能；第二，我们希望党武装接应，但在当时——抗日战争结束之前，国内还处在国共联合抗日的形势下，如果我们党真那么做了，反倒给反动派攻击我们党以口实；第三，我们冒了极大危险，才把信送出去。代表团的同志们要把信送进来，也极不容易，不能不为大家的安全作更充分的考虑。"

"世文同志，照你这么说，我们早就不该冒险送信出去。"

"信还是该送的。"

"那只能说，他们并未充分考虑我们的处境，他们并没把许多同志的生命放在心里。"

"你有什么根据？"

"美蒋反动派在发动全面大内战之前，还由美国人出面，主持了国共两党和平谈判，还讨论过释放一切爱国政治犯问题。如果中共代表团的同志们心里还有大家，他们为什么只是笼统地提出这个问题，而不公开地把这些人的名单提出来？"

"不。你不知道，代表团的同志们不只是原则地提出了问题。还具体地提了名的。"

"提了谁的名？"

"张学良，杨虎城，车耀先和我。"

"为什么只提这么四个人？"

"试一试对方有无诚意。"

"国民党代表怎么回答？"

"'释放一切爱国政治犯，这自不成问题。不过，张、杨都是军人，不在此列。罗、车二人，则早病逝了。'这就很明白了，他们之所以需要谈判，只不过是需要用它来欺骗人民罢了。如果我们再提了谁，他们不是一则可以随口回答说，谁已死去，再则，岂不是还将使本来没有暴露共产党员身份的同志，竟由于代表团的提名而暴露给他们？"

听到这里，久久郁积在华子良心底的疑惑霎地冰释了。正在这时，外面传来了成群特务向牢房涌来的喧嚣。华子良立刻强烈地意识到，他和罗世文他们又将分开，也许从此就将永别了。他真想再看看他们。然而，一切都来不及了。

华子良重新被押回楼上牢房，又孤独地囚禁在那间极小的牢房里。他兴奋地记住了罗世文交给他的任务，却一点也不可能去实行。要不是时时想起他在长期的监狱生活中结识的那许多坚强无畏的战友，包括坚定无比的彭松山、罗世文，包括曾经将他开除党籍的华斯，包括和敌人巧妙周旋的熊树人、施飘萍，包括他曾经只见过一面、在太阳石上孤军奋战的大胡子，在南京地下牢房里和敌人顽强搏斗、不知名姓的疯子……他真不知道，将怎样才能度过这又一次极长的孤独生活。

酷暑又使低矮的牢房热得喘不过气来的时候，那久不开启的牢门又开了。华子良被押出牢门，下了楼，又碰见罗世文、车耀先正从楼下牢房走了出来。

"张世英张先生，田光祖田先生，还有华先生，"多时不见露面的王逵迎上前来，双手抱拳，连连在胸前摇晃了几下，满脸堆笑地说道，"真对不起诸位，在此委屈了多日。恭喜诸位就要脱离缧绁之灾了。最高当局的指令已到，Dr. 沈特令兄弟在此为诸位先生送行。"

众多特务簇拥着他们，使华子良瞬间便再也看不见罗世文、车耀先的面容。他只听到，无论是罗世文，无论是有点跛的车耀先的脚步声，都是那样地平稳、庄重。特务们惊惶不定地簇拥着他们，罗世文似乎面对他行将离别的牢狱和战友，随口朗声吟诵道："故国山河壮，群情尽望春；'英雄'夸'统一'，后笑是何人？"

罗世文的语音清楚极了。罗世文抒发他此时此地心境的诗句，是那样使华子良感到振奋，在他心底引起了长久的共鸣。

一辆美制中型军用吉普停在公路上。华子良上了车。罗世文、车耀先也在这车上，但众多特务隔着他们，使他仍然看不见他们的面影。

中型吉普直向松林遮掩下的曲折的山间公路驶去。吉普车越往前行驶，华子良的心便不觉怦怦跳个不停。他不敢相信，但他却发现，车子正在向一个极特别的地域驶去；这特别地域，就是他在孤独的牢狱中一再揣度过的后山那个停车场。驶向后山的车在那里停车，然后翻山，就可以去到后山上那神秘的平台，然后就可以走到后山上那些极机密的场所去。他曾看见，蒋介石、梅乐斯从那里走过，被长期秘密囚禁的张学良将军也从那条路径走过……唯一使他捉摸不定的是，难道Dr. 沈会把他们送到那样一个机密地方去？尽管后山上哞经的声浪早已结束，敌特的秘密活动中心可能早已迁去他处……

吉普车停了下来。这里已是公路的尽头。前面，是上山的路径。路边，堆放着一堆干柴。

"诸位先生,请下车吧。"拿着手枪的王逵向通往山上的路径一指,说道,"我们奉命送诸位上山休息,请下车上山。"

一直紧紧围住罗世文、车耀先的特务闪开了,让罗、车和华子良踏向通往上山的路径。他们刚迈出脚步,"砰,砰砰——"刺耳的枪声便在他们身后响了!

这枪声,使华子良直觉得天旋地转,头昏目眩。北平、南京、水乡和贵州秘密刑场上的情景,瞬间仿佛在他眼帘边全浮现了出来。但他这时却极清晰地瞥见,血,殷红的血,正从罗、车身上喷射出来。那怒喷的血,使他意识到,敌特又在施展他们秘密杀害革命者的卑劣阴谋。敌特的子弹从他耳旁腰侧擦过,他没有受伤,他只是陪了杀场[1],被推倒在地上了。空气中散发着浓烈的汽油味。他明白了,路旁堆放着的那堆木柴,正是敌特这一阴谋的重要组成部分。

一眨眼,华子良果然看到,王逵吆喝着众特务,正把罗世文、车耀先浸透着热血的遗体向那柴堆上拖去。

难以抑制的狂怒,使他蓦地全身热血沸腾,使他带着罗、车喷射到他身上的血迹,颤巍巍地站立了起来。狂怒的眼睛红了,藏在他袖筒里的双拳早已攥紧。他自信:尽管脚上还拖着铁镣,但只要拼全力出击,还可能将王逵击倒!

他站稳脚跟,就要举臂出击了!正从他耳畔卷过的松涛,又似乎在轻轻呼唤着他,使他蓦地记起了罗世文和无数早就牺牲了的同志的告诫和嘱托。他犹豫了,那瞬间,他似乎觉得他从不曾这么清醒。他知道他此刻最崇高的责任不是和敌人拼命,而是不惜一切地为实现同志们留下的,也许只有自己才能完成的任务。但他仍像一头狂怒的狮子,

---

[1] 陪杀场是四川方言,指处决死刑犯时,会拉一些另外的犯人陪同"观摩",以起到威慑作用。

红着双眼，直盯盯地注视着那正被泼上汽油的木柴堆，和那突然燃起的熊熊烈火……

"我早就说过：……到了极限，人的意志会随着肉体的崩溃而崩溃的。任何人都不例外……"

有谁藏在松林里说话？除了王逵之外，难道还会有谁在暗中指挥？

"看，华子良到了极限。他，也疯了！"

华子良听出来了：这些话，都是戴着黑色面纱，藏在松林深处，秘密监视这一切的 Dr. 沈讲的。

"还给我看着干什么！快，还不快把这疯子给我带走！"

还是 Dr. 沈在讲话。华子良听得清楚极了。他还是没有理睬他。他只是一动不动僵直地立在了那里。他好像还从不曾像现在这样清楚地看见：无论从敌我双方来看，都似乎是完全意外，又似乎是意料之中；通向胜利的路，正在他眼前展开！

噼啪燃烧的熊熊烈火，使他决心不顾一切，迎着历史的风雨，就沿着这条路坚定地走下去。

噼啪燃烧的火焰，把他狂怒的脸映得通红了……

入狱前的华子良

Dr. 沈

华
斯

入狱后的华子良

牺牲前的施飘萍

熊树人 尤玉生

布鲁克

少女施飘萍